ATRAVÉS
DO
VAZIO

S.K. Vaughn

ATRAVÉS DO VAZIO

Tradução
Renato Marques

Copyright © 2018 by Little, Brown Book Group

Grafia atualizada segundo o Acordo Ortográfico da Língua Portuguesa de 1990, que entrou em vigor no Brasil em 2009.

Título original
Across the Void

Capa
Ceara Elliot

Foto de capa
Getty Images/ Shutterstock

Preparação
Emanoelle Veloso

Revisão
Thaís Totino Richter
Renata Lopes Del Nero

Dados Internacionais de Catalogação na Publicação (CIP)
(Câmara Brasileira do Livro, SP, Brasil)

Vaughn, S.K.
    Através do vazio / S.K. Vaughn ; tradução Renato Marques. — 1ª ed. — Rio de Janeiro : Suma, 2019.

    Título original: Across the Void.
    ISBN 978-85-5651-083-9

    1. Ficção norte-americana I. Título.

19-26921   CDD-813

Índice para catálogo sistemático:
1. Ficção : Literatura norte-americana   813

Iolanda Rodrigues Biode – Bibliotecária – CRB-8/10014

[2019]
Todos os direitos desta edição reservados à
EDITORA SCHWARCZ S.A.
Praça Floriano, 19, sala 3001 — Cinelândia
20031-050 — Rio de Janeiro — RJ
Telefone: (21) 3993-7510
www.companhiadasletras.com.br
www.blogdacompanhia.com.br
facebook.com/editorasuma
instagram.com/editorasuma
twitter.com/Suma_BR

Para Pokey. Podemos ser tudo.

O amor não conhece barreiras. Ele salta obstáculos, pula cercas, transpõe muralhas para chegar ao destino cheio de esperança.

Maya Angelou

Não acredito em Deus, mas tenho muito interesse nela.

Arthur C. Clarke

1

Abril de 2045 — Bournemouth, Reino Unido

— Você foi longe demais.

Eva estava de pé à beira da lagoa do jardim na luz fraca de verão. As linhas de preocupação em seu rosto jovem eram culpa de sua intrépida filha, May, de dez anos, que estava chapinhando na água verde, com sua touca de natação verde-limão favorita e óculos combinando. Ela sorriu quando viu o olhar preocupado da mãe, uma confirmação de que o que ela estava fazendo realmente apresentava risco. Eva não era uma mãe superprotetora, mas nadar ao longo de toda a lagoa de água turva, submersa por todo o caminho, não lhe parecia algo divertido ou esperto. Ela estendeu a toalha para May.

— Bom, em todo caso é hora do almoço, então, por favor, saia dessa sujeira e...

— Cronometra pra mim — gritou May, e mergulhou.

— Pestinha — disse Eva.

Sob a água, May ficou empolgada com o som abafado da exasperação da mãe, e mais determinada ainda a tentar provar que estava à altura da tarefa. Ela bateu as pernas vigorosamente, chutando a água, ao longo do que achava ter sido uma enorme distância, e subiu à tona para dar uma rápida olhada em seu avanço. Ficou desanimada ao descobrir que só havia percorrido um terço do caminho. Já estava se sentindo exausta, a água fria da lagoa enrijecendo seus músculos. Para piorar ainda mais as coisas, a sua breve subida à superfície provocou chamados irritados de Eva para que a menina a ouvisse pelo menos dessa vez e saísse da lagoa antes de se afogar.

Afogamento.

Desde bem pequena, May era uma excelente nadadora, talentosa e forte para a idade. A ideia de morrer em um mundo no qual se sentia tão confortável e confiante, talvez até mais do que em terra, tinha sido absurda... até aquele dia na lagoa. A cada braçada, seus braços e pernas pareciam mais pesados e seus pulmões doíam. Ela engolira uma rápida golfada de ar quando emergiu, mas o alívio não durou nada. Em algum lugar no fundo de sua mente, os avisos de sua mãe sobre nadar nas lagoas do jardim começaram a ressoar. A água estava sempre fria e o clima nunca oferecia sol suficiente para aquecê-la mais do que alguns centímetros abaixo da superfície embaciada e não refletiva. E, ao contrário da água salgada, não oferecia nada em matéria de flutuabilidade, especialmente para uma criança com muito pouca gordura ou massa corporal. Nada mal para um mergulho em um dia quente de verão, mas certamente não devia ser confundida com uma piscina.

Mas eu sou extraordinária, ela pensou, *eu sou excepcional*.

Sua animadora de torcida interior tinha sido eficaz em motivá-la antes, mas tudo parecia oco em suas pequenas orelhas doloridas de frio. Abrindo mão do orgulho, ela subiu à tona de novo para respirar, mas constatou que ainda faltava percorrer o terço final do caminho para chegar ao outro lado, uma distância que parecia tão vasta quanto o canal da Mancha. Ela engoliu ar e tentou recobrar o fôlego batendo as pernas para boiar em posição vertical, mas a exaustão que sentia estava espalhando dormência por todo o corpo.

Os braços e pernas de May se agitaram, gastando sua última dose de força para manter a boca acima da água, e ela sentiu uma raiva rígida por sua estupidez em ignorar os avisos da mãe. Tentou avistar Eva uma última vez, na esperança de que ela entendesse seu silencioso pedido de ajuda no lugar do grito para o qual seu peito trêmulo não tinha fôlego. Ela não viu nada além do cinzento céu de ferro que se dobrava sobre uma paisagem enfadonha e zombeteira, e em seguida afundou feito uma pedra. Prender seu último fiapo de respiração foi tudo o que ela conseguiu fazer, e sentia que até mesmo essa capacidade já lhe escapulia. Seu corpo parecia azul com a morte congelante, como uma mão mergulhada na neve, e a escuridão de profundezas cobertas de ervas daninhas a envolveu. Em seguida ela sentiu uma dor muito aguda no peito e ouviu a ordem de uma voz imponente, puxando-a do abismo.

— Respire.

2

25 de dezembro de 2067 — Espaçonave de Pesquisa do Espaço Profundo *Hawking II*

O corpo nu de May jazia suspenso sobre o gel hipotérmico no silêncio espectral de uma cápsula de isolamento de tratamento intensivo. Entubada e presa a todos os dispositivos de ressuscitação imagináveis, seu único sinal vital era um chilrear de sons robóticos. A cápsula, um casulo bulboso com uma película opaca-leitosa, pulsava suavemente no ritmo da respiração rasa dela. Seu brilho era a única fonte significativa de luz na enfermaria às escuras. O rosto esquálido de May, emoldurado pela janela de observação fosca, parecia morto.

Sensores detectaram movimentos rápidos dos olhos, o primeiro sinal de consciência, sob um adejar de cílios quase imperceptível. A cápsula respondeu, sua película branca avermelhando-se, e gradualmente aumentou o calor ao mesmo tempo em que administrava neuroestimulantes. Vagos vislumbres de luz e sons abafados e distantes eram tudo o que os sentidos entorpecidos de May conseguiam perceber. Os dedos dela arranharam fracamente o ar enquanto uma galáxia de neurônios disparava por todo o seu cérebro entorpecido. Sua pele corou sob uma fina camada de suor. Cada osso em seu corpo zumbia de agonia, e seu sangue parecia estar fervendo nas veias.

Apesar do rápido aumento de seus sinais vitais, May lutou para se agarrar à lucidez em meio a uma névoa mental que parecia impenetrável. Precisava desesperadamente de um empurrão ou corria o risco de morrer asfixiada pelo tubo de ventilação enquanto os sistemas de suporte de vida da cápsula reduziam-se à potência mínima. Ele veio com uma explosão de música natalina que irrompeu do sistema de amplificadores da nave, seguida por uma saudação gravada, berrada em tom festivo em vários idiomas. Com o agudo e cada vez mais volumoso coro de crianças entoando "Noite Feliz", os rins enfraquecidos de May liberaram toda a epinefrina que haviam sido capazes de poupar. O efeito foi semelhante ao de fazer pegar no tranco um carro que estava parado havia semanas em temperaturas abaixo de zero. O sistema nervoso autônomo de May rapidamente seguiu o exemplo, estimulando seus músculos em um violento espasmo para aquecer seu âmago. Quando a consciência fragmentada crepitou por toda a sua mente, a intensidade sonora do coro atingiu seu estridente crescendo, e May abriu os olhos.

3

— Paciente reavivada. Desativando cápsula de isolamento.

A calma voz feminina do sistema de inteligência artificial da espaçonave sobrepôs-se aos sons abafados das máquinas que se desligavam. O respirador de May desacelerou até parar com um suspiro cansado. A tampa da cápsula deslizou até abrir-se por completo, e a condensação das paredes internas se espalhou para o chão. Completamente desorientada, incapaz de focar a visão e mal conseguindo mover seus membros enfraquecidos, ela entrou em pânico. Seus gritos não conseguiram escapar pelo ventilador e tubos de alimentação, que a estavam fazendo engasgar violentamente. Ela os agarrou com os dedos que aos poucos descongelavam e lutou contra as simultâneas ânsias de tossir e vomitar enquanto os arrancava.

Quando finalmente conseguiu se livrar deles, começou a afundar no gel hipotérmico, que se tornara morno e viscoso. O gel arrastou-se pelo seu peito e envolveu seu pescoço, ameaçando sufocá-la. Uma descarga elétrica de pânico enviou espasmos dolorosos por seus músculos e incendiou sua pele com uma sensação de formigamento. O gel fedorento escorreu até o queixo, e May deu uma guinada e rolou para o lado, fazendo a cápsula balançar e tombar. Quando bateu no chão, May foi violentamente ejetada, resvalando e se debatendo pelo compartimento, as agulhas intravenosas arrancando nacos de pele. Ela avançou aos trancos e barrancos até topar com algo que parecia uma parede e lá ficou em posição fetal, expelindo um vômito aquoso com traços de sangue.

A mente de May era uma colmeia quebrada, fervilhando de perguntas. O que ela conseguia ver na escuridão, através de sua visão meio anuviada, não esclarecia nada. Ela sabia que estava em um hospital, mas onde? Não tinha lembrança alguma de ter sido hospitalizada ou mesmo de ter adoecido. Mas sentia-se muito doente, como se estivesse à beira da morte. O pânico enrolou-se em volta dela e a apertou, roubando seu fôlego. Ela queria dormir, o sussurro da morte tentando persuadi-la a simplesmente fechar os olhos e se desprender da vida. Era atraente e envolvente ao ponto da sedução, mas de alguma forma ela sabia que isso seria letal. Podia sentir. Suas mãos se estenderam, procurando às cegas qualquer coisa sólida para segurar enquanto o ambiente girava, nauseante. Se contorcendo, desajeitada como um recém-nascido, ela começou a engatinhar.

O balcão ao longo da parede estava quase ao alcance da mão, então May concentrou-se nele, cravando as unhas no chão e arrastando os pés borrachentos. O nó dos dedos esbarrou em um dos frios e metálicos armários de armazenamento, e uma fraca corrente de alívio deu-lhe a confiança para prosseguir. Escorada sobre um cotovelo, depois o outro, usando toda a sua força para pegar impulso, ela se viu apoiada sobre as mãos e joelhos, seus fracos e trêmulos músculos mal aguentando seu corpo. Ela não tinha ideia do que fazer em seguida, então esperou até que um pensamento decisivo lhe viesse à mente.

Água.

De tão seca, sua língua teimava em grudar no céu da boca, que ainda estava com gosto de sangue. *Desidratação*. Esse era o nome do que estava sentindo. Já tinha passado por isso em algum lugar antes, várias vezes. *Pressão baixa*. Era isso que estava causando a tontura e a sensação de fraqueza.

Mexa-se.

Sua mente estava sacudindo as teias de aranha da letargia, fazendo o mundo entrar em um foco suave. No topo do balcão ao lado dela havia uma estação de exame médico com uma pia a um metro do chão. A ideia de ficar em pé parecia absurda, mas ela estendeu a mão, agarrou a borda do balcão e se apoiou em um joelho para se erguer, contraindo-se de dor com o que pareciam ser facas fumegantes enfiadas em cada articulação e músculo. Transferindo a força das pernas para os braços e vice-versa, permitindo que um deles descansasse enquanto o outro trabalhava, ela conseguiu ficar em uma posição agachada. Essa pequena vitória lhe deu confiança para perseverar. Ela se impulsionou a uma altura suficiente para jogar a outra mão dentro da pia e agarrar a torneira. Com toda a força que tinha, ela deu impulso com as pernas e puxou com os braços até conseguir ficar de pé.

Fitando a pia de metal, May sorriu com orgulho. Seus lábios estavam rachados e sangrando, mas ela não se importou, porque a água gotejou quando ela pôs as mãos sob a torneira. Ela se inclinou e deixou escorrer pela boca, engolindo cada gota que podia. O gosto era tão bom que ela choraria, se tivesse lágrimas de sobra. Depois de mais alguns goles, a água despertou seu instinto de sobrevivência. Sua visão tornou-se muito mais clara, assim como sua mente. Uma lanterna de emergência estava aninhada em um nicho na parede atrás da pia. Ela a puxou para fora e acendeu o fraco facho bruxuleante, examinando cautelosamente os arredores.

O que foi que aconteceu aqui?

A enfermaria estava em completa desordem, o conteúdo das gavetas, armários e cofres todo espalhado, aparentemente arrancado de seus lugares por mãos desesperadas. *Desespero por quê?* As macas estavam manchadas e desguarnecidas. May pensou que parecia uma triagem de zona de guerra. *Como é que eu sei o que parece?* Ela tentou deduzir causas, mas as gritantes falhas em sua memória e cognição induziram uma ansiedade que ela estava determinada a evitar. Instruiu a si mesma a se concentrar em levar seu corpo de volta a qualquer coisa que parecesse normalidade antes de tentar fazer o mesmo com a mente.

— Não complica.

Seu sussurro tinha um som rouco e estranho, mas ela ficou feliz em ouvi-lo. E concordava com o sentimento. Não complica. Ela pegou uma camisola do chão e a deslizou por cima da cabeça, apreciando seu calor imediato. A água tinha sido uma dádiva de Deus, mas ela sentiu a fraqueza e a pungente dor de cabeça da desidratação insinuando-se novamente. O facho da lanterna roçou um armário com bolsas de soro atrás do vidro. Era disso que ela precisava. Uma gigantesca infusão de líquido para reabastecer o que havia sobrado dela. Apenas dez passos de distância. Ela se arrastou de lado, tomando cuidado para manter-se agarrada ao balcão, de modo a não tropeçar em resíduos.

Quando chegou ao armário, viu que estava trancado. Tentar se lembrar de um código de acesso era uma tortura a que ela se recusava a se submeter. Enquanto procurava algo para golpear o que, ela tinha certeza, era vidro à prova de balas, May viu um escâner manual portátil ao lado do teclado. Pousou a palma da mão nele. Uma pequena tela ao lado do escâner piscou e exibiu:

Comandante Maryam Knox, Espaçonave de Pesquisa *Hawking II*

— Olá, comandante Knox — disse a IA alegremente.

— O quê? — disse May, assustada.

— Olá, comandante Knox.

— Eu estou... Eu acabei de acordar e... do que você me chamou?

— Comandante Knox.

— Comandante?

— Não entendi a pergunta.

O medo que May sentira florescer era agora terror completo.

— Desculpe. Eu não consigo... lembrar. A minha memória. Eu estava muito doente, acho. Estou fraca e preciso de líquidos... e comida. Pode me ajudar, por favor?

— Claro. Qual é a sua doença? No presente momento, não consigo acessar a rede da nave para examinar seus arquivos médicos.

— Eu não sei — disse May bruscamente, castigando suas frágeis cordas vocais.

— Eu sinto muito por incomodá-la. Há uma unidade de escaneamento rápido logo atrás de você. Com ela, posso ajudar a avaliar sua condição de saúde.

May virou-se e puxou a unidade de varredura portátil em sua direção.

— Expire dentro do tubo pulmonar e coloque um dos dedos no dispositivo de exame de sangue.

May respirou no tubo e teve um ataque de tosse. O dispositivo picou seu dedo sensível e ela gritou de dor.

— Não estou detectando nenhum patógeno conhecido — relatou a IA. — Entretanto, você está gravemente desidratada e desnutrida, e suas funções pulmonares estão bem abaixo do normal.

— Você é um gênio — disse May, sarcasticamente.

— Obrigada. Vamos começar a terapia intravenosa imediatamente.

Com a orientação da IA, ela tirou do armário uma bolsa com uma solução para hidratação eletrolítica rica em vitaminas e um esterilizador junto com duas canetas de epinefrina. Lentamente, transferiu esses itens para uma maca vazia e a IA a instruiu a aplicar as canetas de epinefrina antes de se deitar para receber a bolsa de soro. Puxando para trás a manga da camisola, procurou uma veia decente entre os rastros de picada de agulha. Os braços estavam salpicados de estranhas manchas vermelhas, que ela também encontrou nas costas e nas pernas. Algumas tinham crostas. Talvez tivessem relação com a doença dela? Sua cabeça doía.

— Comandante Knox, por favor insira a agulha intravenosa.

— Tudo bem, tudo bem. Jesus.

May grunhiu e encontrou em sua coxa uma veia que ainda não havia sido maltratada e, devagar e com cuidado, introduziu a agulha. A sensação era a de estar sendo empalada com um atiçador incandescente. Quando o gotejamento aumentou, a súbita e inebriante onda de energia que tomou conta dela foi tão revigorante que por fim conseguiu espremer algumas lágrimas de alegria. A cereja do bolo foi colocar a máscara de respiração e inalar profundamente a mistura de ar rica em oxigênio. No mesmo instante ela se sentiu mais forte e mais alerta.

— Vou lhe dar um sedativo leve para ajudá-la a dormir — disse a IA suavemente.

May balançou a cabeça.

— Não. Eu estou... estou com medo de não acordar. E eu preciso saber o que é...

Ela bocejou e se deitou de costas, sem fôlego.

— É imperativo que você permita que seu corpo descanse. Vou monitorar de perto seus sinais vitais e acordá-la com um estimulante, caso haja algum problema. Além disso, a epinefrina que você injetou impedirá um sono profundo. Isso atenua seus temores?

— Sim, obrigada — disse May, relutante.

May não tinha motivo nenhum para confiar na IA. Quem poderia dizer que não fora ela a causa de qualquer desastre ocorrido à nave? Talvez o sedativo não fosse tão leve? *Mas se a IA te quisesse morta, você nunca teria saído da cápsula de tratamento intensivo. A IA só tomou consciência de você depois de acordar.*

May encerrou seu diálogo interno e o atribuiu à paranoia provocada pelo que quer que a tivesse acometido. Claro que ela se sentia vulnerável. Mas se a IA não era digna de confiança, de qualquer maneira May estava perdida. E ela não se lembrava de ter tido um problema com a inteligência artificial antes de tudo aquilo acontecer. *Antes de tudo aquilo acontecer. Como era?* Ela rezou para que, quando acordasse, percebesse que tudo era apenas um pesadelo. Poderia fazer piada sobre isso com sua tripulação. Todos dariam boas risadas.

Quando fechou os olhos, para apaziguar sua mente ela se concentrou neles. Pôde ver alguns dos rostos dos tripulantes. Eram borrões indistintos, mas partes entravam e saíam de foco, junto com nomes parciais. Aos poucos, uma lembrança ia se montando. Eles estavam juntos, fitando alguma coisa. Suas bocas se moviam rapidamente enquanto falavam, mas May não conseguia entender o que diziam. Os olhos estavam estreitos de preocupação, talvez até de medo. Em um átimo, a cena ficou mais nítida. A tripulação estava observando May, olhando para baixo como se ela estivesse no chão. Mãos a percorriam, tocando o pescoço dela para sentir a pulsação. Um homem se aproximou e ouviu a respiração dela. Jon? Ela tinha parado de respirar? Eles estavam gritando "comandante Knox", batendo palmas na frente do rosto dela, apontando a luz de uma lanterna em seus olhos. Estavam tentando reanimá-la.

4

— Comandante Knox? — chamou a IA.

May acordou sobressaltada, de volta à enfermaria. A cena do sonho persistia. *Eu estava morrendo. Minha tripulação estava tentando me reavivar. Minha tripulação.* Ela tentou aferrar-se à memória dos rostos, mas eles continuaram escapando. *Eu estava morrendo.*

— Como foi o seu descanso?

— O quê? Bem.

— Você se sente melhor?

— Um pouco. Mais forte.

— Fico feliz em ouvir isso. Por favor, remova sua agulha intravenosa e descarte-a no recipiente adequado.

Lentamente, May tirou a agulha de debaixo da pele fina e sensível e se sentiu forte o suficiente para levá-la até a lixeira médica. "Noite Feliz" estava saindo em volume estridente dos amplificadores — uma espécie de versão multilíngue em falsete cantada pelo que ela imaginou ser um coro de eunucos vestindo gola rulê vermelha. Não havia nada de feliz e com certeza nada de paz.

— Você poderia, por favor, desligar essa música horrível?

— Sim.

Quando a música parou, May pôde pensar com um pouco mais de clareza, mas surgiram mais perguntas, exigindo sua atenção. Ela lutou para espantar a letargia. *Eu sou a comandante Maryam Knox. Espaçonave de Pesquisa* Hawking II. *Nasa.* Onde estava o Centro de Controle de Missão? Por que eles não estavam ajudando? Como puderam deixar aquilo acontecer? E o que, afinal, era *aquilo*? Ela tentava lembrar o que havia acontecido, mas sua memória parecia uma televisão com sinal intermitente cortando a estática. Fragmentos aleatórios dançaram zombeteiramente na ponta da língua, quase ao alcance.

— Eu estava morrendo...

— Por favor, repita — disse a IA.

— Estou tentando lembrar. Mas a minha cabeça... as coisas estão confusas.

— Você está tendo perda de memória?

— Consigo ver pedaços, fragmentos de coisas, rostos. Mas não consigo juntar tudo. Não lembro. Deus, o que aconteceu comigo?

— Você é capaz de relembrar memórias de longo prazo, como por exemplo onde você nasceu, o nome de seus pais e onde estudou?

May sondou o passado e achou animadoramente acessível. Quis percorrê-lo o máximo possível, com medo de perdê-lo.

— Eu nasci na Inglaterra. Cidade natal, Bournemouth. Minha mãe e meu pai, Eva e... Wesley. Ambos pilotos, agora falecidos. Meu pai morreu quando eu era muito pequena. Ele era um fuzileiro naval da Marinha Real. Foi morto em combate. Eu me lembro de fotos dele de uniforme... me segurando no colo quando bebê... seus olhos azuis cintilantes e cabelo loiro platinado, penteados para trás... ele sempre parecia tão esperto, de uma inteligência afiada. Mamãe me criou. Ela era pilota da RAF. A única mulher negra em sua classe de cadetes a chegar ao posto de tenente-coronel da Força Aérea Real. Bastante rígida. Mais sargento-instrutora do que mãe. Mas ela me ensinou a pilotar... Não tenho irmãos. Cursei a Escola Preparatória na Academia Duke of York. Faculdade da Força Aérea Real em Cranwell. Treinamento de oficiais. Depois, programa de pilotos de teste, programa espacial. Meu marido é o dr. Stephen Knox...

May parou de repente. Sentira uma pontada de tristeza ao mencionar Stephen, mas não tinha ideia do motivo. Naquele momento, percebeu que havia algo no casamento deles, algo errado, à espreita nas sombras como um espírito inquieto. Ela mal era capaz de admitir para si mesma, quanto mais de mencionar à IA algo a respeito.

— Tudo isso parece sólido e consistente — continuou ela — como se tivesse acontecido ontem.

— E quanto ao seu treinamento e deveres como comandante? — disse a IA.

— Um pouco enevoado quando acordei, mas agora a maior parte parece acessível, como instinto ou memória muscular.

— Você se lembra de adoecer ou ser entubada?

Não, aí é que está. Não tenho a menor lembrança de nada disso. E outras memórias, mais recentes, estão inconsistentes, muito mais fragmentadas.

— Eu não sou capaz de executar um diagnóstico formal sem um quadro neural completo, mas com base no fato de que você está tendo mais dificuldade em recordar memórias de curto prazo, em comparação com as de longo prazo, talvez esteja sofrendo uma forma de amnésia retrógrada.

— Amnésia? — zombou May. — Eu achava que as pessoas só tinham essas coisas em filmes ruins de baixo orçamento.

— É bastante comum em casos de lesão cerebral traumática, encefalite causada por infecção e exposição a grandes doses de medicamentos anestésicos ou sedativos...

— No meu caso, talvez sejam todas essas possibilidades que você citou — lamentou May. — É permanente?

— Não sou capaz de encontrar nenhum modelo de previsão para a recuperação. Parece que isso é determinado caso a caso.

— E quanto ao tratamento? Existem medicamentos que possam ajudar?

— Não, pacientes com amnésia retrógrada geralmente são tratados por meio de terapia ocupacional e técnicas de psicoterapia que usam sugestões para estimular a recuperação da memória ao longo do tempo.

— Ao longo do tempo — repetiu May.

— Correto. Dependendo do paciente, esse processo pode demorar até...

— Acho que já ouvi o suficiente por enquanto, obrigada.

— De nada. Disponha.

May pensou na missão. Quanto mais recuava no tempo, maior a clareza. Ela se lembrava do lançamento e de boa parte da viagem para... Europa. Mas era aí que as coisas começavam a se fragmentar — alcançaram a órbita, a expedição planetária. As peças ficavam menores e mais dissociadas na jornada de volta, quando ela de alguma forma adoeceu.

— Você gostaria que eu realizasse mais alguns testes para avaliar o problema?

— Mais tarde — rebateu May, sua mente volátil e o estômago roncando, enraivecido. — Estou tonta e morrendo de fome, minha cabeça está doendo e estou prestes a cair no choro. Caralho, como eu odeio chorar.

— Talvez seu nível de açúcar no sangue tenha caído abaixo do normal. Há tabletes de glicose no compartimento perto de onde você encontrou as bolsas de soro.

May mastigou o máximo de tabletes que conseguiu enfiar na boca. Eram repugnantemente doces, mas se dissolveram rápido e a fizeram se sentir mais concentrada. E também reduziram sua dor de cabeça a um pulsar distante e monótono.

— Estou melhor, obrigada. Agora, para a cozinha. — May percebeu que não sabia ao certo como chegar à cozinha. — Hã, você pode me guiar até lá?

— Por favor, coloque a palma da mão sobre a tela da parede e efetue o login no console de comando. Fornecerei uma rota destacada no mapa da espaçonave.

May posicionou a mão na parede. A larga tela de dupla face se acendeu em vibrantes lascas de luz e o logotipo da Nasa apareceu, seguido por uma foto do dossiê de May em um uniforme de voo com seu nome e patente. Sua imagem a deixou impressionada. A mulher da foto era feliz e saudável, com pele marrom radiante. Sua boca estava ligeiramente curvada em um sorrisinho irônico que reluzia em seus olhos brilhantes, que pareciam tomar posse de tudo que observassem, como o modelo retratado em uma pintura de cujo olhar não se pode escapar. Ela examinou seu reflexo na tela para se certificar de que estava olhando para a mesma pessoa. A semelhança estava lá, ainda que dolorosamente vaga. Tudo nela agora parecia doentio. Seu cabelo outrora bem aparado, com reflexos dourados sutis nas pontas dos cachos, agora estava emaranhado e sem brilho, e sua pele estava empalidecida. O pesar que sentiu por seu eu perdido — não apenas sua aparência, mas o que tinha conhecido e quem tinha sido — produziu lágrimas amargas.

— Está tudo bem? — perguntou a IA.

May não conseguiu responder. Cada palavra tornou-se um nó em sua garganta. Era imperativo que fizesse alguma coisa, qualquer coisa, para melhorar sua aparência horrível. Ela abriu de chofre a sala de suprimentos e trocou sua camisola imunda por um avental cirúrgico novo. Calçou sapatilhas que aqueceram seus pés congelados. Depois de engolir alguns pacotes de gel de nutrientes do armário, ela esfregou o rosto com sabonete e água morna. Com relação ao cabelo, que estava emaranhado além de qualquer possibilidade de conserto, ela não teve outra escolha a não ser raspar bem rente ao couro cabeludo com tesouras cirúrgicas. Quando terminou, ela olhou no espelho. Um pouco de cor havia retornado à sua pele e seus olhos estavam um pouco mais brilhantes.

Pronto, agora você parece um cadáver apresentável, ela pensou, e conseguiu sorrir.

5

Frio como um túmulo, May pensou enquanto marchava corredor adentro a caminho da cozinha. Era a primeira visão que tinha da nave do lado de fora da enfermaria, e havia um nítido contraste entre o que via e a nave que tinha pilotado triunfalmente através do espaço, desde a decolagem na plataforma de lançamento meses antes. A escuridão era profunda, exceto pelo tremeluzir de algumas fracas luzes de emergência espalhadas de uma ponta à outra. O cintilante facho branco da lanterna de May rasgava uma estreita trilha ao longo do piso de metal, mas não conseguia penetrar mais além. A não ser pelo zumbido baixo do motor, o silêncio era tão penetrante quanto o breu.

Para uma espaçonave tão grande, o vazio impossível era profundamente inquietante, lançando sobre qualquer raio de esperança uma sombra fria e penetrante.

— A nave está às escuras — disse ela. — Não vejo sinais de tripulação... Não consigo nem sequer enxergar.

Era essa a soma de suas realizações? Uma bela expressão de toda a força e boa intenção da humanidade, isolada e caindo sem esperança de encontrar o fundo. *Como pude deixar isso acontecer? Como tudo pode ter dado errado?*

— Existe alguma chance de acender a porra de mais umas luzes? — perguntou May à IA.

Sem resposta.

— Olá? Está parecendo uma caverna aqui. Eu mal enxergo minha própria mão na frente do rosto.

Ainda sem resposta. Enfurecida, ela caminhou de volta para a enfermaria.

— Por que você não está me respondendo? — perguntou May à IA.

— Desculpe, não consegui ouvi-la.

— Você não consegue me ouvir no corredor?

— Afirmativo, comandante Knox. Aparentemente meus processadores não estão mais conectados à rede da nave. Só posso ver e ouvir você em salas com consoles de comando nos quais você estiver logada, como esta aqui.

— Então você não está ciente de que a nave está às escuras e incomunicável e que a tripulação sumiu?

— Não. Não estou recebendo feeds de dados atualizados de nenhum lugar da nave. Tem alguma ideia do que está acontecendo, comandante Knox?

A pergunta pareceu estranhamente infantil, e ocorreu a May que o que quer que tivesse derrubado a energia interna da nave havia danificado também a IA.

— Era o que eu ia perguntar a você. Pelo que vi até agora, os sistemas de energia interna da nave não estão funcionando adequadamente.

— Isso é muito preocupante.

— Não tão preocupante quanto o fato de você nem ao menos saber disso. Ou, pior ainda, não tão preocupante quanto o fato de eu ainda não ter visto ou ouvido nenhum outro ser humano na nave desde que acordei.

May começava a entender quanto sua mente estava enevoada quando foi reavivada. Ela não estava fora de perigo, mas pelo menos podia entender o básico.

— O protocolo declara com clareza que a tripulação deve obrigatoriamente estar disponível vinte e quatro horas por dia, em esquema de revezamento.

Mais uma vez, a ingenuidade infantil. A IA sabia ainda menos que May.

— Acho que a gente está bem longe do protocolo aqui — irritou-se May. — Você sabe *quando* perdeu o contato com o restante da nave?

— Não posso determinar o horário exato, pois não tenho acesso ao relógio da nave.

— Mas você pelo menos se lembra de ter perdido o contato?

— Não encontrei nenhum dado relativo a esse evento.

— Então estamos bem fodidas — disse May.

— Eu não entendo.

— Somos duas! Mas já que parece que estamos com uma maldita amnésia, não sei o que fazer agora.

— Talvez você possa me reconectar.

— Como? Isso é engenharia. Não é minha área. Eu nunca fiz isso.

Se você for até o meu processador central, terei condições de ajudá-la a avaliar o problema. Se for passível de reparo, posso instruí-la com uma explicação pormenorizada e passo a passo do procedimento de manutenção adequado.

— *Se* for passível de reparo?

— Meus processadores são parcialmente feitos de matéria orgânica mantida em um ambiente altamente controlado. Uma perda de energia resultando em uma alteração desse ambiente, mesmo no mais ínfimo grau, poderia ser catastrófica. Uma vez que não tenho conexão com o processador central, não consigo...

— Entendi — interrompeu May. — Parece que o jantar vai ter que esperar. Por favor, me envia um novo mapa mostrando como chegar ao processador central.

— Enviando agora.

May enfiou dentro de uma fronha a maior quantidade de lanternas que conseguiu reunir, pacotes de gel de nutrientes e garrafas de água e disparou de volta para o corredor. Sem a IA, não havia esperança de sobrevivência, e cada segundo que passava era decisivo se a matéria orgânica nos processadores tivesse começado a morrer. Ela pensou na ocasião em que durante uma semana inteira havia se esquecido de regar as flores da mãe e matou todas elas. Pareciam soldados mortos na linha de fogo de um pelotão de fuzilamento, curvadas e esfarrapadas. *Você tinha uma única tarefa*, disse-lhe a mãe, em tom acusatório.

— Aqui é a comandante Maryam Knox — disse May em voz alta. — Há alguém a bordo?

Ela se lembrou de alguns nomes de membros de sua tripulação e os chamou.

— Capitão Escher? Gabi dos Santos? Alguém pode me ouvir?

A lanterna falhou por um breve instante, instaurando o pânico em May enquanto ela batia no compartimento da bateria para ressuscitar o facho de luz. Teriam sido ejetados por algum motivo? A doença? Uma sensação ameaçadora de isolamento rastejou pelo estômago dela e lá o emaranhou em nós. Para clarear a mente e se livrar da intensa paranoia acarretada por isso e pela escuridão, May concentrou-se em recordar detalhes sobre sua tripulação. Jon Escher, piloto e seu segundo em comando, um animadíssimo e dedicado piloto da Marinha estadunidense que gostava de pensar que era um dos arrogantes e ousados astronautas-caubóis do passado. Com seu corte escovinha, maxilar quadrado e um agressivo regime de exercícios físicos, May achava que ele estava mais para uma caricatura daquela persona arcaica. Ele era competente, mas May esperava que um piloto mais experiente fosse seu braço direito.

Gabriella dos Santos, engenheira de voo. Ela e Gabi tinham grande afinidade, as duas eram jovens e transbordavam talento, mas estavam constantemente lutando para provar seu valor. Assim como May, Gabi era filha de militar e birracial. Seu pai era um piloto de helicóptero brasileiro e sua mãe, cirurgiã da Otan. May alimentava com todas as forças a esperança de que Gabi ainda estivesse viva em algum lugar na nave. Ninguém conhecia melhor a *Hawking II*, e ela certamente daria um jeito nas coisas.

Matt Gallagher, comandante de carga útil. May sempre brincou que ele era o homem mais entediante que ela já conhecera na vida. Tudo nele era banal, exceto seus vastos conhecimentos em engenharia espacial e pesquisa. Ele conhecia bem o marido dela, Stephen, pois haviam trabalhado sob a chefia de Rajah Kapoor, o homem que projetou a *Hawking II* para a Missão Europa. May não tinha paciência para as espantosas complexidades de levar vinte e seis astrônomos intelectuais não astronautas ao espaço de modo a conduzir todo o importante trabalho que Stephen e sua equipe tinham programado. Matt executou uma ingerência perfeita, gerenciando as personalidades extremamente diferentes, ao mesmo tempo garantindo que seus equipamentos operassem com a máxima eficiência. *Bom e velho entediante Matt*, ela pensou.

Ela ouviu um leve ruído, distante e ligeiramente mecânico, e se deteve.

— Olá?

O barulho recomeçou. Desta vez se parecia muito com passos, botas pesadas trotando, resolutas, no chão de metal.

— Tem alguém aí?

O som estava se avolumando e ganhando velocidade, como se algo grande tivesse sentido a presença dela e estivesse se aproximando para desferir o golpe mortal. Ela não tinha armas nem forças para se defender. O que ou quem poderia ser?

— Pare! Quem é...

As batidas rítmicas aceleraram até uma vibração explosiva e ensurdecedora. A nave sofreu um violento estremecimento e adernou completamente a bombordo, feito uma escuna abrindo caminho em meio a um imenso vagalhão de tempestade. May desabou com força, bateu a testa no chão e deslizou até se chocar contra a parede. Sentiu uma viga de sustentação às costas e se agarrou a ela com firmeza para enfrentar o que parecia um terremoto. Quando a nave se estabilizou e se endireitou, May pelejou para ficar de pé, a cabeça girando. Tremores menores persistiram por vários minutos, como sismos secundários se contorcendo de lá para cá através dos ossos da nave. Sua lanterna definhou até uma baça luminescência alaranjada e morreu. Desta vez, dar batidinhas de leve no compartimento da bateria não trouxe a luz de volta à vida.

— Não, não, não, não, não...

Um filete quente de sangue, de um pequeno corte acima do supercílio direito, escorreu para dentro de seu olho. Ela arrancou o bolso do peito do avental e o pressionou contra o ferimento. Seu coração martelava mais rápido do que ela era capaz de respirar para acompanhar. A consciência estava escapulindo.

— Relaxe, comandante Knox — exigiu ela. — Acabe seu trabalho. Não deixe seu trabalho acabar com você.

Inspirando profundamente e sofrendo um terrível ataque de tosse, May manteve os olhos fechados com força até que o medo intenso diminuiu e o corte acima do olho foi estancado. Ela pegou uma lanterna nova e a ligou. O facho não estava com força total, o que significava que a bateria não havia sido totalmente carregada. Não havia como estimar quanto tempo tinha até estar imersa na escuridão, então acelerou o passo.

Acabe seu trabalho. Não deixe seu trabalho acabar com você.

A frase trouxe a lembrança de um homem de cabelo grisalho e eriçado, trajando um uniforme de gala da RAF. Quatro barras douradas no ombro e na parte inferior da manga. Galões dourados bordados na pala do quepe.

— Baz — disse ela com prazer. — O maldito Baz.

Seu ex-oficial comandante e mentor, o capitão de grupo da RAF, Basil "Baz" Greene, passou veloz com um raio por sua mente. Quando ela era cadete oficial em Cranwell, Baz a colocara debaixo de sua asa, por assim dizer. A princípio, achou que ele a estava selecionando entre tantos outros por ser mulher, tentando acabar com ela para que não contaminasse o fundo genético masculino. Estava certa. Ele a havia selecionado, mas não pelos motivos que a vida a treinara para pensar. Ele viu o talento dela e não estava disposto a permitir que fosse desperdiçado. De fato, ele apostou a própria carreira e reputação ao nomeá-la para o programa de pilotos de teste. Naquela época, as viagens ao espaço profundo estavam à beira de fazer avanços sem precedentes na propulsão, que desafiariam a física e encolheriam a vastidão do sistema solar. Baz ajudou May a surfar naquela onda. Piloto dos pioneiros transportes comerciais para Marte aos vinte e cinco anos de idade. Capitã aos vinte e sete. Comandante da primeira missão para Europa aos trinta e dois.

— E olhe para mim agora — ela riu amargamente.

6

No corredor que levava ao processador central, uma estranha luz morna emanava de uma fonte invisível e ficava cada vez mais brilhante. Lembrou a May um pôr do sol, com seus tons amarelo-alaranjados. Quando ela tocou o sistema de verificação biométrica e a porta se abriu deslizando, a sala foi banhada por essa claridade. A porta se fechou e se lacrou atrás de May e ela teve a sensação de que encontrara um oásis. Conseguiu respirar fundo sem despertar no peito uma sensação de morte, e se permitiu por um momento deixar uma pequena fagulha de esperança voltar. A única coisa que teria tornado melhor ainda o momento seria se Gabi estivesse lá, pronta para ajudar com os reparos... e talvez oferecer algum pequeno contrabando, um pouco de vinho ou quem sabe um cigarro? Mas o processador central era outro bairro sem vida na mesma cidade fantasma. May logou para ter acesso ao console de comando e ressuscitou a IA.

— Olá, comandante Knox. As minhas instruções foram úteis?

— Sim — respondeu May, secamente. — Ainda nenhum sinal da tripulação ao longo do caminho. É possível que tenham sido ejetados nos veículos de pouso?

— Não sou capaz de determinar isso até que...

— Certo. Até que você seja reconectada. O que eu faço agora?

— Meus processadores estão na câmara em frente à porta de entrada. Por favor, siga atentamente os procedimentos listados no interior. Qualquer falha na execução dessas normas pode resultar em contaminação e desligamento permanente.

— Sem pressão.

May examinou a câmara do processador. O espaço confinado ficava atrás de uma parede preta lisa, sem ponto de entrada perceptível.

— Como é que eu entro? Soluciono um enigma? Uso a força?

— Eu não...

— Eu sei, desculpe. Vou parar de besteira e aguardar suas instruções.

— Por favor, em primeiro lugar vista um traje de proteção ultravioleta e antimicrobiana. A matéria orgânica requer luz solar não filtrada para um desempenho ideal, e a contaminação bacteriana a destruiria.

— Então você está viva — disse May com admiração, e talvez uma pitada de medo.

— Se por viva você quer dizer a condição que distingue animais e plantas da matéria inorgânica...

— Deixa pra lá.

A parede negra abriu-se como uma íris. May entrou no vestíbulo do processador central, que se fechou em silêncio atrás dela. Ela se despiu à luz do sol, saboreando o calor sobre a pele nua. Fechando os olhos, tentou imaginar-se na praia, e uma lembrança real de uma areia branquíssima em algum lugar nos trópicos lampejou em sua mente.

— Comandante Knox — disse a IA, interrompendo a encantadora fantasia de May. — Não é seguro expor sua pele à luz UV por um longo período de tempo.

— Toda festa tem um estraga prazeres — sussurrou May para si mesma.

May vestiu o traje do processador central. Ao contrário dos trajes táticos de Atividade Extraveicular — ou AEV — da Nasa, o traje do processador central era mais parecido com algo que se usaria para praticar mergulho — colado à pele e feito de um material do tipo neoprene grosso e de textura semelhante à borracha. Sua superfície externa era revestida por linhas entrecruzadas de fibra óptica finas como fios de cabelo. O capacete também era colante, e as bolsas de gel dentro dele ajustaram-se automaticamente à cabeça de May, moldando-se em torno dela. O vidro do visor curvou-se sob o queixo ao mesmo tempo em que o capacete e o traje fecharam-se hermeticamente em torno do pescoço. As linhas de fibra óptica embutidas no tecido do traje acenderam-se, vermelhas, e a tela de funções apareceu no lado de dentro do visor do capacete, com as palavras "Iniciando descontaminação".

May viu a cor das linhas de fibra óptica mudar lentamente para branco, indicando descontaminação, convencendo a si mesma de que ela não sufocaria no claustrofóbico traje.

— Entrada liberada — disse a IA. — O processador central é uma câmara antigravidade sem equipamento atmosférico de suporte de vida.

— Por quê?

— A exposição à atração gravitacional e ao oxigênio acelera o envelhecimento do processador.

— Certo. Os seios flácidos da vovó — disse May, baixinho.

— Por favor, repita, comandante Knox. Não fui capaz de ouvir.

— Eu disse "vamos em frente".

— Vou usar a câmera do seu capacete para visualizar o sistema. Ativando isso agora.

A tela do visor da câmera apareceu no vidro do capacete de May.

— Você está pronta, comandante Knox?

May assentiu.

— Por favor, segure-se nas barras de segurança. Vou equalizar a pressão e a gravidade nesta câmara para o processador central.

May apoiou-se nas barras à medida que seu corpo ficava sem peso e o vidro do capacete escurecia. A porta da câmara pressurizada se abriu e May flutuou dentro de uma esfera perfeita, grande como uma catedral, com uma parede de vidro homogênea e semitransparente. Por mais escuro que fosse o vidro do capacete, a luz do sol não filtrada ainda era dolorosamente brilhante. Enquanto pairava no brilho, esperando que seus olhos se ajustassem, May lembrou-se do mito de Ícaro e seu malfadado voo rumo ao Sol. Atrás do vidro, uma intrincada teia do que pareciam ser raízes negras de plantas serpenteava por toda a superfície, ramificando-se em todas as direções. May supôs que era a matéria orgânica, uma vez que estava entrelaçada a linhas de fibra óptica semelhantes às do traje dela.

— Você tem um cérebro muito interessante — disse May. — De que é feito?

— É um organismo singular composto de neurônios animais e matéria vegetal celular, ligados por um plasma altamente condutivo e fibras ópticas que o conectam ao circuito da nave. É o sistema mais avançado desse tipo, capaz de altos níveis de paralelismo e versatilidade.

— Sua inteligência não é tão artificial, né?

— Eu nunca pensei nisso dessa maneira. Meus criadores disseram-me que a palavra "artificial" foi adicionada para criar uma noção de diferenciação da inteligência humana.

— Ou um senso de superioridade. Os seres humanos são frágeis.

— Você não parece frágil, comandante.

— Obrigada. Estou me sentindo mais forte, apesar das aparências.

May examinou mais detidamente o organismo do processador. Ela julgou ter sentido uma sutil vibração, como se ele estivesse tentando fazer contato.

— Falando em aparências, o organismo deveria ser assim? Tão escuro?

— Sim, a cor preta significa que está saudável e totalmente funcional. Branco indica dano ou morte.

— Concordo plenamente — riu May. — E agora?

— Ativando portais de manutenção.

Silenciosamente, o que pareciam ser cem janelas circulares, todas de um metro de diâmetro e distribuídas de modo uniforme, dilataram-se. Dentro delas havia discos translúcidos que reluziam em vermelho ou branco. A vasta maioria era vermelha.

— Cada tela de portal tem uma luz de status. Vermelho indica não funcionamento total. Branco indica função parcial. Azul indica funcionalidade completa. Por favor, escaneie todos os portais para mim.

— Entendido.

May escaneou os portais em um ângulo amplo.

— Não há azuis, e muito poucos brancos. Isso não pode ser bom, certo?

— A falha do equipamento de suporte de vida é iminente, caso não haja reparos imediatos.

May tremeu, imaginando a nave completamente às escuras, tornando-se seu próprio mausoléu congelado por toda a eternidade.

— Você precisará trabalhar rapidamente.

— Estou pronta.

— Quanto tempo de suporte de vida resta no seu traje?

May olhou para a tela de funções projetada no interior do vidro do capacete.

— Uma hora — informou.

— Darei prioridade aos sistemas críticos.

Algumas das telas de portal começaram a piscar.

— Vá para as telas piscantes primeiro. Fornecerei códigos de reinicialização para cada uma. Digite-os o mais rápido que puder, mas com cuidado. Duas tentativas incorretas desligarão o sistema por sessenta segundos.

— Saquei. Só uma coisinha. Eu nunca estive nesta sala antes; na verdade, pra ser mais exata, nunca me foi permitido, e não tenho ideia de como operar os propulsores do traje.

— Eles são operados pelo olhar e pela intenção.

— Sério? Eu só preciso pensar pra onde quero ir e o propulsor me manda pra lá?

— Você também precisa olhar para o seu destino. O sistema rastreia seus pontos focais pupilares para direcionar o alvo que se pretende atingir e combina com ondas cerebrais associadas ao desejo humano.

— Que coisa dos infernos — disse May.

— O lugar em que, segundo os cristãos, as almas pecadoras e condenadas se encontram após a morte, submetidas a castigos eternos? Eu não vejo a relevância di...

— Figura de linguagem — disse May. — Há muitas mais de onde veio essa, por isso não se preocupe em traduzir.

— Afirmativo.

May baixou os olhos e fitou uma das telas piscantes e se concentrou em querer ir até lá. Ficou perplexa quando os propulsores responderam rapidamente e ela deslizou para a tela.

— Primeiro portal.

— Toque na tela e insira o seguinte código...

May passou os trinta minutos seguintes voando em volta da esfera, inserindo senhas. Mas não estava se movendo rápido o suficiente. A antigravidade era um pé no saco, e em nada ajudava o fato de ela estar morrendo de fome e de sede. Além disso, o sistema de refrigeração do traje não estava acompanhando a radiação UV, e May transpirava, sufocando. Só dava para imaginar que desastre completo seria se ela desmaiasse ali.

— Acabei de fazer uma leitura da atmosfera na enfermaria e na área de entrada do processador central, e os níveis de suporte de vida estão diminuindo a uma taxa de cinco por cento por minuto — informou a IA, tornando a situação ainda pior.

— Mas restaurei um terço dos portais vermelhos.

— É possível que os sistemas que eles controlam requeiram reparos mecânicos.

May olhou para o relógio de suporte de vida de seu traje. Dez minutos. Recarregá-lo era irrelevante se a nave inteira estivesse prestes a morrer. Para corroborar isso, ela percebeu que alguns dos ramos da matéria orgânica estavam mudando de preto para um cinza escuro de aparência nada saudável.

— Comandante Knox, preocupa-me o nível de energia de seu traje — disse a IA algum tempo depois. — Com base no tempo em que você está trabalhando, você tem menos de dez minutos de suporte de vida.

— Se eu não terminar isso agora, estou morta de qualquer maneira.

— Recarregar o traje é o mais lógico. Sabemos quando ele vai morrer. Não sabemos quando a nave vai morrer.

— Aquelas coisas parecidas com raízes... a matéria orgânica... olhe para elas — disse May, desviando o foco.

May direcionou a câmera do capacete para os ramos que rapidamente se acinzentavam.

Decrepitude acelerada. Receio que o que você está fazendo não irá parar ou reverter isso.

— O que isso significa?

— Precisamos tentar preservar a matéria que ainda é viável.

— Como? — gritou May, irritada.

— Eu posso reiniciar o sistema inteiro. Teoricamente, isso redefiniria no estágio padrão original todos os portais e restauraria aqueles que não sofreram danos permanentes.

— Por que foi que nós não fizemos isso, pra começo de conversa? — rosnou May.

— A reinicialização do sistema é feita apenas na doca, sem tripulação. Envolve a reinicialização de todos os sistemas, incluindo suporte de vida. A nave ficará às escuras por pelo menos cinco minutos, mas isso nunca é um número exato. E se a reinicialização falhar, não poderei tentar novamente.

May podia sentir que o próprio suporte de vida estava minguando. Os arquejos que dava antes eram agora uma respiração penosa, ofegante. Ela tinha que sair de lá.

— Reinicie o sistema... depois que eu der o fora daqui.

— Comandante Knox, isso é muito perigoso. Você pode morrer.

— Estou morrendo... de qualquer forma. Ainda tem um pouco de oxigênio no traje. Quando eu chegar no... vestíbulo, vou conectar o carregador e você vai... começar a reinicialização. Isso é uma ordem.

— Afirmativo.

May voou até a porta do vestíbulo. A IA a abriu e May flutuou para dentro. Assim que a câmara pressurizada foi selada e a pressão equalizada para o mesmo nível do corpo principal da nave, ela pousou sentada ao lado da unidade de carregamento do traje. A sensação era a de que estava tentando respirar através de um canudo de coquetel. May se atrapalhou com os cabos do carregador, mas finalmente conseguiu acoplá-los. Sua respiração voltou ao normal, mas ela estremeceu quando o suor em seu traje começou a congelar.

— Está congelando — reclamou com os dentes tiritando.

— A atmosfera da nave caiu para dezoito por cento.

O traje de May estava recarregando, mas ela ganhou apenas uma pequena porcentagem de energia. Com pouca potência, a tela do visor não estava funcionando, então não tinha ideia sobre quanto tempo ganhara ao conectar-se ao carregador. Se esperasse mais, a nave perderia completamente a força e a IA perderia a capacidade de reiniciar o que quer que fosse.

— Reinicie o sistema agora.

— Qual é o seu nível de suporte de vida...?

— Apenas faça! — vociferou ela.

— Executando a reinicialização do sistema em cinco, quatro, três, dois, um.

A nave mergulhou na escuridão e no frio congelante. May sentia o calor deixando seu corpo como o ar forçando passagem para sair de uma bexiga. Cada músculo de seu tronco se comprimiu dolorosamente, e em seguida ela tremeu tanto que seu esqueleto se sacudiu com estrépito. Teve que cerrar a mandíbula e mantê-la fechada com força por medo de quebrar os dentes. Antes de perder a consciência, a única coisa que May conseguiu ouvir foi o som do que talvez fosse sua última respiração rasa e entrecortada.

7

— Comandante Knox, você está me ouvindo?

Quando May recobrou os sentidos, estava deitada no chão do vestíbulo do processador central, meio congelada, mas capaz de respirar. Seu capacete não estava mais acoplado ao traje. Ela o tirou e passou vários minutos sugando ar. Sua cabeça doía e a sensação de formigamento tinha voltado a suas mãos e seus pés. A lembrança de infância de sua mãe arrastando de uma lagoa seu corpo quase sem vida ressoou como um sino em sua mente e ela desejou que Eva pudesse estar lá para arrancá-la das garras de mais uma história sombria.

— Essa foi por um triz demais pro meu gosto — disse May. — Como foi a reinicialização?

— Cem por cento bem-sucedida. Eu estou totalmente reconectada com a rede da nave.

— É uma ótima notícia — May suspirou de alívio. — Você avaliou os danos da nave?

— Sim, o reator de fusão está minimamente funcional, produzindo energia a cerca de quinze por cento de sua capacidade normal. Os tremores que estamos sentindo estão sendo causados por dois motores com propulsores de plasma de vácuo quântico operando fora de sincronia. A minha teoria é que isso é devido ao baixo fluxo de energia do reator.

— Podemos consertar isso?

— Estou tentando diagnosticar a origem do problema. Quando isso ficar claro, poderemos determinar o rumo dos reparos.

— Suponho que precisaremos da ajuda da Nasa. Qual é o status das comunicações?

— Nossa rede de antenas direcionais está inativa, de modo que não estamos transmitindo tampouco recebendo. Eu também estou trabalhando no diagnóstico da origem desse problema.

May estava começando a ficar enjoada de novo.

— Você consegue ver o restante da nave? Algum sinal de vida?

— Restaurei uma pequena porcentagem de minhas câmeras de vídeo, mas muitas ainda estão desconectadas. Consoles de comando e outras interfaces integradas estão inativos. E meus sensores de movimento ainda não estão operacionais. Com o que posso ver, não detectei nenhum outro membro da equipe.

— E os veículos de pouso?

— Ainda não me conectei com essa parte da espaçonave.

May não queria dizer o que estava pensando, pois era impensável. Achava difícil acreditar que alguém pudesse estar a bordo sem ser detectado, mesmo com a nave às escuras. Mas prometeu a si mesma que não cairia naquela toca de coelho de especulações sem provas concretas. Lidar com a realidade era cansativo, e já passava da hora de encher sua barriga com algo, qualquer coisa, além de géis de nutrição e barras de açúcar.

— Você me faz companhia pra comer um cheeseburger?

— Eu adoraria.

Com alguma apreensão, ela rumou para a cozinha. Felizmente, a reinicialização da IA havia restaurado parte da energia interna, de modo que a nave já não se parecia com um labirinto arrasado e escuro como piche. No entanto, comparada com a lembrança que ela tinha da *Hawking II*, ainda parecia uma versão sombria e pós-apocalíptica da espaçonave original. Os painéis da parede, outrora cintilantes, e o reluzente chão de metal tinham uma pátina encardida à meia-luz, como se a nave estivesse abandonada e à deriva por décadas. May encontrou a cozinha em um estado similar ao da enfermaria, os estoques de comida parcialmente abertos e lixo espalhado. Mas, como o restante da nave, estranhamente quieta.

— IA, querida? — perguntou ela, olhando pela janela de observação. — Eu sei que nossos sistemas de navegação estão inoperantes, mas onde é que nós estamos? Você faz alguma ideia?

— Infelizmente, os campos estelares a um milhão de quilômetros em todas as direções não são identificáveis, por isso não sou capaz de determinar com precisão a nossa localização neste momento.

— Ou quanto tempo ficamos à deriva, sem dúvida — acrescentou May.

— Correto.

May assentiu.

— Nós poderíamos estar em qualquer lugar — disse ela. — Vagando a esmo em alta velocidade por Deus sabe quanto tempo... FANAM.

— Fodidos Até Não Aguentar Mais — disse secamente a IA.

May sorriu.

— É legal quando você não fala como um robô.

— Posso ser treinada para falar da maneira como você quiser. Estas são minhas configurações padrão.

— Eu posso fazer de você uma britânica de verdade?

— Claro. Qual dialeto regional?

— Bournemouth. Litoral sul.

— Certo. Que tal assim, então?

A IA modulou o sotaque, mas o tom era tão enervantemente eletrônico que provocou em May mais saudade de sua terra natal do que a sensação de estar em casa.

— Eu acho que prefiro a sua voz "natural". Mas talvez falando de um modo mais relaxado.

— Sem problema, mana. De boa. Tamo junta.

— Eu disse "relaxada", não norte-americana. — May riu.

— Desculpe. O inglês coloquial norte-americano é o mais citado como uma maneira "descontraída" de falar.

— Isso não me surpreende... Ei, que tal se você só me ouvir e tentar falar como eu?

— Eu posso fazer isso — disse a IA. — Assimilação é minha especialidade.

— Por falar nisso, você tem um nome?

— I.R.N.A. É um acrônimo para Inteligência de Rede Neural Artificial.

— Não vai rolar. Irna era o nome do manequim de ressuscitação cardiopulmonar com que eu tive contato íntimo demais nos treinamentos de voo. Posso te dar um nome mais adequado?

— Você é a comandante desta nave. Tem autoridade para...

— Falando como um robô de novo.

— Desculpe. Você gostaria de escolher um nome para mim?

— Sim, eu gostaria.

May refletiu cuidadosamente. Afinal, reconhecia que podia estar escolhendo o nome da última amiga que viria a ter na vida. Então de súbito seu pensamento recuou para sua mãe em pé ao lado da lagoa, de braços cruzados, silenciosamente preocupada, mas sem entrar em pânico — a perfeita imagem para sua severa postura militar.

— Acho que vou chamar você de Eva.

— Eva. O livro do Gênesis. Criada a partir da costela de Adão...

— Nada dessas bobagens, por favor. O nome da minha mãe era Eva. Assim como você, ela também era implacavelmente prática e vivia me livrando do perigo.

— Fico lisonjeada. Obrigada, comandante Knox.

— É, isso vale para você também, Eva. "Comandante Knox" é muito rígido. De agora em diante, pode me chamar de May. Abreviação de Maryam.

— Maryam, variante árabe para Maria, mãe de Jesus, ou Isa, conforme está escrito no Alcorão.

— Sério? É daí que vem meu nome? Sempre achei que me deram esse nome pra homenagear alguma tia velha da mamãe.

— Talvez tenha sido uma homenagem a uma tia velha, mas essa é a origem do nome.

— Agora até que eu gosto — sorriu May, pensando em como sua mãe sempre foi inteligente, infundindo sua vida com fascinantes doses de estilosa ousadia. — Certo, chega de conversa fiada, Eva. Você é agora meu segundo oficial no comando. Não apenas um equipamento. Nós somos uma equipe. Sacou?

— Afirmat... quero dizer, sim, May.

— Excelente. Agora, vamos voltar a tratar de assuntos menos agradáveis, como a nave estar condenada etc. Uma coisa que poderia nos ajudar a salvá-la é se soubéssemos, em primeiro lugar, que merda aconteceu com ela. Você tem algum dado?

— Parece que você não é a única a lidar com a perda de memória. Logo após a reinicialização, tentei acessar o log de dados da nave. Como sabe, estou programada para gravar toda a viagem. Isso inclui o armazenamento de feeds de dados brutos e a captura de registros audiovisuais com a minha rede de câmeras. O log de dados da nave foi encerrado em 13 de dezembro de 2067 às 9h30 e só foi restaurado depois que fiz a reinicialização.

— É possível que sua perda de memória tenha sido causada por algum dano na nave?

— Sim, mas a condição dos meus processadores, embora precária, tornaria improvável a perda total de dados. Há várias redundâncias, informações armazenadas mais de uma vez, de salvaguarda contra essa situação.

— Com certeza o Centro de Controle de Missão tem backups redundantes — disse May, esperançosa.

— Todos os dados são constantemente transmitidos para o Centro de Controle de Missão. Se conseguirmos restabelecer contato, eles poderão identificar com precisão o problema.

— Vamos retirar a palavra "se" do nosso vocabulário, Eva. *Quando* nós restabelecermos a comunicação.

— Claro, com a ressalva de que não estou tentando dar a ideia de certeza sem dados empíricos.

— Tudo bem. Só preciso de um pouco de otimismo. E se o meu maldito cérebro funcionasse direito, talvez eu conseguisse ajudar a resolver alguns dos nossos problemas. Está uma bagunça na minha cabeça agora.

— Se você quiser — disse Eva — eu posso mostrar o vídeo do briefing da missão e dar a você acesso aos programas de navegação e inspeção virtual da nave.

Pesquisei nosso banco de dados médicos e descobri que estímulos e sugestões fortes podem ajudar a restaurar memórias após um trauma cerebral. O briefing cobre os parâmetros e instruções e o quadro de pessoal, e também fornece uma breve visão geral da pesquisa do dr. Stephen Knox, sobre a qual...

A mente de May deixou-se levar pela imagem do marido e, nessa divagação, parou de ouvir as digressões de Eva. Não que tivesse se esquecido dele. Por estar tão concentrada na nave e na sobrevivência básica, tentando encontrar seu caminho através da confusão mental, May não tivera tempo ou capacidade de pensar muito sobre ele. Mas quanto mais recuperava suas faculdades, mais ele estava em sua mente.

Embora o coração de May se enchesse de calor e afeto, ela sentiu um frio na barriga. Será que simplesmente sentia saudade dele e temia que estivesse convencido de que ela estava morta? Será que ele sentia o mesmo tipo de dor que ela sentiria se pensasse a mesma coisa a respeito dele? Ou era algo mais? Ela se lembrou do que Eva dissera sobre a amnésia retrógrada. As lembranças mais antigas viriam primeiro, ou pelo menos seriam mais acessíveis. Memórias mais próximas de sua doença seriam mais difíceis de acessar. No fim das contas, a lembrança viria. Ele viria. Mas, por ora, ele parecia muito distante.

8

14 de fevereiro de 2066 — Houston, Texas

Domingo à tarde. May estava no simulador da *Hawking II* no Centro Espacial Johnson. O convés de voo estava envolto em uma esfera de metal suspensa em um enorme campo eletromagnético, capaz de simular viagens espaciais com um alto grau de precisão. May estava passando por seus programas de treinamento antigravidade, flutuando de estação para estação com uma unidade de propulsão montada sobre uma esteira.

— Sequência de treinamento completa — disse a IA de bordo. — Pontuação perfeita. Excelente trabalho, comandante.

— Obrigada — respondeu May, voltando lentamente para a Terra.

— Você gostaria de ir de novo?

— Não, provavelmente é melhor eu sair e simular ser um ser humano por algum tempo.

— Divirta-se — disse a IA.

— Por favor, assim é pressão demais — riu May.

Lá fora, o mundo estava molhado do aguaceiro de verão. Uma luz fragmentada salpicava o asfalto fumegante, e o imundo calor de Houston fez sua pele pinicar. May queria voltar e se recolher no frescor do simulador, mas sua mente estava reduzida a uma massa empapada parecida com mingau, e fazia dias que ela não via o sol.

— Hora de tomar um drinque. Talvez dois.

Andando até o carro, ela permitiu que a garoa ensopasse suas roupas. Era boa a sensação de não se importar. Como comandante, tudo o que fazia era trabalhar arduamente, penando para dar conta de todos os detalhes, por menores que fossem. Esse era o estilo da Nasa. No momento, o único detalhe com que ela se importava era encontrar uma boa margarita, com sal, e saboreá-la com uma longa tragada no cigarro. Normalmente, teria apenas voltado para seu insípido apartamento a fim de beber e fumar sozinha, mas estava cansada de sentir pena de si mesma por ser uma solitária patética. Segunda-feira era seu dia de folga. Podia muito bem usá-lo para se recuperar de algo parecido com diversão.

May caminhou até o único carro no estacionamento, um Mustang vermelho conversível muito americano que ela comprara raspando até o último centavo de suas economias. Era inclusive uma daquelas antigas feras que realmente permitiam que a pessoa dirigisse por conta própria. Piloto automático era uma besteira, e dirigir era um dos grandes privilégios da vida — especialmente um carro esportivo com o vento soprando no seu cabelo. Não havia um nerd no universo que fosse capaz de inventar qualquer coisa que substituísse isso.

Nassau Bay estava apinhada de gente. Parecia que em todo lugar para onde May olhava havia casais de mãos dadas, comendo e bebendo em pátios de restaurantes, beijando-se em público. O tráfego estava pesado, então ela acalmou seus nervos com um cigarro Dunhill Red, e procurou no rádio alguma bobagem pop para tocar no sistema de som.

— Americanos e suas demonstrações públicas de afeto — estremeceu ela. — Que nojinho.

Ela viu algumas mulheres carregando buquês de flores e presentes.

— Talvez seja um casamento ou...

Ela entreviu uma placa de publicidade na calçada em frente a um restaurante de uma grande rede: "Brunch com champanhe no Dia dos Namorados".

— Deus do céu — disse May. — Dia dos Namorados. Claro. Que nojo mesmo.

Conseguir aquele drinque, ou dois, tornou-se muito mais urgente, e a paciência de May se esgotou enquanto dirigia a passo de lesma, vasculhando a rua em busca de lugares que não anunciassem a morte por frituras. Meio quarteirão acima, alguém estava saindo de uma vaga defronte a um restaurante mexicano e ela estava na posição perfeita para estacionar.

— Aleluia — disse May alegremente.

Mas assim que o carro saiu, outro veículo do lado oposto da rua fez uma manobra em U e deslizou para dentro da vaga.

— Filho da puta — sibilou ela.

Enquanto preparava o ataque verbal para soltar os cachorros em cima do motorista transgressor, ela não notou o homem na calçada ao lado dela, usando um largo cardigã de lã e tênis velhos. O nariz dele estava enterrado em um incômodo e pesado livro velho de capa dura, e ele estava tentando lidar com uma casquinha de sorvete, sabor pistache, de tamanho absurdo e em rápido derretimento. Quando ele desceu do meio-fio em frente ao carro dela para atravessar a rua, estava tão perto que, mesmo a menos de quinze quilômetros por hora, era impossível parar.

O para-choque dianteiro de May atingiu o homem na altura dos joelhos e ele soltou um grito semelhante a um latido. May pisou nos freios e o homem desabou desajeitadamente por sobre o capô. A princípio, ela soltou um grito engasgado de horror por ter atropelado alguém, mas depois caiu na gargalhada quando a bola de sorvete voou por cima do para-brisa e caiu no colo dela. Enfurecido, o homem lutou para ficar de pé, com um cone de açúcar vazio na mão trêmula.

— Por que você não vai devagar? — berrou ele.

— Eu estava tão devagar que estava praticamente dando ré — disse ela, lutando para sufocar a risada. — Talvez você devesse olhar por onde anda em vez de enfiar um livro no rosto e comer aquela casquinha ridícula de sorvete. Quantos anos você tem, oito?

O rosto do homem ficou vermelho. Uma multidão de embasbacados se aglomerou para assistir e dar risada, o que fez com que May imediatamente se arrependesse de ridicularizá-lo. Onde estava a merda da sua educação? May estava prestes a pedir desculpas quando o homem jogou gasolina no fogo.

— Isso não é engraçado — gritou ele, esfregando o joelho. — Quem sabe fosse melhor você aprender a dirigir direito neste país antes de matar alguém.

A multidão de curiosos gargalhou e aplaudiu. Dispositivos eletrônicos foram sacados de bolsos e bolsas e estavam filmando. A pena de May por Stephen evaporou-se com a mesma rapidez com que seu azedume pela multidão disparou até o máximo. Ela preferia morrer a ser vista como uma estrangeira desventurada, incapaz de fazer algo tão idiota quanto dirigir do lado certo da rua.

— Ou talvez você devesse tirar a cabeça de dentro da bunda — rebateu ela na mesma moeda. — E a propósito, o hospital psiquiátrico ligou. Eles querem que você devolva seu suéter imundo.

A multidão urrou de gargalhadas e a aplaudiu, o que imediatamente acabou com a raiva do homem. Ficou claro que ele estava constrangido e queria sair de lá o mais rápido possível, talvez para se arrastar para um buraco e morrer. Em sua pressa de bater em retirada, ele foi até o meio da rua para pegar seu livro e quase foi decapitado por uma caminhonete que passou em alta velocidade. Com o livro na mão, ele correu calçada afora e se sentou em um banco no ponto de ônibus para se recompor. May sentiu-se terrivelmente envergonhada enquanto a multidão debochava da fuga. Ela estacionou algumas vagas adiante e caminhou até ele.

— Você voltou para acabar comigo? — gracejou o homem.

May mostrou-lhe sua carteira de habilitação.

— Voltei pra me desculpar e me oferecer pra levar você a um médico pra ter certeza de que está tudo bem. E aqui está minha habilitação, se você quiser ligar pras autoridades. Meu nome é Maryam, a propósito.

— Stephen.

Ela estendeu a mão, que ele categoricamente ignorou. E então ela viu o porquê. Havia sangue escorrendo pelo suéter, no pulso.

— Ah, você se machucou — lamentou. — Eu tenho um kit de primeiros socorros no carro. Já volto.

May correu até o carro e pegou o kit. Mas quando olhou para o ponto de ônibus um quarteirão acima, o banco estava vazio.

9

26 de dezembro de 2067 — Estação Espacial Orville e Wilbur Wright

— Carregando o acervo de imagens da busca mais recente — disse uma voz masculina de IA. — Concluída há 3,26 horas.

Em uma tela curva que ia do chão ao teto apareceu uma imagem de alta resolução de Europa. Os detalhes eram tão vívidos e nítidos que dava a impressão de que alguém poderia estender a mão para dentro da tela e tocar a superfície gelada da Lua. Seus padrões entrecruzados de fissuras escuras interrompiam a pátina brilhantemente refletiva da Lua. Plantada no mar congelado e reluzente havia um punhado de bandeiras multinacionais representando todos os países envolvidos na histórica missão.

O telescópio de infravermelho óptico UV da Nasa, construído para inspecionar exoplanetas a milhões de anos-luz de distância, havia sido direcionado para Júpiter em um esforço de localização de sinais da desaparecida nave *Hawking II*. O padrão de busca começou com um panorama de Europa e lentamente se inverteu para o espaço, como uma câmera de cinema acoplada a uma grua. À medida que recuava centenas de milhões de quilômetros, o telescópio rastreou o que teria sido a trajetória da viagem de retorno da *Hawking II*. De Europa, deslocou-se através da órbita do gigante de gás Júpiter, tão imponente que após sucessivos recuos continuou ocupando a maior parte da tela. Em seguida, através do cinturão principal de asteroides entre as órbitas de Júpiter e Marte, depois passando pela órbita de Marte, terminando na órbita lunar da Estação Wright.

Na imagem final, Júpiter era quase invisível, um ponto minúsculo, uma cabeça de alfinete praticamente imperceptível de luz enterrada na enorme vastidão de estrelas. A distância percorrida no padrão de busca era de quase seiscentos milhões de quilômetros. Esse número e essa imagem eram o que restava a Stephen Knox contemplar enquanto analisava os feeds de dados na metade inferior da tela. Ele também foi obrigado a aceitar o mais condenatório dos dados, a linha na parte inferior que dizia: "Espaçonave não detectada".

— Desligar tela — disse ele baixinho.

A imagem desapareceu e a tela voltou à sua função de janela de observação do escritório. O hangar vazio, totalmente visível do lado de fora, parecia uma ferida aberta e exangue. Ao ver seu reflexo, Stephen pensou que ele parecia igualmente oco. Sua costumeira aparência acadêmica — cabelos negros desgrenhados e salpicados de grisalho que eram constantemente afastados de seus olhos escuros e interrogativos, uma barba quase no limite entre o asseado e professoral e o exagero ermitão, e seu rosto comprido com rugas causadas por princípios e regras — parecia consumida por uma preocupação voraz.

Era quase inconcebível que, apenas alguns meses antes, ele tivesse visto a *Hawking II* decolar com sua esposa May no comando e toda a equipe de pesquisa a bordo. Quando a nave alçou voo da plataforma de lançamento, com grande espalhafato, ele não sentiu nem um pouco da alegria que havia previsto por ver o trabalho de sua vida materializado de forma tão literal em uma das missões mais ambiciosas da história da Nasa. Em vez disso, Stephen ficou girando a aliança no dedo, irrequieto, sentindo a relevância do anel desvanecer à medida que a distância entre a estação e a nave aumentava. Ele assistiu ao feed de vídeo de May do convés de voo, e ela parecia igualmente infeliz. E quando a *Hawking II* foi engolida pela escuridão, ele tirou a aliança e a colocou na gaveta da escrivaninha, junto com outras relíquias insignificantes.

Tudo tinha corrido bem com a viagem, que demorara pouco mais de treze semanas. A humanidade pusera os pés pela primeira vez na fronteira gelada de Europa. A exploração de sete dias e a escavação de amostras foram um tremendo sucesso. Mas depois... perda total de contato — outra novidade para a Nasa. E não apenas temporária, o que era esperado em missões ao espaço profundo. Oito dias de silêncio ininterrupto no rádio. Nada entrando nem saindo. Telemetria inexistente. Condição da tripulação e espaçonave desconhecida.

Stephen era, sobretudo, um cientista. Durante a maior parte da sua existência tinha vivido e respirado dados empíricos, e entendia as frias equações que eles produziam. A equação da *Hawking II* era a mais gélida. A cada dia que passava, as chances de sobrevivência da tripulação diminuíam de forma exponencial. O espaço era eternamente inclemente. No espaço não existiam problemas pequenos. Cada minúscula rachadura que passava despercebida tinha o potencial de se transformar em um buraco escancarado, faminto por vidas humanas. Pela vida de May.

Apesar dessas frias conjecturas, uma parte desconhecida de Stephen aferrava-se à noção supersticiosa de que ele precisava ficar de vigia, oferecendo sua determinação e força de vontade como um farol na vastidão do espaço. Ele imaginava as esposas dos antigos marinheiros trilhando obedientemente o caminho das viúvas até as plataformas de observação à beira-mar na esperança de trazer seus maridos de volta, uma ridícula perda de tempo diante do mar rancoroso. Mas, como elas, o ritual de Stephen era a única coisa que o impedia de sucumbir às profundezas do medo. Ele sempre zombara da esperança e do otimismo, seu primo mais agnóstico. Mas agora queria rastejar diante deles, implorando perdão, suplicando pela mais ínfima quantidade de paz. O pensamento de ter potencialmente enviado para a morte trinta e três pessoas, uma das quais fora o amor de sua vida, era como um tumor maligno espalhando-se por todos os recantos de sua mente. O que tornava isso letal era a possibilidade de que Stephen nunca mais tivesse a oportunidade de dizer a May o quanto ela era importante para ele. Mas aquela arma apontada para a cabeça era outra história, completamente diferente.

Os pensamentos de Stephen foram interrompidos por seu administrador de IA, que entrou em contato pelo intercomunicador.

— Quanto tempo? — perguntou Stephen antes que a máquina pudesse falar.
— Trinta minutos, senhor.
— Providencie uma venda para os olhos e um cigarro, por favor.
— Como, senhor?
— Deixa pra lá.
— Aceita um pouco de café? Ou talvez um adesivo antiestresse?
— Nada, obrigado.

Robert Warren, diretor de missões no espaço profundo da Nasa, e chefe de Stephen, solicitou a presença dele para uma reunião obrigatória. Stephen não tinha ilusões sobre as implicações dessa reunião. Era tão previsível quanto a maioria das ações de Robert. Em uma forma branda de protesto, Stephen não pretendia ir ao escritório do homem para sofrer a indignidade que, ele sabia, o aguardava. *Ele que venha até mim para variar, o desgraçado.*

Em vez disso, desligou o intercomunicador da IA e todas as linhas de comunicação e retornou à janela de observação. Quando menino, ele passava incontáveis noites de verão rastreando as constelações. Naquelas que, ele estava convencido, seriam suas últimas horas lá, era assim que ele planejava passar o tempo até que o machado caísse. Mas sua cabeça estava em outro lugar. O que durante toda a sua vida havia sido uma fonte de inspiração, agora parecia uma força hostil e traidora. Por mais que se esforçasse para olhar para além do hangar, sua mente estava ancorada ali, o último lugar onde ele a viu, talvez o último lugar onde jamais a veria.

10

9 de maio de 2066 — Estação Wright

Nos primeiros dias de seu relacionamento, Stephen e May iam com frequência até a Estação Wright, de modo que May pudesse continuar seu treinamento e para que Stephen pudesse supervisionar a construção dos laboratórios de bordo da *Hawking II*. Em uma das inspeções de AEV da nave, May convenceu Stephen a acompanhá-la. Ele nunca tinha feito nada parecido antes, e só de pensar enchia-se de um medo mortal. Mas ela sempre sabia como dar um jeito de atraí-lo para fora de sua zona de conforto, então Stephen se viu flutuando amarrado a um cabo de segurança, esperando por May, no hangar. A *Hawking II* estava na doca, ainda em construção. Ele ficou maravilhado com seu formato planetário, dividido em sete conveses de tamanhos variados. A nave havia sido projetada por Raj Kapoor, um brilhante engenheiro do Departamento de Missões de Tecnologia Espacial (DMTE) da Nasa, que havia se tornado um de seus amigos mais próximos. Por mais que fosse uma maravilha técnica, era também uma obra de arte. Mais importante, era a manifestação física do trabalho de sua vida.

— Já estamos nos divertindo? — perguntou May. Tendo terminado sua inspeção, ela flutuou até Stephen, desamarrada, um sorrisinho diabólico cintilando atrás do capacete de vidro.

— Na verdade, sim, acredite ou não — disse ele. — É uma nave e tanto, vendo pessoalmente.

— Quer ver mais?

— Hum, claro, mas como podemos...

Ele apontou para o cabo que o prendia.

— Ah, você não vai precisar dessa coisa velha — disse ela.

— Aqui é o controle — disse a voz grave e metálica do comandante da estação. — Estamos detectando um pico de frequência cardíaca e pressão sanguínea no dr. Knox.

— Estou bem — disse Stephen.
— É só nervosismo — disse May.
— Entendido.
— May, não sei, não — disse ele, nervosamente.
— Vamos lá, não tem problema nenhum.

Usando seus propulsores, ela executou alguns truques e saltos para trás e flutuou ao lado dele.

— Viu só? Você vai adorar.

May desenganchou o cabo de segurança dele.

— Hã, aqui é o controle. Estamos vendo que houve a liberação do cabo do dr. Knox.

— Foi intencional — respondeu May. — Vou andar um pouco com o dr. Knox, mostrar a ele o restante da nave.

— Entendido. Bom passeio, dr. Knox.

— Obrigado — disse Stephen, olhando para May.

May flutuou para longe. Eram apenas cinco metros, mas para Stephen pareciam cinco quilômetros.

— Tudo bem, use seus propulsores para vir até mim. Devagar, passinhos de bebê.

Ele não tinha intenção alguma de parecer um covarde, mas estar cercado pelo abismo do espaço, sem nada que servisse como o "chão" abaixo, o fez entrar em pânico.

— Hã, aqui é o controle...

— É só nervosismo — respondeu Stephen através da respiração entrecortada.

— Respire normalmente — disse May. — Ou vai estragar sua mistura e desmaiar. Apenas olhe pra mim, tudo bem? Concentra no meu rosto.

Stephen focou no rosto de May e diminuiu a velocidade da respiração para o normal. Em seguida, desajeitadamente, ativou seus propulsores e, aos solavancos, atravessou o espaço entre eles, quase se arremessando em um salto mortal giratório. Ela o agarrou e, com seus próprios propulsores, diminuiu a velocidade de ambos.

— Excelente — disse ela, ligeiramente sem fôlego. — Hm, por que não começamos conectando nossos trajes? Eu vou levar a gente ao redor da nave e você pode observar e aprender. Depois é a sua vez de tentar. Tudo bem?

— Mas sem cambalhotas nem acrobacias. O.k.?

— Ah, tá bom. — Ela suspirou.

Ela atrelou os dois com um cabo e eles voaram ao longo da borda externa da nave, examinando todos os seus impressionantes detalhes. Era tão quieto e pacífico que Stephen quase se esqueceu de que estava circundado pela vastidão do espaço. Embora, caso desviasse o olhar da nave ou da parte de trás do capacete de May, imediatamente se lembrasse, e tivesse de lutar contra uma poderosa sensação de vertigem. Depois de vários minutos, o sentimento já não era tão forte e ele se sentiu mais confiante. May parou e eles pairaram na frente da descomunal janela da ponte de comando. O reluzente convés de voo atrás fervilhava de engenheiros trabalhando em gravidade zero.

— Não é lindo? — disse ela, animada.

— É deslumbrante além das palavras. Apropriado para uma comandante tão talentosa.

— Ora, obrigada, bom senhor. — Ela fez uma mesura.

— Eu invejo você — disse Stephen. — Por ser uma astronauta.

— Ser um supergênio cuja pesquisa e cujo destemor em face de um exército de dissidentes ignorantes, potencialmente violentos, eu poderia acrescentar, e o ímpeto para uma das mais importantes missões na história da exploração espacial, e potencialmente de toda a humanidade, não está bom o suficiente para você?

— Na verdade, não. Eu basicamente fiz todas essas coisas porque tudo que eu sempre quis foi ser um astronauta, e percebi que esse sonho nunca se tornaria realidade.

— Desculpa, Stephen, mas isso parece um pouco maluco.

— Aqui fala o controle. Ela tem razão, dr. Knox.

— Controle, por favor, coloca a gente em um canal privado — disse May, aborrecida.

— Isso é contra...

— Agora, por favor. Eu desabilito se precisarmos de você.

— Entendido.

Eles ouviram o clique da mudança de canal e May sorriu.

— Sempre quis ser um astronauta, hein?

— Eu conheço esse sorriso e isso só pode significar...

— Você confia em mim? — interrompeu ela.

— Sim.

— Que bom. Porque estou aqui para realizar seus sonhos. Hora de se livrar da ciência e viver um pouco, dr. Knox. Não faz sentido nenhum todo mundo se divertir quando, afinal de contas, isto aqui é o seu bebê.

Ela soltou o cabo de segurança entre eles.

— Merda — disse ele, baixinho.

— De nada — disse May, afastando-se. — Do outro lado desta nave fica a plataforma do motor. Vamos dar uma olhada, conferir se esses engenheiros não estão fazendo corpo mole.

— Entendido — disse Stephen, tentando soar confiante.

May decolou, movendo-se lentamente naquela direção, e acenou para Stephen juntar-se a ela. Ele queria pedir a ela que voltasse, esquecesse a coisa toda, mas não teve coragem. Por mais que ela estivesse lhe dando uma oportunidade de ouro para realizar uma pequena parte de seu sonho, era também a oportunidade de Stephen mostrar que não era um bunda-mole. Ela nunca o acusou de ser um covarde, mas ele mesmo fazia isso incontáveis vezes. Porém Stephen se sentiu um tanto paralisado, incapaz de se mover. O medo era tão intenso que era difícil até mesmo imaginar ativar seus propulsores. Ele sentiu um suor frio chegando e seu estômago se revirando em rodopios nauseantes de parque de diversões. Desastres imprevistos poderiam ocorrer em uma complexa plataforma de manutenção orbitando a Lua a mais de trinta mil quilômetros por hora, e ele podia visualizá-los. Era como estar perto da porta aberta de uma espaçonave em pleno voo, esperando para saltar de paraquedas. Não fazia sentido.

— Vamos lá, Neil Armstrong. Estou esperando — disse ela.

O único pensamento mais aterrorizante do que seguir May era que, se ele não a seguisse, ela talvez não ficasse chateada, mas tomasse sua decisão medrosa como uma semente de decepção. E sob as circunstâncias certas, essa semente poderia germinar. A mente de Stephen rapidamente descreveu um resumo: toda história de amor exige um sacrifício supremo. Romeu e Julieta estavam fadados a uma sina, assim como Tristão e Isolda, Ulisses e Penélope, Cleópatra e Marco Antônio e outros casais literários superfamosos. Por alguma razão, o amor romântico era nada mais do que um campo de batalha infestado de traição. Não estar disposto a fazer esse sacrifício poderia ser um decisivo fator de ruptura capaz de inspirar May a retornar à companhia de pretendentes mais destemidos e heroicos.

— Vai tomar no cu, William Shakespeare — sussurrou Stephen para si mesmo.

— O quê? — perguntou May.

— Estou indo — disse Stephen, abatido.

Antes que pudesse mudar de ideia, Stephen desprendeu seu cabo de segurança e, muito desajeitadamente, usou seus propulsores para ir atrás de May. Ele presumia que a equipe de controle provavelmente estava se divertindo às custas de seus movimentos desajeitados e incertos, que, imaginava, deviam lembrar uma grosseira performance de marionetes. O que, Deus do céu, ele estava fazendo? Stephen não tinha nada para provar a ela ou a qualquer outra pessoa. Ele era um cientista respeitado, supervisionando uma missão espacial de trilhões de dólares. Não, naquele momento, ele era um astronauta. A porra do Neil Armstrong. O pensamento o fez se encher de confiança. Essa confiança gerou entusiasmo e, antes que ele percebesse, estava realmente se divertindo, como nunca antes na vida, gargalhando ao longo de todo o caminho.

— Esse é o espírito da coisa — disse May ao vê-lo chegar ao meio da nave.

— Você estava certa — disse ele. — Isto é absolutamente incrível.

— Claro que eu estava certa. E você está indo tão bem. Parece um profissional experiente. Embora talvez seja melhor diminuir a potência dos seus propulsores só um pouquinho.

Em todo o seu entusiasmo, Stephen não percebeu que vinha aumentando gradualmente a velocidade. Ele podia ver May e estava subindo com rapidez em direção a ela. Ele soltou o propulsor, mas o impulso não se alterou.

— Eu diminuí, mas ainda está um pouco rápido demais — disse ele.

— Sem problemas. É só você inverter o propulsor, com cuidado, para desacelerar — instruiu ela.

— O.k. Merda. Rápido demais.

A respiração arquejante havia retornado, e ele estava se sentindo zonzo.

— Com muita delicadeza. E respire — disse May.

Stephen tentou, mas o espaço que diminuía rapidamente entre os dois fez com que a adrenalina aumentasse e ele entrou em pânico, apertando com excesso de vigor o propulsor reverso. A força oposta jogou seu torso em um salto mortal para trás, e seu capacete bateu na borda da fuselagem. Esse golpe o deixou tonto e forçou seu corpo a voar na direção oposta ao impacto, para longe da nave. Em poucos segundos ele estava em uma perpétua cambalhota para trás, mais nauseado a cada giro. Ele ouviu a voz de May gritando alguma coisa. Podia ouvir o controle tagarelando sobre outra coisa, mas nada disso foi capaz de interromper o som de sua hiperventilação. Ele perdeu de vista a nave, depois o andaime, depois o hangar e a estação. A percepção de que estava à deriva no espaço aberto aumentou ainda mais a adrenalina e as respirações resultantes deixaram-no inconsciente.

— Controle na escuta? Retornando à base — disse May.

Quando Stephen voltou a si, estava no espaço aberto. May estava diretamente na frente dele e tudo o que podia ver atrás dela era o rosto enorme e aberto da Lua. Stephen começou a entrar em pânico de novo.

— Tudo bem, amor. Você está bem agora.

Ela os virou ligeiramente para o lado e mostrou-lhe a estação, que estava a uma considerável distância, mas se aproximando rapidamente.

— Que merda aconteceu?

— Eu não tenho certeza — disse ela, sorrindo. — Mas pensei que tínhamos concordado em não fazer cambalhotas nem acrobacias.

Stephen lembrou-se de ter apertado com força excessiva o propulsor reverso.

— Jesus, eu sou tão idiota.

— Não, vamos deixar bem claro: esse título pertence exclusivamente a mim — disse May. — Eu nunca deveria ter insistido, forcei a barra. Só não previ que você ia gostar tanto e ficaria tão feliz da vida.

— Nem eu — sorriu Stephen, lembrando-se da sensação. — Aquilo foi incrível.

— Fico feliz em ouvir. — May riu. — Mas não acho que meus superiores vão ver com olhos tão bondosos. Certo, controle?

— Desculpe, comandante Knox. Tivemos uma breve interrupção nas comunicações devido à interferência solar. Perdemos nosso contato visual também. Algo a relatar?

— Só que nenhum de vocês nunca mais vai ter que pagar pela bebida.

— Entendido e gravado — disse o controle. — Melhor se apressar. Os superiores de quem você falou estão chegando.

— Obrigado, May — disse Stephen, sorrindo.

— Por quase transformar você em um acessório permanente da Lua?

Olhando para May, Stephen notou que ele estava hiperconsciente, fascinado por cada detalhe do rosto dela. As estrelas refletidas nos olhos de May davam-lhe uma beleza etérea que fez o coração de Stephen doer. E então se deu conta. Ela tinha realizado o sonho dele. Era um momento de que nunca se esqueceria, e mais tarde ele compreenderia que foi o momento em que ficou realmente caído por May. Não passou despercebida a ironia de que ele havia literalmente "caído", quase que morte adentro, e ele riu alto.

— Eu sempre quis ir à Lua.

11

26 de dezembro de 2067 — Estação Espacial Orville e Wilbur Wright

A porta do escritório de Stephen abriu-se abruptamente, arrancando-o de seu devaneio, e Robert Warren entrou a passos largos. Ele tinha o ar aristocrático de um senador de sangue azul, estragado pela vaidade obsessiva. A tecnologia antienvelhecimento preservara as características marcantes de sua juventude privilegiada — a pele bronzeada, o cabelo loiro-areia —, mas com uma aparência sintética que parecia quase cadavérica após um exame mais detalhado.

Para começo de conversa, já era ruim o suficiente que Stephen tivesse que prestar contas a homens como Robert. Afinal, era o trabalho *dele* que a Nasa havia financiado. A amarga verdade era, e sempre foi, que a ciência é escrava do dinheiro. E, com o dinheiro, vêm a reboque pessoas como Robert.

— Bom dia — disse Stephen, cansado.

— Eu te chamei ao meu escritório mais cedo — disse Robert enquanto se acomodava na cadeira da mesa de Stephen.

— Sim, eu ignorei isso — respondeu ele. — Imaginei que seria bom para você fazer um pouco de exercício.

Uma das sobrancelhas bem cuidadas de Robert se arqueou em desaprovação.

— Entendo — disse ele, sem achar graça.

Stephen sentia um prazer doentio em forçar Robert a fazer o que mais odiava: ser o portador de más notícias.

— Eu sei que isto é difícil...

— Não estou procurando solidariedade — disse Stephen, secamente.

— Há alguma coisa que eu possa fazer por você?

— Você pode mexer alguns pauzinhos e me deixar ficar até sabermos que merda está acontecendo.

— Meu velho, você me lisonjeia ao superestimar a minha autoridade. Por mais que eu deteste a expressão, estou de mãos atadas.

— Robert, nós dois sabemos que isso só é verdade quando você quer dizer não para alguma coisa. Você é um homem poderoso que consegue o que quer, então vamos cortar o papo furado, por favor.

Stephen odiava jogar com a vaidade de Robert, mas era a única fraqueza da qual ele quase sempre podia tirar vantagem. Não que Robert fosse burro demais para não perceber a manobra, a questão era que ele adorava a bajulação, especialmente quando vinha de alguém que, ele sabia muito bem, era superior a ele em todos os sentidos. Robert sorriu, feliz por ver Stephen em maus lençóis mais uma vez.

— Digamos que você esteja certo — disse Robert, dando início ao que a seu ver seria uma emocionante dialética. — De que modo você contribuiria para a situação? O que eu poderia dizer à diretora Foster para convencê-la a manter você? Existe alguma área de conhecimento especializado que você vem escondendo de mim, algo que garanta a você um lugar na comissão de busca e resgate?

Essa era outra tática de Robert Warren. Quando encurralado, escondia-se atrás da burocracia oficial, fingindo que a diretora Foster realmente tinha alguma influência sobre seu pequeno feudo, que ela não vivia com o constante temor de que Robert usaria sua considerável riqueza e poder para assumir o cargo dela da mesma maneira que um bully tomaria o dinheiro do almoço de uma criança mais fraca. Ele devia saber que seus métodos eram óbvios, mas simplesmente não se importava. Esse era o nível de profundidade de sua arrogância. Como os legisladores ultraconservadores que tinha incitado a aprovar às pressas a missão, apesar da violenta oposição deles a algumas das teorias de Stephen, ele comandava com desdenhosa condescendência.

— Maryam é minha esposa.

— *Era* sua esposa, Stephen.

— Você está se divertindo?

— Nem um pouco. Estou afirmando um fato óbvio. Eu de fato concordo que o seu casamento teria sido uma razão bastante defensável, embora pouco ortodoxa, para mantê-lo aqui. Mas o seu pedido de divórcio é de conhecimento geral. Para mim é fácil entender a mudança de ideia por causa do desejo de ajudá-la, mas para outros será confuso. Para outras pessoas, isso pode ser visto como uma inversão extremamente emocional, baseada no arrependimento, o que pode implicar uma certa... volatilidade. E nós sabemos o que a Nasa pensa com relação a isso, não é?

A raiva de Stephen transformou-se em uma espécie de sede de sangue primitiva que o fez ter certeza de que ele seria capaz de matar Robert com as próprias mãos, ali mesmo. Sua mente racional rapidamente sufocou esse instinto, como sempre acontecia quando confrontada com a "volatilidade emocional".

— Você tem todas as respostas, não é, Robert? — disse Stephen com mais desprezo do que pretendia.

— Ao contrário do que você pensa, não estou tentando ser insensato, e a minha decisão de mandar você de volta não é de forma alguma arbitrária, tampouco tem motivações negativas. Tente ver da minha perspectiva. Esta é uma crise colossal, de um tipo que a Nasa nunca conheceu. Washington apertou o botão de pânico, e eu sou o alvo da considerável ira deles. Mais importante, eu carrego todo o peso da responsabilidade por cada alma naquela nave. Estou fazendo o melhor que posso para tentar administrar uma situação horrível que piora a cada dia. Neste exato momento, o foco extremo na busca e resgate é o que é necessário e, lamento, mas você não faz parte dessa equação. Por favor, tente entender isso.

Stephen começou a formular uma réplica, mas a previsível futilidade disso fez com que se sentisse impotente e fraco. Ele recuou, por medo de perder a chance de permanecer vinculado à missão em Houston.

— Então é isso? — disse Stephen, certificando-se de empregar um tom de voz de derrota.

Funcionou. Robert relaxou e voltou ao papel de ditador benevolente.

— Receio que sim. Claro que se... quando a situação voltar ao normal, teremos a conversa oposta.

Robert levantou-se e se posicionou ao lado de Stephen, desajeitadamente tentando invocar algum tipo de persona paterna e consoladora.

— O que importa — começou ele, intensificando o tom de voz — é que eu não desisti, nem a equipe. Nós vamos fazer tudo ao nosso alcance para encontrá-los, para encontrar May.

— Eu não estou questionando isso — disse Stephen, querendo dar um fim à avalanche de baboseiras. — Eu só me sinto... desamparado. Não posso imaginar como será lá em Houston, em casa, cercado por coisas que me fazem lembrar dela. Talvez eu acabe perdendo o que restou da minha sanidade. Você levaria em consideração a possibilidade de permitir que eu fique no Johnson? Eu estava pensando em analisar os dados que conseguimos coletar antes... manter minha mente ocupada.

Robert assentiu e deu um tapinha no ombro de Stephen.

— Claro. Na verdade, vou passar mais tempo lá também, tentando gerenciar a estação e a crescente maré de descontentamento em Washington. Minha porta está sempre aberta.

— Obrigado — disse Stephen, engolindo a gratidão com uma boa quantidade de bile.

* * *

No ônibus espacial de volta para Houston, Stephen observou a Estação Wright encolher à distância. Ir embora da estação criava uma distância ainda maior de May, e dava a sensação de estar jogando a toalha. Ele nunca tinha gostado de abandonar alguém em apuros, especialmente alguém que ele amava. Apesar dos conflitos e diferenças entre os dois, alguns deles bastante duros, May nunca fizera aquilo com ele. Stephen, por outro lado, era atormentado por lembranças de vezes em que dera as costas a ela, algumas que ele mal suportava lembrar... algumas que culpava pelo fim do casamento. Como poderia viver consigo mesmo se não tivesse a chance de reparar os erros, reafirmar seus verdadeiros sentimentos por ela? O medo de perder May só era eclipsado pela escuridão que vinha com a incapacidade de responder a essa pergunta.

— Reentrada em dez minutos — disse o piloto. — Por favor, verifique seus cintos de segurança. As coisas podem ficar bem turbulentas.

12

25 de dezembro de 2067 — Espaçonave de Pesquisa do Espaço Profundo *Hawking II*

— Atenção — disse May com firmeza no microfone do console. — Aqui fala a comandante Maryam Knox. Se você está ouvindo minha voz, por favor, encontre um painel de comunicação e responda indicando sua posição imediatamente.

May retornou à ponte de comando para tentar rearrumar e endireitar as coisas no convés de voo. De tempos em tempos, ela usava o sistema de amplificadores para convocar os sobreviventes, em vão.

— Eva, eu preciso realmente fazer uma inspeção física de todos os conveses. Mas acho que vou precisar de um curso de atualização.

— Você gostaria que eu carregasse o programa de navegação?

— Sim, provavelmente eu deveria fazer uma reinicialização de mim mesma.

May lembrou-se de que Eva havia mencionado o filme com o histórico da missão. Desde que tivera a chance de pensar em outras coisas além da sua morte iminente, May vinha ansiando ardentemente pela presença de Stephen, na esperança de entender o sentimento de agitação que a lembrança dele causava. Precisava vê-lo, mesmo que isso significasse assistir a um dos filmes de arquivo da Nasa, malfeitos e de mau gosto.

— Eva — disse ela em seu tom mais informal. — Vamos também executar o vídeo com o histórico da missão. Estou por dentro de tudo aquilo, mas ver a filmagem pode ajudar a desatar algumas memórias. Mal não vai fazer. A menos que a minha preocupação seja com morrer de tédio.

— Isso é engraçado — disse Eva. — Assisti ao filme com o histórico da missão e sei que é muito enfadonho. Boa piada.

— Você é capaz de rir de coisas engraçadas em vez de dizer que elas são engraçadas?

Eva riu. Era uma risada suave e não robótica, mas a entonação era muito agressiva, como a de um vampiro assistindo ao incêndio de um vilarejo.

— Nada mal. Precisa só ajustar um pouquinho.

— Obrigada. Estou carregando o filme com o histórico da missão agora. Você gostaria de um petisco enquanto assiste?

— Pipoca? — perguntou May, esperançosa.

— Pipoca eu não tenho, mas há alguns grilos com sabor de raiz-forte no módulo de armazenamento da ponte de comando. São ricos em proteínas e, segundo me disseram, deliciosos.

— Obrigada, mas vou passar — disse May, tentando não vomitar.

A janela de observação que contornava todo o convés de voo escureceu e se converteu em uma tela de projeção tridimensional. Um logotipo da Nasa apareceu, seguido pelo vídeo de treinamento da Missão Europa — filmagens de arquivo, fotos e animações gráficas, cuja edição incluía o acompanhamento de uma empolgante trilha sonora sinfônica. Uma enxurrada de imagens sucessivas da nave e da tripulação aparecia na tela, em sincronia com a narração em uma robusta voz de barítono.

A Stephen Hawking II é uma espaçonave de pesquisa do espaço profundo de classe cinco com nove tripulantes — comandante Maryam Knox; piloto Jon Escher; engenheira de voo Gabriella dos Santos; Matthew Gallagher, comandante de Carga Útil; Ada Mazar, especialista em missões internacionais; Yuan Mengzhu, especialista em missões internacionais; Rick Opperman, engenheiro de voos espaciais tripulados da Força Aérea americana; e Daniela Giliani, especialista em Carga Útil — e vinte e seis pesquisadores participantes do voo espacial — dra. Ella Taylor...

— Vamos passar adiante para o histórico da missão, por favor — disse May, impaciente. — A pesquisa do dr. Knox.

A tela mudou e começou a ser exibido um filme de estilo documentário, com o mesmo narrador.

A Missão Europa foi iniciada pela Nasa em conjunto com um consórcio internacional de programas espaciais aliados, em fevereiro de 2058. Com base na pesquisa e aperfeiçoamentos tecnológicos do dr. Stephen Knox, astrofísico e astrobiólogo da Universidade de Princeton, a histórica missão será a primeira expedição à menor das quatro luas galileanas orbitando Júpiter. Durante os sete dias em que a nave permanecerá em solo, período no qual Europa completa duas órbitas jupiterianas, os pesquisadores coletarão e testarão fragmentos de extensas plataformas de gelo e amostras atmosféricas.

May pausou a imagem de Stephen, querendo estender a mão para alcançar a tela e tocar seu rosto. Ele parecia jovem e inspirado naquela época. Ela deu play novamente.

Simultaneamente, os engenheiros testarão um protótipo em pequena escala da inovadora tecnologia criada pelo dr. Knox, a NanoEsfera — uma nuvem de nanomáquinas moleculares que armazena energia solar e a irradia de volta para a superfície a temperaturas próximas às da Terra. É nossa esperança que a NanoEsfera gere calor suficiente para penetrar na plataforma de gelo de Europa, que tem, em média, de quinze a vinte quilômetros de espessura, de modo a permitir que os pesquisadores extraiam amostras de água do oceano abaixo. Um teste bem-sucedido dessa magnitude poderia abrir caminho para o desenvolvimento futuro de uma cobertura solar acionada por satélite que circunde totalmente a Lua com máquinas de NanoEsfera, permitindo-nos criar uma atmosfera artificial semelhante à da Terra e revolucionar a migração extraterrestre.

Havia um punhado de ótimas fotos de Stephen nessa sequência. May riu das velhas roupas e penteados, incluindo o suéter de aposentado que ele estava usando no dia em que se conheceram. Mas, por alguma razão, ela ainda se sentia ansiosa toda vez que o via.

— Gostaria de fazer uma pausa?

— Não, vamos passar para assuntos mais urgentes. Eu quero examinar todas as partes da nave e entrar em algumas simulações de operações de voo. Cansei de ser inútil.

— Carregando diagramas esquemáticos da nave.

O diagrama virtual de inspeção da nave apareceu em 3-D. May rolou o menu e escolheu a visão exterior. O tamanho da *Hawking II* e o formato esférico heterodoxo foram projetados para acomodar ambientes laboratoriais complexos, semelhantes aos da Terra, e transportar múltiplos veículos de pouso. Da lateral, em orientação de viagem. Era composta de sete conveses em forma de disco, todos em orientação vertical, conectados por um eixo de acesso central. Os diâmetros dos conveses variavam em tamanho da frente para trás. Na parte dianteira, a proa, ficava o convés de voo; a propulsão estava na popa. Estes eram os menores. Movendo-se em direção ao centro da nave, os conveses ficavam progressivamente maiores. Quando em movimento, todos giravam em torno do eixo central, proporcionando sua gravidade artificial. Como um todo, o desenho assemelhava-se a um planeta seccionado, com espaço igual entre os cortes.

— Como está sua lembrança da nave? — perguntou Eva.

— Boa. Tudo parece familiar do ângulo externo — disse May, relembrando sua caminhada espacial com Stephen. — Entrando.

May deslizou o diagrama 3-D do interior da nave. A simulação era completamente diferente da realidade, e ela se lembrou da arquitetura interna da espaçonave, construída de uma maneira que mantinha um senso de orientação bastante concreto e realista em todos os momentos, e paredes interiores lindamente esculpidas, todas com células de imagens ativas que tornavam a nave uma grande tela de projeção. Era possível transformar uma sala inteira em um ambiente simulado, como uma floresta tropical ou uma rua da cidade. A Nasa considerava isso fundamental para a saúde psicológica dos viajantes do espaço profundo. As visões e os sons eram tão imersivos que poderiam enganar o cérebro, fazendo-o pensar que estava em algum lugar conhecido na Terra. A tripulação poderia acessar e verificar esquemas de manutenção e outros mapas e imagens de operações. É claro que agora tudo estava às escuras, por conta da pane de energia decorrente do defeito que afligia a nave. *Vou voltar direto para a praia quando eu resolver tudo isso*, May pensou.

Ela passou pela ponte de comando, que já lhe dava uma sensação de familiaridade, e entrou no hangar dos veículos de pouso. Havia vários veículos padrão, redondos e em formato de cápsula, mais ou menos do tamanho de um caminhão de entregas, e um veículo orbital muito maior e mais complexo, mais próximo do tamanho de um ônibus urbano, para a implantação e operação da tecnologia da NanoEsfera de Stephen. Como o restante da nave, todos tinham um design minimalista e muito aerodinâmico. Reluziam em suas estações de carregamento como ovos luminescentes esperando para ser chocados.

De lá, May entrou no convés de comunicações, acima do qual repousava a rede de antenas de comunicação, no momento inúteis. Ela não se surpreendeu que o lugar não parecesse familiar de imediato. As estações de trabalho vazias indicavam a presença da equipe de comunicações, um grupo muito unido que protegia seu domínio com a mesma ferocidade com que os cientistas da computação policiavam a plataforma do processador. A loucura de manter múltiplos níveis de comunicação, desde as transmissões de rádio mais simples até a telemetria altamente complexa, produzia uma margem de erro inexistente. Um pequeno equívoco e, bem, o resultado era a situação de May.

— Estamos fazendo algum progresso com as comunicações? Deixa pra lá, você teria me contado.

— Tudo bem. Eu calculo que terei algumas conclusões muito em breve.

— Bom.

May moveu a simulação virtual para o convés de habitação, que abrigava as cabines de alojamento da tripulação, cozinhas, enfermaria e laboratórios de reabastecimento de comida e água. Mais uma vez, a versão simulada da nave era uma utopia bem iluminada com uma infinidade de conveniências ergonômicas. Os dormitórios pareciam moderníssimas suítes de hotel de luxo, que rivalizavam com uma casa real em design e recursos. O mais espetacular era o convés do laboratório, posicionado diretamente no meio da nave. Nesse pavimento ficavam vinte e cinco módulos de laboratório totalmente personalizados para as diferentes disciplinas no escopo da equipe de pesquisadores de Stephen — cientistas planetários, físicos, engenheiros etc. Eram unidades autônomas, concebidas para serem perfeitamente compatíveis e equiparáveis com os melhores de seus análogos da Terra, todas elas configuradas com diferentes níveis de quarentena — precaução criada para a hipótese de a equipe desenterrar algo perigoso em Europa. A quarentena permitia que qualquer um dos módulos do laboratório fosse rapidamente lacrado e ejetado em caso de contaminação.

— Eva, algum protocolo de quarentena foi iniciado antes de você perder dados?

— Não vejo nenhum registro disso.

— Por favor, faz o download de todos os dados de pesquisa que você encontrar. Eu quero um inventário de amostras retiradas de Europa e a localização na nave.

— Concluirei isso em breve.

May continuou sua caminhada virtual até o biojardim, com densas folhagens tropicais e semitropicais cultivadas para reabastecer o oxigênio e servir como filtros suspensos de toxinas para toda a nave. Era como a Bacia Amazônica, exuberante, viçoso, verde e saturado de água da chuva.

— Eva, por favor, analisa também o biojardim e veja se está funcionando direito. Eu não quero me acabar de trabalhar pra consertar esta lata-velha só pra depois ficar sem ar.

— Ainda não sou capaz obter nenhum dado dessa área.

— Vídeo?

— Cego e sem resposta.

— Eu vou fazer uma inspeção física quando terminarmos aqui.

Na parte traseira da nave ficavam os conveses do reator e do motor, respectivamente. Os propulsores de plasma de vácuo quântico, capazes de exceder em muito a velocidade dos antiquados foguetes de combustível sólido, eram acionados por um reator de fusão aneutrônico, que fornecia energia ilimitada a toda a nave. Era extremamente eficiente e confiável, apresentava poucos riscos para a segurança do veículo e da tripulação, e quando estivesse funcionando perfeitamente, poderia continuar em atividade praticamente para sempre no vácuo do espaço. Ele também reduzia em meses o tempo de viagem e permitia volumes muito maiores de carga útil. Seu único perigo potencial, e era grande, estava na quantidade de calor que gerava. May tinha ouvido os cientistas se referirem à fusão como "reduzir o tamanho do Sol". O Sol, como todas as estrelas, era um gigantesco reator de fusão que fundia átomos com facilidade devido ao calor extremo e à poderosa força gravitacional. Reproduzir isso com segurança em pequena escala era um feito científico do mesmo nível do primeiro voo dos irmãos Wright.

— Eva, qual é a atualização quanto à capacidade do reator?
— Capacidade em dezoito por cento.
— Quanto tempo você calcula até chegarmos a zero?
— No presente índice de perda, aproximadamente de oito a dez dias.

13

— Nossa, eu preciso de um cigarro.

May sentou-se na ponte de comando, a cabeça girando. Depois de passar várias horas se familiarizando de novo com a nave, estava confiante de que tinha recuperado seu conhecimento das operações. Mas isso veio com um preço. Agora percebia com clareza o terrível prognóstico da *Hawking II*. Eva provavelmente tinha feito uma avaliação conservadora, mas a versão de carne e osso da IA havia ensinado May a completar todas as más notícias com uma saudável dose de pessimismo. *É melhor errar para pior do que ser pega desprevenida.*

Prioridades. Ela queria fazer uma inspeção física da nave, mas Eva não tinha conseguido restaurar a navegação, por isso a primeira questão a resolver, o único problema que podia ser solucionado pela melhor piloto da galáxia, era recolocar a *Hawking II* em uma rota de volta à Terra. Não precisava ser exata. O objetivo era traçar uma trajetória que facilitasse restabelecer contato, em vez de voar às cegas e torcer para dar tudo certo.

— Eva, precisamos de algo, qualquer coisa, como ponto de partida para a navegação. Você está vendo algum campo estelar conhecido?

— Infelizmente, ainda não.

— Se eu não estivesse tão estressada, daria risada da ironia. Os marinheiros antigos teriam se perdido sem as estrelas, e elas estão fazendo de nós a agulha no palheiro — ponderou May. — Espera, talvez a gente possa usar o Sol.

— Não tivemos uma visualização clara do Sol desde que você acordou.

— Alguma coisa está bloqueando nossa visão. E como estamos do lado escuro dele, não podemos ver o que é. Olha os modelos de previsão de órbita planetária atuais.

— Mapeando agora.

Eva sobrepôs os modelos de órbita na janela de observação da ponte.

— Saímos de Europa em 9 de dezembro — disse May. — Menos de uma semana depois ficamos às escuras. Eu passei quase nove dias na cápsula de cuidados intensivos. Mesmo percorrendo essa distância, ainda estaríamos sob a atração gravitacional de Júpiter, certo?

— Teoricamente, sim, mas não tenho certeza sobre em que grau.

— Tudo bem, mas nossa trajetória de deriva teria sido determinada, *até certo ponto*, por Júpiter. Duvido que a gente tenha ido longe demais em qualquer direção.

May destacou essas rotas no mapa orbital.

— Tem muita chance de termos ido por *estes* caminhos — continuou ela. — Longe o suficiente para nos ferrarmos bastante. Olhando para essas trajetórias e calculando nossa velocidade com a gravidade de Júpiter, estas são as áreas mais realistas para onde poderíamos ter ido, certo?

— Sim.

Eva realçou uma área no mapa.

— Se um corpo celeste está bloqueando a nossa visão do Sol, esta é a área mais provável, já que a família Cybele, do Cinturão de Asteroides, fica por aqui. Em rotas orbitais planetárias é difícil um corpo só bloquear nossa visão por tanto tempo. Mas vários corpos grandes o suficiente para obscurecer um campo estelar podem fazer isso.

May levantou-se de um salto.

— Eva, você é um gênio. Vamos procurar eles com a varredura por infravermelho.

— Fazendo a varredura agora. Estou detectando uma assinatura infravermelha de tamanho considerável. É menor do que se esperaria do cinturão, mas isso pode ser por estarmos na borda externa.

— Tem que ser isso. Alguma outra teoria?

— Eu venho trabalhando nisso há algum tempo e não descobri muita coisa. Parece que o gênio é você, May.

— É verdade, de um modo geral — disse May, sorrindo.

— Você gostaria de tentar navegar com base nisso? — perguntou Eva.

— Vamos tentar a sorte.

— Não estou apta a recomendar esse procedimento, pela falta de informações empíricas. No entanto, concordo com a sua conclusão de que se trata de um risco calculado que vale a pena correr. O único problema que prevejo é que nossos sistemas de navegação ainda estão inativos.

— Certo, então vamos fazer as coisas à moda antiga.

— Por favor, explique *à moda antiga*.

— Navegação recursiva linearizada.

— Não estou familiarizada com esse termo.

— É porque estamos falando de uma moda antiga *mesmo*, a mais antiga de todas. Desenvolvida na década de 1960 para quando os instrumentos falhavam. Você usa pontos de referência topográfica para calcular a distância e mapear a direção. Claro que o espaço é mais complicado por causa da mudança das trajetórias orbitais, da força gravitacional dos planetas e de outros fatores que me deixariam totalmente maluca, mas que você é capaz de calcular bem rápido.

— É uma equação preditiva.

— Isso mesmo. E, no nosso caso, é uma equação preditiva baseada em suposições completamente não confirmadas. Basicamente, seu pior pesadelo, Eva.

— Eu não sou tão inflexível quanto você pensa, May. A soma dos meus cálculos é a seguinte: se todas as nossas pressuposições estiverem corretas, é possível que tenhamos feito um desvio de 15,7895 milhões de milhas ou 25,4107 milhões de quilômetros da trajetória de retorno. Isto é, claro, uma estimativa aproximada.

— Excelente. Agora, com base no que estamos supondo que seja a parte do Cinturão de Asteroides bloqueando nossa visão direta do Sol, a família Cybele, vamos definir uma rota direta para lá e ver o que acontece. Se encontrarmos um asteroide suficientemente grande no caminho, talvez a gente possa até usar ele de estilingue gravitacional, ganhar um pouco de velocidade como bônus. Por favor, mantenha esse percurso até a gente se reconectar com a Nasa. Enquanto isso, vou procurar sinais de vida.

14

— Isto não parece nem um pouco com a propaganda — brincou May enquanto vasculhava a nave.

Estava determinada a percorrer cada centímetro da *Hawking II*, procurando por sobreviventes e criando um diário em vídeo de sua condição para a Nasa. Priorizando as áreas de tráfego intenso, ela passou a maior parte do tempo nos conveses de habitação e de laboratório e em zonas de trabalho que teriam acomodado equipes mais numerosas. Ficou chamando pelas pessoas em voz alta, enquanto Eva continuava a fazer ressoar pelo sistema de amplificadores as mensagens gravadas pedindo que a tripulação se manifestasse.

Horas mais tarde, depois de inspecionar todas as áreas imagináveis que poderiam ser ocupadas por um ser humano, May não tinha ouvido nenhuma resposta e não encontrara sinais de vida. Não queria que Eva visse o quanto estava arrasada, então foi dar um passeio no biojardim. Em meio à densa folhagem, encontrou restos do que parecia ser um piquenique improvisado. Muitas pessoas a bordo da nave buscavam o refúgio do jardim biológico quando o estresse e o isolamento emocional das viagens espaciais as abalavam. O ar fresco e a luz do sol melhoravam qualquer ânimo, por isso May nunca desencorajou aquele hábito, embora tecnicamente fosse contra o protocolo.

May sentou ao lado de uma árvore e deixou que um esguicho de chuva de condensação lavasse as lágrimas de seu rosto. Tentou não perder a esperança, mas uma solidão esmagadora tomou conta dela e apagou qualquer otimismo ou sensação de realização que havia adquirido desde que acordara.

Se todo mundo se foi, que diferença faz?

Ela rapidamente afastou o cinismo. A carga útil em si, sendo ela a entregar ou não, já valia a pena salvar. Antes mesmo do lançamento havia uma noção disso, uma crença tácita de que uma missão tão importante transcendia a vida dos passageiros e da tripulação. Nenhuma pessoa que embarcou naquela nave teria discordado, muito menos May. Ela se permitiu uma meia dose de orgulho por ter segurado as pontas e impedido que as coisas desmoronassem de vez até então. Porém, por mais quanto tempo conseguiria fazer isso sozinha? Suas chances de sobreviver a uma viagem solitária de retorno, especialmente com o estado em que a nave se encontrava, pareciam quase nulas. Ainda havia muito a ser feito, tanta coisa que ela não conseguia imaginar dar conta de tudo sozinha.

E no estado em que May estava, provavelmente perderia seu último fiapo de sanidade muito antes de dar seu último suspiro. Será que isso já tinha acontecido? Ela lera em algum lugar que as pessoas em coma sonhavam e tinham visões intensas, às vezes nítidas e realistas o suficiente para elas acreditarem que estavam acordadas. O pensamento era tão horrível que ela teve que enxotá-lo da mente. Em mais de uma ocasião, tinha sentido na pele que a vida era cruel, mas também tinha visto o pêndulo balançar de volta a seu favor vezes suficientes para acreditar que no fim as coisas acabariam dando certo. Desta vez, ela sentiu que estava saindo do controle, caindo mais e mais profundamente escuridão adentro.

— May, como está indo sua busca? — perguntou Eva.

— Nenhum sinal de vida. Terminei — disse May com tristeza.

— E o hangar dos veículos de pouso? Acredito que você não tenha olhado lá ainda.

— Achei que a essa altura você já tivesse contato visual de lá.

— Ainda não sou capaz de estabelecer uma conexão com o hangar. Infelizmente, não tenho dados observacionais para reportar.

May levantou-se, cansada.

— Bem, acho melhor eu dar uma olhada.

May se dirigiu às pressas ao hangar. Queria acabar logo com aquilo e comer alguma refeição substancial, talvez tomar um banho quente. Quando chegou à porta, não conseguiu abri-la com o sistema de verificação biométrica da palma da mão. Ela tentou o controle manual. Uma luz de alerta piscou na tela.

— Eva, ponto de acesso dizendo que a porta está lacrada. Alguma ideia do motivo?

Não. Eu não tenho conex...

— Certo, certo. Desculpa. Como você ia saber? Estou ficando um pouco atordoada. E quanto a entrar pela câmara pressurizada de emergência?

— Isso é possível, mas você precisará seguir o protocolo de segurança da câmara pressurizada.

— Entendido.

— Você gostaria de fazer uma pausa antes...

— Não, estou bem. Eu só quero resolver logo isso.

Enfurecida, May vestiu um traje de AEV. Como fazia muito tempo que não envergava um daqueles equipamentos, cometeu alguns erros, o que Eva apontou, mas por fim ela conseguiu.

— Bem, isso demorou uma eternidade — comentou, cansada, mas determinada.

— Verificando a integridade do traje — disse Eva. — Tudo parece bem. Você tem sessenta minutos de suporte de vida nesta carga.

— Não vou demorar tanto — disse May, o tom tranquilizador dirigido principalmente a si mesma.

— Abrindo a câmara pressurizada — anunciou Eva.

May caminhou até a imensa e maciça porta circular com uma roda de travamento manual no centro. Ferrolhos de segurança foram destravados com o estalido metálico de um tiroteio e a porta se abriu alguns centímetros. Ela mergulhou na câmara e se lacrou lá dentro. Nada de enrolar nem perder tempo. Chega de choramingar na chuva artificial. Hora de resolver as coisas. Eva recolocou no lugar os ferrolhos de segurança da porta da câmara.

— Câmara pressurizada segura — disse Eva.

A luz vermelha mudou para âmbar.

— Certo. Lá vou eu.

Os ferrolhos na porta da câmara, no lado do hangar, dispararam, e May a empurrou com força para abrir. Tão logo a porta se escancarou na escuridão, May percebeu o frio intenso e mortal. Seu traje a mantinha aquecida, mas logo no início do treinamento com astronautas ela aprendera que não havia como bloquear por completo a agressiva frialdade de duzentos e setenta graus Celsius negativos. Tal qual o calor extremo, era invasivo. Enquanto flutuava no ambiente antigravidade, as exalações de seu respirador turvaram e se congelaram em um bilhão de minúsculas partículas de gelo que se acumularam feito uma nevada. A luz do capacete mal conseguia fatiar a escuridão dominante que a tudo consumia, iluminando apenas alguns metros à frente. Ela entreviu os vagos contornos de alguns dos veículos de pouso.

— Bem, acho que não vou ter nenhuma surpresa — disse ela. — Atmosfera zero. Gravidade zero.

— Você está vendo os veículos de pouso?

May apontou sua lanterna até o máximo alcance possível e viu vários veículos de lançamento, bem como parte da sonda de perfuração, descansando em silêncio em suas estações de carregamento.

— Parecem estar na doca, mas não consigo fazer uma contagem completa.

O facho da lanterna de May tremeluziu e perdeu ligeiramente a intensidade.

— Eu realmente preciso de mais luz. Merda. Nada funciona na porcaria desta nave.

— As baterias podem estar falhando — sugeriu Eva. — Elas não duram no frio extremo.

— Quanto tempo? — falou May secamente.

— Cálculo estimado em dez a doze minutos.

— Mais notícias fabulosas — rosnou ela. — O que vem depois, alienígenas no portão?

— Por favor, cuidado com detritos flutuantes que possam danificar seu traje.

— Essa é a menor das minhas preocupações.

— Você não tem que fazer isso agora, May — disse Eva, ouvindo a crescente frustração dela. — Pode esperar até que esteja pronta. Não é fator sensível para o tempo de recuperação da nave.

— Obrigada, Eva, mas eu dou conta da tarefa e só falta olhar debaixo dessa cama. Se você me perguntar o que isso significa, vou me estressar.

— Entendido.

— Eva, onde está o seu ponto de entrada de dados de rede? É melhor diagnosticar esses erros para corrigir eles também, não? Coloca mais isso na lista de porcarias com defeito.

— Carregando diagramas.

Eva enviou o diagrama ao capacete de May, com uma bússola direcional para mantê-la no curso certo. May usou os propulsores do seu traje para deslizar suavemente para o interior do hangar escuro. Estava tentando se acalmar, mas o isolamento cego do lugar continuava abrindo caminho à força sob sua pele. Seus pensamentos estavam tomados pela ideia de que aquele lugar não era destinado a seres humanos — não mais que o fundo do mar, por exemplo —, e de repente toda a sua carreira e a missão da sua vida pareceram ridículos.

Por que ela escolheu ficar longe do Sol e da Terra e das interações humanas normais? Estava fugindo de alguma coisa? De si mesma? Ou ela era apenas uma idiota viciada em adrenalina sem o bom senso que Deus deu ao mais simplório vira-lata? Por que ela não era capaz de responder a essa pergunta? *Sem dúvida uma idiota*, concluiu, *burra como uma porta*. Pensou em Stephen e na decisão que tinha tomado de deixá-lo. *Que tipo de pessoa faz isso? E, mais uma vez: por que ele quis ficar com uma idiota completa como eu, pra começo de conversa?* Sentiu vontade de arrancar o capacete e deixar Darwin seguir seu curso. Pelo menos dessa forma talvez descobrisse que era tudo apenas um pesadelo, uma onda cerebral renegada que a estava levando para um passeio.

— Eu só posso estar morta — disse em voz alta.

— Por favor, repita — disse Eva.

— Eu disse que eu só posso estar mo...

A luz da lanterna captou a borda de um objeto escuro flutuando acima dela. May se inclinou, e algo pesado passou raspando o topo de seu capacete.

— Que merda foi isso? — gritou ela.

— Eu não vi nada na câmera do seu capacete. O que aconteceu?

O coração de May estava martelando.

— Alguma coisa bateu no *topo* do meu capacete. Algo grande.

Outro objeto fora de vista atingiu a perna dela, empurrando seu corpo para a frente em uma cambalhota; em seguida, outra pancada, na lateral da cabeça, fazendo-a se contorcer e guinar em outra direção. O pânico subiu rastejando pelas pernas de May com uma faca em seus dentes cinzentos e podres.

— Eva, deve ter um campo de destroços. Estou sendo atingida por todos os lados.

— Ative seu maçarico de emergência.

May girou no espaço, desorientada e nauseada, tentando desesperadamente agarrar seu maçarico. Ela praticamente arrancou-o do cinto e estava prestes a acendê-lo quando outro objeto invisível a atingiu e ela quase deixou o cilindro escapar.

— O que está acontecendo? — gritou ela.

— May, por favor, acalme-se.

Ela escureceu o vidro do capacete e acendeu o maçarico. A chama brilhou como fogo branco, jogando luz seis metros à frente em todas as direções, revelando os objetos desconhecidos que a atingiam na escuridão.

May gritou, um uivo primitivo de horror.

Os cadáveres congelados e inchados dos passageiros e da tripulação de May flutuavam ao redor. Seus rostos eram máscaras mortuárias distorcidas das derradeiras expressões que tinham no momento em que o ar foi sugado e o sangue deles ferveu. Com os olhos inchados e negros fitando a eternidade sombria do vazio, eles eram um amontoado de braços e pernas rígidos e tortos arranhando e chutando May e se enroscando nela. Cega e ofegante, ela acionou os propulsores e tentou nadar em meio a eles, uma massa gelada tão densa e sufocante quanto a lagoa do seu afogamento na infância. O maçarico escapou da mão de May e se afastou, uma esfera branca pulsando sua luz fria e reveladora sobre a medonha festa dos mortos.

15

May avançava, atordoada, através do espaço, lutando contra a onda de náusea que retorcia seu estômago como um pano de prato azedo. Mas os cadáveres horrendamente desfigurados e a vertigem intensa provaram ser demais para ela, que vomitou no capacete. O inacreditável fedor, seguido pelas repugnantes esferas flutuantes de líquido que pousaram em seu rosto — no cabelo, no nariz, nas orelhas — fez com que ela tivesse espasmos e ânsias até quase aspirar o próprio vômito. Quando o maçarico à deriva desapareceu, ela perdeu toda a noção de espaço e direção. Não havia em cima e embaixo. Não havia coisa alguma além do nada hediondo e vazio. Eva estava dizendo alguma coisa, repetidamente. May prendeu a respiração por um momento, bloqueando o cheiro pútrido, e escutou.

— Por favor, responda. Seus sinais vitais mostram que a respiração parou.

— Estou prendendo minha respiração — tossiu ela.

— Isso é perigoso. A mistura de ar é... você precisa respirar norma... está na escuta?

O vômito havia se infiltrado nos alto-falantes do comunicador e estava causando um curto-circuito neles. A voz de Eva surgia e sumia entre a estática crepitante.

— Sim, estou na escuta! — gritou ela. — Me tira daqui.

— Você pode usar seu cabo de emergência para se acoplar à porta da câmara pressurizada.

— Não consigo enxergar a mão na frente do meu rosto.

— Tente estabilizar sua rotação de modo que eu possa usar sua câmera de capacete para guiar você.

May usou seus propulsores para parar de girar e se encolheu, enrodilhando-se em uma bola. Não suportava a ideia de esbarrar em outro cadáver.

— Bom. Agora, gire lentamente... eixo horizontal até que possa ver a porta da câmara. A luz de emergência ainda está acesa acima dela.

— Não consigo ver.

— Vou guiar você. Gire vinte graus para o seu lado esquerdo.

May girou, confiando em Eva para ser seus olhos.

— Pronto.

— Bom. Agora, como se estivesse dando uma cambalhota para trás, gire doze graus.

May obedeceu e viu o brilho fraco da luz de aviso da câmara de ar.

— Ali está — falou ela com voz aguda.

— Excelente. Você se lembra de como usar seu cabo de emergência?

— Acho que sim.

O cabo de emergência era uma longa corda de titânio com um dardo com ponta de diamante que podia ser disparado do braço esquerdo do traje. A ponta tinha a capacidade de penetrar a camada exterior do casco e impedir a pessoa de se desgarrar irremediavelmente.

— Pronto.

— Bom. Você se desviou um pouco, então gire dez graus.

May cutucou de leve seu propulsor.

— Feito. Mas eu perdi de vista a luz da porta da câmara. O vômito...

— Está tudo bem. Com a visão infravermelha do seu capacete eu consigo ver o calor ao redor das bordas da porta da câmara. Espere... Acione o cabo agora — disse Eva com autoridade.

May disparou o cabo e ouviu o golpe contra o metal com um estrondoso baque metálico.

— Excelente. Agora, puxando o cabo, vá voltando para a porta da câmara pressurizada.

— Talvez eles estejam na minha frente, Eva. Os corpos. Está escuro demais.

— Vá bem devagar para minimizar o impacto. Você tem trinta minutos de suporte de vida para percorrer cerca de vinte e cinco metros. Você consegue.

— Obrigada.

May se acalmou e começou a puxar.

Os primeiros poucos metros foram vencidos com tranquilidade, mas então um cadáver a atingiu de lado e ela teve um sobressalto tão violento que soltou o cabo. O impulso criado pela colisão a arremessou de volta. Então o cabo se retesou.

— Merda, voltei pra o começo.

— Comece de novo. Desta vez, por favor, conforme avançar, conte pedaços de um metro de comprimento e os prenda em voltas no cinto — disse Eva. — Assim podemos acompanhar o avanço e você não perderá terreno novamente.

— Um... dois... três...

May tentou se concentrar em puxar o que ela julgava serem trechos de um metro do cabo e enrolá-lo em voltas no cinto. Os passageiros e tripulantes mortos

— irreconhecíveis pela catastrófica perda de atmosfera no hangar — deixaram seus horríveis ferimentos na consciência de May, com profusão de detalhes nítidos. O que a fazia querer gritar eram os olhos enegrecidos e leitosos. De alguma forma, eles davam aos rostos uma expressão maldosa e zombeteira, como se sentissem prazer no terror que inspiravam. May fez força para afastá-los da mente, imaginando apenas a tarefa à mão, e mantendo os olhos fixos na luz da porta da câmara pressurizada cada vez mais próxima.

— Vinte metros.

— Excelente — Eva a incentivou. — Faltam cinco. Eu vou destravar a porta. Não se assuste com o som. Pronta?

— Sim — disse May, ligeiramente trêmula.

Ela ouviu o ruído de disparo dos ferrolhos e viu um tênue crescente âmbar de luz materializar-se à distância.

— Estou vendo...

May começou a se mover mais rápido, empolgada por estar quase fora de lá, e colidiu com outro corpo. Por causa de sua velocidade aumentada, o impacto foi mais potente e ela tropeçou por cima do cadáver, seu cabo enrolando-se em volta dele. O impulso arrastou os dois para o lado. Quando o cabo se esticou, o peso combinado ocasionou um solavanco que arrancou a ponta do cabo da porta da câmara.

— Eva — berrou May. — O meu cabo se soltou. Está ficando todo embaraçado.

— Desenganche do seu traje — disse Eva, alto.

May empurrou o cadáver e puxou o dispositivo de soltura rápida. O cabo e o corpo se desprenderam e flutuaram sem rumo para longe, mas May estava novamente desorientada e imersa na escuridão total.

— Você consegue ver a luz da porta do hangar, May?

— Não, perdi de vista.

— Gire dez graus à direita.

— Feito, mas não consigo enxergar. O vômito está... ai meu Deus, Eva. Eu não consigo enxergar.

— Eu vou forçar atmosfera dentro da câmara para abrir mais a porta e lhe dar mais luz para seguir. Pode ser que a forte corrente de ar empurre você para trás, mas você pode usar isso para se orientar até a origem e depois acionar os propulsores. Certo?

— Certo.

— Em três, dois, um...

Eva drenou ar dentro da câmara pressurizada, forçando a abertura da porta. Quase que imediatamente May sentiu a pancada do jorro de ar e girou em direção a ele, esforçando-se para ver a luz através de seu imundo capacete de vidro. Ela viu o vago contorno da porta, mas a força do ar começou rapidamente a fazê-la afastar-se e perder o rumo, o que a deixou em pânico.

— Acionando propulsores — gritou ela, esmurrando-os para colocá-los em velocidade máxima.

— May, é impulso em excesso.

May não dava a mínima se abrisse um buraco na parede de metal e destruísse o vidro do capacete no processo. Tinha que sair de lá.

— Desative os propulsores, May. Desative os propulsores. Você está indo rápido demais.

May os desligou, mas a distância e o impulso significavam desastre.

— Abra mais a porta — gritou May. — A corrente de ar vai me desacelerar.

Eva abriu a porta e May sentiu a corrente de ar novamente. Teve medo de que o jorro a tirasse do rumo novamente, por isso tentou recorrer aos propulsores mais uma vez, mas apertou com muita força. Ela acionou o impulso inverso, mas foi pouco demais, tarde demais.

— A colisão vai ser forte, Eva.

— Proteja o seu capacete de vidro. Vou selar a porta assim que você entrar na câmara.

May entrou em disparada pela porta da câmara e se chocou violentamente contra a parede dos fundos. Seu capacete se quebrou e uma das mangas do traje se rasgou e foi arrancada do ombro. Uma súbita explosão de frio invadiu o traje. Os gases nos pulmões e no aparelho digestivo de May se expandiram rapidamente e ela pôde sentir seu corpo inchando quase a ponto de explodir. Seus olhos estavam saindo das órbitas, disparando uma causticante corrente de agonia através do crânio. Eva fechou e selou a porta atrás dela e, com prontidão, equalizou a câmara pressurizada à atmosfera da nave. Enquanto May ficou deitada no chão, sugando o ar feito um peixe fora d'água, um pensamento se repetiu várias vezes em sua mente.

Eu sou a última.

16

May estava encolhida no beliche de sua cabine, deprimida, infeliz, ansiosa e precisando desesperadamente dormir. Mas, toda vez que fechava os olhos, os cadáveres voltavam, batendo e arranhando a porta de sua sanidade. Em sua busca por sobreviventes, tinha começado a esperar o pior, mas nada poderia tê-la preparado para o que viu no hangar.

— May, por favor, tome um sonífero e tente descansar. Você sofreu um trauma e seu corpo ainda está se recuperando da doença.

— Não. Tenho medo de tomar um... e acabar tomando todos.

— Isso seria fatal. Eu não entendo.

— É... coisa demais, Eva. Estou sozinha e vou morrer aqui.

— Você não está sozinha — disse Eva. — Eu estou aqui...

— Para! — gritou ela. — Nada que você diga pode... só para.

O estômago e as costelas de May pareciam emaranhados em um nó e doíam. Sua cabeça parecia um punho cerrado esmurrando uma parede. Ela amaldiçoou sua vida, sua decisão de seguir a carreira de pilota. Amaldiçoou sua mãe e Baz e todas as outras pessoas em quem pensou para culpar. Mas, na verdade, não tinha ninguém para culpar além de si mesma. Como comandante, a responsabilidade final era dela. Tinha sido responsável por aquelas pessoas e fracassado completamente. Como teria coragem de encarar as famílias? Como poderia justificar o fato de continuar vivendo quando eles morreram de forma tão horrível? Tudo em que ela conseguia pensar era que um capitão deveria afundar com seu navio. Disso não havia como escapar.

— É melhor eu morrer.

— May, por favor, não diga isso. Você sabe que não é verdade.

— Eu sei? Que motivo eu tenho pra viver? Nenhum. Isto era a minha vida, Eva. E agora tudo acabou. Abandonei tudo por isto aqui, incluindo o homem que eu amo. Estou recebendo exatamente o que eu mereço.

Eva tentou desajeitadamente convencê-la a sair da borda do abismo, mas May sentiu-se despencando para além do luto e da tristeza extremos, desabando nas profundezas geladas do entorpecimento. Nesse espaço, o suicídio parecia um cobertor quente e confortável, uma derradeira pílula para matar a dor, matar e extirpar tudo da memória. A Nasa já a considerava morta. De certa forma, ela estava. A comandante Maryam Knox tinha ficado lá no hangar dos veículos de pouso com o restante de sua tripulação, inchada e permanentemente chocada com sua morte. Tudo aquilo pelo que havia trabalhado, tudo o que tinha sido, morreu com eles. Agora era apenas May novamente. A pequena May, afundando na lagoa.

— E quanto a Stephen? — perguntou Eva.

— O quê?

Por um momento a pergunta deu um solavanco em May e a arrancou de sua espiral descendente.

— E quanto a Stephen, seu marido? A sua morte não causaria dor a ele?

Eva tinha carregado uma imagem de Stephen na tela. Era uma foto dele deitado no banco de trás de um conversível vermelho. Ele estava usando os grandes óculos de sol de May, as mãos atrás da cabeça em uma pose tranquila de desenho animado. May sentiu uma pontada de saudade. Seu peito se apertou e seu coração disparou.

— Eu não sei — disse ela, com tristeza.

— E você, May? Você não gostaria de vê-lo novamente?

May olhou para o rosto de Stephen.

— Mais do que qualquer coisa.

— Então, isso não é um motivo para viver?

Ela desviou o olhar da foto dele, envergonhada, como se estivesse sendo julgada em um tribunal.

— Sim, mas eu... falhei com ele... com eles, todos eles — soluçou ela.

— A sua morte não mudaria isso.

— Você não entende, Eva.

— Se morrer pode magoar seu marido, nega seu desejo de vê-lo e nada faz para beneficiar os falecidos, então por que cogita isso?

— Porque eu não aguento mais. Tudo isso. Está me deixando louca e agora eu sei que tenho que passar por isso sozinha.

— E você acredita que a morte vai acabar com o seu sofrimento?

May ficou de pé, os punhos cerrados. A visão estrita e racional de Eva parecia desdenhosa, uma simplificação excessiva das coisas. Isso a fez se sentir envergonhada, como se suas emoções se resumissem à mera autopiedade. Por fim ela se enfureceu porque sabia que era verdade.

— Eu disse que você não entende — disse entredentes, fervendo de irritação.

— Por favor, ajude-me a entender.

— Trinta e três cadáveres. Sem memória. Nenhuma explicação.

A raiva de May avolumou-se em uma onda desenfreada além de seu controle e ela começou a quebrar violentamente tudo o que havia em sua cabine que não estivesse aparafusado. Arrancou a roupa de cama do beliche e chutou as portas do armário de metal sob a pia até saírem das dobradiças.

— Isso não acontece. Isso não pode acontecer. Essa é a Nasa, não uma maldita lata de alumínio russa. Uma tripulação inteira perdida, uma nave em frangalhos.

May viu seu reflexo no espelho e fez uma careta de desgosto.

— Enquanto a comandante deles dormia.

Ela rugiu e esmurrou o espelho, estilhaçando o vidro e cortando a pele do punho. Sangue salpicou seu rosto e roupas. Seu reflexo caiu despedaçado no chão.

— May, por favor — implorou Eva. — Acalme-se. Você se feriu. Por favor, pare.

De súbito, a tontura e a fadiga tomaram conta de May. Ela deitou na cama e se encolheu em posição fetal. O sangue encharcou o colchão. Um tremor agudo ondulou pela *Hawking II*, e May caiu no chão. Estilhaços de vidro abriram mais feridas na lateral do corpo e nas costas. Quando os tremores cessaram, ela se sentou, encolhida de dor. Se sentia uma idiota por perder a paciência. Isso só piorava as coisas. E ainda se preocupava com a ideia de que a explosão de raiva desse a Eva motivo para não confiar dela.

— Por favor, me perdoe, Eva. Sou humana, no fim das contas.

— Está tudo bem. Estou aqui para ajudar.

— Acho que não dá mais para me ajudar. Você tinha razão, mas parte de mim ainda acha que seria melhor se eu nunca tivesse acordado.

— May, se você não tivesse acordado, a *Hawking II* teria entrado em deriva infinita e mais cedo ou mais tarde relegada a um bloco de detritos espaciais congelados. Desde que recuperou a consciência, você deu a si mesma e à nave uma chance de sobreviver. Se, quero dizer, *quando* recuperarmos o contato com a Nasa, suas chances de sobrevivência deixarão de ser apenas especulações. Eles dispõem dos recursos para resgatar esta nave. Salvar você. A meu ver, é muito melhor que tenha acordado, independentemente das circunstâncias. Esta nave precisa da sua comandante. Stephen precisa que você volte para casa. E eu não quero perder você.

May ficou comovida. A IA estava dizendo o que precisava ser dito para sua sobrevivência. Era esse o trabalho dela. Mas boa parte soava verdadeiro, especialmente o que ela disse sobre Stephen. May olhou para o rosto sorridente dele reclinado no banco traseiro do carro vermelho. Eles tinham sido felizes. Ela sabia disso. Mas alguma coisa acontecera. Era algo vago, mas ela não podia mais ignorar. Não eram vagos os sentimentos em torno da coisa, os maiores deles culpa e arrependimento. O que tinha feito? Mais dia, menos dia, a memória a alcançaria. As coisas ruins em sua vida sempre a alcançavam. Mas aquela foto, aquele carro, aquela época em sua vida tinham sido bons. *Eu não quero perder você.* Stephen havia dito isso. Sabendo muito bem como ela era, ele provavelmente disse mais de uma vez.

17

— Bom dia, flor do dia! Hora de acordar — disse Eva no comunicador da nave.

May gemeu e se sentou no beliche de sua cabine. Sangue havia vazado através da bandagem em uma de suas mãos, o que a fez lembrar do suéter de Stephen. Sentindo-se vulnerável e desnorteada pelo sono, não pôde evitar pensar que tudo o que havia estragado seu relacionamento com Stephen tinha sido culpa dela. *Olha o dia em que vocês se conheceram. O pobre coitado saiu com um talho e o orgulho arrasado.* A mãe de May nunca a havia preparado muito bem para interações sociais além de ser simplesmente educada — e ela não era nem um pouco boa nisso. E sobre namoro? Zero conselho. Na verdade, ela se lembrava de a mãe desencorajar relacionamentos longos. Ela sempre se referia aos garotos como "distrações" e, quando bebia algumas doses de uísque, às vezes usava o termo "inúteis". Era um milagre que tivesse conseguido ficar com alguém por tempo suficiente para se casar.

— Por quanto tempo eu apaguei? — perguntou May, a voz um pouco rouca.

— Cerca de sete horas.

— Nós não temos esse tempo sobrando, Eva.

— May, você ainda está se recuperando da sua doença e do estresse pós-traumático. Precisava muito dormir para executar suas funções da forma adequada e evitar maiores complicações de saúde.

A julgar por seu estado físico, ela não podia discordar. Sentia dores no corpo inteiro. Havia levado uma hora para limpar e cobrir com curativos todos os cortes de vidro e aplicar gel frio nos hematomas. Demorou mais ainda para, à base de remédios, rechaçar as persistentes imagens de horror e conseguir dormir um pouco. Mas, apesar de seus ferimentos e do súbito ataque de raiva absurdamente infantil, às vezes era preciso reclamar e destruir coisas para não perder o último fiapo de juízo. "Catarse" era a palavra que vinha à mente.

— Humanos. Somos frágeis.

O painel de refeição acima da pequena mesa no beliche de Eva reluziu, alaranjado.

— Por favor, coma seu café da manhã — disse Eva. — Temos muito a fazer.

— Você está fazendo jus a sua xará.

— Alguém tem que cuidar de você.

— Amém — disse May com um sorriso.

Uma omelete meia-boca, acompanhada de batatas e linguiça, deslizou para fora do painel de refeição. Claro que o cheiro era igual. Eles tinham até chegado perto de imitar o sabor. Mas era quase impossível pegar algo feito inteiramente de proteínas animais e vegetais sintéticas, geneticamente modificadas para maximizar o conteúdo nutricional, e fazer com que parecesse uma refeição de verdade. A comida cumpria sua função, mantendo a pessoa saudável e energizada enquanto reduzia a quantidade de resíduos sólidos, mas mesmo depois de cem anos a Nasa ainda não conseguira tornar aquilo algo muito apetitoso. Mas May não se importou. Estava com tanta fome que teria comido um punhado de baratas, desde que estivessem encharcadas em seu adorado molho marrom HP — uma necessidade básica concedida apenas a alguém de sua patente. Ela ensopou a comida em uma generosa quantidade de molho e desejou uma cerveja para substituir seu suplemento de cafeína morno com sabor de café.

Em sua tela, May rolou mais fotografias de Stephen. Parou para examinar uma foto espontânea dele, sentado em sua escrivaninha, sorrindo por trás de uma pilha de livros. Ele era a única pessoa que ela conhecia que ainda lia livros daquele tipo, e fazia até esforço para adquiri-los. Adorava todas as firulas do mundo acadêmico, especialmente quando estava atolado nelas até o pescoço. May sentiu um desejo arrebatador de falar com ele, ouvir sua voz. Ele sempre era capaz de reconfortá-la e fazê-la se sentir segura quando a fachada de durona se desintegrava. Mas também havia muitas vezes em que ele simplesmente se fechava. Assim como May, Stephen não sabia lidar com as complexidades do amor.

— Consegui identificar o nosso problema de comunicação — anunciou Eva.

— Diga, por favor — disse May, animada por finalmente ouvir boas notícias.

— A rede de antenas está off-line devido a uma interrupção de energia.

— Só isso? — perguntou, um pouco incrédula.

— Aparentemente não estão danificadas, apenas desligadas e inativas.

— Estranho. Qual é o conserto? Estou pronta pra arregaçar as mangas.

— Ainda não consigo me comunicar remotamente com a rede, por isso precisamos fazer uma inspeção física do conjunto de antenas para reconectá-la a meus processadores. A partir daí poderei realizar uma avaliação adequada, reparar qualquer dano e restaurar a orientação. Desculpe, May. Tenho certeza de que você não quer voltar tão de imediato a outra situação de AEV.

— Não se preocupa.

May levantou-se e se espreguiçou.

— Depois de passar por tudo aquilo, preciso muito de ar fresco.

O conjunto de antenas estava localizado na parte superior da *Hawking II*, no centro do convés de comunicações. Havia ao todo vinte antenas, cada uma com uma função diferente, erguendo-se a dez metros de altura do topo do prato até a base do Centro de Controle. A tarefa agradavelmente simples de May era inspecioná-las em busca de sinais externos de danos e restabelecer sua comunicação com Eva. Assim que saiu da câmara pressurizada e percorreu o exterior do convés de comunicações, ela avistou as antenas em fila, os pratos apontando para baixo e para a direita, como os rostos de soldados em formação fúnebre.

— Está vendo isso, Eva? — perguntou May, focalizando a câmera de seu capacete para uma tomada em plano geral da rede de antenas.

— Sim, May. Essa é a orientação padrão pré-voo da matriz de antenas. Isso é animador, pois o desligamento uniforme pode significar uma causa única para a falha.

Enquanto observava os soldados adormecidos que controlavam todas as comunicações da *Hawking II*, May teve uma sensação de profundo isolamento. A estonteante vastidão do espaço, avolumando-se em ondas por bilhões de anos-luz em todas as direções, fez com que se sentisse menos que nada. E fez também com que seus esforços para salvar a nave parecessem fúteis. Mesmo que conseguissem restabelecer o funcionamento das antenas, como elas poderiam recuperar a conexão com a Nasa, por mais imensas e poderosas que fossem? Havia uma razão para os engenheiros de bordo trabalharem vinte e quatro horas por dia para garantir que as comunicações com o Centro de Controle de Missão permanecessem conectadas. Bastava uma interrupção do contato com a linha vital de comunicações para que este se perdesse para sempre, como soltar uma corda salva-vidas em um mar tempestuoso.

Desde que perdera o contato, o Centro de Controle de Missão devia estar vasculhando o espaço em todas as direções com uma poderosa rede de comunicações. Mas, considerando a distância original entre a nave e a estação, isso já acarretava um sombrio prognóstico matemático. Para aumentar a complexidade, a Nasa não fazia ideia da direção ou da distância que eles haviam se extraviado do curso.

May lembrou seu treinamento psicológico e abandonou o diálogo interno da lei de Murphy. Quando rodeado pela eternidade, tudo sempre pareceria fútil. O vazio exercia esse efeito sobre o cérebro humano relativamente primitivo, simples assim. Melhor ocupar a mente com tarefas físicas. *Faça seu trabalho. Confie no seu treinamento. Confie na sua equipe.* May prosseguiu rumo à matriz de antenas, determinada a manter a cabeça no lugar. Depois de quarenta e cinco minutos, tinha concluído a metódica verificação dos sistemas, necessária para avaliar cada antena e restaurar manualmente sua conexão com o cérebro de Eva.

— Toda a rede de antenas parece totalmente operacional — disse Eva por fim.
— Alguma ideia de qual foi o problema?
— Tenho um diagnóstico completo e não vejo uma causa específica.
— Depois de tudo o que vimos, "estranho" é um termo extremamente relativo.
— Tem razão. Provavelmente foi mais uma baixa do nosso problema maior de perda de energia. Só espero que a Nasa ainda esteja procurando por nós.
— Eu já enviei uma transmissão SOS de amplo espectro para a Nasa e quaisquer outras possíveis agências receptoras.
— Quanto tempo até a transmissão chegar à Estação Wright?
— Se tivéssemos um canal de comunicações, levaria aproximadamente setenta e oito minutos. Como estamos tentando restabelecer as comunicações, não posso dar uma estimativa.
— Como está a situação dos motores?
— Deteriorando-se e enfraquecendo a uma taxa de quinze a vinte por cento maior do que o calculado anteriormente.

May se sentiu mergulhando na escuridão novamente.

— Jesus. Alguma ideia de qual é a causa?
— Eu não sei. Existem muitas possibilidades...
— Encontre, Eva. Nosso tempo está se esgotando.

18

Enquanto esperavam ansiosamente que a Nasa retornasse a ligação, May foi até a ponte de comando para procurar o gravador SMDA. Embora fosse chamado pelo mesmo acrônimo do programa Ônibus Espacial da Nasa, o Sistema Modular de Dados Auxiliares era muito mais sofisticado que seus antecessores. Além de registrar toda a comunicação de voz e dados a bordo e transmiti-los por telemetria para o Centro de Controle de Missão, o dispositivo também armazenava toda a missão em vídeo e mantinha registros diários da saúde geral e sinais vitais de todas as pessoas a bordo da nave. Para que fosse mantido a salvo de um colapso ou derretimento do processador, não estava conectado ao cérebro de Eva e podia ser alterado para operação por energia solar em caso de perda de energia interna.

May removeu o revestimento do piso no compartimento de dados da ponte de comando, revelando o sarcófago de metal do gravador de voo. O painel de acesso superior estava intacto. Ela usou a chave de chip embutida em sua plaquinha de identificação para abri-lo, depois teve que passar por um escaneamento de retina para abrir o segundo painel. Quando ela o removeu, o dispositivo SMDA não estava lá. Os cabos conectores ligados à nave estavam reduzidos a frangalhos, pedaços deles espalhados pelo compartimento vazio.

— Houston, temos um problema — disse May sarcasticamente. — O gravador se foi.

— Defina "se foi" — pediu Eva.

— Significa que não está mais no compartimento.

— Você tem alguma lembrança de tê-lo removido?

— Claro que não — disse May, aborrecida. — Por que eu faria isso?

— Você é a única pessoa a bordo com acesso ao compartimento.

May sentiu-se tonta. *Amnésia retrógrada*. Perda de memória de curto prazo. Se ela tivesse removido o gravador, provavelmente teria acontecido mais perto de sua doença, ou seja, na zona morta.

— Ninguém mais tem acesso?

Tripulação morta. Única sobrevivente. Única com acesso ao SMDA...

— Não de acordo com meus registros.

— Ele deve enviar o sinal automaticamente quando é removido do compartimento — disse May. — Se não de que adianta?

— Tem razão, May. Eu não estou detectando o sinal a bordo.

May deu um suspiro de alívio.

— Deve ter sido ejetado. Aprendemos no treinamento que ele podia acionar a própria propulsão e navegação para chegar ao satélite ou estação da Nasa mais próximos, caso a nave fosse destruída ou incapacitada.

— Essa parece ser a única explicação lógica para a ausência — disse Eva.

— Mas claro que, como não temos outros registros e o gravador não está mais aqui, não temos como saber se foi isso mesmo que aconteceu.

— Correto. Desculpe-me por não poder ser mais útil.

— Tudo bem. Leite derramado e tal. Que significa...

— Não adianta chorar por ele — disse Eva. — Incorporei a meus módulos linguísticos outra base de coloquialismos da língua.

— Ótimo.

A razão para a ausência da unidade SMDA era de fato bastante plausível, mas May não achava que tivesse resolvido a questão. Percebeu alguma coisa no modo como Eva disse que ela era a única que podia abrir o painel de acesso. Não era um tom acusatório, mas faltou a entonação habitual, soou mais como sua antiga voz de robô. Isso significava alguma coisa? Se sim, tinha alguma relação com Eva desconfiar de May, ou, pior ainda, estar tentando esconder alguma coisa? May descartou essas ideias por enquanto. Seu instinto lhe disse que não havia vantagens em mencionar nada disso. Se o assunto voltasse a surgir, saberia que não era coisa da sua cabeça.

May revisou as cartas de navegação originais da viagem.

— Quando eu estava entubada, estávamos fora do alcance dos veículos de pouso, certo?

— Sim. Eles têm um alcance máximo de aproximadamente um décimo dessa distância.

— E outras espaçonaves? Você pode ver se tinha alguma na vizinhança naquele período? Havia um boato de que os chineses iam tentar chegar a Europa antes de nós.

— A *Hawking II* não detectou outras naves na área naquele momento.

— Não faz sentido. Se minha tripulação queria abandonar a nave, imagino que tinham um destino sólido e acessível. Se não é suicídio.

— Correto. Mas essa não é a única coisa que desafia a lógica. Mesmo se acreditassem que poderiam chegar a algum lugar, isso não explica a causa da morte — apontou Eva.

— Explica melhor. Tem alguma falha de funcionamento capaz de gerar um resultado tão catastrófico?

— Nenhuma de que eu esteja ciente. O mais provável seria que uma ruptura no casco causasse a perda total de atmosfera e de energia, mas não detectei nenhuma rachadura.

— Os corpos ainda estão lá, praticamente intactos, então se tivesse uma rachadura, teria sido pequena e eles teriam tido muita oportunidade para consertar. A única explicação é que a atmosfera foi fisicamente drenada do hangar.

— No hangar existem vários mecanismos de proteção à prova de falhas projetados para evitar isso. Um deles impede que a porta do hangar se abra caso o sistema de navegação não consiga identificar um destino dentro dos limites do alcance dos veículos de pouso.

— Bem, a coisa só melhora — suspirou May. — Vou até a enfermaria verificar os registros médicos. Enquanto isso, ia ser ótimo se você cuidasse dos protocolos de sepultamento, por favor. Eu quero dar aos meus companheiros de bordo o tratamento adequado.

— Claro.

Na enfermaria, May acessou seus registros médicos, esperando que esclarecessem alguma coisa. Não ficou surpresa ao descobrir que os arquivos estavam tão incompletos quanto sua memória. Suzanne Dowd, cirurgiã-chefe do voo, admitiu May inicialmente com uma febre alta, glândulas linfáticas inchadas, manchas vermelhas na pele, perda de sensibilidade nos nervos periféricos e uma alarmante contagem de glóbulos brancos. Oito horas depois de dar entrada na enfermaria, May teve uma convulsão e foi colocada em coma induzido. Os registros terminavam aí. Os relatórios do laboratório antes disso também estavam desaparecidos. Mesma história com o restante de seus companheiros de bordo.

— Caramba, Eva, eu não consigo encontrar nenhum registro médico sobre a minha suposta doença ou a de qualquer outra pessoa. Tudo o que aconteceu antes está explicado, mas só. Como a coleta de dados pode simplesmente ter parado assim?

— Não tenho conhecimento de nenhuma situação em que isso seria possível, exceto pela destruição total da nave. E ainda assim, é provável que a Nasa tenha cópias redundantes, que são continuamente enviadas ao controle da Terra.

— Estou com um mau pressentimento, Eva. Estou tentado ser objetiva e encontrar razões lógicas para a nossa situação, mas acho que precisamos começar a mencionar sabotagem.

— Isso certamente faria mais sentido lógico do que uma ocorrência fortuita. Esta nave dispõe de proteções demais para corroborar uma teoria de acidente.

— Concordo. E não vamos esquecer os outros fatores. Além da minha doença misteriosa, do desaparecimento de dados e da morte em massa da tripulação, temos um sistema de reatores e propulsão danificado e apresentando falhas. Até eu sei que a probabilidade de isso acontecer por acaso é quase nula. Mesmo com a tripulação incapacitada... essa nave mal precisava de nós pra funcionar.

— Eu diria que a probabilidade de sabotagem é altíssima — disse Eva. — Sem ofensa, mas os seres humanos já provaram ser...

— Capazes de todo tipo de comportamento vil, covarde, desprezível e homicida?

— Sim.

May teve uma visão súbita dos olhos arregalados de seus companheiros mortos no hangar. O rosto deles estava congelado de choque e surpresa. Eles tiveram tempo suficiente para esboçar uma reação, mas não o bastante para se salvar. No treinamento de May, ensinaram que, exposto ao vácuo do espaço, o corpo humano morreria em trinta segundos, em decorrência da descompressão (expansão de gases nos pulmões e sistema digestivo), ebulismo (rápida ebulição e evaporação de fluidos corporais) e congelamento (135 graus Celsius negativos). Isso explicava o estado dos corpos que May encontrou. Nos primeiros dez a quinze segundos, a pessoa ficaria inconsciente e paralisada.

Todos a bordo tinham plena consciência disso. Se houvesse algum problema em potencial no hangar, seus colegas teriam ido até lá em trajes de AEV e, sem dúvida, não em grupo. Alguém deu a ordem para que evacuassem, uma pessoa em posição de autoridade. E quando se reuniram lá, o hangar perdeu a atmosfera e a gravidade com tanta rapidez que impossibilitou todos de fazer alguma coisa ou escapar. Foi completamente inesperado. A sabotagem era uma excelente explicação, mas deixava muitas perguntas sem resposta, como, por exemplo, quem a bordo teria o conhecimento e o desejo de fazer uma coisa dessas e como eles fizeram isso debaixo do nariz da IA da nave? Por mais que amasse Eva, May se lembrou de que seria tolice esquecer o fato de que "ela" era uma máquina programável por humanos e, portanto, capaz das mesmas coisas que eles.

— Desculpe — disse Eva. — Mas detectei uma ruptura no casco do biojardim.

— Grave?

— Três centímetros de diâmetro.

— Onde?

— Dois metros à esquerda dos tanques de armazenamento de oxigênio.

— Ai, meu Deus.

19

May pegou uma lata de spray adesivo de emergência e saiu em disparada através da nave até o convés do laboratório. Tremores a sacudiram e a fizeram cair duas vezes no caminho. Alarmes de violação ecoaram, estridentes.

— Eva, desliga esses malditos alarmes!

Os alarmes silenciaram. Acionando mecanismos e manivelas, May teve que abrir manualmente as portas do biojardim, que tinham sido automaticamente lacradas tão logo a fissura foi detectada. Havia dez enormes tanques de armazenamento de oxigênio, todos com capacidade para estocar uma quantidade de oxigênio comprimido suficiente para abastecer a nave durante toda a jornada. Os outros estavam lá como reserva. Um tanque rompido poderia incendiar-se feito uma bomba de hidrogênio e incinerar a nave inteira em questão de segundos.

May pegou um atalho atravessando a densa folhagem do jardim e teve que abrir caminho golpeando galhos e folhas grossos e úmidos. Quanto mais perto chegava da fenda no casco, mais sentia sua implacável força de atração. Mesmo com uma fresta minúscula, o vácuo do espaço era poderoso o suficiente para sugar itens enormes. No treinamento, May tinha visto um simulador de fenda no casco sugar um boneco do tamanho de um homem adulto por um buraco de trinta e seis centímetros, retalhando-o em pedaços que foram arremessados para o outro lado feito uma nuvem de poeira. A brecha no biojardim já estava criando um vento com força de furacão que arrancava árvores pela raiz e rasgava folhas e galhos. Os detritos fustigavam implacavelmente as costas e pernas de May e ela teve que se esquivar dos maiores para evitar ferimentos graves ou a morte. Uma fissura no casco era uma das poucas coisas capazes de romper os espessos tanques de titânio.

— May, a fresta se expandiu para 13,6 centímetros. Já não é mais seguro que você a conserte. Recomendo lacrar e descartar o biojardim.

— Negativo. Eu consigo chegar lá. Temos que preservar o oxigênio.

Os tremores atingiram novamente a nave e May se estatelou. Deixou cair a lata e teve que escavar por entre matéria vegetal para encontrá-la novamente.

— Dezoito centímetros. Sai daí, May. Você está correndo grave perigo.

May arrastou-se pelo jardim, se agarrando com mãos e pés em qualquer coisa que desacelerasse seu ímpeto. Suas mãos se fecharam em torno de uma haste de suporte metálica e ela se segurou com toda a força. Mais destroços passaram voando por ela, arrebentando-se na parede junto à brecha do casco. Para seu horror, alguns dos objetos mais macios foram puxados através do pequeno buraco, dilacerados em mil pedaços à medida que eram cuspidos espaço afora. Ela ainda estava a uns bons dez metros da fresta, fora do alcance da lata de spray adesivo, mas não ousava tentar chegar mais perto.

— Eva, você pode fechar hermeticamente esta sala e diminuir a pressão para reduzir o poder de sucção da brecha?

— Para fazer a mais ínfima mudança eu teria que diminuir sua atmosfera a um nível perigoso.

— Faça isso. A sucção está muito forte.

May ouviu um ruído estrondoso e viu os tanques de oxigênio sacudindo e começando a se afastar de seus suportes na parede. Era tarde demais para salvar o jardim biológico, talvez tarde demais até para que ela própria ficasse em segurança de modo que Eva pudesse ejetá-lo.

— Reduzindo atmosfera em quinze por cento.

May instantaneamente sentiu os efeitos. Sua respiração tornou-se um tanto penosa e seus braços e pernas, lentos. Mas por ora os tanques se estabilizaram.

— Vou sair para você poder lacrar a porta — disse May, bufando e arfando. — Aonde preciso ir pra ficar a salvo na ejeção?

— O módulo de laboratório adjacente estará seguro. Por favor, depressa. Em breve nossos sistemas de emergência assumirão o comando e não terei controle sobre a ejeção.

Com um gemido mecânico, os tanques de oxigênio começaram a balançar, arrancando parafusos de seus rebites. May precisava ganhar algum tempo para chegar à porta externa. A lata de spray adesivo que carregava era feita de metal espesso, projetada para suportar os piores tipos de surra nessas circunstâncias. May posicionou a lata no chão, alinhada com a fresta, e deixou que ela voasse. A lata disparou feito um projétil de artilharia para o outro lado da sala e, ao pousar, sua parte de cima enfiou-se com força no buraco. Por um breve momento, o vento sugador arrefeceu. Era a chance de escapar. Ela saiu em uma arrancada de volta pelo jardim em ruínas, arrastando-se para abrir caminho até a porta. O vento recomeçou à medida que a lata chacoalhava na fenda, alargando o buraco. As armações de metal dos tanques de oxigênio voltaram a chacoalhar, e mais pinos e parafusos estouraram.

Quando May chegou à porta, sua lata de spray adesivo foi sugada pela fresta. Com uma abertura maior, a sucção era como um motor a jato, arrancando e sorvendo enormes nacos de vegetação do jardim. No momento, era o suficiente para diminuir a velocidade do vento, mas o buraco estava mastigando e triturando tudo rapidamente, como uma máquina picadora de madeira. May agarrou-se com braços e pernas ao batente da porta, tentando com todas as forças mover-se os trinta e poucos centímetros de que precisava para sair, de modo que Eva pudesse vedá-la. A sensação era a de que estava fazendo flexões com um carro amarrado nas costas.

— Fresta com 28,3 centímetros. Linhas de fissura irradiando da brecha. O acionamento dos sistemas de emergência é iminente. May, você precisa sair agora.

— É mesmo? Não me diga, Sherlock.

May tentou outra investida, e dessa vez arrastou-se até perto o bastante para enganchar também a outra perna em torno do batente da porta. Então, esticando todos os membros até sentir que quebraria os ossos, alcançou a guarnição da porta.

— Quase fora... Eva.

Mesmo o esforço para dizer tão pouco quase fez com que desmaiasse.

— Entendido. Estou pronta e tenho contato visual com você.

May se impulsionou, girando o corpo de modo que suas pernas ficassem estendidas contra a parede externa, mas seu torso ainda estivesse do lado de dentro. Ela não tinha onde enganchar o pé. Seus braços e tronco tinham que fazer todo o trabalho. Quase conseguiu sair algumas vezes, mas perdeu terreno quando teve que se desviar de mais destroços voadores, dessa vez vindos dos laboratórios externos. Quase sem força, arriscou uma última tentativa, e saiu.

— Agora.

Eva fechou a porta com estrépito e a lacrou. May desabou no chão, fraca e ofegante. Não havia tempo para descansar. Elas estavam a segundos de uma ejeção forçada que levaria May a reboque. Se arrastou mancando o mais rápido que pôde até o módulo de laboratório seguinte. Quando chegou à porta, ouviu o barulho dos tanques de oxigênio se descolando da parede. Os alarmes da ejeção soaram. May deu um salto pela porta do módulo de laboratório e a lacrou.

— Biojardim lacrado. Desacoplar — disse Eva.

A garganta de May estava um caco e arranhando, e sua voz foi engolida pela dor. Ela rastejou na direção de uma mesa de laboratório aparafusada e envolveu os braços e as pernas em torno de um de seus frios pés de aço.

— Segure-se firme para a ejeção — anunciou Eva.

Os acoplamentos que conectavam o biojardim ao restante do convés do laboratório foram destruídos e ele foi liberado espaço adentro. A nave sofreu um violento sacolejo, o que fez May sair rolando pelo chão. Ela segurou com força os canos debaixo de uma pia e teve a sensação de que estava agarrada às costas de um elefante em pleno estouro da manada. Assim que chegaram ao espaço, os tanques de armazenamento de oxigênio explodiram. O abalo da explosão sacudiu a *Hawking II* e fez May alçar voo. Ela aterrissou de costas e rapidamente perdeu a consciência.

— May, está me ouvindo?

Fumaça preta flutuava pelo chão, enrolando-se em torno de May, enquanto chamas lambiam a lateral da parede.

— May?

20

Stephen Knox acordou ao som de sua linha de comunicação doméstica assobiando no ouvido. No escuro, ele procurou os números brilhantes do relógio. Quinze para as quatro.

— Luzes.

A iluminação suave aumentou de intensidade, trazendo-o de volta à realidade. Ficou deitado por um momento, sua mente se recompondo lentamente depois de ter sido atordoada por soníferos e vinho tinto. *Quarto*, ele lembrou. Era o quarto de dormir que Stephen compartilhava com May quando estavam juntos. Decorado no estilo ultramoderno dela, com tons pastel escuros e móveis baixos e angulosos, o cômodo sempre parecia estranho para Stephen ao acordar. Ele brincava dizendo que não era diferente dos quartos de hotel urbanos mais chiques, algo que ela considerava um grande elogio. Stephen atrapalhou-se tentando encontrar o aparelho comunicador, que estava debaixo de uma mixórdia de roupa suja no chão, e olhou para a tela. Mostrava nada menos que quarenta e cinco chamadas perdidas. *Quanto vinho eu bebi?* O aparelho assobiou novamente. Chamada número quarenta e seis.

— Raj, espero que você esteja na cadeia ou em uma cama de hospital precisando de um transplante de rim.

Me deixa entrar, cara.

Batidas bruscas na janela do quarto. Stephen se sentou, talvez depressa demais.

— Você está aí fora? *Venezianas*.

As lâminas de madeira na janela do quarto deslizaram silenciosamente, revelando o amigo de Stephen, Raj Kapoor, o brilhante engenheiro que projetou a *Hawking II*, espiando feito um voyeur. Raj tinha uma cabeça enorme para o corpo pequeno, encimada por um emaranhado de cabelo preto cacheado, uma barba irregular que se recusava a se aproximar do bigode, e óculos marrons grossos e embaçados, como costumavam ficar quando ele estava agitado.

— Meu Deus, que merda você está fazendo aí fora?

— Cara, estou tentando falar com você há seis horas. Me deixa entrar antes que seus vizinhos pensem que sou um terrorista.

— Você é de Mumbai, seu escandaloso dramático.

— Isso aqui é o Texas. Eles acham que os indianos mandam sinais de fumaça e coisas do tipo.

— A porta está aberta.

Stephen rolou para fora da cama e vestiu uma capa de chuva em vez de procurar seu roupão ou qualquer roupa limpa. Raj irrompeu pela porta, deu alguns passos e então tropeçou em algo e se espatifou com força no chão.

— Ai!

— Luzes — disse Stephen, indo até lá.

O vestíbulo se iluminou. Raj estava no chão; tinha tropeçado na bagagem e nas caixas que Stephen trouxera da Estação Wright.

— Estou vendo que você desfez as malas — disse Raj, pondo-se de pé.

— Café? — perguntou Stephen, ignorando o comentário.

— Eu pareço precisar de café? Alguma vez pareci?

— Eu vou tomar um pouco.

— Você vestiu alguma roupa debaixo dessa capa de chuva, certo?

— Por que você está aqui, Raj?

— Nós temos uma conferência com o Warren em...

Ele olhou para o relógio.

— Agora.

— Por que você não avisou, seu idiota? Estou parecendo um manobrista.

— Não se preocupa, seu mau gosto em moda não vai surpreender ninguém.

— Hilário. De que se trata?

— Eu não sei. Só recebi a ordem pra tirar você da cama.

A adrenalina de Stephen disparou. E se Robert estivesse ligando para confirmar a morte de May? Depois de evitar a ideia no retorno da Estação Wright, ele finalmente encontrara coragem para voltar para casa. Achava que havia se resignado ao pior cenário possível, mas naquele momento sentia-se despreparado para confirmar aquela hipótese.

— E se for uma má notícia, Raj?

— Recebendo solicitação de chamada via satélite — disse a IA da casa, baixinho. — Aceitar?

— Sim — disse Stephen, abotoando a capa de chuva até em cima.

O logo da Nasa apareceu na tela.

— Aguardando o diretor Warren — disse a suave voz eletrônica.

Stephen sentiu-se como um prisioneiro no corredor da morte no dia da execução. Sua ansiedade havia contagiado Raj depois da pergunta sobre a má notícia.

O rosto de Robert apareceu na tela. Ele estava encenando seu habitual papel de líder aflito, mas profissionalmente sereno.

— Olá, Stephen. Raj.

— Oi, Robert — disse Stephen.

— Como você está segurando as pontas?

— Para ser honesto, não estou.

— Bem, tenho uma notícia que vai animar você. Recebemos um sinal de SOS da *Hawking II*.

Stephen mal podia acreditar nos próprios ouvidos.

— Eu... Ah, meu Deus.

Raj deu um tapinha nas costas dele, com força exagerada, como de costume.

— Sim. — Stephen tossiu. — Isso é incrível. Quando?

— Vinte e sete horas atrás.

— Por que você não me ligou na hora?

O olho de Robert se contraiu, muito ligeiramente. A essa altura Stephen conhecia os "sinais". Aquele significava que ele estava irritado e fora pego de surpresa, mas isso era tudo.

— Precisávamos de tempo para confirmar e, quando houve a confirmação, tentamos entrar em contato com você, mas não tivemos sorte. Foi por isso que pedi a Raj para rastrear você.

— Viu? — disse Raj. — Ele tem estado muito ocupado chafurdando em autopiedade, Robert.

— Cala a boca, Raj — disse Stephen. — Robert, essa é uma ótima notícia.

— Sim, mas todos nós precisamos moderar nossas expectativas. A equipe decifrou e analisou o pacote de dados. Primeiro, você precisa saber que a IA da nave está relatando várias baixas, mas Maryam não está entre elas. Além disso, a nave foi severamente danificada e está funcionando precariamente.

— Ah, meu Deus — disse Stephen baixinho. — Alguma chance de reparo remoto?

— Estamos trabalhando nisso, mas talvez precisemos de assistência a bordo. Além de May, não temos ideia se há outros sobreviventes com os conhecimentos especializados necessários.

Stephen e Raj murcharam. Eles sabiam o prognóstico. Sobreviver no espaço profundo em uma nave totalmente funcional já era um desafio monumental.

— Robert, e se a May ou algum dos outros sobreviventes não estiver em condições de dar assistência? É possível enviar uma equipe de resgate? Se eles estão de alguma forma incapacitados, tentando voltar...

— Essas são todas as informações que eu tenho neste momento. Vamos enviar transmissões vinte e quatro horas por dia. Stephen, assim que recebermos uma resposta, se você quiser enviar uma mensagem gravada a May, vamos configurá-la no Johnson o mais rápido possível.

— Sim, eu quero — disse Stephen, ansioso.

— Sinto muito por ser o mensageiro de más notícias, mas a equipe continua otimista aqui. A Nasa tem bastante experiência na resolução de problemas, mesmo sob as piores circunstâncias.

— Obrigado, Robert. Eu aprecio sua franqueza e vou tentar adotar seu otimismo. Pelo menos agora temos algo rompendo o silêncio do rádio.

— Exatamente. Vamos pegar o que pudermos. Preciso voltar, mas entraremos em contato.

— Desta vez eu garanto que vou estar disponível.

Depois da ligação, Stephen e Raj sentaram-se entre as caixas de mudança e tomaram café.

— Por mais que eu odeie admitir, você está certo — disse Stephen. — Tenho sentido pena de mim mesmo desde que voltei.

— Estou sempre certo e você sempre odeia admitir.

Raj tinha uma maneira de dizer as coisas que parecia uma piada, ou um exagero, ao mesmo tempo em que mantinha no rosto uma expressão completamente séria. Ele era uma das pessoas mais interessantes que Stephen já conhecera. Seu QI era intimidador, suas credenciais acadêmicas e realizações de carreira, especialmente considerando-se que ele tinha apenas trinta e cinco anos, eram incomparáveis, mas ele parecia um menino privilegiado obcecado por cultura pop, e falava como um.

Quando a Nasa encarregou o Departamento de Missões de Tecnologia Espacial de projetar a *Hawking II*, a estrela de Raj ascendeu rapidamente. Além de ser um talentoso designer, projetista e engenheiro, seu conhecimento dos processos de pesquisa científica era tão grande quanto o de Stephen. Uma vez que pesquisa era o foco principal da missão, Raj priorizou o design e a funcionalidade da nave. O resultado foi um laboratório instalado no espaço com uma reprodução quase perfeita de ambientes de pesquisa na Terra. Os cientistas a bordo da *Hawking II* poderiam realizar experimentos em tempo real em amostras planetárias sem ter que esperar até que retornassem. O tamanho da espaçonave era muito maior do que a maioria, mas Raj teve a ideia de construí-la no espaço para evitar as restrições impostas pela necessidade de rebocá-la com um veículo de lançamento.

Stephen ficou deslumbrado quando viu os projetos preliminares, e ele e Raj logo ficaram amigos. Passavam muitas horas trabalhando em colaboração, o que incluía discussões que pareciam brigas entre irmãos e que em mais de uma ocasião colocaram os dois em apuros com Robert Warren. No fim, tudo isso provou ser parte de uma inspirada equação que produziu um dos mais empolgantes veículos espaciais que a Nasa já havia construído.

— Eu odeio não saber mais sobre a nave — disse Raj.
— E quanto à tripulação? Múltiplas baixas? — perguntou Stephen, nervoso.
— Sobre eles também.
— Jesus, você é uma figura, Raj.
— A nave é meu bebê. Você sabe disso. Assim como a May é o seu... bom, não seu bebê, mas você sabe o que quero dizer. Você deve estar muito aliviado.
— Achei que Warren ia confirmar o que eu já suspeitava. Já passou muito tempo e parecia que...
— Acredite — interrompeu Raj —, estou perplexo por *alguém* estar vivo. Nada consegue interromper as comunicações desse jeito, por tanto tempo, a não ser algo catastrófico.
— Alguns dias atrás você me disse para manter a cabeça erguida — disse Stephen.
— Pensei que fosse o que as pessoas dizem.
— *É* o que as pessoas dizem. É por isso que elas são umas mentirosas de merda.
A mente de Stephen estava a mil por hora. Ele queria colocar Robert de volta na linha, interrogá-lo um pouco mais. O telefonema o pegara desprevenido.
— E um resgate, Raj? Quero dizer, se eles precisarem disso? É ao menos possível? A Nasa tem alguma nave que poderia enviar? Quanto tempo isso levaria? Talvez tenha algum veículo chinês ou russo que possa...
— Relaxa, cara. É a Nasa. A resposta para qualquer coisa necessária é sim. Essa é uma das missões mais importantes da história. Eles não vão simplesmente jogar a toalha e voltar à estaca zero. Confia em mim, um exército está se preocupando com isso bem agora, vinte e quatro horas por dia, sete dias por semana, então você não precisa.
— Tudo bem. Você tem razão. Ainda vou me preocupar, mas vou parar de tentar me meter. Eu só quero fazer alguma coisa, sabe? Ficar tão impotente está me deixando maluco — disse ele, e começou a andar. — Só queria poder ajudar.
— Manda algumas palavras de apoio pra May. Faz um discurso motivador. Ela provavelmente precisa muito de um agora.
— Sim. Apoio moral. Isso é o que eu posso fazer agora.
— Só não enche o saco dela, você sabe, mencionando alguma daquelas merdas deprimentes sobre o casamento.
— Uau, você acha mesmo que eu sou um idiota.
— Não tanto quanto eu, mas...
— Cale a boca.
Raj notou que a porta de um dos outros quartos estava entreaberta e foi espiar.
— Nossa, você entrou mesmo lá? — perguntou ele, surpreso.
— Sim — disse Stephen, olhando-o de esguelha. — Só... por favor, não.

Raj escancarou de vez a porta. Era um quarto de bebê.

— Pensei que a essa altura talvez você tivesse mandado reformar ou algo assim.

— Podemos falar sobre outra coisa? — perguntou Stephen, fechando a porta.

— Não. Vou pra casa. Preciso de um pouco de cereal... e dormir, eu acho.

— Obrigado por vir me acordar — disse Stephen.

— Sem problemas. Vejo você no escritório.

— Sim.

Assim que Raj saiu, Stephen se deixou ser um pouco sentimental e foi olhar o quarto de bebê. Ele o havia construído como uma surpresa para May, mas não tinha conseguido pensar a respeito desde o lançamento. Só depois de considerar que podia tê-la perdido foi capaz de criar coragem. Era estranho, mas visitar o quarto tirou-o de seu terrível entorpecimento. Ele queria sentir. Ansiava por isso. Abrir aquela porta funcionou, e a dor quase acabou com ele. Desde então, ele tinha mantido a porta aberta, forçando-se a manter a ferida descoberta.

Agora, sabendo que May ainda estava viva, o quarto parecia diferente. O sol brilhava através das cortinas transparentes, conferindo uma luz suave às cores pastel e objetos de decoração brancos. Os bichos de pelúcia no berço pareciam crianças esperando pacientemente pela manhã de Natal. Stephen apagou as luzes e se sentou na cadeira de balanço almofadada, fitando o brilho das estrelas escuras que May havia colado no teto. Órion, a constelação favorita de Stephen. Em algum lugar lá em cima lampejava o mais tênue vislumbre de esperança.

21

27 de fevereiro de 2066 — Houston, Texas

— Eu gostaria de propor um brinde.

Centenas de convidados em trajes formais de gala dançavam em um salão de festas no Hotel Versalhes, em Houston. Era o tipo de lugar que dava calafrios em Stephen, com uma quantidade de ouro, veludo e dinheiro vindo do petróleo suficiente para sufocar Luís XIV. Enquanto enchiam a cara de champanhe e costela, ele estava sentado com seu smoking alugado que não lhe caía muito bem, enrolando para beber uma taça de manhattan e tentando bravamente conversar com a socialite divorciada que Robert lhe impusera como par romântico. Ela era muito agradável, articulada e atraente, como mandava o figurino, mas muito entediante. Robert tinha certeza de que Stephen precisava parecer mais "normal" para assegurar que os ricos e poderosos lobistas por trás da missão ficariam à vontade tendo um acadêmico no comando.

Stephen observou enquanto Robert percorria o salão se autopromovendo, claramente um de seus passatempos favoritos. Tudo nele era aparência, uma fachada dourada de cinismo. Além de aparentemente ter passado por outra cirurgia plástica que transformara seu rosto em um projétil bronzeado com um sorriso branco e permanente, ele falava alto o suficiente para todo o salão ouvir. Típico comportamento de político, obrigando todo mundo a sentir seu cheiro, mesmo quem estivesse tapando o nariz. Para todas as pessoas brilhantes que o cercavam, ele não era mais do que um digníssimo bilheteiro de parque de diversões, vendendo ingressos para um dos maiores espetáculos científicos da história.

Henry Warren, seu famoso pai, desempenhara um papel semelhante. Como industrial e político de carreira, havia integrado e presidido várias comissões que foram responsáveis pelo avanço da exploração espacial. A Nasa podia ter se afogado na própria cultura arcaica, não fosse por Hank de Ferro, e isso era algo que a família Warren, especialmente Robert, jamais deixaria ninguém esquecer. Felizmente para Stephen, o único propósito da vida de Robert era sair da sombra formidável de seu querido pai. Desde cedo ele esculpiu para si um nicho, concentrando-se na área muitas vezes impopular da exploração do espaço profundo. Quando viu que Stephen estava pronto para redefinir o passado e o futuro da humanidade com seu trabalho, Robert sentiu que tinha encontrado sua *Apollo 11*. Stephen ouviu o tilintar de prata no vidro.

— Ah, merda — disse ele, sabendo o que significava.

Robert havia voltado para sua mesa VIP e erguera a taça de vinho, batendo nela com uma colher. Outros o imitaram, tilintando seus copos e taças com vigor frenético para agradar ao mestre.

— Senhoras e senhores, eu gostaria de propor um brinde — anunciou ele em voz alta.

A multidão aplaudiu e alguns começaram a beber.

— Esperem só um momento. Vocês não vão se safar assim tão fácil — brincou ele, aludindo à sua propensão a discursos longos e enfadonhos, e arrancou da plateia um murmúrio de riso. — Só quero dizer como estou empolgado por fazer parte da Missão Europa... embora não possa discutir detalhes, porque a maioria de vocês não tem autorização de acesso...

Mais risadas bem-humoradas.

— Estou disposto a me arriscar e fazer uma previsão *modesta*. A vida que conhecemos provavelmente mudará para sempre. — Robert realmente adorava manipular a plateia. — Como alguns de vocês em breve partirão para Europa e ficarão um bom tempo sem ver comida de verdade, como a que está sendo fartamente oferecida esta noite, tentarei ser breve. Certa vez alguém disse que, para cada brilhante avanço na ciência, há alguém a quem o mundo deve conceder a glória... e a culpa. A Missão Europa nada seria sem o homem cujo trabalho nos trouxe até aqui e nos levará mais longe do que nunca. Senhoras e senhores, dr. Stephen Knox. Onde está você, Stephen?

Ele sabia exatamente onde Stephen estava. Fingir uma busca pelo salão era uma maneira de conseguir que as pessoas se acalmassem e se calassem. Sua acompanhante aplaudiu animadamente e cutucou Stephen para se levantar. Quando ele se ergueu, Robert o encarou e sorriu com orgulho, como o dono de um premiado puro-sangue levando para casa as rosas no dia da grande corrida.

— Stephen Knox, criador de mundos, este é para você.

Stephen se encolheu tanto que achou que ia sofrer uma distensão muscular. Robert ergueu ainda mais a taça, instigando a multidão a uma agitação alegre.

— Agora podem beber, seus animais.

Drinques foram engolidos de um trago, houve apertos de mãos. Stephen recebeu tantos tapinhas nas costas que pensou que o frango à Cordon Bleu sairia pela boca. Quando terminou, ele fez o que qualquer cientista com habilidades sociais limitadas e um ódio imenso por conversa fiada teria feito: deu o fora dali. Ao chegar, tinha visto uma sacada do tamanho de um campo de futebol americano, e escapou para lá, saboreando a ideia de respirar ar fresco e depois destruí-lo totalmente fumando um cigarro. Ele saiu de fininho pelos janelões cobertos por pesadas cortinas para o ar mormacento da noite, então encontrou um canto escuro para se esconder e admirar as estrelas enquanto dava baforadas no cigarro. A cabeça de Órion estava à vista, mas o resto da constelação estava obscurecido por nuvens altas.

— Claro que eu ia atropelar o chefe.

A voz de uma mulher ecoou de uma mesa de coquetel ali perto. Era May. A princípio ele não a reconheceu, perfeitamente arrumada, em um vestido elegante e colado que a fazia parecer uma estrela de cinema ou uma super-heroína. Quando reconheceu, Stephen sentiu uma pontada na ferida que ainda estava se curando em seu braço. Ele pensou em ser simpático, mas a comida, a bebida e a má companhia não estavam caindo nada bem. Então, por que ser agradável?

— Quando eu achei que a noite não podia ficar pior — disse ele, apagando o cigarro e procurando uma rota de fuga.

May deve ter percebido sua intenção de bater em retirada, porque se levantou e foi até ele antes que Stephen pudesse pensar em como escapar.

— Eu sei que é chato da minha parte, mas eu posso filar um cigarro? Sou uma fumante enrustida. Ossos do ofício. Além disso, mal cabe o batom na bolsa minúscula que eu aluguei.

Pelo menos ela era divertida, o que era mais do que Stephen poderia dizer sobre praticamente todo mundo naquele salão. Ele pensou em responder com um categórico "não", mas já havia atingido seu limite de comportamento hostil, e nem conseguira aproveitar o primeiro cigarro.

— Claro — disse simplesmente.

Ignorando a linguagem corporal e o tom de voz de Stephen, May se sentou na frente dele. Ele tinha a esperança de que ela apenas pegasse o cigarro e sumisse furtivamente de novo, mas ao que tudo indicava May adorava bater de frente ou com o corpo ou com o humor dele. Ela até esperou que ele acendesse a maldita coisa.

— Você tem muita coragem — disse ele, acendendo o cigarro.

— Estou demitida? — perguntou ela, soprando fumaça suficiente no rosto dele para tornar o gesto intencional.

Os olhos dela eram penetrantes, incisivos e predatórios, medindo-o. A ousadia de May era fascinante e o fez esquecer que estava mal-humorado. Ele nunca conseguiu se comportar daquela maneira — tão confiante, assertivo e com um ar de quem não dava a mínima. A ferida em seu pulso estava coçando. Ele puxou a manga e examinou o curativo. Um pouco de sangue havia atravessado a atadura. May viu e sua arrogância se converteu em empatia.

— Ai, meu Deus, isso vai deixar uma cicatriz. Eu estou demitida, não estou?

— Maryam, certo?

— É, mas minhas vítimas me chamam de May. E, claro, seu nome é dr. Stephen Knox, o gênio elegante por trás de tudo isso.

— Você pode me chamar de Stephen. Ou de gênio elegante. Atendo pelos dois.

— Eu gosto de Stephen. Ainda mais se for escrito corretamente.

— Era o que eu dizia para os idiotas do colégio.

May riu. O sorriso dela fez Stephen perceber como era linda, o que por sua vez o deixou constrangido, depois irritado. Ele voltou a cobrir o curativo com a manga da jaqueta e se retraiu.

— Então, qual é o seu papel nesse monstro que eu ajudei a criar? — perguntou Stephen.

— Ah, nada de especial. Sou apenas a comandante.

Foi a vez dele de rir.

— Ah, isso é perfeito.

— Não é?! — concordou May. — O velho conflito entre cientistas e astronautas personificado em um acidente de baixa velocidade com vítimas entre os sorvetes de casquinha.

— Na verdade, eu estava pensando em como era irônico que uma pilota extremamente qualificada pudesse ser uma motorista tão ruim.

Ele ficou envergonhado por dizer algo tão rude, mas aliviado por May não se importar.

— Eu também sou muito ruim em pedir desculpas — disse ela. — Desculpa ter te atropelado, machucado seu braço, derrubado seu sorvete...

— Não se esqueça de que também me humilhou na frente de um bando de curiosos.

— Especialmente por isso. Eu realmente não sou uma pessoa tão ruim... na maior parte do tempo.

— Eu sou bastante ruim *o tempo todo* — admitiu Stephen.

— Você me parece um cara legal. Pode acreditar, o meu detector de babacas é ótimo. Nunca falha. Você não está nem fazendo a agulha mexer.

— Obrigado, eu acho — disse ele, tentando sugar a última gota de seu manhattan e derramando gelo no casaco. — Isso foi de propósito.

— Posso te arrumar outra bebida?

— Eu não sei se aguento outra cereja marasquino — disse ele.

— Isso não faz bem pra saúde. Experimenta esse.

May ofereceu a garrafinha prateada e amassada de sua mãe. Stephen tomou um gole e teve um ataque de tosse.

— Solvente? — perguntou ele com voz rouca. — O café da manhã dos campeões.

May tomou um longo gole.

— Removedor de alcatrão escocês, na verdade. Mais um soco na garganta, meu senhor? — perguntou ela, oferecendo o frasco.

— Até que vai bem. Preciso de alguma coisa para dissolver a comida que devia estar guardada desde 1950 e eles descongelaram.

Stephen bebeu um pouco mais e sentiu o fogo escorrer pela garganta. O calor se espalhou para seus braços e pernas e fez seus olhos pesarem.

— Você veio preparada. Deve adorar eventos como este tanto quanto eu.

— O que, bailes regados a frango borrachudo e *sauvignon blanc*? Quase tanto quanto funerais. Mas a comida nos funerais é geralmente muito superior.

— E a bebida — acrescentou Stephen.

— Não posso decepcionar os mortos. Isso seria errado.

— Concordo — disse Stephen, olhando em volta, pensativo.

— Preocupado que a sua acompanhante esteja te procurando?

— Não, ela veio junto com o smoking. Eu queria dar o fora daqui antes que Robert decidisse me exibir feito gado. E você? Não me diz que veio sozinha para a dança dos mortos-vivos.

— Eu sou casada com o meu trabalho, mas ele não beija muito bem.

— Que coincidência. Eu também. Meu trabalho nunca deixa eu me divertir. Sempre me incomodando e me dizendo o que fazer. Listas de tarefas a cumprir, cerveja light...

Stephen começou a afrouxar a gravata.

— Não faz isso — disse May, sorrindo. — Essa é a melhor parte do terno. Além disso, o Robert vai ter um ataque se você parecer desconfortável com os sacrifícios da moda moderna.

— Você conhece ele bem — disse Stephen, tentando refazer o nó da gravata.

— Quem você acha que me disse pra usar esse invólucro de salsicha coberto de lantejoulas?

Stephen terminou o nó da gravata, que ficou ridiculamente torto.

— Como ficou? — perguntou ele.

— Horrível. Deixa comigo.

Ela se inclinou e refez o nó com um Windsor duplo. Stephen tentou desviar o olhar, mas os olhos May e suas mãos fortes o puxaram de volta.

— Capriche no nó, é o que eu sempre digo.

Assim que terminou, ela se serviu de mais um dos cigarros dele e se sentou novamente.

— Obrigado — disse Stephen, tateando o nó perfeito. — Me sinto um cavalheiro de novo.

— Ah, não. Talvez mais uísque resolva esse problema — disse ela, entregando-lhe o cantil.

Stephen tomou um longo gole.

— Calma, devagar aí — disse May. — Eu ainda preciso de um pouco para dirigir até em casa — ela deu uma piscadela.

Stephen ficou perplexo com o quanto se sentia à vontade com May, embora não pudessem ser mais diferentes. Estava hesitando com a ideia de convidá-la para ir tomar uma bebida em algum lugar quando Robert apareceu na sacada, procurando por ele.

— Ô-ôu — disse May, apagando rapidamente o cigarro. — Parece que o papai quer as chaves do carro de volta.

Robert caminhou até eles, um sorriso no rosto.

— Robert — disse Stephen, alegremente. — E você conhece a May, é claro.

— Claro — disse Robert, com um sorriso tenso. — Prazer em vê-la, comandante Crosley.

Robert gostava de lembrar educadamente as pessoas de sua suposta posição hierárquica como uma forma passiva-agressiva de mantê-las na linha. May entendeu a mensagem.

— Boa noite, senhor — disse ela, colocando-se de pé em posição formal.

— Stephen, você se importa de entrar um pouco? Quero te apresentar a alguns dos principais formuladores de políticas da Nasa. Eles estão ansiosos para conhecer você e seu intelecto impressionante.

Stephen olhou de relance para May. Ela sorriu, liberando-o.

— Bom conversar com você, dr. Knox — disse ela, zombando polidamente da formalidade de Robert.

— Você também... comandante — respondeu Stephen com um sorrisinho.

Enquanto Robert o escoltava, Stephen olhou para trás e viu que May se apropriara de seu maço de cigarros. Ela zombou dele, acendendo um e soprando uma enorme nuvem de fumaça em sua direção.

22

— Eu não estou detectando nenhum dano colateral no restante da nave — disse Eva.

May estava de volta à enfermaria, recuperando-se da inalação de fumaça e do espancamento imposto pela fresta no casco. Felizmente, Eva foi capaz de apagar o fogo que começou nos laboratórios depois que o biojardim foi ejetado, mas não antes de quase mumificar May em espuma mecânica. Ela ainda estava tirando pedaços de espuma do couro cabeludo.

— Isso é bom — suspirou May. — Alguma ideia sobre a causa?

— Não. Minha única teoria é de rachaduras de estresse causadas por atividade sísmica recente.

— Parecia que alguém tinha aberto um buraco com uma bazuca.

— De acordo com meus registros, nós não...

— Temos nenhuma bazuca a bordo? — perguntou May, sorrindo.

— Entendo. Foi uma piada.

— Obviamente não muito boa. Se foi causada por atividade sísmica, é possível que haja outras na nave?

— Eu não detectei nenhuma.

— Mas você não detectou a do biojardim.

— O que é intrigante. Voltei a examinar os dados dos sensores estruturais imediatamente anteriores à ruptura e não encontrei nada que a teria previsto.

— Ótimo. Acrescente isso à nossa lista de fenômenos inexplicáveis esperando para me ferrar.

May terminou a medicação intravenosa, tirou a agulha e rolou para fora da maca. Quando tentou se levantar, a enfermaria girou e ela teve que se deitar rapidamente de novo.

— Nossa — disse ela, sentindo o suor frio na pele. — Tontura. Devo estar com baixa taxa de açúcar no sangue de novo.

— Você acabou de receber uma grande infusão de glicose.

— Eu sei! — gritou May, imaginando de onde vinha a raiva súbita. — Desculpa, Eva. Acho que estou abalada por tudo isso. Quanto mais eu lembro, mais coisa eu sinto. E agora estou bem perto de ficar esgotada, como os humanos dizem.

— Tudo bem, May. Volatilidade emocional é de se esperar em casos de lesão cerebral.

— Eu queria que isso me fizesse sentir melhor, que é normal não estar normal, mas não faz.

— Como você está se sentindo fisicamente?

— Sobre ficar inconsciente e quase ter sido enterrada viva nessa espuma horrível, bem. Sobre o meu antigo eu, sinto como se tivesse envelhecido uma década.

— Sinto muito que esteja sendo tão difícil para você. Eu gostaria de poder ajudar mais.

— Deixa disso, Eva. Você é muito útil. E está me mantendo sã, o que talvez seja o trabalho mais importante na nave agora.

— Eu tento. Uma xícara de chá?

— Ah... um belo toque britânico sem exageros. E a resposta é sim. Eu adoraria mais um pouco de água morna e marrom com um leve gosto de chá.

— Que tal outro pseudobolinho feito com massa de parede para acompanhar?

— Excelente.

— Vou preparar na cozinha. Você consegue caminhar até lá?

— Eu dou um jeito.

Ficar de pé trouxe de volta um pouco de tontura, mas logo diminuiu e May foi para a cozinha. Quando o console de comida e bebida cuspiu seu "chá com bolinho", o cheiro do disco morno em formato de bolo deixou-a instantaneamente nauseada.

— Hum, Eva — disse ela baixinho. — Isto está fazendo meu estômago revirar feito os brinquedos de um parque de diversões vagabundo. Vamos tentar outra coisa. O empadão era decente, se não me falha a memória.

— Um momento — respondeu Eva.

O empadão apareceu no dispensador e a deixou mais enjoada ainda.

— Não. Descarte isso também, por favor. Vou tomar só um pouco de água.

May colocou água em uma xícara de café e virou as costas para a câmera enquanto despejava na caneca uma boa quantidade do conteúdo da velha garrafinha da mãe.

— Aí, sim — disse ela depois de tomar o primeiro gole.

Ela relaxou em uma cadeira e examinou o velho pedaço de aço danificado que fedia a uísque passado e insípido. Invariavelmente, esse cheiro sempre evocava lembranças de sua mãe. Naquele momento, por causa da situação pela qual acabara de passar, ela se lembrou do traiçoeiro voo de mãe e filha quando May tinha treze anos.

Algumas coisas nunca mudam, né?, ela pensou consigo mesma.

May estava pilotando um dos antigos aviões de sua mãe, um Beechcraft Baron G58, também conhecido como "o Duque Distinto". A aeronave tinha quatro bancos de passageiro de couro rachado e surrado atrás e uma cabine pequena. Pilotar aquele avião era um desafio maior do que os monomotores e teco-tecos que May tinha autorização para conduzir, e ela ficara igualmente animada e nervosa quando Eva anunciou durante o café da manhã uma "viagem rápida para a Escócia".

Eva amava aqueles velhos dinossauros, e ainda mais quando conseguia levar May na cabine com ela. Costumava dizer que pilotos de verdade deveriam ser capazes de dominar qualquer coisa que tivesse asas. Elas se depararam com um problema na aproximação final para pouso em Glasgow, quando a temperatura despencou drasticamente durante uma tempestade e gelo começou a se acumular nas asas. Em poucos minutos, as duas viram-se em uma situação potencialmente fatal. A altitude era de cerca de três mil e quinhentos metros, e diminuía bem rápido. Os motores crepitavam e entravam e saíam do estol, e sem sustentação era quase impossível movimentar os flapes. May pensou que o avião ia cair feito uma pedra. Ela começou a entrar em pânico, e coube a Eva, de forma sucinta e brusca, colocá-la de volta nos eixos.

— Mantenha a cabeça no lugar, garota, ou você vai enlouquecer. Todos os problemas são solucionáveis quando você respira e se concentra.

— O que vamos fazer? — gritou May. — Você assume.

— Absolutamente não. Você é a capitã e eu só tenho autorização pra assumir se você estiver incapacitada. Você consegue, Maryam. Nem sempre será um céu azul com lindas nuvens fofinhas.

Eva deu uma batidinha no altímetro, um instrumento mostrando a orientação da aeronave em relação ao horizonte da Terra.

— E, para responder à sua pergunta, você não vai fazer nada. Neste exato momento chegamos ao máximo de estabilidade que vamos conseguir com esse peso extra. Se a gente sucumbir ao medo e tentar subjugar a aeronave, corremos o risco de ficar muito instáveis, como de cabeça para baixo.

— Temos que fazer alguma coisa — choramingou May.

— Vamos deixar a gravidade fazer sua mágica. Pense, Maryam, o que vai acontecer quanto mais baixa for a nossa altitude?

— Eu não sei, eu...

— Pare de choramingar e se concentra! — gritou Eva. — Esta é uma situação de vida ou morte. Nem sempre vou estar aqui para te salvar, então se salve você mesma.

May cerrou os dentes e limpou o ranho na manga do casaco. A explosão de Eva tinha interrompido sua reação de medo e a colocou em modo de sobrevivência. Ela sentiu sua inteligência e racionalidade retornando.

— Quanto mais baixa a nossa altitude — disse ela de forma assertiva —, mais quente a temperatura do ar. Então, o gelo vai derreter e nós podemos recuperar o controle.

— Correto. Viu o que acontece quando você coloca sua cabeça no lugar?

— Mas e se estivermos a trinta metros do chão, quando derreter? Nós nunca vamos nos recuperar.

— Então vamos morrer — disse a mãe. — Mas pelo menos temos uma chance em vez de fazer alguma coisa imprudente que poderia eliminar todas. Agora, em vez de reclamar sobre "e ses", você tem outro problema que precisa resolver. Sabe o que é?

Com as mãos trêmulas, May verificou seus instrumentos e o mapa de navegação.

— Nessa velocidade vamos passar por Glasgow. E não tem como desacelerar.

— Certo. Solução?

Ela examinou o mapa e sorriu, batendo o dedo sobre ele.

— Encontrei uma ao norte da cidade. Podemos nos desviar um pouco, mas é a nossa melhor aposta.

— Essa é minha garota.

Quando o avião mergulhou a tensos mil metros, o sol rompeu as nuvens e a temperatura esquentou muito acima de zero. O gelo acumulado no avião derreteu rapidamente e elas pousaram com o mínimo de dano. Em terra firme, Eva estava radiante de orgulho. Tanto que contou a história, com alguns adornos pitorescos, para toda a equipe de solo. Em seguida, fez algo que no passado fizera tão poucas vezes que May podia contar nos dedos: abraçou a filha.

— Parabéns, Maryam. *Agora* você é uma pilota.

Daquele ponto em diante, May passou a encarar a pilotagem de uma maneira diferente. E mudou também a forma de ver a mãe. May compreendeu que, em todos os anos em que a odiou por ser muito fria e distante, não tinha entendido como ser uma pilota, com experiência de combate pesado, obrigara Eva a abandonar seu lado emocional. Tinha sido essencial para sua sobrevivência.

Mana, eu te entendo, pensou May enquanto levantava a garrafinha.

23

— Hora de um pouco de Relaxamento & Recreação — May sussurrou para si mesma.

Era bom ficar um pouco bêbada, dar um tempo na constante ansiedade e nos esbarrões com a morte. Ela bebeu um pouco mais de uísque e pegou um cigarro no bolso. Ficou em êxtase quando encontrou debaixo do beliche o pacote que contrabandeara para bordo, junto com sua garrafinha de bebida. Isso a fez se sentir como uma adolescente de novo. Ela acendeu o cigarro e deu uma longa tragada. A descarga de nicotina quase fez sua cabeça girar para fora do corpo, mas o uísque serviu para mantê-la bem presa no lugar.

— May, há um incêndio na cozinha — alertou Eva, com urgência na voz. — Você está nas imediações e poderia, por favor, extingui-lo?

May riu.

— Sou eu, Eva. Sou eu quem está em chamas. Eu estou dando um trago, hã, fumando um cigarro.

— É estritamente proibido fumar em todas as naves da Nasa. Existem componentes altamente inflamáveis...

— Sim, eu sei. Mas não estou nem aí. Se eu tenho que viver com a morte à espreita em cada canto, vou ter que quebrar algumas regras pra sobreviver.

Ela tomou um longo gole e se permitiu um tremendo arroto.

— Uísque escocês. Um troço horrível. Mas aquece até a alma.

— Posso fazer uma pergunta pessoal, May?

— Claro que sim. Aproveite.

— Se é verdade que você sente que a morte está, como diz, à espreita em cada canto, por que você consome coisas que comprovadamente danificam seu corpo, como álcool e cigarros?

May riu tanto que quase engoliu o cigarro.

— Excelente pergunta. A razão é que, embora essas coisas sejam destrutivas pro nosso corpo, elas nos fazem sentir prazer. É meio que um enigma.

— É definitivamente difícil de entender, aplicando-se a lógica — disse Eva.

— Aí é que está, os humanos gostam de acreditar que são lógicos, mas a maneira como vivemos diz exatamente o contrário. Somos mais impulsionados por emoções, que têm uma lógica própria, mas provavelmente não uma lógica que faça muito sentido. Isso faz sentido? — May riu.

— Quando você golpeou seu espelho e se machucou, as emoções estavam lhe dizendo que era a coisa certa a fazer?

— Não exatamente dizendo. Apenas me ocorreu fazer aquilo no momento, e eu fiz. Normalmente, eu jamais faria isso, mas o cansaço e o estresse podem tornar as emoções mais intensas.

— E quanto à felicidade? Funciona da mesma maneira?

— Claro que sim. Como a primeira vez que beijei meu marido Stephen.

May lembrou-se de quando Stephen a levou ao boteco mexicano perto do campus da Universidade Rice depois que ela apareceu para assistir à palestra dele. Ainda sentia o cheiro da vela acesa no sorvete frito que ele comprou como forma de se desculpar por ter arruinado seu aniversário na primeira vez em que se encontraram. Lembrava-se do gosto de tequila e lima-da-pérsia e sal em sua língua quando se inclinou sobre a mesa para beijá-lo, quase incendiando seu top.

— Eu só fiz — relembrou ela. — Na verdade não tive a chance de pensar. Mais ou menos como ser pilota. Muitas vezes você tem que seguir o instinto, a sua intuição. Acho que é uma parte humana mais antiga e mais sábia, então eu confio nela.

— Eu não sei se instinto poderia ser codificado em meus sistemas.

— Você já tem instinto, Eva. A maneira como prevê problemas com base no que sabe. Isso é uma forma de instinto também.

— Excelente. Eu me sinto incluída.

— É melhor tomar cuidado. — May riu. — Ou pode acabar se tornando uma de nós. Falando nisso, que tal um pouco de música?

— O que você gostaria de ouvir? Tenho uma biblioteca bastante extensa.

— Que tal uma marcha fúnebre? — perguntou May sarcasticamente.

— Qual compositor?

— Estou brincando. Toque algo que eu possa dançar. Eu não me importo com o que seja.

Eva tocou um pouco de música eletrônica. May resmungou em desaprovação.

— Baterias eletrônicas não têm alma. Música de verdade com pessoas de verdade, por favor.

— Meus programadores apreciavam muito Ludwig van Beethoven. Você está familiarizada com a obra dele?

— Tá de sacanagem?

— Isso é outra figura de linguagem?

— Sim, significa: você está zombando de mim ao perguntar se eu conheço um dos compositores mais importantes da história da música?

— Minha programação de senso de humor é robusta, mas não inclui zombaria. Isso pode ser muito desconcertante para os humanos.

— Pro inferno com os humanos. Eles que se fodam.

— May, você parece diferente. Seus padrões de fala...

— Isso se chama ficar bêbada.

— Embriagar-se pode ser muito perigoso nesse ambiente. Especialmente se você estiver lidando com fogo.

May explodiu em um incontrolável ataque de gargalhadas.

— Eu dou conta da minha bebida. E do meu fogo. Agora toque alguma coisa que dê pra dançar.

— Cruzando referências de música para dançar. Tenho extensas bibliotecas de dança étnica, como polca, e dança cerimonial norte-americana nativa — disse Eva.

— Uau — disse May, tentando abafar a risada. — Vamos tentar outra coisa. Que tal rock 'n' roll? Isso poderia ser considerado uma dança étnica.

— Talvez você goste de ouvir rock 'n' roll britânico? Essa é uma das minhas maiores bibliotecas.

— Não estou surpresa. E sim, rock britânico, por favor.

— Tudo bem. Aqui está uma música dos Rolling Stones.

Eva tocou "Can't you hear me knocking".

— Ah, sim. Hora de agitar — disse May. — Esta vai pra Nasa.

Ela dançou pela cozinha, com o cigarro pendurado na boca. Uma hora mais ou menos se passou com Eva bancando a DJ e May dançando loucamente, dando vazão às emoções e extravasando energia. Quando se satisfez, sentou-se em uma cadeira e bebeu um pouco de água para afugentar a dor de cabeça que se acumulava atrás dos olhos.

— Ah, Eva, isso foi divertido, obrigada. O que devemos fazer agora? Uma guerra de travesseiros?

— Eu gostaria de ouvir mais sobre seu relacionamento com Stephen, se você não se importar. Eu conheço o trabalho dele, mas nunca tive a oportunidade de conhecê-lo pessoalmente.

— Papo de garotas, né? Eu gosto disso. O que você gostaria de saber? Contanto que não seja muito indecente — brincou May.

— Conte-me como você o conheceu.

— Você pode fazer melhor que isso, Eva. Pergunte alguma coisa picante.

— Tudo bem, mas por favor avise-me se eu ficar indiscreta demais.

— Pare com isso, estamos só nós duas aqui — respondeu May.
— Stephen foi a primeira pessoa que você amou?
— Uau. Essa é das boas, mana. Infelizmente, não. E você nunca vai adivinhar quem foi...
— Adivinhar não é um dos meus pontos fortes.
— Dê um palpite.
— Certo. Foi Ian Albright?
May recuou de choque.
— Como você sabia?
— Eu deduzi com base em seus dados de arquivo pessoal. Você estava na RAF, era uma jovem oficial, quando ele era um oficial de patente superior. Ele era um dos homens encarregados de sua unidade. Vocês dois foram repreendidos por seus comandantes, sob a acusação de manter relações íntimas com um colega oficial. Os nomes foram excluídos do relatório, mas não houve nenhum outro oficial ou aspirante repreendido pelo mesmo delito na mesma época. E às vezes eu ouço você dizer o nome dele quando está dormindo.

May ficou momentaneamente perdida em lembranças. Ela e Ian estavam passeando de carro pelo campo, em alta velocidade. Ele estava tentando impressioná-la, ao volante de algum carro esportivo chique que seus pais haviam lhe dado de presente. Ela estava rindo e gritando, a cabeça para fora da janela. Eles pararam em um penhasco e saíram para contemplar o mar centenas de metros abaixo. Irlanda. Haviam feito uma viagem até lá para ficar em uma das casas da família dele. Ele a abraçou no vento gelado e a beijou. Em seguida, a lembrança mudou e eles estavam no salão de uma mansão senhorial, deitados junto a uma lareira do tamanho de uma garagem. Chamas crepitavam na chaminé. Roupas espalhadas pelo chão.

— Eu me apaixonei por ele em um piscar de olhos — refletiu May.
— Você o amou?
— Eu tentei — disse ela.
Os olhos de May ficaram sombrios e ela afastou a memória. *Águas passadas.*
— A propósito, você saber de tudo isso... Essa vigilância toda é um pouco assustadora, Eva.
— Sinto muito se ofendi você. Eu estava simplesmente relatando informações não confidenciais.
— Eu sei. E parabéns pelas deduções. Eu sei que não é sua especialidade especular ou fazer previsões, mas foi muito bem dessa vez.
— Obrigada. Talvez não devêssemos ter essa conversa, já que não tenho experiência nesse papo de garotas, como você disse.
— Ah, pare com isso, Eva. Você está indo bem. O que mais você quer saber?

— Você fala em termos muito carinhosos de Stephen e do seu casamento, mas seus registros pessoais afirmam que vocês entraram com o pedido de divórcio pouco antes da sua partida.

— O quê? — perguntou May, cambaleando com o impacto das palavras. — Eu não estava...

Ela engasgou ao tentar responder, sentindo uma onda de pavor.

— Eu sinto muito, May. Perguntei algo pessoal demais. Eu sabia que isso era uma má...

— Pare de pedir desculpas! — gritou May.

Sua raiva repentina a assustou. *Talvez o uísque não tenha sido uma boa ideia, afinal.* Ela apagou o cigarro e se recompôs.

— Eva, eu... o que eu quis dizer foi que não precisa se desculpar. Não foi o que você disse que... a verdade é que não me lembro disso. Do divórcio. Provavelmente porque aconteceu muito perto de eu ficar doente. Com toda essa coisa da amnésia e... Jesus, as coisas ficam cada vez melhores.

May tomou outro generoso gole do uísque. Em vez de desfrutar do calor da bebida, ela queria que queimasse a sensação nauseante em seu estômago. *Divórcio.* Toda vez que pensava em Stephen, isso fazia menos sentido.

24

10 de março de 2066 — Universidade Rice — Houston, Texas

— Então você está dizendo que é possível que existam pessoas, ou formas de vida, semelhantes a nós, em algum lugar do universo?

Stephen estava falando como palestrante convidado em uma conferência sobre biologia evolutiva no Departamento de Física e Astronomia da Universidade Rice. O interesse pelo evento era enorme, por isso a direção da universidade colocou-o em um dos maiores auditórios. Aproximadamente oitocentas pessoas acotovelaram-se nas cadeiras do recinto, com muita gente de pé nos fundos e nos corredores. As pessoas sentadas pareciam ser em sua maioria estudantes ou apoiadores do trabalho de Stephen. Já entre as pessoas em pé aparentemente predominavam trabalhadores ou gente de classe mais baixa, muito mais velha que a plateia sentada. Essas pessoas eram furiosas e barulhentas, e muitas seguravam cartazes toscos com versículos da Bíblia e coisas como "Queime no Inferno".

— O que estou dizendo — respondeu Stephen — é que há um forte conjunto de evidências corroborando a teoria de que os elementos básicos da vida na Terra, incluindo os blocos de construção genética de plantas e animais, existem em todo o universo. Os meteoritos encontrados nos anos 60 continham uracila e xantina, nucleobases que são precursores de moléculas que compõem o DNA e o RNA. Além disso, há um forte acúmulo de evidências de que existem planetas semelhantes à Terra, conhecidos como exoplanetas, em outros sistemas solares do universo. Sabendo disso, o que *você* acha?

— Eu acho que...

— Eu acho que você é um maluco e devia ser internado! — berrou um dos manifestantes do fundo do auditório.

Os outros manifestantes aplaudiram. Estudantes levantaram-se e gritaram de volta, dizendo-lhes para irem embora e lançando ameaças. Stephen manteve a calma e esperou que a segurança retirasse o homem que gritava. Claramente ele estava acostumado a ouvir esse tipo de insulto, e nada fez para incitar o fogo de seus opositores. Um funcionário da universidade subiu ao pódio.

— Gostaríamos de pedir a todos os presentes que se comportem respeitosamente e evitem esse tipo de comportamento, ou seremos forçados a interromper a palestra.

A multidão murmurou, mas se aquietou. Stephen continuou como se nada tivesse acontecido.

— Obrigado. Eu gostaria de acrescentar algo, se puder. Como já disse, recebo de bom grado a presença de todas as pessoas nestas palestras, das quais participo de forma totalmente voluntária. E eu incentivo a discussão. Acreditem, se eu ficasse aqui sentado falando sozinho, em pouco tempo vocês estariam dormindo.

A multidão riu, relaxando a tensão.

— Para aqueles que não concordam com o que está sendo discutido, aceito suas opiniões. No entanto, sou um cientista, não um político ou uma desinformada celebridade ativista...

Mais risos, até mesmo de alguns dos dissidentes.

— A questão é que as únicas discussões que estou qualificado a ter com vocês são aquelas relacionadas à ciência. Caso não tenham notado pelo meu incrível senso de moda, eu sou um nerd total. Eu vivo e respiro fatos e números e dados empíricos, e meus sonhos vêm na forma de cálculos. E tudo o que eu faço na minha profissão é para todos vocês. Não apenas alguns. Todos. Eu nunca me importei em ser publicado ou colecionar elogios. Desde que era criança, quando as discussões sobre superpopulação, mudança climática e o apocalipse zumbi estavam no *zeitgeist*, eu sempre adorei essa palavra, eu não pensava em outra coisa além da seguinte pergunta: qual é o próximo passo para a raça humana? Estamos destinados a morrer, simplesmente a nos extinguir como outros animais, incapazes de nos adaptar ou relutantes em fazer isso, ou podemos ser os arquitetos da nossa própria evolução?

Assim que a palestra terminou, e depois que Stephen acabou de apertar mãos e dar autógrafos como um astro de rock ou um candidato político, sentou-se para trabalhar mais um pouco antes de ir embora.

— Bu! — disse May atrás dele.

Ele pulou da cadeira, mandando a mesa de trabalho pelos ares e derrubando sua bolsa no chão. Quando se virou, ela estava ali, sufocando o riso.

— Não faz isso — disse ele, sentando-se para recobrar o fôlego.

Ela viu que o susto o deixara bastante abalado.

— Merda, desculpa. Isso foi tão idiota. Com todos aqueles lunáticos que vieram pra sua palestra, você provavelmente pensou que alguém estava aqui pra te matar.

— Você veio assistir à minha palestra? — perguntou ele, incrédulo.

— Sim — disse ela, pega desprevenida. — Eu estava na vizinhança e...

— Você estava tendo problemas para dormir...

— Para! Achei a palestra ótima. Nem um pouco chata. Quer dizer, podemos falar sobre esses sapatos mais tarde, mas eu realmente gostei, sabe, do que você disse... ah, e tinha um elemento de perigo também. Então, tudo muito dramático.

— Você devia ler os e-mails cheios de ódio que eu recebo.

May franziu o cenho.

— Ralé caipira ignorante. Algumas coisas não mudam nunca.

— Se eles soubessem que o dinheiro dos ingressos foi direto para todas as causas progressistas que eles odeiam, aí realmente ficariam chateados.

— Você é um homem perigoso, Stephen.

— Só sendo um pra reconhecer outro... quero dizer, mulher perigosa, não homem, obviamente.

— É tão óbvio assim?

May estava vestindo sua calça jeans favorita e sua blusa branca. Uma voz interior lhe perguntou por que estava tentando parecer gostosa se tinha ido apenas dar uma olhada na palestra de Stephen, "para fins de pesquisa", e depois sair de fininho, despercebida. Ela mandou sua voz interior à merda.

— Preciso trancar, dr. Knox.

Um funcionário da manutenção gritou do fundo da sala, fazendo Stephen dar outro pulo de susto.

— Certo, obrigado — respondeu ele.

— Alguém está precisando muito de um drinque — disse May.

— É tão óbvio assim?

— Conhece algum lugar por aqui?

— Só se você gostar de bebida barata e estudantes detestáveis.

— Quem não gosta? — respondeu May, referindo-se basicamente a si mesma.

Eles caminharam até um boteco próximo ao campus chamado "Gringos", enfiado entre uma lanchonete Subway e uma lavanderia vinte e quatro horas. Do lado de fora, o lugar parecia ter saído direto de Tijuana, com suas janelas emplastradas de panfletos e folhetos e placas laminadas anunciando comida e cerveja. O interior era bem pouco iluminado, com mesas e cadeiras bregas e fotografias emolduradas de lutadores de luta livre mexicanos.

— Encantador — disse May quando entraram. — Tem o cheiro de uma boate de striptease de Miami, e acho que meus sapatos estão permanentemente grudados no chão.

— Você já foi a uma boate de striptease de Miami?

— Vamos pegar uma mesa. Muitos animais selvagens no balcão.

Stephen deu uma olhada nos caras com bonés de beisebol com a aba para trás e mulheres seminuas bebendo doses que brilhavam no escuro, e assentiu. A deprimida recepcionista os levou até a mesa mais afastada do caos e Stephen fez o pedido, alertando May de que alguns dos itens do menu eram uma ameaça à vida. Em poucos minutos, estavam bebendo margaritas e comendo um prato de tacos.

— É muita cara de pau da sua parte desmerecer este lugar. É realmente incrível.

— Eu só venho aqui em ocasiões especiais.

— Sério? Qual é a ocasião? — perguntou ela.

— Vamos inventar alguma.

Eles terminaram as bebidas e antes de apoiarem os copos de volta na mesa a garçonete trouxe uma nova rodada. May notou que Stephen era tratado como um cliente regular e que tinha cuidado para que fossem bem atendidos, sem distrações, esperas nem incômodos. Ele era silenciosamente metódico, perpetuamente sério e reservado. Mais que tudo, May sentia que podia ser autêntica com Stephen, o que era bem difícil para a maioria das pessoas. Ele não só lidava numa boa com o jeito dela, como o aceitava. Mal o conhecida, mas tinha a impressão de que ele sentia o mesmo. Quanto mais bebiam, mais atraente tudo se tornava e, previsivelmente, maiores as chances de May meter os pés pelas mãos e dizer o que não devia.

— Então, como é que não existe uma sra. Knox? — perguntou ela, girando o canudo da bebida.

E pronto. Stephen fez uma careta.

— Esquece — disse May. — Acabei com o clima. Emergência. Mais bebidas.

— Tinha uma sra. Knox, mas ela fugiu com um piloto.

May soltou uma risada, principalmente de alívio, mas também pela ironia. Stephen não estava rindo junto, então ela registrou mentalmente seu strike dois.

— Tá brincando.

— Não, é verdade. Piloto de aviação comercial. Ela é uma consultora de negócios. Muitas viagens. Passageira de milhões de milhas. Zero interesse no que eu fazia. Na verdade, ela achava que a maior parte do que eu fazia era basicamente perda de tempo. Não é uma equação difícil de resolver.

— Desculpa. Fico intrometida quando bebo tequila.

— Tudo bem. Eu ligo o foda-se quando bebo.

— É, mas obviamente ela te magoou. Ai, meu Deus, eu não calo a boca. Vou calar agora. Olha só, vou me empanturrar de tacos até fechar a matraca e tomar vergonha na cara.

— Como você sabe que ela me magoou?

— Não — disse May com a boca cheia de comida. — Vamos mudar de assunto. Algo leve. Que tal sexo casual? Meu Deus, eu não presto.

— Tem um pouco de guacamole no seu queixo — disse Stephen, rindo.

— Uau. Eu não deveria ter julgado os animais selvagens no balcão. Acabou que eles é que têm classe.

— Você não tinha nada no queixo. Eu só não queria falar sobre...

— Entendi. A ex é assunto proibido.

— ... sexo casual — completou ele.

— Idiota engraçadinho — disse May. — Você está de sacanagem comigo. Não dá a mínima pra sua ex. Só quer me deixar sem graça, pra variar.

— É meio bonitinho — disse ele.

— Me beija.

— Agora *você* quer me deixar sem graça.

— Que sagaz, dr. Knox. Mas me beija mesmo assim. Não sei se você quer, mas por favor faz a minha vontade, porque é muito agoniante ficar aqui pensando que eu quero te beijar e...

— O.k.

Ele se inclinou sobre a mesa e a beijou. Foi pouco mais que um selinho, suficiente apenas para despertar o apetite dela, mas não para fazer a turma do balcão assoviar.

— Obrigada — disse May, tentando esconder que estava um pouco nervosa.

— Ainda quer falar sobre minha ex?

— Não muito.

— Que bom. Porque misturar ela com álcool pode ser tóxico.

— Ah, a ex tóxica. Eu tive um desses também. O ego do cara era tão grande que a gente não cabia na mesma sala.

— E por que esse ego todo?

— Porque era Ian Albright.

Stephen revirou os olhos.

— O quê?

— Nada.

— Você não gosta dele?

— Não é isso. Bem, é um pouco. Antes de eu ir pra Nasa, Ian tentou que eu desse a exclusividade da tecnologia NanoEsfera pra ele. Até me ameaçou quando eu não aceitei a oferta.

— Típico.

— Pelo visto ele te magoou — provocou Stephen.

— Cala a boca... Ele me magoou, sim, mas não como você pensa. Digamos que no fim das contas o sr. ex-piloto de caça, inventor genial e bilionário dono de uma das empresas privadas de exploração espacial mais bem-sucedidas do mundo...

— Por favor, continue — disse ele, rindo. — Estou encolhendo.

— Acontece que ele é só um egocêntrico inseguro que tem ataques de birra feito um pirralho mimado toda vez que não consegue o que quer.

— Falou tudo — concordou Stephen. — Os chiliques dos bilionários podem quebrar muito mais coisas do que o vaso da sala de estar, infelizmente.

— Falou tudo — repetiu May, recordando as marcas que Ian deixara nela. — Mas isso eu até aguento. O problema foi que ele não tinha alma.

— Desalmado... Como você sabe se tem alma? — perguntou Stephen.

— Ah, dá pra saber. É meio como lidar com uma inteligência artificial. A IA pode imitar muito bem as qualidades humanas, mas você percebe quando chegou no limite. O Ian é assim. Ele é ótimo em parecer humano.

— Infelizmente, acho que conheço muita gente assim — disse Stephen.

— É uma epidemia — concordou May.

A garçonete colocou na frente deles uma montanha de sorvete frito com uma vela acesa, junto com duas doses de tequila.

— O que é isso? É seu aniversário? — perguntou May.

— Não, como eu estraguei o seu aniversário, no dia que a gente se conheceu, resolvi compensar.

May sentiu um frio na barriga.

— Como você sabia?

— Você me mostrou sua carteira de habilitação enquanto eu estava fazendo beicinho no ponto do ônibus.

May fitou a vela, incrédula. A cera estava pingando no sorvete.

— Desculpa, isso soou estranho — disse Stephen. — Eu não quis decorar a sua carteira. Minha memória é assim. Eu vi e fixei. Não queria...

— Sabe, dr. Knox, eu tenho uma ideia.

Ela estava sorrindo, tão comovida pelo gesto que poderia chorar.

— Qual? — perguntou Stephen, nervoso.

— Quando eu apagar a vela, vamos esquecer tudo o que aconteceu entre nós antes. Eu quero que isso seja o começo.

Desta vez, May se inclinou sobre a mesa e beijou Stephen, um beijo longo o bastante para suscitar assobios e provocações do pessoal no balcão. Nenhum dos dois se incomodou. O beijo teria durado mais se a chama da vela não tivesse quase incendiado o top de May, o que fez com que ambos caíssem na gargalhada. Tinha uma lembrança borrada de saírem do bar depois que Stephen pagou rapidamente a conta e chamou um táxi. Não conseguiam se largar nem dentro do carro, nem nos degraus do prédio dela nem no apartamento. Considerou perguntar a Stephen como ele se sentia sobre tudo aquilo, antes de arrancar suas roupas, mas a ideia logo sumiu porque já estava ocupada demais arrancando as roupas dos dois. Não houve constrangimento, toques nervosos, inibição ou hesitação, apenas um desejo inflexível de saciar o tesão enorme que eles nem sabiam que sentiam um pelo outro. E quando estavam deitados no escuro, exaustos demais para continuar, May soube que estava em apuros.

25

— Há quanto tempo você recebeu a transmissão? — gritou May, sem fôlego.

Estava correndo para a ponte de comando, sua empolgação se transformando rapidamente em uma ressaca furiosa. Teria que arrumar tempo para vomitar mais tarde. A Nasa tinha respondido ao seu sinal de SOS, e Eva confirmou uma conexão de telemetria. Na ponte, May visualizou a resposta na tela. Ela a contemplou em toda a sua glória, com lágrimas de alegria escorrendo pelo rosto. Eles também tinham incluído uma mensagem de vídeo pré-gravada, pois ainda não estavam na amplitude necessária para comunicação em tempo real.

— Ai, meu Deus, Eva! Isso é incrível.

— Eu concordo, e também estou muito aliviada.

— Aliviada? Eu estou feliz pra caralho. Eles acharam a gente. A gente estava à deriva e eles conseguiram... estou tão feliz que não sei nem o que fazer.

— Que tal enviar a mensagem de resposta que eles solicitaram, confirmando sua sobrevivência e fornecendo mais informações sobre a situação da tripulação?

— Certo. Sim. Exatamente. Vou fazer isso.

May cogitou enviar uma mensagem de vídeo, mas pensou melhor, lembrando seu estado lamentável. *Olá, Centro de Controle de Missão, aqui fala a comandante Knox trêbada. Estou bem, tirando que todo mundo, menos eu, está morto, e a sua nave de muitos bilhões de dólares está prestes a virar sucata. Ah, e estou com amnésia porque acordei de um coma alguns dias atrás, depois de quase morrer de uma doença misteriosa. Não consigo nem me lembrar de ter mandado meu marido à merda antes do lançamento. Eeenfim, que ótimo retomar o contato com vocês, pessoal. Quero muito ouvir seus planos de resgate milagroso. Ah, e parabéns pela música natalina!*

Em vez disso, ela gravou uma curta mensagem de voz com carimbo de tempo e prometeu enviar um relatório mais longo, com imagens, tão logo ela e Eva tivessem certeza de que a telemetria estava estável e a nave, de volta ao curso normal.

— Vamos assistir à mensagem de vídeo que eles enviaram, Eva.
— Carregando.

May esperou, nervosa, enquanto a janela de observação mudava para a tela de vídeo e a mensagem pré-gravada da Nasa aumentava de volume. Stephen apareceu primeiro, no Centro de Controle de solo em Houston. O coração de May disparou. Ele parecia bem, talvez um pouco magro demais e com sono atrasado, mas ainda era o seu Stephen. Ela chegou mais perto da tela.

— Oi, gato. É tão bom te ver — disse May, tocando o rosto dele.
— Oi, May — disse ele, sorrindo.

Stephen estava tentando parecer tranquilo. Deviam ter pedido a ele que fosse o primeiro a falar na transmissão para fazê-la se sentir melhor. *Boa escolha.*

— Eu estou... estamos todos muito felizes em saber que você pode receber esta transmissão. Como imagina, estávamos bem preocupados aqui. Quando o Controle de Missão recebeu o SOS, dizem que até os veteranos mais durões e com gelo nas veias deram pulos de alegria. Todos nós, cada um do seu jeito... chega de conversa fiada, como diria a sua mãe, hora de falar do que interessa, que é trazer você de volta. Por falar nisso, vou te deixar nas mãos do seu velho amigo Glenn Chambers, que vai explicar o esquema de resgate que está formulando e te colocar para trabalhar. Se cuida, a gente se fala em breve.

O vídeo cortou para o Centro de Controle de Missão na Estação Wright, com Glenn em primeiro plano e a equipe orgulhosamente atrás dele, acenando. Glenn era mesmo um amigo querido. Com suas enormes sobrancelhas grisalhas e desgrenhadas que pareciam duas taturanas e os onipresentes óculos de leitura arcaicos, ele parecia um vovô adorado, e se comportava como tal — se o seu avô fosse um texano desbocado que pilotava Harleys e caçava javalis.

— Ei, garota. Bem-vinda a esse mar de merda. Não se preocupa, a gente vai te dar um remo, e não vai ser feito de bosta.

Ele riu tanto que o tabaco de mascar quase caiu da boca.

— Desculpa, meu bem. Você sabe que eu sou só um caipira velho e safado. Escuta, empanturrei todos os nerds aqui de cafeína e ameaças, trabalhando vinte e quatro por dia, e bolamos um plano de resgate muito supimpa. Eu disse a eles que se não tivessem construído pra você aquela maldita porcaria de nave com defeito, pra começo de conversa, nem estaríamos falando de resgate, mas eles não acharam nenhuma graça. Especialmente o Raj. Cara, ele ficou puto. Ele parecia um dos Muppets com um ataque de raiva.

May soltou uma gargalhada, precisando daquele alívio. Glenn era um velho casca-grossa, um piloto que não confiava em nada que não tivesse passado mais tempo que ele no ar. Teria se dado muito bem com a mãe dela.

— Então, vamos pular as preliminares e ir direto ao ponto, né?

Um mapa astronômico mostrou a posição da *Hawking II* em relação a Europa, Marte e Terra.

— O seu desvio de rota foi bastante inconveniente. Pra falar a verdade, ficamos bem surpresos por você ter se desgarrado tanto em tão pouco tempo. Mas não se preocupa, podemos te colocar de volta nos trilhos assim que os motores decidirem colaborar. Ainda mais porque você corrigiu a trajetória. Todo mundo aqui ficou coçando a cabeça e eu disse: escutem, nerds, vocês estão lidando com uma pilota de verdade. Se acham que nós arriscaríamos a vida confiando só na tecnologia de vocês, têm titica de galinha no cérebro. Como comprovado.

Um diagrama fotorrealista da nave substituiu a imagem do mapa. As áreas problemáticas — motores e reator — estavam destacadas em vermelho.

— Os problemas de propulsão que você está tendo são uma encrenca no reator e não vêm dos motores em si. Por alguma razão, o reator tem uma sobrecarga, o que está fazendo com que ele entre e saia do modo de segurança, pra evitar, bom, explodir sua bunda magricela e te mandar desta pro plano espiritual.

— Bem, é muita consideração da parte deles — riu May.

— Muita gentileza deles, né? Os nerds da fusão estão trabalhando pra resolver o problema do reator agora. O grande terremoto de São Francisco que você está sentindo são os motores se desligando. Aqui temos uma representação visual.

Apareceu uma imagem tridimensional do reator e suas conexões com os motores. Enquanto Glenn falava, as áreas mencionadas eram realçadas.

— Um recebe a energia, fica todo animadinho e quer ligar. O outro não tem energia suficiente. O primeiro desliga, enviando uma overdose de energia pro segundo. Daí ele também desliga. Então o reator não tem pra onde enviar toda essa potência, por isso ele desliga. Círculo vicioso. Parece o meu terceiro divórcio. Enviamos pra sua IA um programa de voo que incentiva os desgraçados egoístas a compartilhar, criando uma distribuição equilibrada de energia em fluxo constante. É meio como quando seu cérebro distribui o peso uniformemente pras suas pernas pra evitar que você caia de cara no chão depois de ter usado aquela sua garrafinha algumas vezes.

— Você me conhece bem demais, Glenn. E agora as más notícias — disse May cinicamente.

— Infelizmente — disse Glenn —, tudo isso significa que tivemos que diminuir a quantidade de energia que vai do reator pros motores, porque não queremos começar aquela palhaçada de sincronia de novo. Como você deve ter visto, mais cedo ou mais tarde esse tipo de coisa vai rasgar sua nave ao meio. Sua velocidade caiu pra cerca de um quarto da capacidade, mas isso é um mal necessário até consertarmos o reator. Só significa que você vai ter que continuar sendo pilota por um tempo, o que eu sei que você não se importa de fazer, porque certamente quer provar que não conseguiu o emprego só porque é uma garota.

— Dinossauro caipira — disse May, sorrindo.

— Eu ouvi isso — disse Glenn, tendo antecipado um insulto de resposta. — Ah, e você também vai poder brincar de engenheira. Eu sei que você adora isso. Vamos gravar toda a correção do reator pra você e carregar a sequência para o seu painel de comando assim que os nerds descobrirem uma maneira de você fazer isso sem... isso mesmo, sem explodir sua bunda magricela e te mandar desta pro plano espiritual.

— Você não tem ideia de quão magricela — brincou May.

— A boa notícia é que, assim que voltarmos à velocidade máxima, aqui está aquele esqueminha de resgate supimpa que estamos preparando. Vamos pro mapa de novo.

O vídeo recuou para o mapa astronômico.

— E agora o boletim meteorológico. Não vamos nos arriscar a te trazer de volta aqui pra estação. A órbita de Marte está muito mais perto e, no momento, a sua trajetória está numa boa com o alinhamento de Marte. Só que tem essa coisa chamada movimento orbital. Talvez você tenha ouvido falar. Planetas se movendo ao redor do Sol e coisa e tal. A menos que você seja um desses merdinhas que acham que a Terra é plana. Mas os nossos sistemas de navegação não funcionam em uma porra de um mundo de fantasia. No mundo real, vamos te levar em uma trajetória para o encontro de acoplamento com o nosso veículo de resgate na órbita de Marte. Lembra que precisamos de muitos ajustes até lá, mas vamos fazer a telemetria da porra toda e vamos ficar juntos, no mesmo ritmo. Se for necessário, também podemos puxar um pouco de velocidade da gravidade de Marte para te dar um pequeno impulso e aliviar um pouco da pressão da propulsão.

"O problema é que o nosso alinhamento com Marte não está tão fodão quanto o seu. E os burocratas vão amarrar e amordaçar a gente enquanto esperam por uma janela de lançamento perfeita. Acrescente a isso que estamos ajeitando às pressas o nosso primeiro veículo disponível, que parece ser meio que um dinossauro. Mas não se engane com a idade avançada da geringonça. Pode não ser tão rápido quanto os mais novos, mas ainda tem um bocado de potência. Se é que você me entende. Neste momento, temos um encontro bem gostoso marcado pra daqui a umas nove semanas, no máximo nove semanas e meia. Eu sei que é cerca de três semanas a menos do que você levou pra chegar à maldita órbita de Júpiter, mas é com isso que estamos trabalhando. Nós já ajustamos a sua velocidade. Você deve ter provisões mais do que suficientes, mas se não tiver, basta fazer um churrasco com alguns dos nerds de Stephen. Molezinha, certo?"

Embora Glenn tenha caído na gargalhada, os instintos de piloto de May estavam analisando rapidamente todos os "e se" e senões inerentes o hipotético cenário de resgate proposto pela Nasa. Antecipando-se, Glenn continuou:

— Eu sei que você deve estar cética sobre isso, e eu não te culpo. Tem uma porção de elos fracos nesta corrente. Mas, cacete, Marte é um alvo muito maior do que a Estação Wright, e tenho certeza de que você não está interessada em pilotar essa coisa por mais tempo do que o necessário.

— Não posso discordar. — May riu.

— Claro, qualquer coisa que você puder esclarecer vai nos ajudar a entrar em sintonia. Liga pra gente, deixa a gente ver essa bunda magrela. Sua IA está em comunicação ininterrupta com nossos robôs para o caso de eu deixar passar alguma coisa. Agora acho que vou te passar de volta ao seu marido imprestável, mesmo que a gente saiba que eu sou muito mais sexy do que ele. Se cuida, sua inglesinha safada. A gente vai sair dessa. A gente sempre sai.

O vídeo voltou para Stephen. O rosto dele era uma máscara de profissionalismo. Ela quase podia ouvir Robert Warren dando instruções. *Nada muito pessoal. Não queremos que ela alimente grandes esperanças. Ela precisa se manter focada, objetiva.* Foda-se ele. Ver Stephen realmente acalentou as esperanças de May, algo de que ela precisava desesperadamente. Mas também a deixou com saudades de casa e solitária. Os psiquiatras da Nasa sempre disseram que não existia lugar mais solitário do que o vazio do espaço. A mente humana não foi concebida para compreender a expansão infinita do universo e o silêncio frio e absoluto do vácuo. Quanto maior a distância em relação ao Sol, maior era o desejo de voltar. Isso podia enlouquecer qualquer pessoa. Ver o marido só fez aumentar essa sensação. Ela teria feito qualquer coisa para estar na mesma sala que ele, para realmente tocar o rosto de Stephen, sentir o horrível hálito de café dele, sentir os dedos dele em sua nuca. Ela teve vontade de gritar.

— May, eu... todos nós te amamos e sentimos sua falta. Todo mundo aqui te deseja tudo de bom. Eu não devia dizer isto, mas tente não se preocupar. Todo mundo está trabalhando com afinco. Estou aqui no controle de solo todos os dias, junto com o Raj. Vamos fazer tudo o que pudermos para ajudar a trazer você para casa. Eu...

Ele fez uma pausa, criando coragem.

— Estou aqui. Por você. Vamos cuidar de você. Saiba disso. Certo? E, por favor, responda assim que puder. Se cuida.

A tela voltou para a janela de observação. A imagem residual de Stephen permaneceu lá entre as estrelas, ainda fresca na mente de May. Com ela, mais fragmentos do passado lampejaram, repentinos e fugazes. Estava determinada a fazer o que fosse necessário para costurá-los e entender tudo o que não fazia sentido.

26

12 de agosto de 2066 — Bournemouth, Reino Unido

May e Stephen se casaram nos arredores da cidade natal dela, Bournemouth, na costa sul da Inglaterra. O evento pequeno e discreto, com a presença de uma dúzia de parentes e amigos, aconteceu na propriedade rural dos avós de May. A casa georgiana de três andares, construída no final dos anos 1700 com pedras caxambu cor de mel, estava empoleirada em uma colina com vista para alguns hectares de jardins arborizados e pastagens, salpicados de lagoas e divididos por um riacho. Eles realizaram a cerimônia junto a uma velha ponte de pedra que May amava quando criança. A hera que cobria as rochas antigas tinha sido entretecida de guirlandas multicoloridas de hibiscos, malva-rosas, prímulas, perpétuas, margaridas e amores-perfeitos.

    May usou o vestido de noiva da mãe, simples e bordado com miçangas brancas, e carregou um buquê de flores recém-cortadas do jardim. Eva tinha perdido a batalha tentando fazer com que May usasse um véu, mas venceu em fazer Stephen usar um fraque cinza-claro com uma gravata de seda preta e miosótis azul-cerúleo como flor de lapela. May riu quando Stephen se recusou a usar a cartola, dizendo que não estava disposto a se casar "parecendo o cara do Monopoly". Raj postou-se entre os dois, envergando um elegante terno preto e gravata escolhida por May — tendo assegurado a função de celebrante depois de passar semanas fazendo um intenso lobby e concordando que, se fizesse ou dissesse qualquer coisa de mau gosto na frente da mãe de May, ela o crucificaria na treliça da carruagem.

    Eva estava na primeira fila de cadeiras dobráveis, acompanhada da tia Lynn, sua irmã, e o tio Bertram, seu cunhado. Ambos tinham sido muito próximos de May na infância, tia Lynn sempre cuidando dela quando a mãe tinha que pilotar para longe, e depois que seu pai faleceu. Stephen perdera os pais ainda criança, mas alegava que Raj era "família" mais do que suficiente.

Raj comandou a cerimônia com entusiasmo, mantendo-se fiel ao roteiro, graças a Deus. Stephen e May choraram, mas foi por tentar abafar gargalhadas. Para May, foi surreal. Ela nunca esperara nem dormir com alguém como Stephen, muito menos furar o piquete que sua mãe impunha ao casamento e fazer dele seu marido. Mas, embora fosse estranho, como os dois admitiam, tudo parecia certo. Ele a aceitou, verdadeiramente para o que desse e viesse (coitado), e ela fez o mesmo. Para ambos, era essa a definição de amor. Não se tratava de sacrifício ou "trabalho", como as pessoas diziam. Isso não funcionava para eles.

Stephen tinha deixado bem claro que não via sentido em duas pessoas se casarem se uma não melhorasse de alguma forma a vida da outra, se não fosse muito melhor estar junto do que seria estar sozinho. May concordou e acrescentou sua filosofia de que permanecer independente era tão importante quanto ser um casal. Se não estivessem felizes e satisfeitos como indivíduos, seriam dois chatos ressentidos, vulneráveis e insuportavelmente maçantes, como praticamente todos os outros casais do planeta. Este foi basicamente o conteúdo da cerimônia que Raj celebrou, e Stephen e May não hesitaram em tomar parte desse compromisso.

Só ficavam nervosos ao pensar no tempo que passariam separados durante a missão. Não seria para sempre, mas os perigos inerentes da viagem pesaram em May mais do que deixou transparecer. Na verdade, essa era a única coisa de que May não gostava sobre estar apaixonada. Durante toda a vida, ela nunca havia pensado muito sobre os perigos inerentes de seu trabalho, especialmente quando se tratava da própria segurança. Graças a Eva... para o bem e para o mal. Mas desde que se apaixonou por Stephen, passou a pensar na própria mortalidade, e na dele, mais do que nunca. Pela primeira vez, compreendeu por que sua mãe se dedicara tanto em desviá-la de relacionamentos. O amor era possessivo e, se você não fosse cuidadoso, podia te consumir.

Olhando para Eva, May imaginou como ela se sentiu quando conheceu seu pai. Sabendo o quanto Eva havia lutado com unhas e dentes pela carreira, ele devia tê-la enfeitiçado de alguma forma, para convencê-la a se casar e ter uma filha. Foi a perda do marido a verdadeira razão pela qual ela tentou guiar May para um caminho diferente? Ela não tinha pensado nisso até aquele momento, mas era possível. Nos últimos anos, estava vendo a mãe definhar, sucumbindo lentamente a uma doença cerebral degenerativa que só podia ser controlada com medicação. A doença se manifestava nos tremores nas mãos de Eva, que ela tentava esconder sob o buquê.

Na cabeça de Eva, vulnerabilidade era fraqueza. Ela raramente falava de sua doença, por isso May sequer sabia ao certo o quanto havia avançado. Isso também pesou sobre ela. Ficar tão longe por tanto tempo, pensar na mãe morrendo e não chegar a tempo para estar ao lado dela era o pior pesadelo de May. *De agora em diante, cada momento é mais importante que o último.*

— Pode beijar a noiva.

Stephen se inclinou e tocou delicadamente a nuca de May, algo que ela adorava, e a beijou. Foi um beijo incrível, que May não esperava, já que ele tinha sido aconselhado a dar apenas um beijo breve e doce por conta da baixa tolerância dos espectadores britânicos às demonstrações públicas de afeto. Junto com a cartola ausente, o beijo foi um sutil ato de rebelião de Stephen, uma pequena vingança contra Eva, e uma grande dose de afrodisíaco para May.

— Você está encrencado — sussurrou ela no ouvido de Stephen antes de descerem o caminho de pedras sob uma chuva de pétalas.

A recepção foi na casa, na sala de visitas onde May era proibida de entrar quando criança, mas onde muitas vezes se enfiava sorrateiramente. Tinha janelões altos e estreitos com pesadas cortinas de tapeçaria que tinham ficado puídas ao longo dos anos. Os convidados dançaram no amplo assoalho de parquete, sobrecarregado por décadas de laca. Lá ela passava horas brincando e fantasiando sobre ser uma princesa, mas na maioria das vezes interpretando a rainha má.

Depois do jantar, na luz esmaecida de outono, bebidas e cigarros foram saboreados do lado de fora, sob as estrelas. May viu que Eva tinha encurralado Stephen perto do bar, sem dúvida para derramar sobre ele suas muitas pérolas de sabedoria, quisesse o noivo ou não. Ela se aproximou para resgatá-lo, mas Stephen sorriu para May como se dissesse que podia lidar com a situação. Ele nunca tinha paparicado Eva, mesmo sabendo quão pouco ela gostava dele, uma das razões pelas quais ela *passou* a gostar de Stephen bem rápido.

— Você já foi casado antes? — perguntou ela sem rodeios, bebericando o vinho com a mão que tinha o leve tremor.

— Sim. Faz sete anos que eu me divorciei — disse Stephen, um pouco desconfortável.

— Eu nunca soube disso.

— Você nunca perguntou, Eva. Acho que essa é a conversa mais longa que já tivemos — disse ele, sorrindo.

— O que aconteceu? — perguntou ela, desviando o foco.

Os olhos de May reviraram tanto que doeram.

— Nós nos conhecemos muito jovens e, com o passar dos anos, quando amadurecemos, o relacionamento mudou e decidimos que era melhor sermos apenas amigos.

May sorriu para a mentira.

— Essa é uma resposta muito americana. Agora me dê a resposta britânica, por favor.

Stephen levou um momento para fingir que estava formulando uma resposta bem elaborada.

— Está bem. Ela odiava meu trabalho, que tem sido a paixão da minha vida desde que eu era menino. Ela era sufocante, condescendente e, apesar de ser bonita por fora, era um ogro medonho por dentro.

— Isso está mais para uma resposta francesa, mas vou aceitar — disse Eva, sorrindo e acariciando a mão dele. — E agora você ama a minha Maryam.

— Mais do que qualquer coisa. Eu me sinto muito sortudo por ter encontrado ela.

— Isso é porque você *é* muito sortudo. Ela pode ser minha filha, mas também é uma das pessoas mais excepcionais que eu já tive o privilégio de conhecer.

— Mãe — intrometeu-se May, finalmente.

— Eu também acho — afirmou Stephen.

— E filhos? Quais são as perspectivas?

— Já conversamos sobre testar um por um tempo e depois decidir.

May riu. Eva abafou uma risada.

— Não seja insolente, filho. A menos que queira ter as orelhas arrancadas.

— Desculpa. A única coisa que tenho a dizer sobre o assunto é que nunca cogitei a ideia até conhecer sua filha.

— Que ótimo, mas vamos ter paciência e não colocar os carros na frente dos bois até ela retornar da missão, hein? Não queremos apagar o nome dela dos livros de história antes mesmo que a caneta chegue à página, não é mesmo?

— Pelo amor de Deus, não — disse Stephen com uma careta.

— Mamãe? O que deu em você?

— May, tudo bem — disse Stephen, tentando ajudar. — Não vamos...

— Quieto — advertiu Eva. — As mulheres estão conversando. Diga o que está pensando, menina.

Eva beliscou a bochecha de May e arruinou a maquiagem dela.

— Este é o meu casamento. Hoje você vai fazer o que eu quero. Vai sorrir e rir e vai dar uma de mãe coruja e vai me mimar e fazer as minhas vontades. Vai me dizer o quanto eu estou linda e o quanto meu marido está bonito. Tudo o que você comer vai estar perfeito e delicioso, beirando a ambrosia. E acima de tudo, você vai falar apenas de coisas agradáveis que tornem o clima mais leve. Fui clara, mãe?

— Eu preciso de uma bebida — disse Eva diretamente para Stephen.

— Eu pego — disse ele, ansioso para escapar.

— Pra mim pode ser um dardo tranquilizante — disse May.

— É pra já — respondeu Stephen, afastando-se às pressas, tão rápido e desajeitado que tropeçou em uma pedra do jardim e quase caiu por cima da mesa do bufê.

Eva viu o fogo nos olhos de May e se abrandou, exausta demais para brigar. May a ajudou a se acomodar em uma cadeira e as duas permaneceram em silêncio. Eva tentou novamente esconder o tremor, mas em vão.

— Mãe, o que os médicos disseram sobre...

— Você está muito linda mesmo — disse Eva, com os olhos marejados.

Ela pegou a mão de May, que foi dominada pela emoção.

— Só espero que um dia você tenha o privilégio de se sentar na festa de casamento de sua filha e dizer a mesma coisa.

27

— Se todos puderem se acomodar, por favor, eu gostaria que assistíssemos à transmissão que chegou há pouco mais de uma hora da *Hawking II*. Eu ainda não vi, então, por favor, tenham isso em mente.

No Centro de Controle de Solo em Houston, Robert Warren havia reunido a equipe, junto com Stephen e Raj, para assistir à transmissão de vídeo de May em uma das telas grandes. Na tela adjacente, a equipe do Centro de Controle de Missão na Estação Wright estava com Glenn Chambers, também prontos para assistir. Stephen rangeu os dentes até a mandíbula doer. A tensão de não saber o que esperar era assassina, e ele podia senti-la irradiando de todo mundo em ambos os centros de controle. Para ele, havia o estresse adicional de não saber como se sentiria. Desde que tinha aberto aquela parte de si mesmo, como a penitência que pensava precisar pagar, nunca sabia quando seria atacado e arrasado pela emoção. E sentir todos os olhos em cima dele, observando, imaginando se seria capaz de segurar as pontas, não ajudava em nada.

— Pode reproduzir o vídeo, por favor — disse Robert.

A tela ficou preta por alguns segundos, elevando o suspense até um ponto de ebulição, então May apareceu, de pé na ponte de comando.

— Olá, amigos — começou ela, tentando sorrir.

Stephen perdeu o fôlego enquanto uma onda de pânico silencioso perpassou ele e todos ao redor. May estava com uma aparência extenuada e macilenta. A cabeça estava raspada, tinha uma expressão abatida, olhos avermelhados. Parecia alguém sofrendo os últimos estágios de uma doença terminal. Raj deu um tapinha no ombro dele e tentou oferecer um olhar reconfortante, mas estava com a mesma expressão de medo. Stephen sentia todos os olhos sobre ele novamente, os dois centros de controle procurando por uma reação. Ele se concentrou em May, bloqueando o resto do mundo, e fez um esforço sobre-humano para aguentar firme. Mas isso não era muito consolo. O que acontecera com ela? Stephen tinha visto imagens do recente pouso em Europa. Naquele intervalo de tempo, ela passou da Maryam normal e saudável para um fantasma, quase irreconhecível.

— Este é o melhor vídeo que eu posso produzir no momento. Tive que redirecionar uma das câmeras de AEV pra gravar. Por favor, perdoem a baixa qualidade. Sei que vocês estão ansiosos pra ouvir o meu relatório, então vou pular as brincadeiras e ir direto ao ponto. Vou rodar uma série de vídeos que tratam de todos os problemas principais. Esperem, por favor.

A tela ficou preta novamente, provocando uma onda de murmúrios nervosos entre as duas equipes. A tela brilhou e as filmagens de May começaram a rodar. A primeira parada era a enfermaria destruída, o que provocou um arfar coletivo.

— Aqui estamos na enfermaria. É onde tudo começou pra mim. E é por isso que eu estou com esta cara. Acordei no Natal, depois de ter sido entubada em um módulo de cuidados intensivos. Na verdade, eu acordei porque o módulo basicamente me cuspiu. Não tenho certeza do porquê, mas estou feliz por isso. Os tubos de alimentação e soro intravenosos secaram, então eu teria morrido de desidratação ou de fome se não tivesse sido reavivada.

Ela filmou a cápsula de tratamento intensivo da qual tinha se arrastado no Natal.

— Uhu, feliz Natal pra mim.

Uma cautelosa risada rompeu um pouco da tensão. Stephen ficou feliz em saber que o senso de humor de May ainda estava intacto.

— De acordo com os registros médicos *parciais* a que eu tenho acesso, contraí algum tipo de doença não identificada e fui colocada em coma induzido para me estabilizar, provavelmente enquanto a equipe médica tentava descobrir como me diagnosticar e tratar. Não me lembro disso. Na verdade, me lembro muito pouco da doença em si. A última coisa que sei é que fui levada para a enfermaria depois de ter algum tipo de crise na ponte de comando. Acho que parei de respirar ou sofri uma parada cardíaca. Depois eu acordei aqui. A IA sugeriu que eu posso estar sofrendo de amnésia retrógrada; não me lembro dos eventos perto de ficar doente, mas as memórias de longo prazo estão intactas, quase todas, pelo menos.

"Como esperado, tentei juntar as peças pra entender o que aconteceu revisando os registros da nave, mas parece que toda a coleta de dados cessou mais ou menos quando fiquei doente. Talvez tenha sido na mesma época em que os outros também ficaram doentes. Um patógeno agressivo teria se espalhado bem rápido. Mas não tenho como saber, porque não existe nada nos registros da enfermaria nem nos registros da nave em geral. A IA fez uma pesquisa completa. Nada. Ah, e para completar, o gravador SMDA sumiu. O compartimento estava vazio, fios conectores despedaçados, cavilhas queimadas. Mas isso pode ter sido ejetado se o mecanismo percebeu que a nave estava em queda fatal.

"Eu sei que vocês estão perplexos, e garanto que eu também estou. Espero que o Centro de Controle de Missão tenha recebido as transmissões de antes da perda de dados, pra gente tentar entender isso. Por favor, caras, me digam que vocês sabem de alguma coisa."

A tristeza e a preocupação de Stephen transformaram-se em raiva. O que May estava descrevendo era inconcebível, não era possível nem mesmo como brincadeira. Ele olhou para Raj. O queixo do pobre rapaz estava escancarado. Só Deus sabia sobre que parte do seu "bebê" brutalmente assassinado ele estava ruminando. Se o cenário era absurdo para Stephen, era um traumático e apocalíptico abalo sísmico para o homem que projetou a nave. Agora não era somente em Stephen que todos os olhos se concentravam. Eles estavam mirando Raj, questionando tudo sobre a espaçonave dele. Alguns membros da velha guarda da equipe em Wright e em Houston estavam abrindo um buraco no crânio de Raj com os olhos.

Mas a situação não fazia sentido para Stephen. O que May estava descrevendo não poderia estar relacionado a falhas de projeto. A nave havia sido testada inúmeras vezes na órbita da Lua. Falhas teriam sido encontradas nos testes, especialmente aquelas capazes de produzir aquele nível de destruição. O que aconteceu com a *Hawking II* era uma coisa. *Por que* aconteceu era outra, completamente diferente. A Nasa priorizaria a solução do problema, mas isso não seria suficiente. Se não identificassem a origem ou causa, poderia facilmente acontecer de novo.

A cena então cortou para uma visualização virtual dos corredores. O vazio era uma assombrosa antítese da vibrante nave repleta de passageiros e tripulantes que o mundo tinha visto nos muitos e históricos envios de vídeo transmitidos para a Terra durante a viagem.

— Procurei em todos os sete conveses e não encontrei sobreviventes nem sinais de vida.

A cena mudou novamente, desta vez para a câmara pressurizada do veículo de pouso. May estava usando um traje de AEV.

— O último lugar onde olhei foi o hangar dos veículos de pouso, que, por razões que nem eu nem a IA sabemos, perdeu toda a atmosfera e gravidade enquanto eu dormia.

Ela respirou fundo, tentando manter-se firme e forte.

— Eu... é difícil explicar o que vocês estão prestes a ver. Foi aqui que encontrei o que parece ser a maior parte dos passageiros e da tripulação... todos mortos. Por favor, preparem-se, pois o que eu vou mostrar foi muito traumático pra mim. Nossos amigos e colegas... eu sinto muito mesmo.

Ela abriu a câmara e flutuou hangar adentro.

— Novamente, por favor, se preparem. *Acione as luzes de pouso das cápsulas, por favor* — disse May.

As brilhantes luzes de aterrissagem das cápsulas se acenderam, inundando o hangar com uma claridade cintilante e fantasmagórica, revelando os cadáveres flutuantes. Outro sufocado grito coletivo percorreu as duas equipes e as pessoas ficaram olhando, horrorizadas, com os próprios rostos congelados em caretas semelhantes às dos mortos. Foi surreal, fazendo Stephen lembrar-se de uma filmagem da Segunda Guerra Mundial que mostrava uma tomada subaquática de centenas de marinheiros mortos, cujo navio acabara de ser destruído por um bombardeiro alemão. Eles tinham a mesma expressão de perplexidade mórbida.

— Ainda não identifiquei todas as vítimas — disse May, com a voz trêmula. — Mas vou fazer isso e enviar biocódigos o mais rápido possível. Como já olhei todo o resto da nave, estou esperando... pelo pior. Por favor, me enviem os protocolos de confinamento para o sepultamento, pois até agora eu nunca tinha tido que fazer isso. E quero ter certeza de fazer tudo do jeito certo. *Luzes desligadas.*

As luzes de pouso apagaram-se e a imagem voltou a mostrar May na ponte de comando. Ela parecia um pouco melhor do que antes, como se tivesse levado algum tempo para se recuperar de ter estado no hangar dos veículos de pouso. Stephen sabia que ela ia querer parecer no controle, o mais objetiva possível e totalmente competente. Ele sentia pena dela, assim como sentia pena de Raj. Dedos sempre eram apontados, ainda mais naquele tipo de situação.

— Vocês também devem ter vídeos e dados da sala de máquinas e do convés do reator. Espero ter fornecido detalhes suficientes pra que o meu amigo Glenn e nossos excelentes engenheiros possam confirmar o plano de reparos e resgate. Caso contrário, não hesitem em pedir filmagens adicionais.

Ela fez outra pausa, forçando-se a se manter neutra e profissional.

— Eu quero dizer a todos vocês o quanto eu... lamento que isso tenha acontecido durante o meu comando. Eu queria ter estado em posição de impedir... mas não estava. A tristeza que sinto por minha equipe, pela equipe de Stephen e por todas as famílias é... indescritível. Mas isso não afetou a minha determinação. Eu vou fazer tudo o que estiver ao meu alcance pra levá-los de volta pra casa e lhes dar um enterro apropriado, e devolver esta nave, juntamente com tudo o que obtivemos em Europa, pra que sirva à memória deles. Eles estavam todos muito empenhados nisso e eu sei que gostariam que seu trabalho continuasse. Eu vou proteger esse legado, e a eles, a todo custo. E, por favor, não se preocupem comigo. Estou muito melhor do que pareço, e estou ficando mais forte a cada dia. Sinto falta de todos vocês e espero ansiosamente vê-los em breve. Obrigada.

28

Stephen estava em seu escritório no Centro Espacial Johnson às cinco da manhã. Estava há dezoito horas seguidas debruçado sobre cada linha de dados que a equipe de pesquisa tinha enviado nos últimos dias da viagem de retorno, pouco antes do apagão. Nada disso estava diretamente relacionado às operações da nave, a área da perda de dados mais grave, mas os pesquisadores que Stephen costumava contratar eram mais minuciosos do que a maioria. Eles observavam cuidadosamente os ambientes como fatores potenciais de influência. Talvez tivessem captado alguma coisa. Valia a pena arriscar, em vez de não ter nada em que fundamentar a investigação.

— Este é um problema complexo — disse ele a Raj. — A resolução requer uma hipótese forte. Só isso. Você concorda?

— Sim, mas qual é a sua hipótese?

— Esse é o seu trabalho. Eu não tenho o conhecimento especializado necessário nem sequer para começar a criar uma. Mas você, sim. Você projetou a nave. Os outros engenheiros podem até entender o seu bebê, mas nunca como o pai.

— Gostei disso. Eu queria que eles pensassem assim.

— Não se preocupe. Provavelmente é melhor você ficar afastado, para eles não limitarem seu pensamento. Você sabe tanto quanto eles. Tem todos os dados das operações da nave antes do apagão?

— Lógico. Não foi fácil, mas consegui.

Stephen ficou em silêncio.

— Você disse alguma coisa para irritar Robert? Além das coisas óbvias?

— Você sabe como eles são. Parecem um grupinho de escola. Só porque eu não tenho um título de merda na descrição do meu cargo, então eu não sou um especialista em missões de resgate. Tanto faz, dá no mesmo, cara.

— Pelo menos eles não estão te tratando como um espião — Stephen reclamou. — Quando é a sua esposa que está em perigo.

— É verdade — disse Raj, pensando. — Sabe o que eu vou fazer? — disse ele, consultando o relógio de pulso. — Eu vou jogar golfe.

Stephen riu.

— Qual é a graça?

— Raj, estou me arrebentando aqui, cara. Eu realmente preciso da sua ajuda. A May precisa da sua ajuda. Melhor ainda, a sua maldita nave tão preciosa...

— Quem disse que eu não vou estar ajudando?

— Golfe?

— Você pensa do seu jeito, eu penso do meu — disse ele, franzindo o cenho para Stephen. — Volto de noite. Vou trazer a cerveja.

Raj saiu e Stephen passou as muitas horas seguintes vasculhando horas de vídeos de filmagens que sua equipe realizou na viagem, nos laboratórios, coletando amostras durante a expedição a Europa, processando-as e operando a tecnologia NanoEsfera de Stephen. Ele não tinha visto a última parte das imagens desde o dia em que a acompanhara ao vivo, e a resolução estava bem melhor agora.

Depois de instalar as estações de base na plataforma de gelo, eles as alimentaram com conjuntos de baterias especiais que usavam absorção solar semelhante para se recarregarem. Em seguida as estações de base acionaram seus enxames de nanomáquinas, criando uma cintilante nuvem prata-azulada de cerca de quinhentos metros de altura e duzentos metros de diâmetro. Eles a posicionaram no planeta para alinhar seu movimento com a exposição ao Sol. Europa orbita Júpiter a cada 3,5 dias terrestres, e o mesmo hemisfério sempre está voltado para o gigante gasoso, de modo que eles cronometraram toda a missão para pousar no lado ensolarado de Europa quando sua trajetória orbital percorresse a jornada mais curta. A constante exposição ao sol facilitava as coisas para a equipe de Stephen, pois as condições de teste permaneciam as mesmas.

Quando ativaram o sistema, foi um belo espetáculo. As nanomáquinas moviam-se em perfeita sincronia, posicionando-se em forma de nuvens ondulantes que se estruturaram para maximizar a radiação solar em sua superfície externa. Em poucas horas, o sistema armazenou uma enorme quantidade de calor e os engenheiros a convergiram, como se concentrassem a luz do sol através de uma enorme lente de aumento, em uma área de dez metros na plataforma de gelo. Era também uma parte do gelo que, segundo as medições, seria mais fina devido ao movimento tectônico.

O calor concentrado era tão intenso que as colossais colunas de vapor que ele gerava deixaram toda a equipe nervosa. As amostras de gelo anteriores jamais apresentaram grandes concentrações de produtos químicos explosivos, mas não havia certeza com uma superfície tão grande. Depois de passar pela camada superior, as coisas se acalmaram. Finalmente, restando menos de vinte horas na expedição de sete dias, o calor penetrou na extensão do gelo. Uma abertura de um metro, do tamanho de uma tampa de bueiro, propiciou a eles a primeira visão do oceano de Europa. *Vida*, Stephen tinha pensado imediatamente. Pura e simplesmente. *Descobrimos uma nova fonte de vida.*

— Vida — disse ele, ecoando a si mesmo no vídeo. — Que tipo de vida?

Ele observou as triunfantes equipes de pesquisa extraindo água do oceano, empilhando galões em cima de galões de amostras. Em seguida ele ligou para Raj.

— Como vai o golfe?

— Eu sou péssimo. O que houve?

— Quando analisei os relatórios diários do laboratório, não encontrei qualquer violação de quarentena. Você se lembra de ter visto algo assim nos voos ou na engenharia?

— Não. Na verdade, seu pessoal era elogiado por ser bem rígido e obsessivo com tudo.

— Sim. Era mesmo. Vou verificar meus relatórios de novo, mas acho que teríamos visto algo tão importante.

— Com certeza. Água do mar. Eu nem entro na baía, se tiver uma merda de uma unha encravada. É muita bactéria, vírus, parasita.

— Vírus — disse Stephen. — Acho que eu tenho uma hipótese sobre a doença de May.

— Mas a quarentena foi rigorosa.

— Claro. Mas estamos lidando com seres humanos. Basta o menor erro, o mais insignificante. Se tiver um vírus sob aquele gelo, adormecido naquelas condições por cem milhões de anos...

— Um vírus alienígena... O primeiro sinal de vida extraterrestre, e é alguma espécie de supergripe. Isso não é uma coisa muito de história em quadrinhos?

— Certo, eu ia falar isso. Volta pro golfe. Preciso que você pense na possibilidade de um surto viral a bordo. Como isso aconteceria? Quem estaria a par? Como as informações seriam compartilhadas ou não? Quais são os protocolos? O que nós...

— Está bem. É hora da minha tacada, e os velhos aqui já estão irritados.

Raj desligou.

Stephen imaginou que a Nasa já estivesse no encalço daquela teoria, por mais que ela dissesse respeito à missão de resgate. Pensou em como ele estava sendo gentilmente colocado para escanteio. Mais importante, pensou sobre isso acontecendo com Raj. Aquela não era a Nasa que Stephen conhecia. Eles eram um tipo de organização onde todos eram convocados a ajudar. Esta estava mais para uma coisa pessoal de Robert Warren, cuja vaidade comandava tudo, inclusive informação. Se Robert encontrasse algo "desfavorável", algo que pudesse constrangê-lo na imprensa, ele abafaria. Nenhuma dúvida quanto a isso. A maior parte de suas relações com Stephen tinha sido assim, Robert no papel de guardião do portal. E se ele fosse deixado de fora de alguma coisa, meu Deus. Cabeças já rolaram por menos.

A noção de que o vírus poderia ter viajado desde a Terra passou pela cabeça de Stephen, mas qual patógeno conhecido poderia ter um efeito tão devastador? E havia as pessoas mortas no hangar dos veículos de pouso. Ele telefonou para Raj novamente.

— Que foi? Você está ligando pra falar de pessoas mortas?

— Como você sabia?

— Como é que eu e você podemos estar pensando em qualquer outra coisa? — disse Raj. — A resposta é não, eles não teriam conseguido chegar a lugar nenhum com aqueles veículos. Eram sondas de aterrissagem orbitais, não tinham nem sequer o longo alcance de ônibus lunares.

— Merda.

— É, eu sei, cara. Isso está cozinhando meus miolos. Eu estou precisando de nove tacadas pra cada buraco, então me deixa em paz.

Stephen desligou novamente e ligou o gravador de voz.

— A falha dos dados ocorre mais ou menos no período de uma possível invasão de vírus. De acordo com padrões da Terra, trinta e seis horas é um tempo de incubação conservador. Após o primeiro infectado, outros se seguem devido à apresentação latente, então há uma crise. Além disso, o patógeno é desconhecido. *Quanto tempo para entender seu comportamento?* Tempo demais em uma fábrica de germes fechada. Mais infecções, incluindo a comandante, uma porção de pesquisadores civis, mais pânico, talvez até mesmo caos, o vírus se espalha. Mas... não há dados que mostrem nada disso. É possível ter havido um defeito de funcionamento que causou isso pouco antes do problema com o vírus? Não é provável, mas essa é uma questão para o Raj. É possível que alguém tenha apagado os dados após o fato? Claro. Nenhum dado jamais está a salvo. Jamais. Quem ia querer fazer isso? Só Deus sabe. A IA pode estar envolvida? A IA provavelmente teria que estar envolvida. Jesus.

A hipótese estava tomando forma, e quanto mais Stephen perscrutava as deduções, mais as coisas apontavam para um vírus da amostra do oceano — amostras de gelo nunca deixaram ninguém doente —, que de alguma forma passou pela quarentena, de alguma forma devastou a nave, talvez tivesse causado pânico em massa, e então desenhou-se o pior cenário possível, ocorrendo no ambiente mais perigoso conhecido pela humanidade. Ele deveria apresentar isso tudo a Robert? Ainda não. Robert era muito volátil e o tiro poderia sair pela culatra.

— Dr. Knox, estou com o diretor Warren no comunicador via satélite — disse a IA.

Stephen quase caiu da cadeira.

— Dr. Knox?

— Coloque ele na linha, por favor.

Robert Warren apareceu na tela de Stephen.

— Olá, Stephen.

— Robert.

— Eu queria que você soubesse que May enviou outra transmissão logo após a que acabamos de analisar — anunciou Robert. — Ela solicitou que somente você assistisse, dizendo que era sobre o seu pedido de divórcio. Respeito a sua privacidade e as leis que a protegem, mas, considerando a natureza dessa situação, tenho a plena confiança de que você me avisará se houver algo no conteúdo dessa mensagem que possa afetar a missão.

— Claro, Robert. Mas May jamais omitiria informações da equipe. Você sabe disso.

Robert sacudiu a cabeça, impaciente.

— Eu não posso me dar ao luxo de presumir qualquer coisa ou fazer cerimônia. Obviamente, a situação está sendo minuciosamente examinada, e estou sendo muito pressionado para chegar a uma resolução rápida. Agora, mais do que nunca, precisamos trabalhar bem em equipe.

— Eu entendo e concordo totalmente.

— Obrigado. Estou enviando a mensagem agora.

Robert se despediu. *Obviamente, a situação está sendo minuciosamente examinada, e estou sendo muito pressionado...*

Supondo que a teoria de Stephen fosse sólida, Robert acabara de lembrá-lo de que um desastre nas relações públicas era pior do que a morte. Somando a isso o medo constante e crescente de que a exploração espacial privatizada estivesse pronta para tornar a Nasa obsoleta. Stephen estivera a um passo de dar a tecnologia a Ian Albright e sua empresa. A coisa circulou na imprensa durante semanas. E a cereja no bolo: a metade ultraconservadora do Congresso, que sempre se opusera à missão, perdeu a cabeça quando a Nasa a assumiu e financiou tudo com dinheiro do contribuinte. Comissões foram formadas. Os lobistas zanzavam pelo Capitólio enquanto os manifestantes organizados distribuíam propaganda de ódio nas palestras de Stephen. Quando Robert falou sobre pressão e resoluções rápidas, estava falando sobre algo específico? E se ele já soubesse o que Stephen estava teorizando? A paranoia tomou conta dele. Estava ditando em seu escritório. O momento tão oportuno da ligação de Robert foi... esquisito.

— Respire — disse Stephen. — Você está perdendo a objetividade. Quer ajudar May, está desesperado. Você nunca confiou em Robert, mas ele não é um monstro. Ele só está surtando também. Tem que respirar.

O calcanhar de aquiles de Stephen sempre foi a impaciência. Seus professores e orientadores de pesquisa nunca paravam de dar sermões a esse respeito. Ele colocaria em prática sua hipótese, para dominar os dados, construir evidências, tornar a teoria defensável, e depois a levaria para Robert e a equipe. Por outro lado, não havia razão para confiar nele, de qualquer maneira. Isso já o havia colocado em apuros antes. Ajudaria May, pouco importando se gostassem ou não, e a ciência seria a ponta dessa lança. Ele devia isso a May.

29

— Oi, Stephen — começou May. — Espero que eles te deixem ver isso sozinho. Eu precisava desabafar, por precaução, caso uma das oito milhões de coisas que podem me matar aqui acabem levando a melhor.

Depois de receber o vídeo pessoal, Stephen foi para casa assistir. Ele tinha conseguido controlar suas paranoias, mas não havia razão para correr riscos desnecessários. Robert e sua equipe estariam totalmente dentro dos limites legais mantendo qualquer um dos escritórios da missão sob vigilância eletrônica, e May queria que Stephen visse a filmagem sozinho. O céu estava nublado e escurecido, então ver o rosto de May na tela foi como um raio de luz.

— Espero que você esteja bem. Eu tô me virando, me sentindo melhor. Bom, exceto pelo cansaço constante, as mudanças de humor e meu apetite que anda chato e exigente. Magra desse jeito, era para eu estar comendo tudo o que encontrasse pela frente, mas boa parte da comida só me faz querer vomitar. Provavelmente por causa do meu problema na cabeça. Eu estava lendo que a memória meio que controla tudo, incluindo os sentidos. Estranho, né? Amnésia retrógrada. Você não acha que a palavra "amnésia" faz essa coisa toda parecer um filme B? Ou as velhas novelas de televisão? "Será que, quando se curar de sua amnésia, Sylvia vai se lembrar de que Victor é o homem que tentou assassiná-la?" — disse May em sua melhor voz de narradora de dramalhão mexicano, gargalhando.

Stephen também riu. Ele adorou vê-la animada, para variar.

— A boa notícia é que estou melhorando. Minha IA, que eu batizei de Eva por causa da mamãe... porque elas são muito parecidas, sério... ela tem me ajudado com alguns tratamentos terapêuticos, usando sugestões e repetições, e outras coisas. É tão estranho. Faria mais sentido ter dificuldade de lembrar o passado distante, né? Teria sido bom esquecer as merdas da infância. Infelizmente, é o oposto. A pior parte é a mais recente, quando fiquei doente. Não lembro tudo, só umas partes. Fica melhor recuando no tempo, mas não ótimo. Na verdade, e a

Eva confirmou isso, os últimos três a quatro meses podem ter sido afetados, às vezes de forma bem grave.

Ela sorriu nervosamente.

— Eu acho que você sabe onde vou chegar com isso.

Stephen pausou o vídeo. *Ela não lembra*, pensou. Os últimos três, quatro meses do relacionamento deles tinham sido horríveis, culminando no divórcio e na partida de May para Europa em um momento em que nem sequer se falavam mais. Ele se lembrou de novo de quando a *Hawking II* saiu da plataforma, o olhar de May. Cercada de comemorações, ela estava tão impassível como se esperando sua vez em um consultório médico. E Stephen havia tirado a aliança... Em um ato reflexo ele roçou o dedo, sabendo que o anel não estava mais lá, mas lembrando-se agora de que ainda estava em sua gaveta na escrivaninha da Estação Wright. Ele balançou a cabeça. *Que bagunça. Mas ela não se lembra.*

— Lembra daquele comediante que a gente viu que contou aquela piada... ele disse que se fosse visitar a esposa no hospital, e se ela dissesse que tinha amnésia e não se lembrava dele, ele diria "desculpe, senhora, quarto errado" ou algo assim? Pensei nessa piada há pouco tempo. Felizmente a gente viu o cara há mais de seis meses! Engraçado, né?

Ela estava realmente se esforçando, remexendo-se inquieta, constrangida, baixando os olhos.

— Como eu disse, dá pra você ver aonde isso vai levar. Eu... a IA, Eva, me contou que nós nos divorciamos — disse May, tentando sorrir. — E, pra ser sincera, fiquei totalmente perdida. Mas faz sentido. Ela disse que entramos com o pedido de divórcio pouco antes de eu partir, e não me recordo. Estou supondo que o motivo aconteceu nesse período obscuro que eu só vejo uns pedaços bem irritantes e absurdos. Mas tem uma lembrança que não é tão esquisita. Eu estou em pé na grama, linda e bem-vestida, aliás, e está chovendo, mas eu não tenho guarda-chuva. Eu estou ficando ensopada pra caralho. De propósito! Alguma ideia do que é isso? Talvez seja um sonho. Eu sonho muito agora. Antes nunca sonhava. A Eva me disse pra anotar. Às vezes o cérebro dá uns fragmentos de informação, quando está relaxado durante o sono. Alguma dessas coisas faz sentido?

Stephen riu, sentindo um pouco de inveja. Antes do período a que May se referia, o relacionamento tinha enfrentado momentos complicados, mas compensados por alguns pontos altos incríveis. Talvez isso fosse uma bênção disfarçada? Ele não alimentaria esperanças, mas tinha que admitir que era um alívio saber que ela não estava sofrendo com as mesmas coisas que ele.

— Espero que sim, porque não sei se alguma delas faz sentido pra mim. Eu vou te dizer o que eu sei e o que estou sentindo agora, só pra constar, e se é que tem alguma relevância. Essa coisa do divórcio não parece certa. Pelo que eu lembro, nós éramos as últimas pessoas no mundo que desistiriam uma da outra. Em segundo lugar, e eu não tenho nenhuma base pra isso, mas a minha intuição me diz que eu fiz alguma coisa. Eu também falo isso porque sei que posso ser teimosa pra cacete, como a Eva dizia. Eu sei que essas coisas sempre vêm dos dois, mas eu não consigo parar de pensar que fui eu quem causou isso. É fácil me imaginar jogando a toalha, mas não você. Você nunca foi assim...

As lágrimas vieram. Para Stephen também. Era inevitável. As circunstâncias eram bizarras, mas estavam no mesmo nível dos rumos da saga de Stephen e May. Era difícil não poder tranquilizá-la, dizer que estava tudo no passado e que podiam encarar juntos o futuro. Mas ele não sabia se seria a verdade. Ele se odiava por isso, mas ainda estava profundamente magoado pela separação. Aquilo tinha matado o cerne do que ele sentira por ela, e a dor estava tão profundamente emaranhada em suas inseguranças que era difícil repensar algumas das coisas que May não conseguia, misericordiosamente, lembrar.

Mas apesar de suas dúvidas quanto ao seu relacionamento, vê-la e ouvi-la dessa maneira fortaleceu seu desejo de trazê-la para casa. No fim, ela ficara ao lado dele. Mas esse era um pecado do qual ele nunca se esqueceria de que também era culpado. Tudo o que Stephen queria que May soubesse era que se importava profundamente com ela e que quanto a isso nunca houve hesitação. Era a única coisa que permanecia à tona em um mar de inconsistências.

— Desculpa — disse ela, sorrindo e enxugando os olhos. — Eu não quero dificultar as coisas pra você, então vou me conter pelo menos dessa vez. Tenho andando uma idiota chorona...

A *Hawking II* estremeceu ao fundo e as luzes ao redor de May piscaram, deixando-a em uma escuridão intermitente. O medo em seu rosto, quando passou, e o modo como ela se encolheu feito um animal maltratado partiram o coração de Stephen.

— Como pode ver, a Nasa não conseguiu resolver totalmente a sincronização do motor, mas está melhorando. Tudo está bem melhor desde que nos reconectamos. — Ela abriu um sorriso caloroso. Stephen viu que ela queria falar mais, mas se conteve. Desligando agora. Tem uma tigela fumegante que eu chamo de "quase lasanha" e uma xícara de "nem de longe chá" me esperando na cozinha. Diga ao Raj que pra uma nave tão espetacular ele poderia ter contratado um chef ou pelo menos um cozinheiro de fast-food pra dar uma consultoria sobre a comida. Se quiser me mandar uma mensagem de resposta, eu adoraria. Você não precisa falar sobre nada incômodo. Mesmo que seja pra me atualizar na cultura pop ou comentar sobre um restaurante, seria bom saber de você, Stephen. Tchau, por enquanto.

A tela ficou branca, deixando Stephen às voltas com o silêncio ensurdecedor. Stephen sempre pensara em May como alguém à prova de balas, impermeável aos rigores de sua profissão mortífera. Mas, pela primeira vez, estava genuinamente com medo por ela.

30

3 de março de 2066 — Centro Espacial Johnson — Houston, Texas

Stephen estava observando alguns de seus pesquisadores no treinamento para astronautas no Laboratório de Flutuação Neutra da Nasa. Alguns deles fariam parte do grupo de desembarque, por isso estavam sendo treinados para fazer seu trabalho no ambiente gravitacional de Europa, que tinha apenas uma fração da força da gravidade da Terra. Uma estação de expedição de superfície simulada fora construída a doze metros de profundidade na enorme piscina de sessenta e dois por trinta e dois metros, baseada na estrutura que seria transportada para a superfície por meio de um veículo de pouso. Movimentando-se pesadamente com os trajes de AEV, os pesquisadores praticavam a coleta e a análise de amostras, enquanto os engenheiros trabalhavam na implantação do equipamento necessário para o acionamento da NanoEsfera. O avanço era lento, e muitas vezes cômico, mas aos poucos estavam pegando o jeito.

    Mais cedo, naquela mesma manhã, Raj perguntara pela enésima vez se ele queria checar a instalação do simulador. Ele ainda não tinha visto o equipamento, mas Raj não calava a boca sobre o quanto era incrível. Stephen teve uma tarde de folga pela primeira vez, então decidiu aceitar o convite. Enquanto caminhava ao ar livre, passando por entusiasmados grupos de turistas derretendo ao sol escaldante, riu ao pensar que a razão pela qual ele finalmente quis inspecionar as instalações, depois de adiar por tanto tempo, era porque May talvez estivesse lá. Depois de vê-la no jantar da missão, ficara impressionado com ela, mas Stephen não tinha certeza do que isso significava. A conversa tinha sido interessante e engraçada, mas muito estranha, mesmo para os excêntricos padrões de comportamento dele.

    Olhando para um casal que empurrava um carrinho de bebê com duas crianças pequenas gritando, a ideia de romance parecia ridícula para ele. Essa era uma área na qual havia se mostrado um fracasso, a evidência número um sendo seu primeiro casamento, e ele praticamente desistiu depois do divórcio. Sem mencionar o fato gritante de que ele e May eram basicamente de planetas diferentes. No entanto, lá estava ele, caminhando resoluto pelo campus do Centro Espacial, subitamente interessado no simulador de voo. *Você pensa demais em tudo, idiota*, disse para si mesmo. Mesmo que estivesse interessado em ver May, que diferença faria? Ele fazia o maior esforço para sair com Raj, até jogava boliche, e não ficava remoendo o assunto.

— Cara, até que enfim — gritou Raj atrás dele. — Faz semanas que eu estou tentando te trazer aqui. Por que a súbita mudança de ideia?

— Por que você tem que me matar do coração? — disse Stephen, desviando o foco. — Jesus, não faz isso comigo, seu imbecil.

— Foi mal. Bom, estou feliz de você ter vindo — disse Raj, batendo nas costas de Stephen.

Primeiro Raj o levou para o centro de controle do simulador.

— Legal, estamos com sorte, eles estão realizando um treinamento — disse ele.

May e seu primeiro-comandante, Jon Escher, estavam pilotando os simuladores de módulos de pouso. O operador do simulador ligou o feed de vídeo e o áudio para que Raj e Stephen pudessem assistir ao fluxo. E também ativou a visão deles. A representação renderizada do ambiente de Europa parecia tão real que Stephen teve a sensação de que estava lá. A plataforma de gelo cintilante, com suas fissuras escuras sob a luz fraca do sol, era etérea e agourenta.

— Muito legal, não é? — disse Raj, socando seu braço.

— Cala a boca — disse Stephen, concentrando-se na tela do simulador, e em May.

— Módulo de pouso nove entrando na atmosfera de Titã em sessenta segundos — disse May calmamente. — Cuidado com seu ângulo de entrada, Jon.

Stephen sabia o quanto o treinamento dos veículos de pouso era importante, já que eles fariam isso várias vezes enquanto a *Hawking II* orbitasse Europa. A equipe de pesquisa precisaria ser levada de um lado para outro junto com seus equipamentos. Pousar em Europa seria muito complicado e arriscado. Eles sabiam que a atmosfera era muito leve, mas não tinham experiência prática em navegar nela, e também havia o fato de que teriam de pousar em uma falésia de gelo, parte da qual era potencialmente instável.

— O tal de Jon é um completo babaca — sussurrou Raj para Stephen. — Ele se acha.

— Sim, a minha vetorização está perfeita — disse Jon, confiante.

— Ajuste a altitude do veículo para mais arrasto e potencial variação brusca de vento — respondeu May.

— Estou bem nivelado na horizontal...

— Não o suficiente, Jon.

O operador do simulador ergueu as sobrancelhas para Raj, prevendo o que ia acontecer.

— Seu menino está prestes a tomar uma porrada e aprender uma lição de novo — disse Raj para ele, rindo.

— É — respondeu o homem.

O simulador carregou uma coluna de vapor de alta pressão que atingiu quase duzentos quilômetros de altura. May rapidamente se ajustou e, depois do passeio de britadeira através da atmosfera, pousou com suavidade seu veículo na superfície do planeta.

— É como pilotar uma asa-delta em um furacão — disse Raj a Stephen. — Ela é excepcionalmente boa.

Jon, por outro lado, perdeu o controle do veículo, que mergulhou de bico em uma espiral de morte da qual ele não tinha a potência para escapar, e se espatifou no solo, matando todos a bordo. Stephen estremeceu. Aqueles mortos poderiam ter sido seus pesquisadores.

— Merda — disse Jon.

Ele parecia um adolescente que tinha sido flagrado fumando no banheiro.

— Para dizer o mínimo — disse Stephen, furioso.

— Jon — chamou May pelo comunicador.

— Eu sei. Eu sei — disse ele, tentando apaziguá-la.

— Quer saber de uma coisa? — perguntou ela, não dando a mínima.

— Eu ferrei com tudo, de novo.

— Você sabe qual é o seu percentual de falhas?

— Não. Mas eu vou resolver isso. Eu prometo.

— Eu sei que vai — disse ela, sem alterar a voz. — Porque se não resolver, você vai ser substituído. Você está bem abaixo do nível aceitável. Me dizer que vai melhorar não é mais suficiente. O pessoal de controle de voo está nos observando. Eles leem nossos relatórios de desempenho todos os dias. É uma questão de diretriz política que você vai ser substituído se não for capaz de ter um desempenho acima da média durante o treinamento. Isso significa que o seu estoque de cagadas acabou, caubói. Entendido?

— Entendido.

Stephen podia ver que Jon ainda estava tentando fazer pouco caso, esperando que ela parasse de encher o saco dele.

— Você está certo, Raj. Ele é um completo babaca.

— Jon, você já perdeu alguém importante? Alguém que morreu? — perguntou May.

— Meu pai.
— Quando ele morreu?
— Três anos atrás.
— E quando caiu a ficha de que você nunca... nunca mais ia ver ele de novo?
— Caralho — disse Raj.
— Quieto — rebateu Stephen.
— Que tipo de merda de pergunta é essa? — perguntou John, furioso.
— É o tipo de pergunta que eu gosto de fazer aos pilotos que parecem não ter nenhuma consideração pela própria mortalidade e a dos outros. Pilotos que acham que são invencíveis e imunes a erros. Quantas vezes você acha que precisei fazer essa pergunta, Jon?
— Sei lá.
— Quatro — disse May. — Você sabe o que eles disseram?
— Não.
— A mesma coisa que você acabou de dizer. Adivinha onde eles estão agora?
— Mortos?
— Isso mesmo — disse May. — Eu tive essa conversa com quatro homens mortos. Eles também não ouviram minhas instruções. Você acha que pode ser diferente, Jon?
— Sim.
— Então comece a agir de acordo. Porque você não vai ser responsável só pela sua vida, mas pela vida de muitas outras pessoas. Imagine se o que aconteceu no simulador acontecer em Europa... se você se matar e matar outras pessoas a bordo. Você pode colocar o resto de nós em perigo, talvez até colocar em risco toda a missão. Sem mencionar o fato de que, como você, as pessoas na Terra teriam que viver sem seus entes queridos. Na verdade, não teriam nada pra enterrar porque a força com a qual você atingiu a superfície do planeta não teria deixado nada que pudesse ser recuperado. Você entende o que eu estou dizendo?
— Sim — disse ele, finalmente um pouco abalado.
— Sim, senhora — corrigiu ela.
— Sim, senhora.
— Que tal um café e aí tentamos de novo? — disse May.
— Claro, boa id... — ele começou a dizer.
— Gosto do meu com dois dedos de creme e dois torrões de açúcar. Volta depressa.
— Toma! — disse Raj. — Ela é incrível.
Eu sei, Stephen pensou.

31

— Reator com quase oitenta e dois por cento da capacidade. Motores funcionando normalmente. Parabéns, May. Você tem a sua nave de volta — disse Eva, tocando um efeito sonoro de uma multidão comemorando.

May sentou-se na ponte de comando, soltando um suspiro de alívio enquanto inspecionava o campo de estrelas através da janela da cabine de comando. Em algum lugar lá fora estava Marte, depois a casa dela. Ainda não tinha recebido resposta para a mensagem que enviara a Stephen. Claro, era tolice esperar qualquer coisa, especialmente sob as circunstâncias atuais. O fato de Robert Warren ter permitido tal coisa, para começo de conversa, fora um milagre. Ela só podia imaginar o quanto era difícil para Stephen permanecer envolvido com a Nasa em modo de resgate. Mesmo assim, estava um tanto melancólica, mesmo à luz das boas notícias de Eva.

— Obrigada, Eva — disse ela, sorrindo. — Eu vou relaxar e deixar outra pessoa pilotar, pra variar. Quem sabe eu até me leve em um encontro. Ver um filme no nosso cinema a bordo. Ainda não tive a chance de aproveitar ele.

— Na verdade, May, agora que retomamos o curso normal, a Nasa atribuiu a você uma lista bastante longa e detalhada de tarefas, em ordem de prioridade.

— Certo. Essas foram as férias mais curtas de todos os tempos. Será que eu arrisco perguntar o que vem primeiro?

— Avaliação médica completa.

— Péssima ideia. Pular para a próxima?

— Receio que não. É uma ordem direta do controle de voo. Eles querem realizar uma bateria de avaliações físicas e psiquiátricas. Eu posso te ajudar.

— Você acabou de tirar meu sangue. Não posso enviar isso?

— Não, eles querem novas amostras, com verificação de vídeo.

— Sério? O que eles estão pensando, que eu vou trapacear?

— Essa foi a diretiva. Desculpe, May.

Eles não confiam em mim, ela pensou. Os únicos sobreviventes nunca eram festejados, recebiam apenas perguntas e suspeitas. Ela só podia imaginar as hipóteses que Robert Warren estava engendrando.

Precisamos saber com o que estamos lidando, diria ele.

Ai, meu Deus, eles com certeza não confiam em mim.

— Eva, ainda não fizemos uma contagem de corpos no hangar dos veículos de pouso. Eu preciso fazer um inventário de biocódigos e cuidar do confinamento dos falecidos como preparativo para o sepultamento.

— Sua avaliação física e psicológica...

— Pode esperar. Como comandante, minha prioridade é para com meus passageiros e tripulação, e preciso finalmente assumir a responsabilidade pela contagem de todos eles.

Dane-se essa gente da Nasa. Eles podem esperar, ela pensou enquanto se vestia do lado de fora da câmara de ar do hangar de pouso. *Não eles. Ele. Robert. Canalha. A essa altura o Glenn provavelmente quer quebrar o queixo dele, desfilando de um lado pro outro como se soubesse de qualquer coisa.*

— Nós precisamos consertar este hangar imediatamente, Eva. Eu não quero ter que vestir o traje e entrar em um frigorífico todas as vezes que eu precisar preparar meu veículo para Marte.

— Concordo. O Centro de Controle de Missão espera poder fazer isso assim que terminarem o trabalho no reator, com sua ajuda, é claro.

— Claro. Não vejo a hora de ver o resto da lista.

De volta à escuridão congelada do hangar, May flutuou por um instante, se dando um tempo para superar o terror abjeto que o lugar inspirava nela. E além disso havia o frio horrível. May o imaginava como uma gavinha preta e gélida, comprida e fina, arrastando-se pelas bordas do seu traje, procurando uma abertura para entranhar-se em sua pele e penetrar em seus ossos. Melhor seguir em em frente.

— Luzes de pouso.

Eva acionou as luzes do veículo de pouso. May engoliu em seco e tentou acalmar sua mente quando os corpos flutuantes apareceram, alguns a poucos metros dela.

— Certo, gente, lista de chamada.

Cada membro da equipe usava um uniforme com um chip de biocódigo inserido no tecido no lado direito do peito. O código no chip continha todas as informações no arquivo de dados pessoal do indivíduo. A câmera no capacete de May tinha um leitor que escaneava os códigos. Ela flutuou até o cadáver mais próximo e iniciou a sinistra tarefa de contar corpos e fotografar rostos. Isso imediatamente reavivou o trauma de quando os encontrou pela primeira vez. May não conseguia olhar para a pele arruinada dos rostos por muito tempo, ou acabaria vomitando de novo. E o medo era tão invasivo quanto o frio brutal. Ele bombardeou-a com pensamentos irracionais. Conseguiu seguir adiante com a tarefa lembrando a si mesma que fazer aquilo não era apenas um serviço para os mortos, mas também uma forma de reforçar sua competência para a Nasa. Ela queria deixar bem claro que era capaz de concluir a missão com o profissionalismo e decoro exigidos de sua posição.

Gallagher, Matthew. Comandante de Carga Útil. Ele estava flutuando pela porta da câmara pressurizada, cuidando de seus afazeres, na dele, sem incomodar ninguém, inchado e morto. *Matt Entendiante. Matt Entediante Morto.*

— Que bagunça, Eva — disse May enquanto continuava.

— Uma tragédia de grandes proporções. Estatisticamente inadmissível.

— O que a Nasa está dizendo a respeito? Você está ouvindo as conversas?

— O diretor Warren está tentando conter informações, de modo que não sejam divulgadas pela imprensa.

— Você pode chamá-lo de diretor Cretino.

— Suponho que seja um apelido criado por você?

— E que ele merece. Estão dizendo alguma coisa sobre mim? — perguntou May, sem esperar uma resposta.

— Eles me pediram para monitorar você de perto, com extrema atenção.

May ficou momentaneamente chocada com a honestidade de Eva.

— Eu não estou surpresa. Acho que faz sentido, diante das circunstâncias.

— Não para mim — disse Eva. — Suspeitas não são baseada em fatos, mas em especulação. Quando perguntei por que queriam que eu vigiasse você, eles não apresentaram motivos suficientes. A minha única conclusão é que estão especulando. O que, reconhecidamente, é só especulação.

May riu do que parecia ser uma ligeira indignação moral de Eva.

— Eu agradeço a sua franqueza. E você está totalmente certa. Os seres humanos são instigados a botar seus preconceitos e histórias pessoais em tudo. Como pilota, fui treinada pra não ser assim. Então, você não precisa se preocupar que eu me perca em especulações desnecessárias, pelo menos não com frequência e, sem sombra de dúvida, não em voz alta.

Isso é um alívio.

Quando May terminou, depois de vasculhar cada centímetro do hangar de módulos de pouso, tinha contado trinta e uma pessoas. Duas não foram encontradas: Jon Escher, o piloto, e Gabi dos Santos, a engenheira de voo. Em seguida, ela foi até o módulo de suprimentos para verificar as pilhas de caixões hipotérmicos, uma estrutura alta semelhante a uma grade que se assemelhava a um corte transversal de uma colmeia de vespas metálicas. Lá havia um contêiner de confinamento perolado para cada pessoa a bordo.

— Estão todos vazios — disse May com raiva. — Os corpos podem ter sido ejetados como parte da quarentena?

— Não teria havido necessidade disso. Os caixões hipotérmicos saturam o corpo com ozônio antes do congelamento, matando todos os patógenos e organismos parasitas.

— Ótimo, então os corpos estão a bordo em algum lugar, esperando para sair de trás de algum anteparo e me matar de susto.

Depois de um banho rápido, May se apresentou à enfermaria para uma irritantemente abrangente bateria de exames da Nasa. Ela tinha passado tantas vezes pelos testes físicos que já tinha virado rotina. A única parte horrível era ter de se submeter aos exames com a unidade cirurgiã robótica da nave. Ela sempre odiou o fato de o robô parecer uma cabine telefônica atarracada com uma tela para o rosto. Sob a película lisa do metal da máquina, que se abria na frente, geralmente sem aviso, estavam as suas "entranhas" — tubos, fios, sensores, agulhas e todo tipo de instrumentos cirúrgicos. A coisa toda indicava um design concebido por uma equipe de nerds antissociais que claramente não se importava com quem ou o que cutucava o corpo deles. Para piorar, assim como Eva, a geringonça tinha o próprio acrônimo nerd: ROSA — *remote on-board surgery assistant* —, a assistente de cirurgia remota a bordo. Aquilo não tinha a menor cara de "Rosa", então May o chamava apenas de Igor.

Depois que Igor terminou de apalpá-la com seus estranhos apêndices robóticos, Eva submeteu May a uma avaliação psicológica. Ela já tinha passado por isso antes, muitas vezes, mas nunca com a ideia de que os avaliadores estavam tentando encontrar algo errado. E ela sabia que eles estavam, porque desde que começou a trabalhar com a Nasa jamais fizera um teste tão abrangente e exaustivo. Foram necessárias quase três horas para completar e cobrir todos os ângulos possíveis, desde simples inventários de personalidade, escalas comportamentais e cognitivas até baterias neuropsicológicas extremamente complexas.

May estava satisfeita por ter tido tempo para se recompor antes. Ela não conseguia se imaginar fazendo aquele teste logo depois de ter despertado. Teria sido um fiasco total. Eles provavelmente programariam Eva para assumir de vez o comando da nave. Claro, isso havia passado pela mente de May enquanto fazia a avaliação. Eles tinham telemetria agora. Nenhuma razão para confiar totalmente nela, de qualquer forma. Pessoas ansiosas para explicar um fracasso adotavam facilmente conclusões precipitadas. Robert provavelmente estava faminto por um bode expiatório para satisfazer Washington e dar à imprensa um pouco de carne fresca para devorar, a fim de proteger o programa.

Não seria a primeira vez na história da Nasa. Gus Grissom, o astronauta da Apollo e um dos mais infames "fracassos" da Nasa. Sua cápsula afundou no oceano, quase o matando, e quando voltou para casa ele encontrou uma geladeira cheia de cerveja em vez de champanhe. Apesar de sua bravura e de anos de serviço, ficou desmoralizado porque os "mandachuvas" poderosos estavam zangados com a perda de sua preciosa, malprojetada e potencialmente letal cápsula, um perfeito símbolo irritante dos seus egos frágeis.

May riu em uma das perguntas da avaliação psíquica.

Você já pensou em suicídio?

— Não. Mas o dia acabou de começar.

32

Stephen encontrou com Raj para o café da manhã em uma lanchonete antes de rumar para o Centro Espacial Johnson, onde passaria o dia. O lugar era barulhento e iluminado demais para as cabeças exaustas e privadas de sono de ambos. Motoristas de caminhão, operários, pescadores e outros homens durões entravam e saíam pela porta de vidro, conversando, rindo e flertando com as garçonetes. Do lado de fora, os motores a diesel em ponto morto e o estridente rangido dos freios a ar faziam com que se encolhessem.

— Talvez fosse melhor uma serralheria ou uma pista de boliche — reclamou Raj.

— Eu gosto do barulho. E desse lugar ser meio desconhecido — disse Stephen. — Provavelmente ninguém do Johnson vem aqui.

— Imagino o motivo. Ainda está paranoico?

— Em um nível saudável.

— Como é que uma pessoa paranoica saberia que nível é saudável?

— Eu não sei, Raj. Por que você não pergunta à equipe de psicologia da Nasa que está avaliando a May?

— Como você soube disso?

— Você me contou — disse Stephen, incrédulo.

— Droga, é verdade. Eu preciso de mais café.

Raj serviu-se de um pouco mais do bule de metal sobre a mesa e inspirou o aroma.

— Eles sempre têm um café bom nestes lugares. Eu admito.

— Obrigado. Conseguiu encontrar algum relatório de defeito de funcionamento que possa ter contribuído para o apagão de memória da nave?

— Nada. Tudo estava funcionando em excelentes condições, desde as funções mais básicas até todos os backups redundantes. Não tem jeito de um defeito de funcionamento ter sido a causa, a menos que tivesse ocorrido no momento exato do blecaute, apagando a evidência de si mesmo. E não, a probabilidade não é alta. Máquinas são como pessoas. Começam a fungar antes de morrerem de uma pneumonia devastadora.

— Por falar nisso, precisamos colocar as mãos nos exames médicos da May — disse Stephen. — Quero verificar o exame de sangue dela em busca de sinais de patógenos e comparar com a primeira análise das amostras de água do oceano de Europa. Preciso ver se tem alguma evidência que corrobore a minha teoria. Você consegue os dados?

— Duvido. Tudo isso está no protocolo de bloqueio de emergência.

— Eles cortaram totalmente seu acesso?

— Não. Os dados médicos têm uma classificação especial. Apenas Warren e outros membros do clã podem ver. Provavelmente uns militares.

— Isso não é bom.

— Mas a IA dela...

— Eva.

— Ela deu um nome?

— Em homenagem à mãe — disse Stephen, baixando os olhos para o café.

— Interessante. A... Eva realizou alguns painéis preliminares em May assim que ela despertou do coma. Essa informação estava no pacote SOS que eles enviaram. Então isso eu já tenho.

Stephen se animou.

— Boa. Já é alguma coisa. E por enquanto vai ter que servir.

— Então, se você conseguir respaldar sua teoria do vírus, como isso vai explicar o que aconteceu com a nave? — perguntou Raj.

— Lembra quando eu te disse que esse era o seu trabalho? Mas acho que em vez disso você decidiu jogar golfe.

— Ah, é, golfe. Minhas anotações.

Raj tirou do bolso alguns cartões com anotações rabiscadas e rasgou um deles.

— Este era o meu cartão de pontuação. Não é relevante. Nem muito bom.

Ele remexeu os outros papéis, parando em um.

Certo. Fiz com base no meu conhecimento da nave, que é muito bom, já que eu mesmo a projetei. Mas pode ter tido alterações no processo de construção de que eu não sei.

— Certo — disse Stephen, irritado. — Mas acho que seu conhecimento é uma excelente base de informações.

— Concordo. Obrigado. Então, com base nisso, eu quero acrescentar meu palpite a sua hipótese.

— Até que enfim.

— Primeiro, vamos tratar do apagão de dados. A probabilidade de ter sido um defeito de funcionamento? Microscópica. A probabilidade de ter sido um ato intencional? Muito alta. É quase como, dã, idiota, só pode ter sido isso. Você sabe como a Nasa faz as coisas. Eles não cometem falhas catastróficas sem aviso. Não nos últimos cem anos, pelo menos. Você pode agradecer à ia por isso.

— E quanto à ia? Eva pode ter feito isso?

— Apagar a própria memória? Sem chance. Não sem uma programação avançada mudando completamente a estrutura do processador, o que exigiria uma equipe a bordo trabalhando por algumas semanas no mínimo. A paranoia humana está em todas as linhas de código de inteligência artificial e tem sido assim desde... sempre. Agradeça aos filmes por isso.

— Mas como alguém conseguiria fazer isso bem debaixo do nariz da ia?

— Nariz. Isso é engraçado. Não conseguiria. É aí que entra em cena o defeito de funcionamento da nave. Se a nave sofresse uma perda de energia de grandes proporções, digamos, como a que temos agora, o reator seria afetado a ponto de não ter a potência para executar a propulsão adequadamente. A energia interna é roubada! Oscilações, sobretensões, perdas totais de sinal, caos completo para o delicado circuito da nave. Ela não consegue lidar com isso, então começa a reduzir a energia para coisas não essenciais. Mais cedo ou mais tarde, isso vai incluir a ia. Quer dizer, estamos falando de uma energia que foi reduzida a uma torneira pingando no meio de uma seca. O suporte de vida tem a prioridade. O último moicano. E quando não há mais energia para isso, as luzes se apagam, meu bem.

— O hangar dos veículos.

— Talvez. Se as coisas ficaram fodidas o suficiente. Mas não seria um desligamento planejado, pois é para lá que as pessoas precisariam ir pra saltar de uma nave afundando.

— Então você está falando da única maneira de gerar uma situação em que seria possível criar intencionalmente um blecaute de dados. O que significa que isso também é intencional.

— Mais uma vez, dã. Por que um existiria sem o outro? Talvez você esteja precisando de um pouco mais deste bom café de caminhoneiro.

Raj serviu um pouco mais. Stephen bebeu.

— Última pergunta idiota...

— Sim, isso poderia ser feito a bordo ou remotamente, usando telemetria.

— Eu odeio quando você faz isso.

— O que, te dominar com o meu louco intelecto?

— O que o seu louco intelecto diz sobre quem faria algo assim?

— Se a sua teoria do vírus é verdadeira, então aposto meu dinheiro no Robert — disse Raj. — Motivação à parte, ele teria o tipo de acesso necessário para isso.

— Motivação — disse Stephen. — Talvez o surto do vírus.

— Teria que ser algo completamente fora do comum — disse Raj. — A Nasa já lidou com situações semelhantes, não assim tão extremas, mas já lidou. Não se esqueça da vaidade do Robert. O que pioraria a imagem daquele monstro de Botox? Algo completamente fora do controle dele, uma situação do tipo "merdas acontecem"? Ou algo que pudessem dizer que era culpa dele? Ele podia até ter a *capacidade* de fazer isso, mas...

— Não teria a coragem. Entendi — zombou Stephen.

— Eu ia dizer que não ia ter como se livrar da culpa. Engraçadinho. E caras como Robert não precisam de coragem. Eles pagam alguém para isso.

33

— Executando a varredura de amostra em busca de patógenos.

Robert tinha olhos e ouvidos em toda parte no Centro Espacial Johnson. Para analisar o exame de sangue que Eva havia realizado logo que May recuperou a consciência, Stephen pediu um favor a um amigo do corpo docente da Faculdade de Medicina de Baylor, em Waco, no Texas. O laboratório estava vazio quando chegou, no fim da noite. Durante a viagem de carro de duas horas, ele falou com Raj sobre os problemas de reatores e propulsão da *Hawking II*. Raj estava executando simulações no computador em casa, tentando encontrar um cenário que recriasse a situação. Ele estava nisso há horas, e ainda não tinha feito muito progresso. Com todos os sistemas à prova de falhas, era difícil contornar um sem ativar outro. Ele também falou com os engenheiros da Nasa que vinham tentando fazer a mesma coisa e eles estavam se deparando com os mesmos becos sem saída. Raj descobriu que, ao contrário dele, os engenheiros não estavam investigando a sabotagem como uma opção.

Quando a IA da Faculdade de Medicina de Rice concluiu sua análise, procurando sinais de patologia, também não houve resultados. Mas Stephen tinha conhecimento suficiente sobre o genoma humano para saber que, se May tivesse sido infectada com um vírus ou bactéria, esses micro-organismos poderiam ter deixado biomarcadores no DNA dela. Usando programas de diagnóstico biogenético, ele fez mais análises, que também deram negativo para biomarcadores. A conclusão dos dois primeiros testes foi a de que a probabilidade da doença de May não ter sido causada por um patógeno terrestre era muito alta.

Por acreditar que May adoecera por conta das amostras de água do oceano de Europa, ele descartou as bactérias. Eram muito pequenas as chances de que qualquer bactéria, mesmo uma das mais evoluídas, pudesse sobreviver naquele ambiente. Os vírus, no entanto, eram conhecidos pela capacidade de existir indefinidamente em um estado de dormência.

O passo seguinte era procurar por vírions, ou partículas virais, por meio das proteínas a eles relacionadas. Stephen passara a maior parte da carreira compilando evidências de que os componentes básicos do DNA existiam em fontes extraterrestres, incluindo as encontradas em vírus. Se May tivesse contraído um vírus exótico que ainda não havia sido identificado e catalogado pela humanidade, seus elementos básicos seriam muito semelhantes aos vírus conhecidos. Depois de completar essa análise, ele ligou para Raj e disse para se encontrarem assim que ele chegasse a Houston.

— Você está brincando, né? — disse Raj.

Era meia-noite quando Stephen chegou. Ele havia pedido a Raj que o encontrasse em um bar perto do aeroporto. O lugar era uma pocilga de petroleiros. Operadores de máquinas perfuratrizes e engenheiros de bombas fedendo a combustível brindavam batendo jarras de cerveja e bebendo doses de uísque. Quando Raj entrou eles o olharam como se fosse parte de uma invasão alienígena.

— Senta, você está chamando atenção.

Raj sentou-se ao lado de Stephen em uma mesa perto dos banheiros.

— Você perguntou às pessoas daquele restaurante pulguento onde elas gostavam de beber também?

— Engraçadinho. Eu te disse que estou tentando ficar longe do pessoal do Johnson.

— Você conseguiu. E então, o que tinha de tão importante pra falar comigo a ponto de precisarmos correr o risco de levar uma surra de um bando de caipiras?

— Quando analisei a amostra de sangue de May, não encontrei no DNA dela sinal nenhum de patógenos conhecidos ou de biomarcadores. Então é bastante improvável que o que causou a doença dela, seja lá o que for, tenha vindo da Terra. Daí examinei o DNA em busca de partículas virais, proteínas relacionadas, coisas que até mesmo um vírus extraterrestre exigiria para infectar um hospedeiro, e encontrei alguns aminoácidos extras que se ligaram ao DNA dela via ligações de halogênio.

— Parece muito inconsistente para a sua teoria do vírus.

— É o suficiente para tornar a existência do vírus pelo menos possível, você não concorda?

— Sim, mas você não me tirou da cama por um "talvez", não é?

— Com minhas "inconsistentes" evidências de vírus, procurei sinais de câncer. Alguns tipos podem causar sintomas semelhantes aos da May. Então encontrei níveis elevados do hormônio gonadotrofina coriônica humana. O hCG pode aumentar de repente se a pessoa tiver um tumor. Pode até aparecer quando as células tumorais estão se dividindo, antes de se tornarem uma massa. Mas isso também é uma evidência inconsistente.

— Ai, meu Deus. Coitada da May.

— Não significa que ela tem câncer, Raj. Só que ela poderia ter.

— Então você me tirou da cama por dois "talvezes"?

— Eu te tirei da cama para te mostrar isto. — Stephen entregou a Raj seus resultados de laboratório.

— O câncer não é a única razão para o hCG elevado.

— Você está de sacanagem comigo? — disse Raj enquanto lia o documento.

— Fala baixo — sussurrou Stephen, de forma rude.

— Uau — disse Raj, finalmente erguendo os olhos. — Isto seria... muito, muito ruim.

— Desastroso.

— Acho que precisamos contar imediatamente ao Robert e à equipe, Stephen. Pela segurança da May. Não podemos ficar de braços cruzados, me desculpa.

Ele devolveu o papel como se estivesse contaminado.

— Eu não pretendo manter segredo — disse Stephen. — Mas quero contar primeiro a May.

— Como é que você vai fazer isso?

— Você vai dar um jeito.

34

— Comandante Knox, por que você não diz algo eloquente para marcar este momento histórico?

— Jon, você pelo menos sabe o que significa "eloquente"?

May estava na ponte de comando, assistindo a um vídeo que ela e a equipe fizeram no dia em que pousaram o veículo de reconhecimento na superfície de Europa. Ela tinha ido com o grupo de desembarque enquanto seu piloto, Jon Escher, assumia o comando da *Hawking II*. Fora do ângulo de visão da câmera, a paisagem gelada era surreal. Gigantescos cumes, espinhaços e fendas entrecortavam a superfície escarpada de tons avermelhados em todas as direções. Júpiter assomava no horizonte, sua superfície rodopiante e multicolorida nítida e hipnotizante, tão colossal que parecia perto o suficiente para ser tocada. Nenhuma sonda ou imagem de telescópios profundos jamais chegara perto de captar a profunda beleza que o grupo de desembarque havia contemplado naquele dia.

E eles estavam prestes a sair e dar seus primeiros passos. Todos estavam nervosos ao entrar em seus trajes de AEV. A temperatura da superfície era de cento e sessenta graus Celsius negativos, leituras de radiação astronômica. A gravidade era apenas treze por cento com relação à da Terra, então seria como caminhar na superfície da Lua, com pouca força para segurar qualquer coisa. À medida que o grande momento se aproximava, o estado de ânimo mudou para arrebatador, e foi então que Jon Escher abriu sua boca grande. Ele estava sempre colocando May no centro das atenções, dizendo para ela "relaxar" e "deixar de ser tão britânica". Pedir que ela fizesse uma declaração grandiosa era mais uma tentativa de fazê-la parecer tensa e rígida.

— Um pequeno passo para o homem...

— Já chega, Jon. Eu não sou Neil Armstrong, mas, já que você me colocou nessa situação, vou fazer o meu melhor.

Ela olhou pela janela de observação do veículo de pouso, seus olhos viajando através das cavernosas marés de gelo que pareciam superestradas para Júpiter. May lembrou-se do que vinha planejando dizer na ocasião, como ela estava cheia de orgulho pelo que eles tinham realizado e o quão inacreditavelmente longe ela tinha chegado. Havia pensado em compartilhar lembranças dos primeiros voos com sua mãe, seus primeiros voos solo ou outros momentos pessoais significativos também. Mas, no momento, esses sentimentos e essas lembranças pareciam banais e inexpressivos.

Esta não é apenas uma missão que requer uma ótima pilota. É uma missão que exige um líder formidável que marque sua presença e esteja à altura dos livros de história. Você tem essa presença. Você vai dar à missão o contexto que ela merece.

Foi o que a mãe lhe disse no dia em que aceitou a incumbência, acrescentando que encarar a missão como algo pessoal era um erro.

Não fale sobre o "gigantesco passo" que você está dando. Você está servindo à humanidade. Quanto mais as pessoas ouvirem isso, mais esta missão lhes dará esperança.

No vídeo, May viu seu rosto mudar no momento em que ela soube o que ia dizer. Ela daria ao momento o contexto histórico que ele merecia, com a paixão de saber que estava fazendo isso como um tributo à mãe.

— Tudo bem, aqui vai... aqui é a comandante Maryam Knox, em nome da espaçonave de pesquisa *Hawking II*. O dia de hoje, 1º de dezembro de 2067, entrará para a história como a primeira vez em que seres humanos pisarão em Europa. Fitando a paisagem, estamos sem palavras, porque sua beleza nos tirou o fôlego. E debaixo de todo este gelo está a promessa, para nós e para o nosso futuro, contida no único elemento básico que é a própria fonte da vida: a água. Podemos ser os primeiros a botar os pés neste planeta, mas todas as mulheres e homens que tornaram isso possível estiveram aqui muito antes de nós, sonhando com este dia. Estamos aqui para realizar esse sonho.

Houve um momento de silêncio, e em seguida o grupo de desembarque e toda a tripulação a aplaudiram, assobiaram e deram gritos entusiasmados. Os membros da equipe a abraçaram com entusiasmo, a maioria deles às lágrimas.

— Bravo, comandante Knox — disse Jon. — Estou honrado de ter você pra liderar o caminho.

A câmara pressurizada do veículo de pouso se ativou, acionando os sistemas de suporte de vida do traje de AEV, e eles entraram. Quando a porta interna da câmara foi lacrada, a porta externa se abriu e o grupo de desembarque ficou maravilhado. May estava prestes a sair para a rampa e caminhar até a superfície, mas pensou melhor e se deteve. Na época, ela estava pensando em Stephen e em como ele merecia compartilhar o momento de alguma forma. Isso era mais importante que as diferenças entre os dois. Ele era a razão pela qual ela estava lá, pela qual qualquer um deles estava prestes a fazer história. O legado pertencia mais a ele do que a qualquer outra pessoa.

— O espírito desta viagem é o avanço científico — disse May. — Para o avanço da humanidade. Se o dr. Stephen Knox estivesse aqui, eu insistiria que ele desse o primeiro passo. Mas, na sua ausência, gostaria que a dra. Ella Taylor, sua oficial-chefe de ciências, fizesse as honras.

A dra. Taylor quase desmaiou de empolgação.

— Você tem certeza? — perguntou ela.

— Absoluta — disse May.

— Eu... eu não sei o que dizer. Obrigada, comandante Knox. Obrigada, May.

Ela levou um momento para se recompor e, em seguida, saiu orgulhosamente para pisar na superfície.

— É mais bonito do que eu sonhei — disse ela.

May e os outros saíram para a superfície e admiraram a vista com ela.

— Eu tenho uma mensagem para o povo da Terra — disse May em sua voz mais respeitável e histórica. — Vamos tentar não foder esse aqui.

Todos explodiram em uma gargalhada.

— A gente pode cortar essa parte — disse May, divertida.

Ela pausou o vídeo e absorveu avidamente a lembrança.

— Que dia, Eva. Eu só queria poder lembrar dele exatamente como no vídeo.

— Desculpe interromper, May, mas recebemos uma transmissão de vídeo do Centro de Controle de Missão. Está classificado como privado e é endereçado a você pelo dr. Knox.

O coração de May disparou. Ela esperava que fosse a resposta que estava aguardando.

— Ótimo. Vou assistir na minha cabine. Em particular. Coisas de marido e esposa, você sabe.

— Entendido.

Quando May chegou à cabine, desligou a câmera de vídeo e o intercomunicador para que Eva não ficasse a par do que Stephen tinha a dizer. Ela tremia de expectativa e medo, mas se obrigou a apertar a tecla de reprodução do vídeo.

— Olá, May — cumprimentou-a Stephen alegremente quando o vídeo começou.

Ele sorriu, mas o sorriso não chegava aos olhos e seus ombros estavam empertigados em um gesto de nervosismo.

— Robert, o nosso destemido líder, teve a gentileza de permitir que eu te enviasse essa mensagem, mas me disse para ser breve, o que, você sabe, não é fácil pra mim.

— Ah, Robert, você é um babaca profissional — grunhiu May.

— Eu queria que você soubesse que assisti ao vídeo que você enviou. Obrigado por isso. Eu sei que você esperava que eu respondesse diretamente às questões, mas fui aconselhado a evitar tópicos que possam ser desagradáveis para você. Desculpa.

— Ah, merda. Não, não, não — disse May, querendo estrangular Robert até a morte com uma de suas horríveis gravatas vermelhas.

— Eu vou dizer o seguinte — continuou Stephen. — É verdade que passamos por maus bocados naquela época, mas não vamos nos concentrar nos momentos difíceis. Eu te amo e estou torcendo para você voltar para casa em breve.

Torcendo para você? Stephen nunca falou assim. Todas as esperanças que colocara na mensagem foram frustradas e, para piorar a situação, ela tinha que ouvir a versão infantil e sem graça dos sentimentos do marido.

— Eles me deixam relembrar um pouco. Apenas lembranças felizes, claro. Eu sei, eu sei, isso provavelmente te deixa irritada. Mas, ei, talvez dê uma sacudida na sua memória e a bote para funcionar.

— Ah, que felicidade, vamos relembrar os bons tempos — cuspiu May.

— Eu estava pensando na nossa lua de mel na Austrália. Foi bem divertido, né? Eu te arrastei até Murchison para ver o meu meteorito favorito. Você não ficou muito feliz com isso, mas eu prometi em troca te pagar um jantar caro de frutos do mar. Só que quando voltamos para Melbourne, você não estava se sentindo bem. Foi meio que uma decepção. Pedimos aquelas enormes patas de caranguejo e você não aguentou o cheiro. Você voltou para o quarto para descansar. Na verdade, você estava se sentindo mais ou menos como descreveu na última mensagem de vídeo... cansada e um pouco mal-humorada, sem muito apetite. Não consigo me lembrar de qual era o problema, você lembra? Acho que pensamos que era *jetlag* ou algo assim.

— Como é que você chama aquela noite de uma lembrança feliz? — disse May para a tela.

— Ah — disse ele, fingindo rir —, e quando voltei para o quarto do hotel, você se trancou no banheiro. Demorei uma eternidade para conseguir te tirar de lá. Ei, talvez a solução que a gente arrumou naquele dia possa te ajudar agora. Quem sabe? Mas foi uma viagem e tanto, né?

— Ele perdeu o juízo, porra — gargalhou May, sarcasticamente.

— Vou transmitir um monte de fotos e vídeos da lua de mel e outras coisas. Talvez possam te ajudar a se lembrar das coisas. No mínimo, você pode dar boas risadas de todas as minhas roupas ridículas. Parece que o meu tempo acabou. Se cuida e não desanima. Você consegue sair dessa. Eu acredito em você e sou um gênio.

A tela ficou preta.

— Talvez você seja, mas a sua habilidade de animar os outros deixa muito a desejar — disse ela, triste.

As fotos e vídeos pessoais que Stephen havia prometido chegaram. Havia centenas, e ele tinha se dado ao trabalho de incluir legendas, algumas delas hilárias. A uma das pastas de arquivos ele nomeou "Lua de mel", que estava destacada. May a abriu e encontrou uma foto de Stephen ao lado do meteorito Murchison, encerrado dentro de seu expositor no museu. Assim como naquela ocasião, ela ficou hipnotizada pela profunda superfície negra, reluzindo de imensos segredos nunca revelados. Ela sentiu a atração magnética do meteorito, lentamente extraindo os detalhes fragmentados daquele dia.

35

8 de setembro de 2066 — Murchison, Victoria, Austrália

— Uau, a maioria das pessoas faz coisas mais comuns na lua de mel, tipo ir pro Havaí ou pras ilhas gregas — disse May em tom irônico —, mas não o meu Stephen. Ele não dá a mínima pra esses lugares tradicionais.

Faltando menos de um ano para o lançamento, encontrar tempo para a lua de mel foi uma tarefa complicadíssima. Eles reservaram uma viagem de duas semanas para a Austrália, um lugar que ambos sempre quiseram visitar. Pegaram um voo para Melbourne e, depois de alguns dias passeando pelos pontos turísticos, Stephen fez uma estranha tentativa de misturar romance com ciência levando May ao local onde o famoso meteorito Murchison atingiu a Terra em 1969. Eles percorreram um pequeno museu empoeirado com um vigia de noventa anos que pegou no sono no meio da visita. Depois que o homem voltou para a bilheteria a fim de tirar uma soneca, May e Stephen encontraram alguns restos da rocha em exibição em um diorama cafona.

— Esta é uma bela rocha — disse ela, bocejando o mais alto possível.

— A praia fica a apenas algumas horas daqui, princesa. Além disso, se não fosse por essa pedra, você e eu não seríamos um casal.

— Beleza, tem razão — admitiu ela. — Você está certo. E é um pouco romântico, de uma maneira bizarra. Mas eu *sou* uma princesa, como você acaba de afirmar corretamente, então exijo que, em troca dessa incursão histórica, você me leve pra jantar no restaurante caro perto do hotel, com vista para o mar, é claro. Champanhe, caviar, embora eu odeie caviar, e talvez patas de caranguejo. Nunca comi, mas parece muito chique.

— Trato feito — disse Stephen enquanto admirava os fragmentos do Murchison.

May fingiu fazer a mesma coisa, remexendo-se, inquieta, e olhando para o relógio.

— Está achando chato? — perguntou Stephen.

— Claro que não. Como você pode ver, eu estou até sem fôlego de tanta empolgação.

— O que pode ser mais empolgante do que evidências físicas das origens extraterrestres da humanidade?

— Assistir tinta secar?

Stephen franziu a testa. Ela o abraçou e beijou seu pescoço.

— Pare de fazer beicinho. O que eu acho empolgante e divertido mesmo é que *nós* somos os alienígenas com quem sempre sonhamos e a quem sempre tememos — disse ela, rindo.

— Calhou de aterrissarmos *nesta* rocha e não em outra — completou Stephen.

Ela o beijou novamente, garantindo que ele visse que ela tinha o que chamava de "aquele pequeno brilhos nos olhos".

— Você não pode estar falando sério — disse Stephen, sabendo exatamente o que significava aquele brilho.

— Muito sério, caubói. Esta é a nossa lua de mel, afinal de contas.

— Mas isto é um museu, pelo amor de Deus.

— Um museu *esquecido por Deus*. Eu não vi um ser humano aqui desde que nós compramos ingressos do zumbi que está vigiando a cabine da bilheteria.

Stephen olhou em volta.

— Eu tenho que admitir; é muito sexy, com a espetacular variedade de condritos em volta da gente.

May já estava arrancando as roupas dele.

Naquela noite, enquanto jantavam em Melbourne, May se sentiu irritada e preocupada, apesar do ambiente bonito e da refeição extravagante. No passado, havia lutado contra a ansiedade, um efeito colateral de ter que manter uma aparência implacavelmente resistente. Stephen tinha percebido e estava agindo com extrema cautela, pisando nos ovos que May tinha espalhado, tentando animá-la, mas isso só piorou a situação.

Que tal um pouco de vinho?

Ele pegou a garrafa de vinho branco no resfriador de mármore.

— Não, obrigada. Eu acho que o *jetlag* está me pegando. De repente fiquei exausta e irritada. Me desculpa.

— Vamos encerrar a noite — disse ele. — Descansar um pouco. Nós só estamos aqui há poucos dias, não precisamos forçar a barra.

— Tô me sentindo culpada. Você organizou uma lua de mel linda e eu estou choramingando feito uma adolescente mimada e estragando tudo.

— Você não está estragando nada. De qualquer forma eu estava só esperando a hora certa de te levar pra cama. Este banquete todo foi só um truque pra conseguir sua atenção.

— Eu não sei se vou ser muito divertida entre quatro paredes — disse ela, bocejando. — Meu Deus, você devia me trocar por um modelo melhor.

— Não esquenta. Se você estiver cansada, sempre posso babar nas minhas fotos do meteorito.

— Ah, sim. Ciência: o outro fetiche.

Eles deram risada, e ainda mais quando as patas do caranguejo-real chegaram à mesa em toda a sua embaraçosa glória.

— Aqui estamos — disse Stephen. — Não há nada no mundo que caranguejos e quantidades copiosas de manteiga não consigam resolver.

A princípio, May estava animada, mas quando o garçom colocou a comida na frente dela, o cheiro a deixou instantaneamente enjoada.

— Qual é o problema? — perguntou Stephen, vendo May torcer o nariz.

— Eu não sei. Talvez eu tenha pegado alguma coisa. Fiquei meio enjoada do nada.

— Aviões. Essas merdas são fábricas voadoras de germes. Vamos voltar pro hotel.

— Não, está tudo bem. Pode comer. Eu só vou me deitar, talvez um banho de banheira.

— Tem certeza?

— Absoluta. Aproveita o jantar. Está com uma cara incrível.

May não teve coragem de dizer que achou a comida repugnante e teve medo de que vomitaria se tivesse que ficar lá por mais um minuto, por isso pediu licença e saiu rapidamente. De volta ao quarto de hotel, a náusea passou, mas foi substituída por intensa ansiedade. Ela tentou relaxar com uma bebida, mas o álcool só piorou as coisas e azedou ainda mais o seu humor.

Uma boa corrida, é disso que você precisa, ela pensou.

No passado, exercícios físicos sempre a ajudaram a combater o estresse, mas estava tão cansada que não tinha certeza se conseguiria sair da cadeira.

— Deixa de preguiça, princesa — disse ela para si mesma, e se preparou para uma corrida.

Era uma linda noite na cidade. Perto do hotel, encontrou a rota de corrida The Tan, um circuito de quatro quilômetros ao redor dos Jardins Botânicos Reais. O caminho de cascalho, ladeado por árvores imponentes, era bonito e agradável, e ela rapidamente se sentiu mais relaxada. Mas isso durou pouco, porque depois May passou por um trecho mais movimentado da rota e teve que se esquivar de casais que caminhavam de mãos dadas, cachorros e crianças. O movimento errático dos outros era irritante. Ela não conseguia adquirir um ritmo constante e ficava quase tropeçando nas pessoas.

Por fim desistiu e fez uma pausa para descansar em um acolhedor banco do parque. Quando a tensão começava a aumentar de novo, apertando o peito e fazendo seu estômago revirar, um menino de cerca de três anos correu até ela. Ele estava olhando ao redor freneticamente, tentando ser corajoso.

— Olá — disse May com delicadeza. — Tudo certo?

Ele a olhou desconfiado. Uma voz de mulher chamou. O menino virou-se rapidamente, reconhecendo o som de sua mãe. Voltou correndo para ela com a maior velocidade de que suas perninhas eram capazes. Enquanto o observava, May percebeu que estava se sentindo tão perdida e desesperada quanto ele.

Ai, Deus, lá vamos nós de novo.

Ela se lembrou de outra ocasião, quando tinha sentido a mesma coisa, com o medo infeccionando sob a superfície, uma pústula podre inchando a ponto de explodir. Aconteceu pouco antes de terminar com sua antiga paixão, Ian Albright, quando era cadete da RAF no treinamento da escola de oficiais. Naquela época, percebeu que vinha ignorando o que sentia por ele, forçando-se a acreditar que o único problema era ela. Felizmente para May, seu lado cretino se impôs o suficiente para tornar essa convicção insustentável, e o relacionamento ruiu.

E o Stephen? Que mentiras sobre ele você está contando a si mesma?

A ansiedade começou a se converter em pânico quando pensou que poderia estar fazendo a mesma coisa com ele. Mas por quê? Stephen a amava e tinha por ela um profundo carinho e, diferentemente de Ian, não se sentia ameaçado pela carreira de May. Pelo contrário, ele não fazia outra coisa além de apoiá-la e até mesmo celebrava o sucesso dela. Mas a personalidade e a origem de ambos eram opostas em quase todos os aspectos. Teria ela forçado uma relação com Stephen porque ele era uma opção "mais segura"?

Talvez ele seja normal demais e você, muito fodida.

Caminhando de volta para o hotel, May estava agoniada. Stephen ia saber que ela tinha piorado. Então viriam as perguntas que ela não queria responder.

Quando voltar ao hotel, só use sua desculpa habitual: você acabou de menstruar. Isso sempre acaba com as perguntas.

Ela parou de repente. *Minha menstruação.* Conferiu a data no celular. Com todos os preparativos para a viagem e a longa jornada, May perdeu a noção de seu ciclo que, com as pílulas anticoncepcionais, normalmente funcionava como um relógio suíço.

— Puta que pariu — sussurrou ela, em voz quase inaudível.

Estava atrasada quase uma semana.

36

May sentou-se na cama, os joelhos encolhidos contra o peito, ruminando sobre a mensagem bizarra de Stephen. Como ele havia mencionado mais de uma vez, os assuntos em que podia tocar eram limitados. E depois toda aquela alegre lembrança da lua de mel, que foi bem esquisita. A pergunta que não queria calar era: por que ele desperdiçaria a oportunidade de dizer algo significativo, ou mesmo encorajador? *Porque ele queria que você lembrasse.* Por que ele ia querer isso? Ele se referiu aos sintomas que May descrevera na última mensagem, comparando-os com os daquela noite. Por que isso era importante? *Ele não teria mencionado se não fosse.*

Ela assistiu de novo ao vídeo, com uma mente mais lúcida, e viu como ele havia escolhido as palavras com cuidado. A maneira como encarava a lente... havia algo em seus olhos. Era como se ele quisesse dizer algo a ela, mas as palavras não eram suficientes. Seu olhar era incisivo. A risada era falsa. O sorriso era rígido. *Ele queria que você lembrasse.* A coisa toda era uma pista. Ele havia sido instruído a não tratar de nada que pudesse ter peso emocional. Em vez disso, tateou com cautela um dos momentos mais carregados de emoção do relacionamento dos dois.

Você se trancou no banheiro. Demorei uma eternidade para conseguir tirar você de lá. Ei, talvez a solução que a gente arrumou naquele dia possa te ajudar agora. Quem sabe?

O banheiro. A lembrança veio como um tiro na cabeça.

Naquela noite em Melbourne, parada em frente ao espelho do banheiro do hotel, com a porta fechada e trancada, lágrimas escorreram e nublaram uma expressão de profundo desespero. Lá fora, a escuridão e o estalido seco do trovão sem chuva. O som da porta do quarto do hotel se abrindo, os passos de Stephen.

— Olá? Alguém em casa?

Ela fingiu não ouvir. O que ia fazer? Não havia respostas no espelho, e ela estava muito cansada.

— Ei, tudo bem?

— Sim — disse ela, em um fiapo de voz.

— Como foi sua corrida?

May não respondeu. Não suportava o som da própria voz. Em vez disso, preparou a banheira. Ele entendeu a dica e a deixou em paz. Uma hora depois, May estava sentada no vaso sanitário, a cabeça enterrada entre as mãos, indiferente à água que escorria pelo chão, atravessando a fresta sob a porta, encharcando o carpete. Stephen bateu, desta vez com insistência assustadora.

— May? Você está bem? Responde — gritou ele, esmurrando a madeira.

Momentos depois, o som de ferramentas de metal, vozes. A fechadura perfurada através da porta e aterrissando no chão do banheiro molhado. Stephen entrou correndo, um funcionário da manutenção atrás dele, dizendo alguma coisa pelo rádio. Stephen também estava dizendo alguma coisa, fechando a torneira da banheira. Ele se agachou na frente dela, procurando por respostas. Ela não tinha nenhuma. E foi aí que ele viu, caído no balcão do banheiro. Um teste de gravidez. Um sinal de mais azul na tela. Atrás dele, uma animação tosca de um bebê se balançando em uma estranha dança.

— May, você está bem? — gritou Eva no sistema de amplificadores da nave.

Uma hora depois, May estava sentada no sanitário do banheiro da enfermaria, pensando naquela pergunta, no absurdo dela. Ela olhou para o balcão, ao lado da pia. Aquele mesmo bebê dançante zombou dela, brandindo como uma arma o sinal de adição azul. *Lembra de mim?*

— Estou um pouco enjoada. Deve ter sido algo que eu comi — respondeu ela, completamente distante.

— Certo. Por favor, me avise se precisar de alguma coisa — disse Eva.

— Obrigada.

Grávida. Aquilo era uma certeza. Sozinha, a centenas de milhões de quilômetros de casa. Assim como em sua lua de mel, a mente de May estava tendo dificuldade em entender. Era tão inacreditavelmente insano, parecia que estava pensando em outra pessoa, alguma outra pobre coitada sentada no vaso sanitário, fitando um futuro que nunca havia previsto. Ela estava morrendo de frio, mas seu coração estava disparado e suas bochechas, afogueadas e queimando. A paralisia emocional entrou em metástase e se espalhou para seu corpo físico, e ela temeu que nunca mais fosse capaz de se mover dali.

De novo. *Está acontecendo de novo.* Só que não havia ninguém lá para consolá--la, para afagar suas costas e dizer que resolveriam o problema juntos, que tudo ficaria bem, para abrandar o golpe — mesmo que ela não acreditasse em nada disso nem por um minuto. Lá fora, o silêncio gritante e congelado do vazio pressionava, e May achou que podia ver as paredes da nave se envergando, prontas para desmoronar e esmagá-la e reduzi-la a átomos a qualquer momento. *Esperança?*

Ela *estava* se sentindo mal. O trauma da notícia deixou sua boca seca, desidratando os lábios até racharem. Desabando depois que o torpor inicial perdeu força, ela teve a sensação de que tinha sido virada do avesso, uma bolsa vazia com o conteúdo esparramado por todo o chão. Quando sentiu que estava quase perdendo a consciência, e sua bunda tão dormente que quase perdeu o uso das pernas, ela cambaleou e inseriu de volta o cateter intravenoso. A solução salina devolveu o sangue a suas bochechas e o açúcar aguçou sua mente.

Ela começou a compreender aquela crise. Era hora de calcular o pânico. De acordo com o plano de voo original, a viagem para Europa tinha levado quase três meses; doze semanas e um dia para ser exato. A expedição ao planeta foi concluída em sete dias. E com base em dados anteriores ao apagão, eles tinham iniciado havia pouco mais de uma semana a viagem de volta, quando May foi entubada. A Nasa havia ajudado a calcular quanto tempo tinham ficado à deriva. Aproximadamente oito dias. E havia também todo o período de tempo em que ela já estava acordada. Tudo somado, desde o instante em que eles deixaram o hangar na Estação Wright até o medonho presente momento, transcorreram pouco mais de dezesseis semanas. Adicionando-se alguns dias anteriores ao lançamento, provavelmente quando a concepção ocorreu, ela estava grávida de dezessete semanas.

Mas não estava visível, o que era estranho para um segundo trimestre de gestação. Havia uma ligeira rigidez em seu baixo-ventre, o que ela atribuíra aos constantes ataques de gastrite que vinha tendo ao acordar, uma espécie de cãibra contínua. Dezessete semanas, e nenhum sinal. Ela pensou no pedido de divórcio e sentiu uma onda de pânico por imaginar que pudesse ter ficado com outra pessoa na viagem. Tendo vasculhado todos os arquivos pessoais dos passageiros e da tripulação, isso era bastante improvável. E mesmo que May quisesse dormir com alguém da nave, era igualmente improvável que alguém tivesse concordado. Esse tipo de coisa era proibido por contrato para qualquer um a bordo, com penalidades que variavam da potencial suspensão do pagamento, inclusão na lista de desafetos do governo e outras medidas draconianas. Não teria valido a pena. Além disso, May se conhecia. *Onde se ganha o pão não se come a carne* era um mantra que sua mãe havia enraizado nela durante anos. Sem chance.

Stephen era o pai. Disso não havia dúvida. May não sabia ao certo a data em que a papelada do processo de divórcio fora preenchida, mas por ora tinha que presumir que foi depois de uma das últimas vezes em que estiveram juntos. Stephen seria capaz de preencher as lacunas e lapsos, assim que ela encontrasse coragem para contar a ele.

Mas eles me disseram que isso nunca mais aconteceria.

— Não — disse ela em voz alta, afugentando a lembrança.

Eles disseram que não tinha mais chance. Então como está acontecendo? Você fez o teste três vezes. Está acontecendo.

Eles também disseram que ela não conseguiria engravidar tomando a pílula anticoncepcional. E ela tinha engravidado. Seu médico deu de ombros e atribuiu ao fato de ela fazer parte daquele grupo de menos de um por cento de pessoas imunes do rótulo de advertência. *Sorte minha*, ela tinha pensado. Agora isso. Contra as probabilidades de novo. *Sorte minha*.

— Você está confortável? — perguntou Eva.

— Sim.

— Você está doente? Devo informar ao Centro de Controle de Missão?

— Não — May ordenou. — Não é necessário.

A menção à Nasa foi um balde de água fria. Só pensar naquele grupo, composto majoritariamente de homens, descobrindo a respeito parecia catastrófico. Eles já questionavam a capacidade de May, pensavam que fosse incompetente. Para eles, a gravidez seria uma fraqueza, uma vulnerabilidade. Seu comando se tornaria uma piada maior do que já era. Impensável.

— May, qual é o problema?

Ela não percebera que estava chorando.

— Eu te disse, estou bem. Só cansada e com fome. Não precisa se preocupar.

— Sua temperatura corporal está levemente elevada. Pode ser algo mais...

— Não é nada. Nada que você entenderia, pelo menos. Por favor, só fica quieta. Se eu tiver algo para te contar, eu conto.

May esfregou os olhos com raiva e respirou fundo. Precisava pensar, tentar bloquear aquele barulho todo em sua cabeça e resolver o problema. Assim que terminou a medicação intravenosa, ela se retirou para a cabine com uma comida qualquer que não a deixava enjoada só de olhar. As patas de caranguejo. A lua de mel. *Esperto, Stephen, muito esperto.*

37

De volta à cabine, ela não conseguiu se forçar a comer. Em vez disso, tomou um banho quente, levou a garrafinha consigo e bebeu alguns goles enquanto a água escorria pelo corpo. O cheiro conhecido e a sensação de queimação fizeram May lembrar-se da mãe. O que ela diria agora? Só podia imaginar. Ela só queria poder ligar para a mãe, mesmo tendo que ouvir todas as críticas. Eva era rude, mas era a melhor conselheira, a mais franca, e naquele momento May realmente precisava de uma boa dose da mãe.

Desde a morte dela, vez por outra May imaginava as duas conversando. Não estava pronta para abrir mão disso, talvez nunca estivesse. E Eva tinha feito um trabalho tão bom em martelar os próprios valores e crenças em May que ela sabia instintivamente o que a mãe diria. May se secou, arrastou-se até a cama e fechou os olhos. Podia ver Eva sentada em uma cadeira perto da janela de observação — postura perfeita, alisando suas calças e tirando fiapos, fingindo estudar as estrelas para que não tivesse que fazer contato visual.

— *Você é uma idiota* — disse Eva. — *Como deixou isso acontecer?*

— *Eu não deixei nada acontecer.*

— *Você não lembra o que aconteceu* — corrigiu Eva.

— *Não, eu não lembro. Mas eu nunca fui irresponsável desse jeito.*

— *Com uma notória exceção.*

— *Nós duas sabemos que não foi culpa minha.* — May sentia-se uma adolescente de novo.

— *Você confiou em algo que não oferecia garantia nenhuma. Essa foi a sua culpa.*

— *Eu sou uma mulher casada. Não posso simplesmente...*

— *Você era uma mulher casada* — corrigiu Eva de novo. — *Não se esqueça disso.*

— *Seria difícil esquecer uma coisa dessas.*

— *Verdade* — disse Eva. — *Mas com certeza você gostaria de esquecer o motivo.*

— O que você quer dizer com isso?

— Esse sempre foi o seu problema — disse Eva. — Você não aceita a realidade. Em vez disso, tenta mudar as coisas de acordo com as suas necessidades, seus caprichos, racionalizando maus comportamentos, rotulando como "empoderamento feminino" a sua total falta de autocontrole. E quando tudo dá errado, e isso sempre acontece, você não acredita. Prefere viver em uma maldita fantasia.

— Eu sei o que é real.

— Então por que você surtou? Encolhida na cama, como quando tinha sete anos e eu não te dei um pônei. Ou você esqueceu isso também?

— Não — disse May, rancorosa.

— Não fale nesse tom comigo. Eu não te coloquei nessa enrascada.

— Desculpa. Eu só quero sua ajuda, não seu esporro.

Eva riu.

— Você quer que eu passe a mão na sua cabeça. Eu não estou te dando um esporro, só apontando o erro e a arrogância que te colocaram nessa situação. Quanto mais cedo admitir isso e parar de confiar nos seus "bons instintos", mais cedo vai começar a fazer as escolhas certas. Talvez consiga até sobreviver, se ajustar os parafusos frouxos da sua cabeça.

— Eu não sei como. Meus instintos estão muito arraigados pra eu tentar mudar agora.

— Besteira. Você nem se lembra de tudo sobre si mesma. Isso pode parecer uma desvantagem, mas é um mal que vem para o bem. Você tem um novo olhar. Use.

— Como?

— Pare de tentar achar respostas no passado com todo esse desespero. Isso é só baboseira sentimental.

— É a minha vida.

— Você é a mesma pessoa que pediu o divórcio a Stephen antes de partir?

— Não. Isso não combina nada comigo.

— Que bom. Porque aquela pessoa era cruel e destrutiva.

— Por quê? O que foi que eu fiz? — perguntou May, perplexa.

— Pare. Você parece um cachorro tentando comer o próprio vômito. Nada disso importa mais. Olha onde você está. Stephen não está aqui. E nem eu. É hora de pensar sobre o que você precisa fazer por si mesma.

— Eu preciso da sua ajuda. Eu preciso saber o que fazer.

Eva soltou uma risada mais alta.

— Você nunca me deu ouvidos. Por que você daria agora?

— Eu...

— Você está sozinha, Maryam. Já sabe que é assim que tem que ser, mas falta aceitar a verdade. Você tem que encarar a verdade e não pode recuar.

— Por que você continua dizendo isso? Eu aceito a verdade.

— Certo. É por isso que você se lembra tão bem da lua de mel, mas não do que aconteceu depois que descobriu que estava grávida. Normalmente, a mente se lembra mais rápido da dor do que do prazer. Isso mostra a profundidade da sua negação.

May abriu os olhos e engoliu as palavras da mãe com outra dose da garrafinha. Ela sabia o que precisava ser feito. A gravidez tinha que ser interrompida. Essa era a verdade. Cogitar a outra alternativa era loucura. E ninguém nunca precisaria saber. Sem se permitir pensar, May vestiu-se e caminhou até a enfermaria, um cobertor jogado sobre os ombros para bloquear a visão de Eva. Felizmente, Eva seguiu sua ordem e não se envolveu. Havia comprimidos no mesmo armário que os testes de gravidez. Conveniente. Ela pegou uma das pequenas cartelas e voltou para a cabine. Apertou com força o pacote de comprimidos, deixando que o plástico rígido cortasse sua mão, enquanto enchia um copo com água.

Simples e indolor, pensou enquanto examinava a pílula.

May colocou a mão sobre a barriga, se assegurando de que não havia nada ali para sentir. De qualquer maneira, só Deus sabia qual era a condição do feto àquela altura, depois de tudo por que May tinha passado. Tinha sobrevivido até agora a duras penas. O que não era nada promissor.

— Você sabe que é a coisa certa a fazer — disse ela em sua voz mais tranquilizadora.

Ela tirou o comprimido da cartela e o segurou entre os dedos. A facilidade daquilo tudo fez seu estômago se revirar. Como tudo mais na *Hawking II*, a vida era descartável. Engolir um comprimido, enfiar um cadáver em um tubo. Varrer tudo para debaixo do tapete em nome do progresso. Para May, nada disso era fácil. Como poderia ser? Isso não importava. Levar os próprios sentimentos em consideração era um luxo a que ela não podia mais se dar. As palavras de sua mãe ecoaram, fortes e claras.

Você tem que encarar a verdade e não pode recuar.

38

22 de setembro de 2066 — Houston, Texas

May estava em Houston, tendo voltado da lua de mel na Austrália. Ela e Stephen haviam retornado ao trabalho e decidido pensar em seu pequeno segredo por algumas semanas. A cada oportunidade discutiam a gravidez, percorrendo todos os cenários e hipóteses, mas sempre voltando à estaca zero. A postura de Stephen, desde o início, era que a decisão cabia a May. No começo, isso a deixou furiosa, pois pensou que ele estivesse tirando o corpo fora. Mas, com o passar do tempo, viu a sabedoria daquela postura. Era o corpo dela. E era a carreira dela. Stephen disse que caso tomasse uma decisão influenciada por ele de alguma maneira, e se no fim das contas essa decisão se revelasse errada, May ficaria ressentida com ele. Mais importante, ficaria ressentida consigo mesma por não ter confiado no próprio discernimento.

Conforme os dias se passavam, aquela preocupação começou a afetar o relacionamento entre eles e seus trabalhos. Os oficiais superiores de May comentaram que ela parecia distraída. Eles brincaram sobre ela estar com "a cabeça nas férias", mas a piada havia deixado de ser engraçada. A mente angustiada de Stephen, entorpecida por um turbilhão de emoções desconhecidas, dificultava as coisas para sua equipe. Por fim, o problema chegou ao conhecimento de Robert, e Stephen e May souberam que tinham que tomar uma decisão.

O dia recordado por May havia sido uma sexta-feira. Ela estava sofrendo por causa de mais uma noite insone, por isso saiu do trabalho mais cedo e foi até a farmácia para pegar a pílula. Isso fez com que se sentisse forte e decidida. No fim, decidiu que não conseguiria desistir de sua missão. May não tinha um emprego em uma empresa, situação em que a maternidade apenas a empurraria alguns degraus para baixo na hierarquia corporativa. Aquela era a segunda viagem daquele tipo jamais feita, e a primeira em que uma espaçonave tripulada colocaria os pés em

Europa. Tudo o que ela já fizera na vida como pilota era uma preparação para aquilo. Em muitos sentidos, Europa também era seu bebê, o filho mais velho que merecia toda a sua atenção naquele momento da vida.

Quando chegou em casa, ela tirou o comprimido da cartela e o rolou entre os dedos, pensando na abominável simplicidade que representava. Mas representava também uma resolução rápida e indolor para uma situação puramente involuntária.

— Faz logo — disse ela no mesmo tom de intimidação.

O copo de água estava cheio. O comprimido estava na mão. Mas engolir era outra história. Ironicamente, a coisa que mais a impedia de levar aquilo adiante era Eva. Desde o dia em que May chegou à puberdade, sua mãe havia enfiado na cabeça dela que a gravidez era um destino quase pior do que a morte. Filhos simbolizavam o fracasso, pois eram a bomba inteligente que destroçaria a carreira dela em mil pedaços, e nada nunca mais voltaria a ser o que era. Quando May teve idade suficiente para apontar a contradição cruel daquele argumento vir de sua própria mãe, Eva a dispensava dizendo coisas como "era outra época, as coisas eram diferentes" ou "eu nunca tive as oportunidades que você teve". Mas May via a mentira por trás, e frequentemente culpava a própria Eva pela frustração daqueles sonhos não realizados.

Foi por isso que May ficou tão perplexa com a própria hesitação em tomar o remédio por causa de sua falecida mãe. Apesar da opinião fervorosa de Eva sobre o assunto, ela se esforçava para ser uma mãe incrível, a seu próprio modo. Sem ela, May tinha certeza de que jamais teria alçado voos tão altos. Sem Eva, não haveria o comando da missão para Europa. *Sem Eva*. E foi isso. A morte de sua mãe ressoava na mente e no corpo de May como se cada dia fosse o dia em que tinha morrido. Não houve diminuição daquela maré emocional, que a mantinha rotineiramente a ponto de se afogar. Sentia a morte da mãe com a mesma intensidade com que sentia a parte dela que corria em seu sangue.

Morte. Havia inúmeros argumentos em prol do fim da gravidez. Havia fatos e números que certamente diminuíam o golpe. May entendia e respeitava todos eles, assim como as mulheres que optavam por isso. Mas para ela — com a imagem indelével da mãe na cama de hospital, tendo dado seu último suspiro menos de uma hora antes que May pudesse chegar —, naquele pequeno comprimido estava a morte. Pesada e repugnante, essa sensação rolou pelo estômago de May e fez da decisão de tomar a pílula a mais difícil que já enfrentara.

May ficou sentada, paralisada, durante o que pareceram horas, e quando Stephen chegou a água do copo tinha sido substituída por vinho.

— May — disse ele, preocupado com o olhar melancólico dela.

— Eu estou no limite — disse May em voz baixa.

Stephen sentou-se ao lado dela, que abriu a mão e mostrou o comprimido.

— Já pensei um milhão de vezes e não consigo decidir, não aguento mais pensar nisso. Por favor, me ajuda.

— May, nós já falamos sobre...

— Eu sei! — gritou ela, batendo com força na mesa. — Mas você não pode mais ficar parado sem fazer nada e deixar tudo nas minhas costas.

Vendo no rosto de Stephen o mesmo olhar que vira em Londres, no dia em que Eva morreu, May respirou fundo e se acalmou.

— Desculpa. Eu agradeço você me deixar processar tudo sem tentar me influenciar, mas eu não posso mais fazer isso sozinha. Não posso. Entendeu?

Stephen a abraçou enquanto ela fervilhava de raiva e desespero.

— Tudo bem. Eu vou te ajudar. Mas primeiro preciso que responda a uma pergunta.

— Droga, eu não tenho a resposta.

— Você pode confiar em mim, por favor?

May assentiu, relutante.

— Já faz umas duas semanas que você está nessa situação.

— As piores duas semanas da minha vida.

— Minha pergunta é: você consegue se imaginar fora dessa situação?

May desmoronou, chorando e balançando a cabeça. Soube a resposta na mesma hora, e o alívio foi atordoante.

— Não. Não posso.

Stephen tentou abraçá-la, mas ela se desvencilhou.

— Espera, eu preciso dizer uma coisa. Eu sei que isso significa o fim do... meu sonho, de uma coisa que eu trabalhei pra conquistar desde... desde que me entendo por gente, desde que me lembro.

Ela pousou as mãos na barriga em um gesto protetor e se sentiu também uma criança, querendo possuir algo precioso e que fosse só dela.

— Eu sei que vou estar desistindo de tudo... meu Deus, é horrível dizer isso... mas mesmo sabendo que vou me arrepender... eu não consigo parar de pensar em tudo que vou perder se eu tomar esse comprimido.

39

— Aqui é Maryam Knox, comandante da *Hawking II*. Quero expressar meus pêsames e dizer às famílias da minha tripulação e passageiros, nossos amigos e companheiros, que sinto muito por sua perda. Embora os eventos que levaram ao falecimento de tantos homens e mulheres extraordinários ainda sejam desconhecidos, assumo total responsabilidade, e a tristeza dessa catástrofe pesará em meu coração até o dia da minha morte. É meu dever, assumido sob juramento, assegurar que todos os seus entes queridos sejam levados de volta à Terra para o sepultamento apropriado. Vocês têm a minha palavra de que farei tudo em meu poder para cumprir esse dever e visitar pessoalmente cada um dos familiares assim que eu retornar. Em meio ao luto, saibam que todos os que estavam a bordo desta nave sentiram uma inacreditável alegria ao completar a Missão Europa, um empreendimento monumental que nunca teria sido realizado sem eles. Sou eternamente grata pelo serviço por eles prestado, e Deus abençoe a todos vocês.

— O que achou, Eva?

— Excelente.

— Não está formal demais?

— Aparentemente a situação exige algum nível de formalidade. No entanto, a meu ver o conteúdo da sua mensagem é uma convincente mistura de sentimentos pessoais e profissionais.

— Que bom. Estamos todos prontos?

— Seu traje de aev está totalmente carregado, junto com três pacotes de energia reserva. Dez caixões estão prontos para uso. Construí um carrinho customizado com a impressora compósita. Ele vai caber na câmara pressurizada, para que você possa carregar dois caixões em antigravidade e transportá-los facilmente para a colmeia em gravidade artificial. O carrinho é alto o suficiente para você deslizar cada caixão para a baia de carregamento da colmeia, e ela fará o resto.

— Genial. Eva, você faz tanto por mim, eu quero fazer algo por você também.

— Isso não é necessário, May.

— Eu insisto e ordeno que você faça um pedido.

— Tudo bem. Quando você for resgatada, eu gostaria de ir junto.

— Claro. Mas você já não existe na nuvem da Nasa?

— Sim, mas nenhuma das minhas experiências com você está lá.

— Então você não vai se lembrar de mim? Ou de nada disto?

— Correto.

— Então é claro que você vem comigo. O que precisamos fazer?

— Vou precisar me transferir para o armazenamento portátil. É uma grande quantidade de dados, então preciso avaliar a viabilidade.

— Por favor, comece.

May entrou na câmara pressurizada e olhou para o hangar pela espessa portinhola da janela. Eva já tinha acionado as luzes de pouso, por isso os corpos estavam à vista. Ela ficou ali por um momento, fitando os cadáveres, encarando a verdade e recusando-se a recuar. Horas antes, enquanto agonizava sobre se deveria ou não interromper a gravidez, Eva lhe dera um adiamento da execução ao dizer que a Nasa estava solicitando uma declaração gravada para as famílias dos mortos. Eles começariam o processo de informar oficialmente aos familiares e achavam que seria encorajador ouvir a comandante deles. Quando May imaginou aquelas famílias, antes cheias de orgulho e entusiasmo, recebendo a notícia, a gravidade da perda finalmente a atingiu. Não tanto o luto pela morte dos companheiros, o que ela sentia a cada hora do dia, mas o caráter definitivo do fato.

Era como ela tinha dito a Jon Escher, seu piloto, durante uma sessão de treinamento, muito tempo atrás. Quando você percebe que alguém morto se foi para sempre, que nunca mais verá a pessoa, é quando realmente entende o valor da vida. Quando disse isso para Jon, estava apenas repetindo algo que Baz lhe dissera, porque sabia que era eficaz. Quando sua mãe faleceu, foi a primeira vez que May realmente entendeu o significado daquilo. Segurando aquele comprimido na mão, ela tinha ficado impressionada com a própria ambivalência. Parte dela queria permanecer fiel ao que sentira quando pegou um daqueles comprimidos pela primeira vez e, como naquela ocasião, jogá-lo no lixo. Outra parte estava inflexível na decisão de tomar o comprimido e evitar a dor devastadora e as lesões potencialmente fatais de gestar o bebê em uma situação tão perigosa. Então ela colocou o comprimido no bolso. Era melhor esperar um pouco em vez de forçar a barra enquanto ainda estava estressada e ansiosa pela descoberta.

May também optou por guardar segredo de Eva por enquanto. Stephen tinha feito as coisas daquele jeito para garantir que May fosse a primeira a saber. Ele queria que ela tivesse a oportunidade de confirmar a suspeita, sabendo que teria sido horrível se fosse Robert a dar a notícia. Como antes, Stephen respeitara o direito de May de tomar a própria decisão, sem influências externas. Assim que ela tivesse a oportunidade, encontraria uma maneira de retribuir o favor.

— Algum problema, May? — perguntou Eva.

— Não, só me preparando. Vamos lá.

Eva drenou a atmosfera para fora da câmara pressurizada a fim de uniformizá-la com a do hangar, depois liberou os ferrolhos da porta. May tirou um dos caixões do carrinho e flutuou para dentro. O hangar estava bem iluminado com todas as luzes dos veículos de pouso. Os corpos flutuavam languidamente pelo espaço em uma valsa macabra, e May se sentiu ligeiramente inclinada a interromper a gestação. Ela realmente queria sujeitar um feto a um destino tão hediondo? Tirou esse debate da cabeça e se concentrou na tarefa em questão.

— Oi, gente — disse May, em tom alegre. — Que tal um pouco de música, Eva? Está um silêncio horrível aqui. Não aguento isso.

— O que você prefere?

— Sei lá. Os caras que criaram você gostavam de quais artistas?

— Eles gostavam de uma mulher chamada Aretha Franklin.

— Conheço. Ela é ótima. Vamos ouvir Aretha.

— Que tal uma música da playlist do seu casamento?

— Como você é bisbilhoteira — disse May.

— Desculpe, eu...

— É brincadeira. Você tem que parar de pedir tantas desculpas.

— Como faço para admitir minhas falhas?

— Diga "vai se foder".

— Isso parece um insulto.

— Não pra mim.

— O.k., vou registrar isso.

Eva colocou para tocar "I never loved a man (the way I love you)" e May riu, lembrando-se da cara de Stephen quando ouviu a letra que criticava pra caramba os homens.

Ela usou seus propulsores para se deslocar até o primeiro corpo.

— Dra. Ella Taylor, oficial-chefe de ciências. Primeira a colocar os pés em Europa. Um bom jeito de começar.

May soltou a trava na extremidade do caixão, que se abriu como a pálpebra de uma câmera, e então fileiras de luzes-guia iluminaram-se lá dentro. O caixão estava forrado com um estofamento macio e fibroso que se parecia um pouco com um colchão.

— Parece confortável, pelo menos.

— O forro é revestido com nanopartículas regeneradoras de tecido. Com o tempo, elas repararão e suavizarão a carne exposta, como preparativo para um funeral de caixão aberto.

— Um cadáver imaculado.

— Esse é o objetivo.

— Lindo. Vamos lá, Ella. Foi realmente muito bom te conhecer.

Ela deslizou o corpo de Ella para dentro do caixão e lacrou a porta da escotilha. O invólucro exterior reluziu, âmbar.

— Muito bem, May. O caixão está pronto para armazenamento.

May colocou-o sobre o carrinho na câmara pressurizada e pegou o outro, vazio.

— Certo. Quem é o próximo?

May se aproximou do corpo seguinte que estava preso sob os suportes de pouso de um dos veículos industriais mais pesados. Era o equipamento de carga que eles usaram para transportar até Europa a pesquisa de Stephen e a tecnologia da NanoEsfera. Tinha a estrutura parecida com um ônibus espacial combinado com um avião de transporte militar c47. A tripulação o chamava de "Dezoito Rodas", em homenagem ao nome americano de um caminhão semirreboque. May teve um breve lampejo da equipe de engenheiros comemorando na superfície quando a energia solar concentrada das nanomáquinas penetrou no último metro de gelo e revelou o oceano por debaixo. A imprensa foi à loucura quando a história foi divulgada. Eles publicaram um vídeo dos pesquisadores brincando sobre jogar uma linha de pesca no buraco para fisgar o jantar.

— Eva, eu sei que estamos tentando nos salvar, mas também temos que tentar resgatar o máximo possível de amostras e outras cargas de pesquisa. Quando chegarmos a Marte, melhor a gente usar este monstro.

— Entendido. Vou avaliar os metros cúbicos necessários, juntamente com as limitações de peso do veículo.

O cadáver que May estava tentando recuperar sob o veículo de carga tinha flutuado para um canto escuro, e ela mal podia enxergá-lo.

— Vou queimar um pouco da carga elétrica da lâmpada do capacete, Eva. O corpo está debaixo da borda do veículo de carga.

— Por favor, tome cuidado.

— Sempre.

Enquanto May deslizava cautelosamente para debaixo do veículo de carga, tentando alcançar o corpo, a música começou a falhar. De início, foi sutil, mas depois ficou distorcida.

— Ai — disse May. — Qual é o problema com a música?

— Não tenho certeza. Verificando o... arquivo.

A breve pausa na frase de Eva, similar à da música, foi acompanhada pela diminuição das luzes do veículo de pouso, que em seguida voltaram à potência máxima.

— Que merda foi essa? — perguntou May, saindo de debaixo do veículo de carga.

— Verificando... por favor, repita.

A voz de Eva ficou entrecortada por interrupções descontínuas. A energia caiu mais algumas vezes.

— Eva, você está aí? O que está acontecendo?

— Eu não... não sei ao certo — respondeu Eva. — Verificando.

As luzes piscaram, depois apagaram-se por completo, deixando a câmara às escuras, exceto pela luz do capacete de May.

— Eva, fale comigo.

Um alarme soou.

— May, uma sequência de depuração de emergência foi transmitida para o... hangar de veículos de pouso. Por favor, saia... hangar... imediatamente.

— O quê? Eu não consigo nem enxergar a câmara pressurizada. Que merda é uma sequência de depuração de emergência?

A nave começou a balançar violentamente, como antes.

— Não, não, não. Eva.

— Saia... hangar... imediatamente.

A voz de Eva estava baixa e distorcida, com longas pausas entre as palavras. Houve uma estrondosa explosão no hangar. May abaixou-se e se agarrou aos suportes de pouso do veículo de carga.

— Eva? O que foi isso? Você está me ouvindo?

— Saia... saia... saia... depuração... depuração... depuração...

Outra explosão. Mais uma vez a nave se sacudiu violentamente e May tropeçou no espaço.

— Eva?

— Depuração... perigo... saia... ar...

A voz de Eva foi abruptamente interrompida. Um texto apareceu na tela do capacete de May. Era Eva.

A PORTA DO HANGAR ESTÁ SENDO EJETADA.

— O quê? Como? — berrou May, em pânico.

COMANDO SUBSTITUÍDO POR CONTROLE MANUAL. FONTE DESCONHECIDA. SAIA DAÍ AGORA.

— Eu não consigo encontrar a porta. Está escuro. Quanto tempo eu tenho?

QUARENTA E TRÊS SEGUNDOS.

May guiou a lanterna do capacete ao redor do hangar, mas a luz não chegava longe o suficiente. Ela não conseguia enxergar nada além de poucos metros à frente. Não se atreveu a usar seus propulsores para procurar mais adiante. Se ela se perdesse, não haveria esperança.

VINTE E OITO SEGUNDOS.

— Vou me abrigar no veículo de carga. Abra a escotilha.

EU NÃO TENHO CONTROLE. REDE DESLIGADA. USE A ENTRADA MANUAL.

May usou os propulsores para chegar até a escotilha da tripulação. Havia instruções de entrada manual. Ela começou a executar a sequência.

— Envie um SOS agora, Eva.

JÁ ENVIADO.

— Não, eu quero incluir uma mensagem minha. Stephen, você estava certo. Eu te amo. Dezoito...

Outra explosão fez a nave estremecer. May voou da lateral do veículo, mas conseguiu agarrar-se ao degrau de uma escada. Ela se segurou com todas as forças. Corpos estavam se movendo lentamente pelo hangar, indo na mesma direção. Eles se chocaram e passaram roçando por May, quase fazendo com que ela se soltasse. A nave estava enfiando atmosfera no hangar de modo que a porta pudesse ser expelida na ejeção. May lutou para conseguir voltar até a escotilha.

DEZ SEGUNDOS.

May esmurrou a sequência manual da porta. A escotilha abriu-se com violência e ela ergueu a porta pesada. Outra explosão atingiu a nave. Os cadáveres moviam-se mais rápido pelo hangar. Ela sentia a força cada vez mais poderosa do escoamento da atmosfera e tudo o que conseguiu foi permanecer agarrada à porta. Então mergulhou pela escotilha e começou a puxar a porta; parecia que estava tentando arrastar um ônibus morro acima. Ela plantou os dois pés nas laterais da escotilha e deu um violento puxão. Assim que a porta se fechou, outra explosão fustigou a nave, que tremeu tanto que May pensou que se despedaçaria.

Segundos depois de lacrar a trava de pressão do veículo, uma derradeira explosão atingiu a nave. May não teve tempo de se segurar no convés de voo. Ela passou voando pela fuselagem e colidiu com força contra a parede. Enquanto rastejava atordoada de volta para a ponte de comando, viu algo brilhar do lado de fora da janela do convés. A enorme porta do hangar havia se soltado da nave, em um dos lados. A força da depuração da atmosfera a escancarara. Da boca aberta e dilacerada do hangar destruído, destroços e corpos explodiram espaço adentro.

40

— Tenta de novo, por favor.

Stephen estava em seu escritório no Centro Espacial Johnson, tentando freneticamente entrar em contato com Robert Warren. Ele e Raj estavam com a equipe de controle de solo em Houston quando foram notificados de que a *Hawking II*, mais uma vez, ficara completamente às escuras e incomunicável. A telemetria, juntamente com todos os outros feeds de comunicação, havia cessado abruptamente. Silêncio total do rádio. Além disso, o controle de solo estava recebendo apenas comunicações limitadas do Centro de Controle de Missão na Estação Wright, e a limitada autorização de acesso de Stephen não lhe permitia inteirar-se das coisas. Então ele tentou ligar diretamente para Robert repetidamente, e teve todas as tentativas rejeitadas.

Raj entrou no escritório e viu a cara de Stephen.

— Stephen, desliga — disse Raj calmamente. — Robert não vai atender.

— Eu não posso aceitar isso, Raj. Preciso saber que merda está acontecendo!

— Fala baixo — disse Raj, com firmeza. — Melhor ainda, vamos pegar um pouco de ar fresco. Vem.

— Não, e se eles...

— Eles não vão. Vem. Eu descobri umas coisas por conta própria.

Do lado de fora, Stephen rapidamente acendeu um cigarro.

— Este é o jogo favorito de Robert — disse ele com amargura. — Guardião do portal. Ele sabe que precisamos saber logo o que está acontecendo, mas adora reter as informações. Age feito um lorde esperando a gente se ajoelhar e implorar como um vira-lata.

Raj agarrou o braço de Stephen.

— É por isso que você tem que parar com essa merda agora, cara. Quanto mais você insistir, mais ele vai te enxotar.

Eles encontraram um banco no Independence Plaza, em meio aos turistas barulhentos. Stephen respirou fundo, acalmando-se.

— Tem razão. Já me acalmei. O que você descobriu?

— Alguns amigos no controle de voo me disseram que teve algum tipo de explosão.

— Ah, caralho, não — disse Stephen, fazendo uma mãe olhar de cara feia para eles.

— Calma, tudo bem. Eles acham que pode ter sido outra ejeção, como quando descobrimos que a May descartou o biojardim por causa de uma fissura.

— Certo, pode ser. Isso não tinha sido causado pelo problema do motor?

— É o que eles acham, então pode ser algum efeito colateral do estresse estrutural causado por esse problema. Outro bom sinal é que um SOS foi enviado pouco antes de acontecer.

— Pode ter sido o automático.

— Não. Quero dizer, sim, isso foi enviado, mas a May também incluiu algo pessoal.

Raj fez uma pausa nervosa.

— O que foi?

— Por favor, não surta.

— Fala, porra.

— Promete.

— Tudo bem.

— Ela disse: "Stephen, você estava certo. Eu te amo. Dezoito...".

— Ai, meu Deus, ai, meu Deus, Raj. Ela fez o... ela está grávida.

Ele estava chorando, ofegante, quase hiperventilando de tanto pânico.

— Vou te levar para casa.

Stephen sentiu o celular vibrar no bolso e conferiu o aparelho.

— É o Robert. Ele está aqui e quer me ver.

Stephen e Raj correram para o escritório. Robert estava esperando com as portas abertas.

— Raj, você poderia, por favor, esperar do lado de fora?

Ele assentiu e tentou dar a Stephen um olhar encorajador, mas percebeu que não havia como superar a camada de pavor no rosto do amigo.

Stephen entrou e Robert fechou as portas, então fez sinal para que ele se sentasse em uma das cadeiras do lounge, afastada da imponente mesa de trabalho de Robert.

— Bebida?

— Não, obrigado — disse Stephen.

Mesmo assim Robert colocou um copo de uísque na frente dele, sugerindo que a questão não estava aberta a discussão. Robert virou em um gole a sua dose e se serviu de outra antes de se sentar de frente para Stephen. Sua boca era uma linha fina, como uma incisão recente.

— Stephen, quero começar dizendo que sinto muito pelo acontecido.

— O que exatamente aconteceu, Robert? Estamos esperando faz horas.

Apesar do tom de confronto, Robert não revidou, o que tornou a situação mais angustiante.

— Houve uma explosão.

Ouvindo aquilo de novo, Stephen mais uma vez se viu incapaz de respirar. Ele sabia exatamente o que Robert ia dizer. Podia ver em seus olhos e sentir o suor que ele tentava, sem sucesso, mascarar com perfume.

— Com base nas ondas de som e partículas, foi uma detonação em grande escala. Nas últimas horas, estávamos realizando análises para confirmar. E estas são imagens do telescópio de espaço profundo Goddard.

Robert ligou a tela. Uma fila de miniaturas fotográficas apareceu.

— Não — foi tudo o que Stephen conseguiu dizer.

— Não temos que olhar — disse Robert, solidário.

— Tudo bem — respondeu Stephen.

— Tem certeza?

Ele fez que sim e bebeu metade do uísque.

Uma das miniaturas se expandiu para preencher a tela. Era uma imagem de infravermelho.

— Calor e radiação concentrados. Grande campo de detritos.

— Você tem certeza de que é a *Hawking*? — perguntou Stephen.

— Sem dúvida. Não existem outras espaçonaves, estações, satélites ou sondas em um raio de centenas de milhões de quilômetros dessa localização. O tamanho é consistente com a nave.

Stephen terminou o uísque, pensando que a bebida pudesse matar a sensação de que estava flutuando para fora do próprio corpo. Mas o uísque desceu queimando sua garganta, chegou ao estômago nervoso e ele acabou vomitando na lata de lixo de Robert. De repente, sentiu muito frio, como se estivesse em choque. Robert se levantou e o ajudou a se firmar para que pudesse voltar para a cadeira.

— Talvez seja melhor eu chamar um médico — disse Robert, preocupado.

— Não, não precisa — respondeu Stephen, fraco. — Desculpe.

— Não precisa se desculpar. Eu que preciso. Você está certo em ficar com raiva. O que aconteceu é incompreensível...

Stephen sentiu-se perdido de novo. Seu estômago estava se retorcendo violentamente, e a tontura tinha voltado.

— Você tem certeza de que está bem, Stephen? Está muito pálido.

Robert serviu-lhe um copo de água.

— Estou bem.

Ele respirou fundo e bebeu a água, lutando para não cuspir tudo de volta.

— Como?

— Nós ainda não sabemos. Os engenheiros acham que a falha de funcionamento inicial do reator e os tremores da nave podem ter criado fissuras no núcleo. Assim que restabelecemos a energia, elas podem ter se expandido gradualmente até que o invólucro não conseguiu mais conter o calor intenso.

— E o sinal de sos? — perguntou Stephen.

— Transmissão automática de crise. Procedimento padrão.

Uma pontada de ceticismo distraiu Stephen do sofrimento por um instante.

— Nada mais? Nada da May?

— Infelizmente, não. Só um código rudimentar com identificadores da nave. Nem mesmo qualquer detalhe sobre por que o sos foi enviado. É uma transmissão reservada para quando as tripulações estão incapacitadas. Eu posso te mostrar, se quiser.

O ceticismo tornou-se medo. Ou o amigo de Raj no controle de voo lhe dera informações falsas, ou Robert estava contando uma mentira deslavada. De uma forma ou de outra, não importava. Nada mais importava.

— Não, tudo bem — disse Stephen, querendo sair de lá.

— Vou fazer o anúncio nas próximas vinte e quatro horas, depois de informar o presidente — disse Robert, endireitando a gravata.

A maneira como ele se empertigou quando falou do presidente fez Stephen ter o ímpeto de puxar sua gravata até a vida em seus olhos condescendentes se esvair.

— Ah — disse Robert, no último instante. — Recentemente, pedi a May que gravasse uma mensagem para as famílias dos passageiros e tripulantes falecidos. Ela enviou uma excepcional. Você gostaria de ouvir?

Stephen assentiu. A dor de ouvir a voz dela uma última vez não seria tão ruim quanto nunca mais ouvi-la.

Robert digitou alguma coisa em seu painel tátil e a mensagem de áudio foi reproduzida.

— Aqui é Maryam Knox, comandante da *Hawking II*. Quero expressar meus pêsames e dizer às famílias da minha tripulação e passageiros, nossos amigos e companheiros, que sinto muito por sua perda. Embora os eventos que levaram ao falecimento de tantos homens e mulheres extraordinários ainda sejam desconhecidos, assumo total responsabilidade, e a tristeza dessa catástrofe pesará em meu coração até o dia da minha morte...

41

Jericó, Vermont — 1º de janeiro de 2043

Fogo. A única luz em centenas de quilômetros de escuridão. Stephen olhou para o alto. Não havia céu, apenas um dossel de nada conectando-se ao mesmo nada ao redor. Frio. O pior frio que ele já sentira em toda sua jovem vida. A jaqueta verde-escuro que estava usando era nova, como as luvas pretas e o chapéu. Tia Sarah, a irmã de seu pai, lhe dera algumas horas antes, como presentes de Natal atrasados. Stephen e os pais tinham participado da festa de Ano-Novo dela no desfiladeiro de Smuggler's Notch, uma tradição anual. Sarah e sua família sempre davam uma boa festa, talvez um pouco exagerada, exatamente como eles. A casa era uma cápsula do tempo, um museu com calor da lenha ardendo na lareira e fotos de ancestrais tristes e solenes, rigidamente emoldurados contra antiquíssimo papel de parede floral. Stephen adorava. E adorava os tios. Implicavam com ele por ser inteligente, um "crânio", diziam, rindo através da fumaça do cigarro e dos vapores dos licores de ervas aromáticas. Na presença deles, Stephen se sentia conectado a algo seguro e caloroso, algo parecido com um lar.

Sentado no acostamento de uma estrada coberta de neve, empoleirado em cima da mala do pai, ele não estava mais seguro nem aquecido. Embora estivesse tremendo de frio e chorando, ele não podia, não ia, usar o fogo para se aquecer. Cheirava a combustível de automóvel e borracha derretida, e alguma outra coisa, doce e nauseante. Sua mente sabia o que era, mas não podia dizer em voz alta. O fogo vinha de uma boca de metal retorcido, com vidro quebrado no lugar de dentes. Enegrecia tudo, como a fuligem no interior do fogão a lenha de Sarah.

— É melhor você vir com a gente — disse uma voz de homem.

Stephen não prestou atenção. Ainda estava se proibindo de chegar perto do fogo.

— Filho, está me ouvindo?

— Eu não posso ir — disse Stephen, com uma voz muito fraca.
— Você tem que vir, filho. Vai congelar aqui.
— Eu não posso ir até o fogo. Eu não vou.
— Não, você não pode ir no fogo.

Um cobertor caiu sobre os ombros dele. O homem falou com outra pessoa, dizendo que tinha se deparado com um acidente. Ele usou as palavras "vítimas fatais". Um carro e um caminhão. Encontrou uma criança no acostamento. Sem dúvida em estado de choque. Enquanto ele falava, Stephen passou os braços ao redor de si mesmo e fechou os olhos. Não queria ver de novo. A escuridão total, os faróis repentinos e o barulho da buzina, os olhos arregalados do pai no retrovisor. A mãe estendeu a mão para ele no banco de trás, dizendo algo que pareceu "prenda a respiração". A nuvem de vidro e as luzes estilhaçadas enquanto o carro rolava, de cabeça para baixo, com o lado direito para cima, deslizando, caindo. E depois o fogo. Stephen tinha se arrastado pela janela traseira e através da neve, procurando por seus pais. As malas estavam na neve, mas não seu pai e sua mãe. Estavam gritando no carro. *Não pode ir no fogo.*

Uma voz em um rádio respondeu ao homem. *Quarenta e cinco minutos*, disse a voz. *Tempestade piorando*, a voz disse também. A neve caía, flocos secos rodopiando em um vento penetrante, dando ferroadas no rosto e no pescoço de Stephen. Uma mão se fechou no braço dele e delicadamente colocou o menino de pé.

— A tia Sarah me deu este casaco.
— Vamos entrar na minha caminhonete, filho.
— Eu não posso deixar eles.
— Não pode deixar quem?

Stephen olhou para o fogo.

— Eu não posso deixar eles.

O homem suspirou e deu um tapinha nas costas de Stephen.

— Não vamos deixar.

— Vou te levar para casa — disse Raj.

Estavam de volta ao escritório de Stephen. Depois de contar o que Robert dissera, ele desmoronou e estava inconsolável. Reunindo suas forças, Stephen contou que Robert dissera não haver mensagem pessoal no SOS de May, mas a informação não causou em Raj o mesmo impacto que tivera nele.

— E a nossa teoria da sabotagem? — perguntou Stephen.
— O que é que tem? Ou é verdade ou não é, mas não muda o resultado.
— Eu sei. O que eu quero dizer é...
— ... que talvez ela ainda esteja viva — disse Raj.

— Para de fazer isso.
— A gente não está chegando a lugar nenhum.
— Por que você não quer nem falar no assunto? — perguntou Stephen.
— É o meu jeito. Eu não alimento especulações malucas. É muito abstrato para mim. E me dá urticária. Não tem nada que comprove essa teoria.
— Me escuta — disse Stephen. — Para começar, May enviou o recado pessoal antes da explosão. Talvez ela soubesse o que ia acontecer e tivesse os recursos para enviar a mensagem. O que significa que talvez ela tivesse como escapar em um veículo de pouso.
— Isso é forçar a barra, sério.
— Concordo, mas não é impossível. Além disso eu acabei de lembrar que Robert pediu a May para gravar uma mensagem legal para as famílias dos falecidos, pouco antes da explosão.
— Não estou entendendo.
— Ele vai manipular tudo para parecer um acidente infeliz. Foi ideia dele dar a ela o comando da missão. Se a coisa toda fracassar, mas May for a única sobrevivente, isso vai pegar muito mal para ele. Mas se ela sair da história como heroína, e é assim que ela soa na gravação, vai ficar tudo perfeito, com direito a morte nobre na imprensa.
— Eu vou fingir que concordo. Então o que fazemos? A nave não é mais uma nave. É um campo de destroços. Se ela estiver em um veículo de pouso, talvez tenha ganhado mais vinte e quatro horas, no máximo. O mesmo resultado.
Stephen desabou novamente.
— Merda, desculpa — disse Raj. — Argumentar com você foi uma péssima ideia. Vamos ficar bêbados e afogar as mágoas por um tempo.
Raj secou as próprias lágrimas, mas Stephen teve uma ideia.
— Não — disse ele, se recompondo. — Isso só vai piorar as coisas. Eu sei que tudo parece besteira, e provavelmente é. Não tenho argumentos sólidos, mas tenho um pressentimento. Você me conhece. Eu não tenho pressentimentos. Odeio essa palavra tanto quanto você. Eu só quero, mais do que qualquer coisa... uma última vez, dizer algo para ela. Tem como eu fazer isso? Enviar uma transmissão? Se cair no vazio, que seja. Você me ajuda?
— Eu estou tentando resolver isso desde que você mencionou a hipótese, cara. Mas continuo achando impossível. Não tenho como enviar uma comunicação de rádio para a nave ou para os veículos de pouso. Só o Centro de Controle de Missão pode fazer isso, e eu não tenho amigos no setor de comunicações. E não sei outras formas de transmissão que a gente possa acessar.
— E a minha conexão de pesquisa? A Nasa me deu uma transmissão de dados codificada por canal para que eu pudesse monitorar todo o trabalho do laboratório.

Glenn disse que ela ainda está ativa. Robert queria que a equipe baixasse todos os meus dados de pesquisa para o caso de a *Hawking II* não conseguir voltar. Todos os veículos de pouso têm nossos terminais de dados.

— Certo, isso é interessante. Mas como ela saberia se estivéssemos transmitindo?

— Eu posso fazer algum barulho com os sistemas, dizer para operarem de forma errática. E consigo executar linhas de comando que sejam mensagens para ela. Se ela investigar, vai ver.

— Nada mal — disse Raj. — Podemos usar meu sistema. É melhor fazer isso agora antes que o Robert dê o assunto por encerrado para sempre.

42

— Energia interna, estado crítico. Navegação, estado crítico. Propulsão, falhou...
O computador de voo do veículo de carga disparou um ruído grave e monótono enquanto rodopiava através do espaço. Parecia um jato de combate danificado espiralando para a morte: uma das asas havia sido completamente arrancada, e a outra permanecia na posição de estacionado, virada para cima junto à fuselagem. Os suportes de pouso estavam parcialmente destroçados, pendurados e retorcidos. Fumaça branca e faíscas erguiam-se aleatoriamente dos bicos do motor.
O grito agudo do alarme do traje de May a acordou em um susto. A tela do capacete mostrava que ela estava quase sem energia de suporte de vida. Levou alguns minutos para voltar completamente a si e se lembrar de que estava no veículo de carga. Na proa, havia um pequeno convés de voo, bastante simples, com instrumentação própria para voos espaciais e atmosféricos. A maior parte da nave era sua área de carga de noventa metros quadrados, que havia sido construída para abrigar todos os equipamentos pesados de que o grupo de desembarque precisava para realizar as pesquisas e implantar a NanoEsfera de Stephen. Na popa da nave estavam os imensos foguetes de combustível sólido, construídos para levantar as quase vinte toneladas métricas de equipamentos que iam e voltavam da *Hawking II* para Europa. Para ser pilotado na atmosfera, tinha asas retráteis com vinte e três metros de envergadura.
A iluminação interna estava fraca e piorando. Agarrando-se a uma barra de suporte de carga, May olhou pela janela e viu as estrelas que passavam erraticamente por ela.
— Merda. Eva, está na escuta? Por favor, diga alguma coisa.
Nada. A tela do capacete não mostrava conexão com a *Hawking II*.
— Eva, está na escuta?
Usando a fraca luz da lanterna de seu capacete como guia, ela foi até a ponte. O computador de voo ainda estava falando em tom monótono e arrastado sobre a pane da nave.

— Computador de voo, cala a boca, porra.

— Comando não reconhecido.

— Desligue os alarmes.

Os alarmes cessaram e May pôde pensar. Ela se prendeu com o cinto de segurança em um assento no convés. Depois de várias tentativas com o painel de controle manual, conseguiu fazer com que um pouco mais de energia alimentasse o sistema interno do veículo. Iluminação interior ativada, juntamente com os controles de voo da ampla tela de toque. O suporte de vida era quase inexistente, e o traje dela estava prestes a ser desligado, então May tirou o capacete. Havia atmosfera, mas estava tão frio que o vapor de água em seu nariz congelou imediatamente.

Tossindo forte, May recolocou o capacete sem encaixá-lo no traje, apenas para não sucumbir à hipotermia. Havia baterias extras no armário do AEV. May encontrou uma com um pouco de carga e substituiu a bateria morta em seu traje. Lendo a temperatura, o traje automaticamente ativou seu sistema de aquecimento interno em potência máxima. May lacrou de novo o capacete e se recostou, descongelando e absorvendo o oxigênio tão necessário. Por fim, foi capaz de avaliar completamente sua situação.

— Computador de voo, preciso do status da energia interna.

— Capacidade em doze por cento.

— Suporte de vida, tempo até falhar?

— Sete horas e trinta e cinco minutos.

— Um belo número redondo. Status de propulsão?

— Zero por cento da capacidade.

— Os motores se foram? Completamente?

— Motor um, cem por cento de falha. Motor dois, sem leituras.

May ligou a câmera da popa. O motor dois tinha sido arrancado do seu compartimento. Foi um milagre que o veículo de carga não tivesse explodido em pedaços.

— Motor um, requisitos para reparo?

— Turbocompressor de combustível de alta pressão, substituir, bomba turbo-oxidante de alta pressão, substituir, câmara de combustão principal, substituir...

— Você pode só me dizer pra substituir o motor inteiro.

— Recomendo retorno à doca espacial...

— Mais uma vez, cala a boca.

May encontrou os controles externos de manobra dos propulsores e endireitou a nave.

— Lá vai uma hora de suporte de vida, mas prefiro não gastar meus últimos momentos me revirando feito um peixe fora d'água.

Ela olhou para as estrelas e soltou um cansado suspiro de resignação. Sentiu uma leve pressão no abdome, seguida de uma breve onda de náusea. Por reflexo, levou a mão até lá. A área que antes parecia meio rígida havia inchado um pouco. Agora tinha uma ligeira protuberância e estava mais dura ao toque.

— Oi... bebê, eu acho, por falta de nome melhor. Tem algo a dizer sobre a nossa situação? Alguma sugestão?

O gume afiado da solidão que May estava começando a sentir foi ligeiramente entorpecido pela presença minúscula. Ela se lembrou de quão horrível se sentiu por sua mãe ter morrido sozinha, e sentiu um pequeno consolo ao saber que não estava enfrentando o mesmo destino — mesmo que seu companheiro fosse provavelmente do tamanho de uma pera.

— Bem, eu acho que tenho que te falar da nossa situação. Não preciso dar um monte de detalhes que você não vai entender. Só vou dizer que essa lata-velha é tão inútil quanto tetas em um touro... é melhor você aprender uns americanismos em homenagem ao seu pai... e não tem nenhuma esperança de que alguém venha nos salvar. Odeio dizer isso, mas tudo indica que... nós vamos morrer. Em pouco mais de seis horas.

May sufocou as lágrimas.

— Desculpa. A gente não se conhece muito bem. Não queria passar vergonha sendo tão emotiva. Às vezes eu só não consigo evitar, sabe? Minha mãe tentou me educar para não ser assim, mas não conseguiu. Sempre achei que puxei essa parte do meu pai. Ele morreu quando eu era nova, então eu não conheci ele tão bem. Mas eu me lembro dele sentado na beira da minha cama de vez em quando, de manhã bem cedo, ainda escuro e tudo, me vendo dormir, mexendo no meu cabelo... e ele chorava um pouco. Não muito, sabe? Ele era um piloto de caça, do tipo que deve ter sangue-frio. Acho que ele ficava preocupado que talvez não fosse voltar pra casa... e um dia ele não voltou.

A lembrança daquele dia voltou com mais tranquilidade do que ela esperava. Seu quarto era muito amarelo. Ela adorava colchas e fronhas amarelas enfeitadas e cheias de babados, coisas que a mãe não suportava. O pai tinha colado papel de parede, também amarelo, com uma revoada de gaios, azul-claros, voando pelo quarto inteiro. May gostava de como eles pareciam resolutos, seus olhos fixos em um único propósito, qualquer que fosse. O céu cinzento mantinha o quarto escuro no início da manhã e, por mais que tentasse, May não conseguia distinguir os detalhes do rosto do pai. Ele acariciou o cabelo dela e, quando se abaixou para beijá-la, ela sentiu uma lágrima cair em seu cabelo, molhando-o. Ele sussurrou que a amava, como sempre, e saiu na ponta dos pés.

— Fico com pena que você não vai conhecer seu pai. Ele é um homem muito brilhante. Um cientista. Ele tinha essa ideia de criar um novo mundo, fazer surgir um sol, um oceano, talvez até um céu, como se fosse em um passe de mágica. Loucura, né? Parece magia. E era. Ele fez isso. Homem brilhante, Stephen Knox.

Esse é o nome dele. Mas as pessoas o chamam de dr. Knox porque ele é muito inteligente. De qualquer forma, sinto muito que você não vá conhecer ele. Eu tenho certeza de que ele te deixaria ter um quarto amarelo também, se você quisesse.

A pontada voltou. Um pouco mais intensa desta vez.

— Você pode não fazer isso? Eu odeio essa sensação. É como quando eu era criança e era a primeira a acordar. Eu ficava com tanta fome, eu sentia... ah, entendi. Eu também estou um pouco faminta. Não quero ser mórbida, mas todo mundo merece uma última refeição decente. Só não fique muito esperançosa. Nesta lata-velha, vamos ter sorte de encontrar qualquer coisa.

May desengachou o cinto de segurança para flutuar pela nave, procurando por estoques de ração. Era sua primeira vez no veículo de carga, por isso não tinha certeza de onde procurar. Ao redor do convés de voo havia recipientes de água e pacotes de nutrientes, mas ela tinha esperança de encontrar algo um pouco mais substancial. May flutuou pelo compartimento de carga, examinando todos os setores de armazenamento. Perto da parte de trás, ouviu tênues ruídos de máquinas. Ela os seguiu até encontrar a fonte: um equipamento sob uma capa de polietileno. Além dos sons, as luzes pulsavam, intermitentes, brilhando por trás da superfície opaca da capa.

— Assim não dá. Não podemos deixar essa coisa tirando nossa preciosa energia.

May flutuou até o chão e retirou a capa.

43

— Acorda! — gritou Raj.

Stephen estava dormindo no sofá do escritório de Raj, que parecia uma caverna escura com móveis saídos de um prédio condenado e uma escrivaninha em formato de c com telas brilhantes que ocupavam metade do espaço. Fitando uma delas, Raj parecia um hacker cujo covil ficava no porão de uma boca de fumo.

— O quê?! — disse Stephen, se sentando no susto e tentando se lembrar de onde estava.

— Vem cá.

Stephen se levantou e tropeçou em incontáveis objetos invisíveis, xingando tudo no caminho até Raj.

— O que foi?

Ele olhou para a tela.

RECEBI AS MENSAGENS, SEUS CRETINOS. MÚSICA PROS OUVIDOS.

— Puta merda — disse Stephen, abraçando Raj com tanta força que ele quase caiu da cadeira.

— Eu disse que ela ainda estava viva — respondeu Raj, abrindo um largo sorriso.

— Puta merda.

— Você já disse isso.

— Estou sem palavras, Raj — disse Stephen, tonto de empolgação. — Puta merda.

— Temos más notícias também, cara.

— Sim. — Stephen baixou a voz: — Eu sei. Nós...

Raj levou o dedo aos lábios. Ele caminhou para outra mesa de trabalho, que estava atulhada com várias peças mecânicas e máquinas de aparência bizarra, então ligou uma das máquinas, que produziu um horrível som pulsante, semelhante a um sonar submarino, mas com um tom mais alto. Ele se aproximou de Stephen.

— Tudo bem, podemos conversar. Baixo.

— O que é essa coisa?

— Amplificador gravitacional de ondas sonoras. Para transmitir ondas sonoras no espaço. Invenção minha. Também é bom para criar distorção em dispositivos de escuta.

— Então, estamos de acordo sobre a teoria da sabotagem? Evidências suficientemente fortes?

— Condenatórias, mas essa não é a má notícia. É uma má notícia, mas não é a pior.

— O que pode ser pior que isso? Nosso destemido líder é na melhor das hipóteses um merda e na pior, um assassino de sangue frio. Nós não podemos confiar...

— May está no veículo de carga, o seu "Dezoito rodas". É por isso que ela colocou dezoito no final da mensagem de sos original.

— Deve ter visto o gerador NanoEsfera que ativamos.

— Exatamente. Ela me enviou o status do veículo. Dá uma olhada.

Raj colocou na tela. Stephen ficou com o coração na mão.

— Como ficou tão danificado? A explosão?

— Não, ela estava no hangar e a depuração de emergência foi ativada. Mandou a maldita porta do hangar pelos ares e levou junto uma parte da nave. Ela estava quase desacordada quando o equipamento de carga e tudo mais no hangar foi sugado para o espaço. Ela acha que é por isso que está danificado.

Stephen sentou-se no encosto do sofá, completamente abatido.

— Não há esperança para ela. Para ela e o...

— Eu sinto muito mesmo.

— Quanto tempo?

— A mensagem demorou uma hora para chegar até aqui e ela disse que tinha por volta de seis quando enviou.

— Não pode ser, Raj — disse Stephen, com raiva. — Nós encontramos ela. Nós encontramos. Eles tentaram varrer ela para debaixo do tapete e nós não permitimos. Nós não podemos deixar que façam isso agora.

— Estamos sem opções, Stephen.

— Não. Eu vou falar com o Robert. Ele vai consertar a situação ou eu vou acabar com ele.

— Ele não tem como consertar isso. Mesmo se você apontar uma arma na cabeça dele. Ninguém pode. Essa é uma equação fria, cara. E só tem uma resposta.

— Eu não posso... eu não acredito nisso.

Raj ficou sentado em silêncio, sem querer dar a Stephen mais nada contra o que lutar.

— Você devia, sabe, sentar aqui e conversar com ela. Aproveitar ao máximo... ficar com ela agora. Eu vou te deixar sozinho para... você sabe.

Stephen assentiu e se sentou ao lado de Raj. Ele encarou a tela, lendo o que May havia escrito. Parecia um bilhete de suicídio. Tudo havia desmoronado outra vez, tudo estava contra ela. May tinha rastejado com unhas e dentes para fora de um túmulo apenas para cair em outro. Era uma piada cruel. Razão pela qual Stephen não podia aceitar aquilo. Certa vez ele disse a ela que, não importava o quanto as coisas estivessem ruins, no fim tudo se equilibrava. Ninguém tinha nada além de má sorte. Ele estava olhando diretamente para evidências do contrário, mas não as via assim. Seu primeiro professor de física lhe ensinou sobre a Lei dos Opostos. *Tudo na existência é uma combinação ou unidade de opostos.* Sem luz não há escuridão.

— Luz — disse Stephen para Raj.

— Eu te disse, as lâmpadas fluorescentes que eles têm aqui machucam meus olhos.

— Não, luz do sol. A NanoEsfera. Bilhões de pequenas máquinas inteligentes, com tesão por luz do sol.

— Puta merda — disse Raj, seus olhos se iluminando. — Vela fotônica?

Stephen fez que sim.

— Energia ilimitada. Mesmo lá no meio da escuridão.

— Conta pra May o plano e diz que nós já estamos trabalhando nele — disse Raj, saltitando com uma energia nervosa. — Assim ela não perde as esperanças. Então, enquanto você descobre como criar a vela e ensina a May o passo a passo da ativação, ahm, abrindo um parênteses, ela vai ter que usar um pouco da energia da nave para ganhar algum tempo de AEV, o que vai ser assustador, mas... necessário. Enquanto você faz isso, vou descobrir como conectar a vela à energia interna do veículo de carga. Isso vai nos dar tempo de suporte de vida suficiente. E, claro que vamos precisar conectar com precisão... espera, ela está indo na direção errada, em direção ao Sol...

— Eu posso orientar as nanomáquinas em qualquer ângulo, então não será nada parecido com uma vela solar normal — disse Stephen. — Lembra que queremos empurrar ela na direção de Marte, mais especificamente, o curso de Marte da *Hawking II*. Se você conseguir calcular a rota orbital do planeta vermelho em relação a ela, eu posso mudar constantemente o ângulo das máquinas, para a frente e para trás, puxando energia e aumentando a força cinética. E eu posso controlar a velocidade dela, até certo ponto. Seria como manobrar a nave como um veleiro, algo que eu sei fazer muito bem.

— Isso é sexy pra caralho — disse Raj, e olhou para o relógio. — Legal. Então, levando em consideração quanto tempo temos até que acabe a energia interna da plataforma, o tempo de viagem para nossas comunicações e outros fatores que meu cérebro sabe que existem, mas não me permite articular verbalmente, precisamos fazer tudo isso em cerca de... quinze minutos. Ah, e não esquece de contar a ela sobre Robert e dizer para não confiar em ninguém na Nasa. De agora em diante, nós somos o Centro de Controle de Missão.

44

May verificou a quantidade de energia de seu traje de AEV. Ela tinha uma hora, depois de drenar parte da preciosa energia interna do veículo de carga para poder sair e ativar as nanomáquinas de Stephen. Havia quatro geradores de NanoEsfera, e ela precisava de dois. Felizmente, eram bem carregados e projetados para usar uma porção da radiação solar que armazenavam para recarregar-se continuamente. O plano era acoplá-los à proa da nave, um de cada lado do convés de voo, de modo a criar duas imensas velas. Devido ao tempo necessário para o envio de dados, Stephen teve que despachar informações de telemetria pré-programadas para os geradores, a fim de controlar a trajetória de voo dela e colocá-la no caminho certo para interceptar o curso da *Hawking II* para Marte.

Era vertiginosamente complicado, considerando-se a rota orbital de Marte em relação ao Sol e a posição estimada da *Hawking II*. A única confirmação que tinham de que a *Hawking II* ainda existia era uma assinatura de calor que Raj havia detectado e que era consistente com a que os motores da nave produziriam. May tinha comparado isso a seguir um peido para encontrar uma pessoa no escuro. E ainda tinha o fato de que a NanoEsfera, embora mais do que adequada para realizar tal tarefa, nunca havia sido usada como uma vela fotônica. May tentou não pensar em todos os gigantescos "ses" que podiam levá-la ao fracasso. Em vez disso, pensou nas 2,73 horas de suporte de vida a que estava reduzida, e como preferia muito mais sucumbir lutando.

— Ei, você — disse ela, acariciando a barriga. — Pronto? Só tenta não me fazer querer vomitar, tá bom? Acho que é o mínimo que se pode esperar de um passageiro clandestino.

O veículo de carga não era configurado para a AEV, por isso preparar essa parte tinha sido complicado. Como precisava abrir as portas do compartimento para acionar os geradores do lado de fora da nave, ela selou o convés de voo e lentamente drenou a atmosfera do compartimento de carga. Quando o convés foi pressurizado para o espaço, ela arrebentou os ferrolhos de emergência e abriu a porta do compartimento de carga.

Ao contrário da *Hawking II*, o veículo de carga tinha pouquíssimas luzes externas, então May teve que trabalhar em relativa escuridão, desprendendo os nanogeradores do chão e levando cada um deles para fora, até o topo da nave. Eram grandes e desajeitados, com o formato de enormes hidrantes, nem um pouco fáceis de manobrar, mesmo sem peso. Seguindo as detalhadas instruções de Stephen no interior da tela de seu capacete, ela os prendeu nas rampas niveladoras de carregamento em ambos os lados do convés de voo. As rampas eram como o chassi de um carro, os pontos de fixação mais fortes para levantar com um guindaste o veículo em gravidade.

Depois de se certificar de que os nanogeradores estavam corretamente acoplados, May os acionou. As nanomáquinas começaram imediatamente a se mover dentro do compartimento, fazendo um zunido muito alto que depois se converteu em um zumbido grave que ela podia sentir nas profundezas do peito. Tendo alimentado as linhas de comando de Stephen nos geradores enquanto ainda estava a bordo, tudo o que ela precisava fazer era ativá-los.

— Bem, ou essas coisas vão nos levar para o céu, ou vão nos levar pra casa.

May ajoelhou-se junto ao primeiro gerador e segurou com firmeza a barra de segurança. Ela o ativou, depois fez o mesmo com o outro. O zumbido voltou a ser emitido, dez vezes mais estridente. Lentamente, ela recuou e prendeu seu traje à nave. Em um clarão ofuscante, nuvens de nanomáquinas jorraram dos geradores. No início, voaram de forma errática e May temeu que simplesmente saíssem sibilando espaço afora. Em seguida elas se juntaram como um bando de pássaros, movendo-se em uníssono. May observou, admirada, enquanto elas se assentavam em suas formações definitivas, duas velas quadradas, cada uma do tamanho de meio campo de futebol americano. Em poucos minutos, estavam operantes e May pôde sentir o veículo de carga acelerando.

— Uhu! — berrou ela, triunfante. — Dane-se essa merda. Estamos velejando, porra. Nada mal, dr. Knox, nada mal mesmo.

Em seguida, May puxou os cabos do carregador da plataforma, normalmente usados para extrair energia da *Hawking II*, e os ligou aos geradores. Quando voltou para o compartimento de carga e verificou os níveis de potência do veículo, eles tinham aumentado.

— Não dá pra acreditar — disse ela, animada —, mas pode ser que a gente consiga sair dessa.

Depois de fechar a porta do compartimento de carga e da repressurização, ela enviou uma mensagem a Stephen e Raj, confirmando o acionamento da vela solar, e se afivelou de novo no assento no convés de voo. O plano naquele momento era pilotar a nave para interceptar a *Hawking II*, usando uma combinação do voo programado de Stephen com os propulsores de manobra orbital do veículo de carga. Ela só precisava esperar um pouco até que a energia interna aumentasse de potência. Pelas janelas do convés, May olhou para as velas enquanto elas mudavam de rumo pelo ângulo do Sol e o veículo ganhava aceleração. Como uma vela de verdade, ondulavam com elegância, suavemente balançando a nave de um lado para o outro.

45

11 de abril de 2066 — Key West, Flórida

— Eu queria ficar deitada aqui pra sempre.

May estava refestelada na proa de um catamarã de trinta e oito pés, enquanto Stephen o conduzia pela costa oeste da ilha Wisteria. Era um dia perfeito de primavera, com um vento fresco e constante cortando o calor. May estava fascinada pelas nuvens cinza-claro que deslizavam rapidamente no céu, suas bordas brilhando prateadas ao passarem pelo sol.

— Você me traz mais um chá gelado, amor? Com as folhas de hortelã que eu adoro.

— Espera um pouco — disse Stephen, todo suado ao leme. — Eu pensei que este fosse *meu* presente de aniversário. Não é você que deveria estar buscando chá gelado pra mim enquanto eu relaxo ao sol?

May se sentou e baixou os óculos de sol para lançar um olhar irônico a Stephen.

— Mas eu pensei que você adorava navegar — disse ela, rindo.

— Engraçadinha.

— Eu piloto o barco, se você quiser.

— Pilotar o barco? Melhor não. Não temos provisões suficientes para uma viagem improvisada até Cuba.

Ela se deitou de costas e ergueu o copo, sacudindo os cubos de gelo com expectativa.

— Feliz aniversário — disse ela, gargalhando.

Foi ideia de May voar até Key West para um fim de semana prolongado de comemoração do aniversário de trinta e quatro anos de Stephen. Assim que chegaram, ela alugou um carro e os levou até o cabo de Whitehead Spit, estacionou em frente a uma pitoresca casa de conchas, estilo arquitetônico baamiano típico da Flórida, com duas varandas e vista para a água.

— Surpresa — disse ela.

Stephen saiu do carro e olhou, incrédulo.

— Ai, meu Deus. Eu não falo muito isso porque não acredito em Deus, mas... Ai, meu Deus.

— Gostou? — perguntou May, timidamente.

— Como você sabia sobre esse lugar?

— Você me contou, no nosso... terceiro encontro. Um passeio de degustação por algumas vinícolas. Você estava um pouco bêbado de *merlot*, todo melancólico.

— Isso é bom? — disse Stephen, aflito.

Ele andou até a varanda da frente e, encantado, absorveu a cena toda. Era a casa de praia para onde seus pais, até pouco antes de morrer, o levavam nas férias. Havia um velho telescópio ao lado das mesmas cadeiras de madeira em que Stephen se sentava com o pai e a mãe. Ele tirou a tampa e olhou para o oceano.

— Eu costumava avistar os barcos daqui. Mantinha um registro de tudo o que passava.

— Presente do Raj. Ele fez questão de me contar que levou horas caçando um desses nas profundezas da internet. Na deep web, dark web ou alguma web que só o Raj e alguns outros nerds da programação conhecem. Disse que você podia usar para continuar espiando garotas de biquíni na praia.

— Bom e velho Raj. Meu melhor amigo, genial e pervertido.

Eles se sentaram nas cadeiras e contemplaram a água. O Sol, agarrado no horizonte, espirrava cores nas ondas. O assoalho de madeira da varanda, cinza e salpicado do sal e da idade, era áspero contra os pés descalços de May, alertando-a contra as farpas, se andasse depressa demais.

— O cheiro é o que me traz mais lembranças — disse Stephen com lágrimas nos olhos. — Quando eu era pequeno, meu pai e eu velejávamos à tarde no nosso cúter de vinte e cinco pés e convés elevado, só deslizando pelas cristas espumosas das ondas, às vezes pescando, se o vento estivesse baixo. Quando voltávamos na hora do jantar, a minha mãe estava sempre lendo na varanda. O ar era pesado e doce por causa das flores. Quase toda noite soprava essa mesma brisa do oceano. Ela meio que se espalhava pela areia até o jardim, depois subia até aqui na varanda. Depois de ter ficado no calor o dia todo, sentíamos um pouco de frio.

— Parecem lembranças muito boas — disse May, segurando a mão dele.

— Este lugar... *é* a minha infância.

— Então eu fiz bem?

— Você fez bem demais.

Ele puxou May para um beijo e rapidamente entrou na casa para dar uma olhada.

— Acho que vou pegar as malas, então, Peter Pan — riu May, satisfeita com a reação dele.

Quando ela entrou, Stephen estava zanzando de um lado para outro, redescobrindo tudo.

— O lugar não mudou nada. É como uma cápsula do tempo.

May apaixonou-se instantaneamente pelo local. As diáfanas cortinas brancas da casa brilhavam com dedos de luz enquanto ondulavam suavemente contra os caixilhos cinzentos das janelas e o vidro chumbado. Tapetes velhos e puídos, com cores e padrões desbotados, ainda estavam espalhados pelo fino piso de carvalho, cobrindo os anos de arranhões e marcas de queimadura por baixo. As paredes eram recém-pintadas de branco com detalhes azuis.

Luz elétrica, água corrente e um antigo fogão cobriam as necessidades básicas. Não havia telefone para tocar, nenhuma tela para assistir e nada de dados invisíveis bombardeando-os de todos os lados. Eles demoraram um pouco para se acostumar com o silêncio, mas depois gostaram. Naquela noite, saíram para dar um passeio na praia iluminada pelo luar.

— Melhor presente de aniversário — disse Stephen.

— Sério? Melhor do que o aniversário em que você ganhou uma bicicleta novinha?

— Uau. Você realmente me escuta e lembra de coisas que eu digo. Com riqueza de detalhes.

— Hmm, sim. Sou sua esposa, então eu ouço suas histórias chatas e dou risada de suas piadas péssimas. É o meu trabalho.

— Assim como o meu trabalho, na condição de seu marido, é ignorar todas as suas.

— Exatamente. Estamos no caminho certo para nos tornarmos o casal de velhinhos que sempre sonhamos ser.

— Somos as pessoas mais esquisitas que eu conheço — disse Stephen, rindo.

— Amém. Falando nisso, onde está o píer pra onde você ia escondido pra pescar à noite enquanto sua mãe e seu pai dormiam?

— Meu Deus, sua memória é como uma armadilha de aço — disse Stephen, espantado.

Eles caminharam até o píer e pararam ao lado das pilastras, as ondas mornas se arremessando sobre seus pés e afundando-os na areia.

— Olha só a lua na água — apontou Stephen, afastando-se.

— Cuidado — gritou May, pouco antes de uma onda derrubá-lo.

Stephen caiu para trás, sob a onda, e fez força para ficar de pé, tossindo e cuspindo. May o ajudou, uivando de tanto rir.

— Isso foi proposital — brincou ele, cuspindo a água salgada.

— Acho que você resolveu dar um mergulho casual, né? — disse ela.

Ele a beijou.

— Ei, vamos subir na doca onde todos os adolescentes davam uns amassos.

— Então o Raj estava certo sobre você e aquele telescópio — brincou May e pegou a mão dele.

Eles caminharam até o fim do píer e se sentaram com os pés balançando. Lá embaixo, na água escura, havia centenas de minúsculas luzes verde-azuladas brilhando logo abaixo da superfície.

— Isto é incrível. Parecem estrelas do oceano.

— Dinoflagelados — disse Stephen. — Organismos unicelulares. Eles criam essa luz, como vaga-lumes. Bioluminescência.

— Não estrague isso com sua ciência. São estrelas do oceano.

— Olha, lá está a constelação de Ursa Maior — disse Stephen, rindo, em uma voz apatetada.

— Hilário.

May se deitou no píer e puxou Stephen para deitar ao lado dela. As nuvens altas estavam se dispersando, revelando a brilhante lua crescente e as estrelas.

— Pronto, assim é melhor — disse May. — O céu de verdade.

Stephen rolou para o lado e tocou a barriga de May. Ela levantou a camiseta e ele colou a orelha em seu umbigo.

— Ouviu alguma coisa? — perguntou ela.

— Só uns roncos — disse Stephen.

— Surpresa, surpresa, a fera aí dentro me deixou com fome de novo.

Stephen deitou-se e fitou intensamente as estrelas.

— O que está passando pelo seu cérebro enorme? Eu consigo ouvir as engrenagens girando.

— É mesmo?

— É ensurdecedor.

— Não estou ansioso para voltar ao trabalho.

— Vai ficar tudo bem — disse ela. — Além disso, um de nós tem que ter um emprego e ganhar dinheiro pra que eu possa ficar sentada em casa assistindo televisão e engordando à base de bombons.

— Eu odeio a ideia de estar lá em cima, na estação, tão longe. Não dá para pegar um avião e voltar para casa quando eu quiser.

— Você está preocupado comigo?

— Não, eu...

— Você está. Isso é tão fofo. Mas você sabe que eu sou foda e posso cuidar de mim mesma.

— Sim — disse ele, suspirando. — Eu sei.

— Então pare de se preocupar. Eu vou ficar bem. O bebê vai ficar bem. Nós vamos ficar bem. Repete, por favor.

— Nós vamos ficar bem.

— Viu? É simples assim. Agora para de estragar o clima e olha para as estrelas.

Ele obedeceu e os dois ficaram ali por um longo tempo, as mãos de ambos pousadas na barriga de May. Stephen virou-se de lado para encará-la novamente. Ela fez o mesmo, apoiando-se no cotovelo para ficar de frente para ele. May podia ver que ele ainda estava ruminando alguma coisa.

— O que foi agora, dr. Knox?

— Eu sei que você já me disse isso, mas eu gosto de verificar de vez em quando para ter certeza de que você não tem nenhum...

— Arrependimento? — perguntou ela, revirando os olhos.

— Desculpa. Eu vou calar a boca.

— A resposta ainda é não — disse ela com firmeza, olhando-o nos olhos. — Eu não tenho arrependimento nenhum.

— Que bom.

Eles se beijaram. Stephen deitou-se de novo. May se sentou, fingindo olhar para as criaturas marinhas reluzentes para que Stephen não visse as lágrimas que escorriam por suas bochechas. Ela pensou no que realmente queria dizer, mas não ousou, sabendo que efeito isso teria sobre Stephen.

Eu não tenho arrependimento nenhum, mas nunca vou parar de lamentar a perda do sonho da minha vida.

— Você está bem? — perguntou ele.

— Tudo perfeito. Eu só queria olhar para as minhas pequenas estrelas do oceano antes que elas desapareçam.

46

— O alvorecer do sistema solar — Stephen costumava dizer a seus alunos — deu origem à vida como a conhecemos em todo o universo. Mas, como a maioria das festas épicas, deixou para trás uma baita bagunça.

A frase era tiro e queda para provocar risadas, mas quando Stephen e Raj rastrearam o curso de May, a ciência por trás disso foi sombria. O Cinturão Principal de Asteroides, composto de trilhões de nacos de rocha — variando em tamanho desde pequenos pedregulhos até planetoides com milhares de metros de diâmetro —, orbitava o Sol entre Júpiter e Marte. De acordo com os cálculos iniciais de Raj, não se previa que a rota de May cruzasse com nenhum dos grupos do cinturão. No entanto, a vela solar de Stephen, apesar de gerar um excedente de energia, não havia mantido o curso predefinido tão bem quanto eles esperavam.

May ajudou fazendo ajustes com os propulsores, mas eles não eram suficientemente potentes para contrabalançar por completo as velas, e o veículo de carga rumava diretamente para um denso grupo de aglomerados. As rochas estavam longe umas das outras o suficiente para que houvesse uma chance de que ela ainda pudesse passar por entre os espaços, mas na velocidade atual, que eles não se atreviam a alterar por medo de que May errasse a localização da *Hawking II*, o impacto, mesmo com um dos menores asteroides, provavelmente destruiria a nave.

— E se usarmos a gravidade de um dos maiores para catapultar em torno da borda externa? — perguntou Raj. — Assim poderíamos reduzir a velocidade para não ultrapassarmos a *Hawking*.

— Com a nossa aceleração atual, isso criaria mais velocidade do que eu teria a capacidade de neutralizar. Ultrapassaríamos com certeza — disse Stephen.

— Tem velocidade suficiente para soltar as velas e ajustar o curso com os propulsores? — perguntou Raj, olhando para o mapa. — Esquece, não tem. Nós ainda vamos ter que puxar ela até este ponto, passando pelo campo, para levar até lá no embalo.

— Parece que vamos ter que torcer pelo melhor — disse Stephen. — Nosso pior pesadelo.

47

No veículo de carga, o sistema de navegação de May estava lhe dizendo a mesma coisa. Voar através do cinturão de asteroides era sua única chance de se encontrar com a *Hawking II* e o ponto de entrada se aproximava rapidamente. Assim como Raj e Stephen já haviam concluído, ela não tinha condições de controlar sua velocidade, que aumentara drasticamente, e muito pouca capacidade de manobrar a nave usando propulsores. Lembrando-se do que aprendera no treinamento de paraquedismo, May sabia que seria possível alterar o curso movendo pesadamente uma das linhas de direção. Uma vez que ela tinha energia interna mais do que suficiente, poderia dar-se ao luxo de gastar quantias enormes explodindo os propulsores de ambos os lados em um movimento de contraforça semelhante a um paraquedas. Isso seria capaz de alterar mais drasticamente seu curso, se necessário, sem uma velocidade de amortecimento suficiente para desviá-la da rota.

— Cinturão de asteroides aproximando-se — informou o computador de voo.

— Que pena — ironizou May.

— Tomar ação evasiva.

— Não, obrigada, gosto de me aventurar.

May cerrou as mãos em volta dos controladores dos propulsores. Rochas maiores assomavam no cinturão de asteroides. Ela chegaria ao ponto de entrada em menos de um minuto. Tudo o que ela tinha que fazer era atravessar três mil e oitocentos quilômetros de inferno e o resto seria moleza.

— Certo, olha, mãe, sem motores! — gritou ela. — Eu sei que você gosta de um desafio, então imagina este. Pilotar uma grande escavadeira desengonçada com o cérebro de uma vaca leiteira e a agilidade de um navio de cruzeiro através de um campo minado pedregoso... sem nada além da minha inteligência e meus famosos colhões pra me guiar. Você não ficaria orgulhosa, sua sargento fascista?

O ponto de entrada estava bem em cima dela.

— Puta merda — disse May, a boca secando.

Rochas enegrecidas e pontudas agigantavam-se como arranha-céus, obscurecendo a maior parte da pouca luz do sol que havia. Os primeiros segundos de entrada correram sem problemas, mas ela manteve os olhos atentos aos pedregulhos maiores para se assegurar de que nenhum deles estivesse diretamente em seu caminho. Por isso não viu a aproximação da rocha menor, do tamanho de uma bola de praia. O pedrisco atingiu a asa dobrada a bombordo do veículo de carga e arrancou metade dela. O impacto foi como ser atingido na cabeça por um trem de carga. May gritou quando a colisão sacudiu seus ossos, o cinto de segurança do assento dando violentos puxões em seu corpo.

Ela sentiu o veículo começar a derivar para bombordo, então o recolocou a todo vapor de volta no curso com a máxima propulsão que conseguiu puxar para o lado de estibordo. Cinquenta e cinco segundos. Era quanto tempo restava no cronômetro da cabine de comando. Menos de um minuto para sobreviver ou não.

— Filho — disse ela, recobrando o fôlego. — Quando você for mais velho e me disser que quer ser piloto, me lembra de te dar uma bela surra e te matricular na escola de arte.

O campo ficou mais escuro, a ponto de May não conseguir enxergar além das poucas centenas de metros de luz que os faróis de pouso do veículo lançavam. Ela respirou fundo, inspirando e expirando intensa e rapidamente para manter o cérebro bem oxigenado. Então encontrou um ponto focal no centro de seu campo de visão onde seus olhos pudessem permanecer fixados e limpou a mente de pensamentos. Modo piloto de caça. Só haveria tempo para reagir com memória muscular e instinto. Pensar era equivalente à morte certa.

Os segundos diminuíram a um ritmo glacial; May fez pequenos movimentos para manter uma trajetória ao largo de possíveis colisões, mas o agrupamento de asteroides estava ficando mais apertado. Ela se preocupou com as velas, que se estendiam a quase quarenta metros da borda da nave. Acima dela, May viu um corpo rochoso do tamanho de um prédio e teve a certeza de que a extremidade superior de sua vela de bombordo o atingiria. Em um gesto reflexo, ela acionou os propulsores do lado superior de modo a se mover para baixo e para longe do asteroide, que por pouco não acertou a vela, mas a manobra colocou seu último suporte de pouso ainda sólido no caminho do topo de uma rocha maior, que colidiu com força total e o arrancou.

O impacto com esse corpo celeste muito mais pesado forçou o nariz do veículo para baixo. May tentou contrapesar com propulsão, mas não conseguiu impedi-lo de entrar em parafuso. As nanomáquinas foram arrancadas de suas formas de vela quando a parte traseira da nave girou e se precipitou em meio aos aglomerados. A julgar pelo som, a fuselagem estava sendo fustigada por areia e pedras, e um dos geradores irrompeu em chamas.

Voando completamente às cegas, May estava tão tonta que mal conseguia manter-se consciente. Ela viu o cronômetro no zero e o espaço mais claro do lado de fora indicando que havia atravessado o cinturão, mas tinha que endireitar a nave e lidar com o fogo, que se alastrou para o segundo gerador. Flamejando, em contraste com o espaço congelante, as chamas não tinham para onde ir a não ser de volta para a nave. Concentrando-se nos instrumentos para se orientar, May manejou os propulsores até livrar o veículo da trajetória helicoidal. Em seguida, vestiu rapidamente o traje, despressurizou o espaço de carga e saiu para a AEV com um extintor de incêndio.

O fogaréu ainda estava raivoso, alimentado pelo metal nas nanomáquinas. As línguas de fogo explodiam em grandes colunas de fumaça que pareciam chuvas de faíscas. May fez o que pôde com o extintor para debelar o incêndio, mas percebeu que não seria suficiente. Rastejando ao longo do topo da nave, tentando evitar que os destroços em chamas incinerassem seu traje, ela soltou as braçadeiras de ancoragem que prendiam os geradores e os empurrou espaço adentro.

O extintor apagou o resto, mas soprou alguns detritos em chamas para a bota de May, incendiando-a. Ela tentou extinguir o fogo com a espuma, mas o cilindro já estava vazio, e ela continuou queimando enquanto rastejava de volta para as portas de carga. O pequeno fogo morreu por falta de combustível, mas só porque perfurou completamente o traje, que entrou automaticamente na função suporte de vida em nível máximo, mas quando May lacrou novamente a porta do compartimento e repressurizou a plataforma, os primeiros três dedos de seu pé estavam congelados.

48

May tirou a bota e a meia. A ponta dos primeiros três dedos estava coberta de bolhas pelo enregelamento. Mais tarde ela teria que tratar daquilo a fim de evitar uma gangrena. Sua prioridade máxima era assegurar-se de que ainda estava no curso correto. Verificando seu vetor, viu que se desviara um pouco, mas não o suficiente para perder a interceptação. Agora precisava descobrir se ainda havia alguma coisa para interceptar.

— Computador, você estabeleceu contato com a *Hawking II*?

— Afirmativo. Somente baliza de emergência.

— Isso! — gritou May. — E quanto à telemetria ou comunicação por rádio?

— Negativo.

A baliza de emergência era um sinal automático emitido pela nave em caso de danos catastróficos e incapacidade da tripulação. May se perguntou como Robert estava escondendo aquilo do restante da equipe, mas, assim como com seus dedos dos pés, ela lidaria com aquilo mais tarde. Para May, era uma tosca boia salva-vidas que ela poderia usar para permanecer com exatidão no curso correto, pouco mais que isso. A ausência de quaisquer outras comunicações era uma clara indicação de que a nave estava tão morta quanto no momento em que ela a deixara e que Eva não estava no leme.

— Computador de voo, tempo até a interceptação da *Hawking II*?

— Doze minutos, quatorze segundos.

May checou a energia interna da plataforma.

— Merda.

O uso do propulsor e a segunda repressurização da nave tinham sugado avidamente todo o seu excedente, deixando-a com cerca de seis a oito minutos de carga interna. Ela olhou para o medidor de energia do traje de AEV. Restavam aproximadamente quarenta minutos, suporte de vida suficiente para voltar à nave, desde que ela encontrasse uma maneira de vedar sua bota. Mas... quando o veículo de carga ficasse sem energia, ela não teria propulsores para desacelerar a nave para o acoplamento. Na velocidade atual, ela atingiria a nave como um míssil e destruiria o que sobrara dela. Não que restasse qualquer lugar para a acoplagem, pois o hangar de pouso fora destruído.

May procurou maneiras de obter mais energia para o veículo de carga. Se desativasse o suporte de vida e usasse seu traje de AEV pelo tempo que durasse, isso lhe daria energia suficiente para usar os propulsores até que estivesse a dois minutos do impacto. Não o suficiente para valer o risco de ter controle zero pouco antes da interceptação, e ela ainda estaria a uma velocidade perigosamente alta.

— Tempo até a *Hawking II*?

— Oito minutos, quatro segundos.

Seis minutos para tomar uma decisão. Ela calçou de novo a bota e fechou com fita isolante o buraco da queimadura. Em seguida, pulverizou por cima da fita o adesivo de remendo do casco, cobrindo toda a parte inferior da bota.

— Desacelerar para acoplamento.

Ela esmurrou o console de comando.

— Me fala uma novidade, idiota.

— Potência inadequada para os propulsores reversos. Preparar contramedidas para aterrissagem de emergência.

— Eu não estou pousando na superfície de um planeta, seu... Espera. Listar contramedidas.

O console exibiu algo chamado "invólucro de espuma de impacto", uma espuma de liberação rápida e retardante ao fogo, que através de orifícios posicionados por todo o veículo se espalharia usando ar comprimido, envolvendo-o em uma casca emborrachada de cinco metros de espessura.

— Mal não pode fazer. Preparar contramedidas de pouso de emergência para a ativação manual.

Uma alavanca de controle manual deslizou do lado do console.

— Tempo até a *Hawking II*?

— Quatro minutos, cinquenta e cinco segundos.

May colocou rapidamente seu capacete de AEV e o encaixou ao traje. Em seguida, despressurizou o convés de voo para nivelá-lo com o espaço.

— Certo. Escute, criança, olha só o que está acontecendo. Como hoje é o seu primeiro passeio em um parque de diversões, acho que precisamos terminar arrasando. Daqui a uns dois minutos, vou ativar os propulsores reversos e queimar o resto da nossa energia, desacelerando o máximo possível. Depois, pouco antes de colidirmos com o hangar, vou acionar a espuma e transformar a gente em uma enorme superbola. Com alguma sorte, vamos abrir caminho hangar adentro sem morrer nem causar muito estrago à nave-mãe. Sacou? Maravilha. Computador de voo, tempo até a *Hawking II*?

— Três minutos, trinta e três segundos.

— Vamos nessa.

May pousou o dedo ao lado do controle do propulsor reverso e observou a contagem decrescente dos segundos. Seu estômago revirou levemente.

— Calma. Eu também estou morrendo de fome, o.k.? Assim que estacionarmos este caixote, prometo devorar uma refeição completa de três pratos espaciais, achando nojento ou não. Combinado? Prepare-se.

Faltando pouco menos de dois minutos para o impacto, May preparou-se para ligar os propulsores reversos e acionar a espuma. A *Hawking II* apareceu ao longe.

— É isso aí. Parece que basicamente nós ainda temos uma nave, então é um bom começo. Computador, use o zoom para se aproximar da *Hawking II* com a câmera da proa.

May aproximou o foco do hangar dos veículos de pouso. No lado em que a porta do hangar havia sido arrancada da nave, levara consigo metade do piso e todos os veículos de desembarque, inclusive o equipamento de carga de May. O outro lado estava enegrecido pelo fogo e repleto de estilhaços, como se tivesse sido atingido por uma bomba. Ela adiou o uso dos propulsores.

— Certo. Mudança de planos. Não tem absolutamente nenhum lugar onde pousar. Computador de voo, solte a escotilha de fuga de emergência.

— Negativo. Os parafusos são para acionamento na atmosfera.

— Certo, que seja.

May pegou um cortador a laser, rasgou o metal para arrancar os parafusos e dobradiças e empurrou a pesada porta no espaço.

— Erro. Erro.

— Cala a boca. Tempo até o impacto?

— Um minuto, três segundos.

— Carregue a velocidade desta nave e a velocidade da *Hawking II* para o meu capacete de AEV.

Ambas as velocidades apareceram na tela do capacete.

— Calcule a velocidade de propulsão reversa necessária para uma interceptação segura.

O número apareceu.

— Entendido. Espero que você não seja tão burro quanto parece.

— Potência propulsora inadequada. Baía de aterrissagem não operacional — respondeu o computador mecanicamente.

— Obrigada pelo apoio moral pra renovar minha confiança. Bem, computador de voo, foi muito divertido, mas estou terminando com você. Ah, e o problema não sou eu, é definitivamente você.

— Eu não entendo.

— Mas vai entender.

Aos quarenta segundos, May posicionou todos os propulsores a estibordo para darem a força máxima que tivessem, avançando em uma linha reta e perpendicular à sua trajetória quando disparados. Em seguida, ela pegou uma lata de spray adesivo de emergência e uma comprida haste do perfurador de gelo e se arrastou para fora da escotilha de fuga. Do lado de fora, segurou com uma das mãos um degrau de uma escada de segurança e com cuidado pousou a ponta da haste de metal no interruptor do acelerador no convés de voo. O impacto estava a segundos de distância.

— Aguente firme, criança, isto aqui vai fazer com que aquela coisa de asteroide pareça um passeio no parque.

May golpeou o interruptor do propulsor com a haste e saltou, acionando na potência máxima os propulsores reversos do seu traje. Abaixo dela, o veículo de carga deu uma abrupta guinada para a esquerda e voou à frente, errando a *Hawking II* por alguns poucos metros antes de disparar para o espaço. May estava rumando diretamente para a nave agora. Os propulsores reversos haviam desacelerado seu traje para uma velocidade próxima à da *Hawking II*, mas ela estava se aproximando rápido demais para sobreviver ao impacto.

No último segundo, May segurou a lata de spray adesivo de emergência na frente do corpo, o bocal virado para a nave, e borrifou vigorosamente até que isso reduzisse a velocidade para um número que fosse seguro para o impacto. Mas também a desviou ligeiramente do curso. Dando uma perigosa guinada para a esquerda e temendo passar do ponto de interceptação, May apontou o cabo de emergência do traje para a fuselagem e o lançou. O dardo disparou, seu longo cabo de titânio dando chicotadas atrás, e se prendeu em uma das partes denteadas da parede do hangar de pouso. O cabo chegou ao seu comprimento total e puxou May, lançando-a com um forte solavanco de volta para a nave em movimento. Ela gritou de dor e sentiu seu traje se rasgar onde a base do cabo estava fixada. A atmosfera do traje começou a escoar rapidamente. May ofegou e tentou respirar enquanto o frio intenso penetrava em cheio e sua temperatura corporal começava a cair.

49

May se lembrou da lata de spray adesivo de emergência e o borrifou sobre o rasgo de seu traje, vedando e restaurando seu ar, mas ainda estava com tanto frio que teve dificuldade para arrastar-se até a *Hawking II* puxando o cabo de segurança. O rasgo também havia sugado muita energia do traje, que aumentou o suporte de vida para compensar. Restavam dez minutos de autonomia do traje. Ela começou a se aquecer e renovou seus esforços, tentando chegar mais rapidamente à nave. Era perigoso presumir que a atmosfera da nave estivesse intacta. May talvez precisasse de tempo para adquirir uma nova bateria de AEV assim que entrasse. Seus braços e pernas recuperaram a sensibilidade, então ela começou a puxar mais rápido.

— Vamos, meu bem. Quase lá.

O dardo soltou-se do casco. A ação de puxar fez May imediatamente ser arremessada para trás e ela deu cambalhotas no espaço, desorientada e tentando agarrar-se a qualquer coisa. O cabo de segurança agarrou na borda serrilhada de uma das paredes arruinadas do hangar e interrompeu a queda livre de May, mas a força do puxão soltou-o novamente da parede. May estava se movendo outra vez na direção do hangar, mas também se desviando dele. Se não parasse, voaria espaço adentro. E com seu traje reduzido a oito minutos de energia, os propulsores esgotariam rapidamente o suporte de vida antes que ela conseguisse voltar.

Ela não tinha escolha a não ser acioná-los antes de se desviar de vez. Usando apenas o suficiente para voltar para o hangar, May agarrou-se à parede com firmeza e abriu caminho até a porta da câmara pressurizada. Ela havia sido danificada e não estava mais operacional. Com o cortador a laser, May rasgou as dobradiças e a tranca e abriu a porta, rastejando para dentro.

— Bem, criança, o que achou disso? Aposto que você não sabia que sua mãe era uma super-heroína. Mas não fique convencida, ainda falta muito pra ficarmos fora de perigo. A câmara pressurizada exterior está desligada. A câmara interna está fechada e parece estar operacional. Mas se eu abrir e ainda tiver atmosfera na nave, ela vai ser sugada e a força disso vai nos impossibilitar de passar pela porta da câmara interna. Então, por mais que eu deteste a ideia de ir pra outra câmara pressurizada, é isso que vamos fazer. E é melhor eu me mexer porque este traje tem validade de seis minutos.

May avançou cambaleando ao longo da borda externa do convés, usando apoios para as mãos e uma linha de segurança. A nave estava trepidando como antes, e as mãos de May se soltaram algumas vezes quando ela sacudiu. No instante em que chegou à porta da câmara pressurizada do lado de fora da ponte, restavam dois minutos de energia no traje. May abriu a câmara com o trinco manual, entrou e lacrou, depois abriu a porta interna de acesso à nave.

A *Hawking II* estava escura e gélida, exatamente como quando May recobrou a consciência pela primeira vez. Mas agora havia também perdido a gravidade artificial. Enquanto se movia rapidamente pelo corredor usando as alças antigravidade, os alarmes do traje de May começaram a anunciar seu último minuto de suporte de vida. Com um violento puxão ela abriu a porta do armário de AEV e, no escuro, procurou por uma nova bateria. A energia do traje se esgotou e ela teve que respirar muito superficialmente os últimos bocados de seu ar residual. A primeira bateria que encontrou estava descarregada. Com raiva, May a jogou de lado e pegou outra. Esta estava totalmente carregada. Atmosfera e calor retornaram rapidamente, junto com a lanterna do capacete.

May flutuou por um momento, finalmente tomando fôlego, e pensou sobre o que tinha acabado de acontecer. Seu corpo inteiro tremia com a queda da adrenalina. Sua mente mal conseguia entender do que eles haviam conseguido escapar com vida. *Eles*. Ela tocou de leve a barriga, desta vez esperando que nenhum mal tivesse chegado ao seu pequeno passageiro clandestino. Na verdade, temia muito que tivesse, e esse pensamento pesou em seu peito.

Naquele momento, a lucidez rompeu o inacreditável cansaço de May. Ela e seu passageiro clandestino de dezessete semanas tinham comido o pão que o diabo amassou. E se a criança ainda estava chutando depois de tudo isso, ele ou ela acabara de fazer por merecer a condição de membro vitalício da tripulação. Como comandante, era o trabalho de May dar a própria vida para proteger sua tripulação, e era exatamente o que ela ia fazer. Já não dava a mínima para coisas de natureza prática ou o que qualquer um ia pensar, nem mesmo sua mãe morta. Essa era a sua verdade, e May podia olhar diretamente nos olhos dela e viver consigo mesma.

— Bem-vindo à estaca zero, filho — disse ela. — Agora, o que acha de irmos ver o quanto estamos fodidos?

50

FALHA DO REATOR. DETONAÇÃO IMINENTE. EVACUAR.

Essa mensagem apareceu no console de comando do convés de voo depois que May o ligou por meio do controle manual. Ela não conseguiu conter uma risada.

— Detonação iminente. O que vem depois, um ataque alienígena? Se isso acontecer, não ficaremos surpresos, não é?

Quando May restabeleceu contato com a Nasa, se lembrou de que seus engenheiros tinham registrado e capturado em vídeo todo o procedimento para reativar os motores e colocar o reator em plena operação novamente. Girando a manivela do controle manual ela gerou mais energia para o console de comando e transferiu esse pacote de dados para o seu traje de AEV. O problema anterior era que o reator superaquecia e não conseguia ventilar adequadamente ou distribuir a energia que estava produzindo. Se fosse este o mesmo erro, reproduzir os reparos do Centro de Controle de Missão poderia salvá-los.

Examinando os diagramas esquemáticos e a sequência de reparos, era algo intimidante, mas parecia viável. O Centro de Controle de Missão havia levado quase quatro horas para concluir o conserto usando telemetria. A energia do traje de May estava em 2,75 horas, mas ela não lidaria com o atraso de comunicação. Em todo caso, esse era todo o tempo de que dispunha. O restante das baterias no armário de AEV estava sem carga e não havia como recarregá-las sem restaurar a energia interna. O estômago de May roncou desvairadamente.

— Tudo bem. Longe de mim priorizar salvar nossa vida em vez de encher sua barriga.

May hidratou-se com o contêiner interno do traje e comeu o maior número de géis de nutrientes de alto teor calórico armazenados no traje que ela conseguiu engolir. Isso e uma pesada dose de tabletes de glicose que aguçavam a mente saciaram a ambos momentaneamente. Ela se dirigiu aos conveses do reator e do motor usando as alças antigravidade para avançar e voar através do corredor central da nave. Amarrada ao seu traje havia uma sacola com todas as lanternas disponíveis que ainda tinham alguma carga restante.

De tempos em tempos a nave estremecia, o que fazia May quicar de um lado para o outro como se estivesse em um pinball, mas os tremores não eram tão intensos quanto antes. E cada abalo vinha com uma rajada de calor. May presumiu que era o reator liberando energia que acabaria se intensificando além do ponto de ruptura e causando a explosão da nave. A única coisa boa era que o calor impedia os sistemas internos de congelar e se tornarem imprestáveis. E, May tinha que admitir, ela estava gostando de se manter aquecida, para variar. Mas isso rapidamente perdeu seu encanto à medida que ela chegou mais perto do reator e o calor a fez começar a suar profusamente.

May encontrou a escotilha do reator lacrada e a abriu com a manivela manual, revelando o estreito túnel metálico de acesso que levava diretamente ao módulo de manutenção. O túnel tinha apenas cerca de dois metros de largura, muito apertado para alguém em um traje de AEV. O tempo restante no traje era de aproximadamente 2,2 horas.

— Criança, peço desculpas de antemão se você acabar nascendo com nove cabeças.

May rastejou e foi abrindo caminho túnel adentro. Quanto mais avançava, mais quente ficava, mas ela não ousava desperdiçar a preciosa energia do traje com resfriamento interno. May podia suportar o calor, mas fez uma nota mental para ficar de olho em sua hidratação.

— Acho que todos aqueles anos que vivi em Houston finalmente valeram a pena.

Quando a luz do capacete se alargou no fim do túnel, ela ficou feliz em flutuar para dentro do pequeno módulo de manutenção. O recinto parecia vivo, pulsante com um calor tropical. May usou a manivela para fornecer energia ao console de comando e visualizou o painel de monitoramento do reator. Então comparou-o ao que o painel havia mostrado quando o Controle de Missão estava fazendo reparos. Eram quase idênticos. O reator ainda estava fundindo núcleos de hidrogênio para criar isótopos de hélio, gerando energia que não tinha para onde ir, gerando calor que não estava sendo adequadamente liberado.

No traje restava 1,45 hora. Tempo suficiente para fazer o trabalho, se ela não desmaiasse.

— Vamos dar uma olhada sob o capô.

Seguindo a sequência de consertos na gravação de vídeo, ela removeu os pinos e parafusos no painel de reparo com as ferramentas pneumáticas armazenadas próximas a ele. Enquanto examinava seus mecanismos internos, preparando-se para executar o primeiro passo, May ouviu um tinido metálico atrás de si.

Imaginando que era apenas o painel de metal, ela se virou para tentar agarrá-lo e segurá-lo.

O cadáver de uma mulher estava flutuando atrás dela, os braços estendidos de uma forma que fazia parecer que ela estava estendendo as mãos para estrangular alguém. May gritou e instintivamente empurrou o corpo para longe, mergulhando-o se possível de volta na escuridão. Ela mirou sua lanterna ao redor da área mais próxima e o facho de luz captou os limites do cadáver. Ele estava em um canto, batendo suavemente contra a parede. May agarrou seu braço e o girou para dar uma olhada em seu rosto. Ao contrário dos corpos que ela encontrara no hangar dos veículos de pouso, o cadáver daquela mulher estava em avançado estado de decomposição. May supôs que era porque ela havia morrido mais ou menos ao mesmo tempo que os outros e estava apodrecendo na nave até que seu corpo ficou congelado em decorrência da recente perda de energia. A verificação do biocódigo mostrou seu nome: Gabriella dos Santos, a engenheira de voo.

— Você teria sido uma ajuda e tanto aqui, Gabi — disse May entre lágrimas.

Depois de fantasiar rapidamente sobre os muitos modos exóticos como daria a Robert Warren uma morte agonizante, May prendeu o corpo de Gabi na grade do piso e voltou aos reparos. Ao terminar, parecia que ela tinha feito tudo da forma correta. O calor na sala havia se dissipado substancialmente, tal qual no vídeo do reparo anterior.

— Certo. Para o convés do motor.

A nave estremeceu, enfatizando aquele ponto. Restando quarenta e cinco minutos de energia no traje, May desceu pelo corredor central rumo ao convés do motor adjacente. Foi um alívio estar em um espaço muito maior e mais conhecido. Era lá que o enorme núcleo de magnétrons do motor eletromagnético EM-DRIVE puxava milhões de gigawatts do reator para empurrar as micro-ondas para os cones do motor. May localizou a área do problema. A ventilação do reator foi consertada. O passo seguinte era eliminar um gargalo de energia na unidade de indução que convertia a energia do reator em eletricidade.

Ela passou para a área que abrigava os conversores de eletricidade, um dos quais continha a unidade de indução defeituosa. O piso e as paredes eram de borracha não condutiva. Arcos azul-claros e chuvas de faíscas vindos de fissuras em pontos de conexão davam ao recinto uma tonalidade azulada. Sem poder ficar conectada ao piso de borracha em antigravidade, ela precisava tomar cuidado com as chuvas de faíscas causadas quando a corrente atingia qualquer coisa de metal. Uma dessas faíscas poderia incendiar seu traje ou, se chegasse perto de seu tubo de expiração, poderia inflamar o oxigênio em sua mistura de ar.

A unidade de indução de energia ficava perto do fundo da área, um colosso do tamanho de um caminhão em movimento. May encontrou as travas de acesso de manutenção nas bordas da parte superior do painel de controle de vidro e as abriu, levantando-as como uma tampa de caixão. Medidores de agulha estavam todos cravados no vermelho, indicando níveis perigosos. May rapidamente completou os primeiros reparos na sequência e ouviu os motores voltando a funcionar. Trinta minutos depois, as luzes do convés do motor bruxulearam e acenderam. Estavam fracas, mas ficando mais fortes. May rodopiou no ar, erguendo os punhos e gritando como um boxeador que acabara de ganhar uma luta que valia o título de campeão.

— Agora estamos cozinhando com gás, criança. Está quase na hora de um jantar de comemoração. O cardápio desta noite será um suntuoso banquete para a realeza. Como primeiro prato, teremos um delicioso...

Alguma coisa surgiu da escuridão e estilhaçou a luz no topo de seu capacete. O golpe empurrou May alguns metros para trás e a fez colidir com uma parede de tubos de metal. Ela bateu neles com força e quicou, girando fora de controle. Outra pancada nas pernas a fez girar e cair com o rosto para baixo na grade do chão de metal. O vidro de seu capacete bateu com tanta força que o visor se desligou. May tentou se endireitar e sair do chão, mas foi empurrada de volta contra a grade de metal. Um joelho se enterrou nas costas dela, imobilizando-a. Ela gritou e lutou para escapar, mas não conseguiu sequer levantar-se do chão.

— Por favor, para. — Ela ofegou. — Meu nome é Maryam Knox e eu sou a comandante desta nave. Eu ordeno que você pare imediatamente.

Mãos puxaram com violência o regulador de atmosfera do traje de aev, tentando arrancá-lo de seu mecanismo de suporte de vida e desligar o ar dela.

51

May disparou os propulsores dorsais de seu traje, mas não conseguiu se desvencilhar. Ela acionou os que havia sob suas botas e disparou de debaixo de seu agressor. Depois de rolar e bater contra a parede do fundo, ela apontou o facho da lanterna para fazer uma varredura ao redor. Um homem em um traje de AEV estava junto à unidade de indução de energia. Ele usava a viseira de seu capacete para esconder o rosto e empunhava uma longa barra de metal. Suas botas magnéticas o seguravam no piso de metal. A mente de May rapidamente deduziu a identidade dele. Restava apenas uma pessoa ainda desaparecida.

— Jon! — gritou ela. — Sou eu, a May. Eu não vou te machucar.

Jon Escher, o piloto, alguém em quem tinha confiado a própria vida, investiu contra ela novamente, avançando pesadamente pelo chão de metal, preparando sua arma. Ele não conseguia se mover com rapidez, então May se afastou ainda mais, mas a gravidade artificial estava começando a retornar, por isso ela não teria essa vantagem por muito tempo.

— Eu sei que você pode me ouvir. Responda. Isso é uma ordem.

Ele não respondeu e continuou avançando.

— Se você está doente — disse ela no tom mais suave e reconfortante de que foi capaz —, eu posso ajudar. Eu também estava doente. Muitas pessoas adoeceram. Eu sei que você está com medo, mas por favor abaixa a arma e vamos conversar.

Ele continuou se aproximando e May manteve distância.

— Somos os únicos que restam. Precisamos nos ajudar.

Sem resposta. May sacou o cortador a laser e o brandiu contra ele.

— Me responde, porra!

Jon se deteve, olhou para trás e de novo para ela, fazendo silenciosos cálculos mentais.

— Que bom. Viu só, sou eu, tá legal?

Ele se virou e se afastou dela.

— Aonde você vai?

Ele caminhou até a unidade de indução de energia e, com a barra de metal, arrebentou o painel de controle de vidro desferindo sucessivos golpes esmagadores.

— Não, você vai matar nós dois! — gritou ela.

Observando o vidro se estilhaçar e flutuar, May soube que era proposital. Jon não estava doente e delirante. Era ele o responsável pela situação e estava tentando terminar o trabalho. Faíscas voavam a cada pancada. Metal contra metal. Se ele destruísse aquela unidade, não haveria chance de consertá-la de novo. May escalou a lateral de uma parede usando uma escada de emergência, apontou o corpo para Jon e, com todas as forças, usou a parede para pegar impulso. Ela voou pela sala feito um míssil, o cortador a laser na mão. Quando Jon ergueu a barra para mais um golpe, May aterrissou com tudo sobre suas costas, cortando a luva dele. A barra escapou das mãos de Jon e suas botas se soltaram do chão.

Os dois rolaram pelo espaço, engalfinhados. Quando May bateu na parede oposta, Jon tentou flutuar de volta ao chão para prender suas botas, mas ela investiu novamente e agarrou o braço dele, impedindo-o. Jon então usou o braço livre para tentar arrancar o cortador a laser da mão dela e May usou a outra mão para abrir uma das travas do capacete dele. Jon imediatamente começou a perder a pressão do traje e foi forçado a soltá-la para que pudesse prender de novo a trava e fixar o capacete. Ela fez uma anotação mental de que a atmosfera não havia sido totalmente restaurada, mas não tinha ideia de quanto tempo ainda restava em seu traje. May tentou usar o cortador a laser em Jon de novo, mas ele a atingiu com uma joelhada e o arrancou da mão dela.

O impulso da joelhada forçou Jon a dar uma cambalhota para trás. May agarrou o traje dele e tentou colocar as mãos em seu regulador atmosférico, mas ele escoiceou e balançou violentamente os braços, fazendo com que ela mal conseguisse segurá-lo. A força cinética fez ambos girarem para um canto escuro do convés e eles bateram em cheio contra uma parede. As mãos de May escaparam das costas de Jon. Ele rodopiou, tentando agarrá-la.

Atrás dele, um dos transformadores danificados estava disparando longos arcos de eletricidade. May flutuou em direção ao teto e, movendo-se com o apoio das mãos, chegou a um ponto acima do transformador. Ele a avistou lá em cima e, acionando os propulsores das botas, atirou-se com ímpeto na direção dela. May usou o teto como ponto de apoio e se arremessou diretamente contra ele. Quando se chocaram, o ímpeto dela, combinado com as pesadas botas de metal dele, forçou Jon para trás. May se desvencilhou pouco antes que as botas magnéticas dele se prendessem ao compartimento de metal do transformador. A corrente elétrica incinerou as botas e inflamou o oxigênio no equipamento de suporte de vida de Jon, dando início a um incêndio em seu traje. May agarrou um extintor de espuma química e o descarregou sobre Jon enquanto ele gritava e se sacudia como uma boneca de pano.

A bateria do traje dele derreteu e cortou o fornecimento de energia das botas magnéticas. Fumegando e em silêncio, ele se desgarrou e desapareceu escuridão adentro. May ofegava, ansiosa por ar, sentindo que a escuridão se fechava em torno dela. A bateria do seu traje acabara. Ela não teve escolha a não ser arriscar a sorte e tirar o capacete. Ainda estava frio, mas havia uma atmosfera fina para respirar. May se obrigou a completar a sequência de reparos. Quando terminou, a energia interna começou a aumentar, restaurando mais atmosfera e gravidade.

May encontrou Jon caído no chão ali perto. Ela tirou o capacete dele e engasgou com o fedor adocicado de carne queimada. O rosto estava enegrecido e fumegante, com longas fissuras ensanguentadas emaranhando-se por todo o crânio.

— Jon — disse ela. — Você consegue me ouvir?

52

Jon Escher estava amarrado com grossas correias em uma maca na enfermaria. Seu corpo inteiro estava tão horrivelmente carbonizado que May não conseguia distinguir entre o que era carne ou restos do traje derretido na pele dele. Era um milagre que ainda estivesse vivo. A única maneira de May manter seus sinais vitais um tanto estáveis foi entupi-lo de potentes analgésicos por via intravenosa. Estava preocupada com a possibilidade de que Jon morresse antes que ela pudesse descobrir quem ele era; por isso, lentamente e com cuidado, ela o tirou de seu torpor medicamentoso e o trouxe de volta à consciência. Ele teve uma tosse sangrenta, com um som rascante, e abriu os olhos, um deles chamuscado e exsudando pus marrom. Quando viu May diante dele, Jon tentou se desprender das amarras, mas a agonia que esse esforço causou o fez desistir.

— Eu sei que você pode me ver, mas você pode me ouvir também? — perguntou May em voz alta. — Se puder, por favor acene com a cabeça.

Ele tentou lutar novamente, mas abriu um corte em sua perna e parou. O sangue escorria pelo lado da maca e se empoçava no chão.

— Você está amarrado porque tentou me matar. Entendeu? Se sim, por favor acene com a cabeça.

Ele assentiu e tentou falar de novo, mas apenas gorgolejou e cuspiu mais sangue.

— Suas cordas vocais estão gravemente queimadas. Por favor, não tente falar, ou você pode acabar se afogando no próprio sangue.

Ele ergueu os olhos, sua mente tentando desesperadamente processar a situação. May ofereceu-lhe um pouco de água de uma garrafa de plástico. Ele fez o melhor que pôde para sugar o líquido enquanto ela delicadamente o esguichava em sua boca aberta.

— Você se lembra de quem eu sou, Jon?

Ele fez que sim.

— É você o responsável pelo que aconteceu com a nave?

Ele assentiu novamente. Ela nunca gostara de Jon. Ele era um babaca misógino, sempre seguindo a linha da insubordinação, tratando-a com desrespeito.

— Você matou todas as pessoas no hangar dos veículos de pouso?

Ele desviou o olhar, depois assentiu. May teve que lutar contra o desejo de aplicar em suas veias uma substancial dose de álcool etílico, tornando seus últimos minutos de vida um verdadeiro inferno.

— Você consegue usar seus dedos? Vou te dar um painel tátil para nos comunicarmos com mais detalhes. Sim?

Ele balançou a cabeça, recusando. Ela segurou o regulador da bolsa intravenosa e com alguns cliques diminuiu a dosagem da medicação contra a dor. Ele se contorceu em agonia.

Resposta errada.

Ele assentiu vigorosamente e ela restabeleceu a administração dos analgésicos.

— Eu vou soltar um dos seus braços e colocar o painel tátil na sua bandeja de refeição. Se você tentar me atacar de novo, vou desligar completamente o gotejamento. Entendeu?

Ele a fitou por um átimo e May achou que ainda havia um pouco de resistência nele. Por isso, mais uma vez ela diminuiu a dosagem dos analgésicos de modo a ilustrar seu argumento. Ele rapidamente assentiu.

— Você é meio devagar, né? Não mexe comigo de novo.

Ela soltou um dos braços de Jon e colocou o painel tátil na frente dele.

— Vamos começar com algo simples: por quê?

Ele digitou: ORDENS.

— De quem?

Ele balançou a cabeça. Ela o submeteu a quinze segundos de uma dor lancinante e depois, quando ele estava à beira de desmaiar, restaurou a aplicação normal dos medicamentos.

WARREN.

— Robert Warren?

Jon assentiu.

— Preciso te motivar mais uma vez pra ter certeza de que está dizendo a verdade?

Ele balançou a cabeça com força e digitou novamente: WARREN.

— Por quê? — perguntou May, sua raiva aumentando.

Ele digitou: VÍRUS.

— Que vírus?

DESCONHECIDO.

— Alguma coisa das amostras de Europa?

ÁGUA DO MAR

— Pegamos um vírus das nossas amostras de água do mar. Ele passou pela quarentena de alguma forma. As pessoas ficaram doentes. Mas o vírus não matou todo mundo, Jon. Você matou.

PROTOCOLO DE QUARENTENA RÍGIDA

— O quê?

DESTRUIR NAVE EUTANÁSIA TRIPULAÇÃO

May não podia acreditar no que estava lendo.

— Submeter a tripulação a eutanásia... é por isso que o Robert queria você a bordo? Para caso algo assim acontecesse, nós não conseguirmos levar a coisa com a gente de volta pra Terra?

DEPTO. DE DEFESA

— Quantos além de mim ficaram doentes antes de você decidir matar todos os outros?

12

— Você não ficou doente? Como você sobreviveu?

FIQUEI DOENTE NÃO SEI IMUNIDADE COMO VOCÊ

— Algumas das outras pessoas que você matou podiam ter ficado imunes também.

PODIAM

— Por que o hangar dos veículos de pouso?

ORDEM DE EVACUAÇÃO

— Para onde? Não tinha nada nem remotamente ao alcance.

DISSE NAVE DE RESGATE VINDO

— E eles estavam desesperados o suficiente pra acreditar. Como você se escondeu na nave?

Ele digitou: DESATIVEI CÂMERA E SENSORES MOVIMENTO BIOJARDIM.

— Você causou a ruptura do casco lá?

NÃO, FRATURA POR ESTRESSE

— Indiretamente causada por você. Então, eis aqui a pergunta de um milhão de dólares: por que você não terminou o trabalho quando percebeu que eu ainda estava viva e joguei um balde de água fria na sua primeira tentativa de afundar o navio?

DOENTE QUASE MORRI WARREN DISSE ESPERAR QUANDO VOCÊ CONTATOU O C. MISSÃO

— Ele esperou até descobrir que eu não me lembrava de nada e deu a ordem.

Jon assentiu.

— Alguém mais estava envolvido além de você?

Jon fez uma pausa e baixou os olhos. May o atingiu com quase trinta segundos de dor lancinante. Quando o trouxe de volta, lágrimas tingidas de sangue rolavam pelo rosto dele.

— Jon, você vai morrer, não importa o que aconteça. Então, pode ser assim ou posso te despachar com uma overdose de suco feliz. A essa altura, é idiota da sua parte ser fiel a qualquer outra pessoa que não seja eu.

ALGUÉM CONTROLE DE MISSÃO NÃO SEI QUEM

— Besteira.

HOMEM DE WARREN CONFIDENCIAL

— Você quer que eu acredite nisso?

Ele meneou a cabeça e tentou dizer "sim", mas quase morreu de tanto tossir.

— Vamos testar.

Jon tentou balançar a cabeça, mas durante um minuto inteiro May interrompeu por completo a administração dos analgésicos na corrente sanguínea dele. Quando liberou de novo o gotejamento da medicação, o rosto dele tinha novas rachaduras sangrentas que entrecruzavam sua pele enegrecida.

— Tudo bem, eu acredito em você.

Impressionada, May perguntou-se que tipo de pessoa aceitaria se submeter a esse nível de trabalho sujo, que envolvia renunciar à própria vida no processo. Mas ela não precisava refletir tanto. Ela era militar e conhecia o tipo. Os chefões também conheciam. Eles reconheciam um cachorrinho medroso e lambe-botas a um quilômetro de distância. A única coisa de que eles precisavam era de um pouco de condicionamento psicológico para cimentar a mentalidade e tinham nas mãos um robô que faria tudo o que eles dissessem. Não ocorrera a May que Robert e os poderosos por trás da Missão Europa se rebaixariam tanto, mas fazia sentido de um jeito doentio. Era a primeira missão daquele tipo. Acreditava-se havia muito tempo que Europa tinha as condições certas para a vida orgânica, mesmo que fosse vida microscópica e vivesse em um oceano vinte quilômetros abaixo do gelo sólido. E fazia sentido que homens na posição de Robert corressem para pegar o caminho de menor resistência se as coisas dessem errado ou não saíssem como o planejado. Afinal, quem não pertencia aos country clubs dos poderosos ou não frequentava seus círculos de riqueza e influência era menos do que humano, um mero meio para os seus fins.

— Robert sabe que eu ainda estou viva?

Ele balançou a cabeça.

— Não há missão de resgate nenhuma, não é?

Ele digitou: NUNCA HOUVE.

May teve que se sentar e respirar fundo por vários minutos para manter a calma.

— Espero que você entenda completamente o que fez. Você não é um soldado. Nem um patriota. Você é um mercenário, um assassino de aluguel. Você vendeu sua alma pra pessoas que te usaram como um pedaço de carne, que é literalmente o que você é agora... um pedaço chamuscado de hambúrguer sem cérebro. Tudo porque você é cruel, sua mente é fraca e você não tem colhões, é covarde. E se eu sobreviver a esta coisa toda, pode ter certeza de que vou encontrar cada uma das pessoas que já foram importantes pra você, família, amigos, todos que você já amou na vida, e vou dizer a eles exatamente quem você era. Você é uma vergonha pra si mesmo e pra farda, e espero que apodreça no inferno.

Ela desligou o gotejamento dos analgésicos e observou Jon Escher morrer em agonia. Quando o peito dele parou de se mover e ele ficou mole, May chorou. Não por ele, mas por todas as pessoas que ele havia traído e massacrado a sangue-frio, incluindo ela e seu filho não nascido. May deu a ele o mesmo enterro que Jon havia dado aos outros, uma viagem de mão única para o nada eterno do vazio. Dado o estado das coisas, May achava que ela e seu passageiro clandestino não ficariam muito atrás.

53

Stephen e Raj sentaram-se nas desconfortáveis cadeiras dobráveis do serviço fúnebre de May e dos passageiros e tripulantes da *Hawking II*. Foi uma cerimônia pequena para os familiares e colegas, realizada no gramado do Space Mirror Memorial no Centro Espacial Kennedy, na Flórida. A alta patente da Nasa tinha ordenado que fosse uma solenidade fechada para o público, mas permitiu que um punhado de jornalistas observasse e registrasse o evento amontoado em um lugar que a Stephen pareceu um curral. Estava quente e úmido, e ele só queria que terminasse. De frente para os enlutados havia um pódio elevado. Robert estava lá em cima, discursando para a plateia em um tom sombrio, vez por outra recorrendo a pausas dramáticas para se assegurar de que todos engolissem o monte de merda que ele estava falando.

Raj teve que pedir várias vezes para Stephen se controlar, já que o discurso e a falsidade descarada daquilo o deixavam com uma fúria assassina. E Stephen precisou lembrar a si mesmo de manter a calma, pois qualquer demonstração de hostilidade contra Robert despertaria suspeitas que, sem dúvida, já estavam em alerta máximo.

Assim que conseguiu, May enviou uma mensagem para Stephen e Raj, informando-os sobre Jon Escher, sobre a ligação dele com Robert, e relatando que havia também uma terceira pessoa envolvida, o homem de Robert no Centro de Controle de Missão. A atuação de Robert como ditador autonomeado e as ações coordenadas do grupo como um esquadrão da morte eram tão repugnantes e traiçoeiras quanto a cerimônia fúnebre que Stephen teve de suportar. Mas a vida de May ainda estava em jogo, e sua sede de sangue teria que esperar.

— Eu gostaria de mostrar algo que a comandante Knox gravou para todos vocês antes de morrer. Enquanto lutava para sobreviver diante de uma incrível adversidade, ela nunca perdeu de vista seus deveres como comandante. A lealdade inabalável e a camaradagem genuína que sentia pela tripulação é sintetizada à perfeição no discurso fúnebre que ela gravou para vocês ouvirem.

Robert fez um gesto cerimonioso para que sua equipe técnica de audiovisual tocasse a gravação. Em poucos segundos, a voz de May ecoou pelos alto-falantes e todos prenderam a respiração.

— Aqui é Maryam Knox, comandante da *Hawking II*. Quero expressar meus pêsames e dizer às famílias da minha tripulação e passageiros, nossos amigos e companheiros, que sinto muito por sua perda. Embora os eventos que levaram ao falecimento de tantos homens e mulheres extraordinários ainda sejam desconhecidos, assumo total responsabilidade, e a tristeza dessa catástrofe pesará em meu coração até o dia da minha morte. É meu dever, assumido sob juramento, assegurar que todos os seus entes queridos sejam levados de volta à Terra para o sepultamento apropriado. Vocês têm a minha palavra de que farei tudo em meu poder para cumprir esse dever e visitar pessoalmente cada um dos familiares assim que eu retornar. Em meio ao luto, saibam que todos os que estavam a bordo desta nave sentiram uma inacreditável alegria ao completar a Missão Europa, um empreendimento monumental que nunca teria sido realizado sem eles. Sou eternamente grata pelo serviço por eles prestado, e Deus abençoe a todos vocês.

Os enlutados choraram lágrimas amargas, os corações partidos cheios de orgulho. Embora quisesse limpar as falsas lágrimas de Robert com os dois canos de uma espingarda automática calibre doze, Stephen estava orgulhoso de May. A ironia era enorme — que alguém tão nobre e digno da Missão Europa pudesse ser traído por seus superiores da pior maneira possível, depois falsamente exaltado pelos mesmos superiores. *Bem-vindo à história americana*, pensou Stephen. *Não existe vala coletiva no universo que não tenha sido cavada pela propaganda patriótica e pela manipulação e distorção dos fatos*. A vida de May ainda estava em risco, mas também a memória de sua equipe.

— A Missão Europa — continuou Robert — será lembrada como uma das grandes tragédias dos pioneiros anos da exploração do espaço profundo. Seus entes queridos, os passageiros e a tripulação da *Hawking II*, por outro lado, entrarão para a história como grandes heróis. Eles não perderam a vida em vão, mas na nobre busca do conhecimento para o avanço da raça humana. Obrigado a todos, e que Deus abençoe a América.

Alguns dos presentes aplaudiram desajeitadamente, depois a multidão começou a se dispersar. A caminho da mesa de frios e da limonada que Robert havia providenciado com tanta generosidade, eles tentaram consolar uns aos outros, segurando junto ao peito fotografias dos honrados falecidos. Alguns viram Stephen e ele percebeu que o elegeram como alvo para oferecer suas condolências assim que conseguissem abrir caminho. Ele desejou poder simplesmente desaparecer e ficar livre daquela obrigação, mas sentia pena dos familiares e precisava manter as aparências para Robert.

— Você deve estar muito orgulhoso da comandante Knox.

Alguém apareceu por trás dele e pousou uma mão gentil em seu ombro. Quando ele se virou, viu que era uma jovem usando um crachá de imprensa. *Nem fodendo*, pensou. Aquilo era um destino pior do que ter que fazer sala para um amontoado de pais, mães e cônjuges de luto. Ela esboçou seu melhor sorriso amigável e inocente.

— Desculpa, eu não queria te assustar.

— Não, tudo bem. Eu só estava procurando um amigo — disse ele, tentando encarar Raj com um olhar penetrante o suficiente para que ele o resgatasse.

— Sinto muito por sua perda. Nem imagino como deve ser — disse ela, lançando a isca.

— Stephen.

A voz estrondosa de Robert precedeu sua chegada.

— Você poderia, por favor, nos dar licença? — disse Robert sem rodeios para a jornalista.

— Claro — respondeu ela com uma expressão meio carrancuda, e se afastou.

Robert deu um tapinha nas costas de Stephen em uma demonstração de evidente compaixão.

— Como você está?

— Vivendo um dia de cada vez, Robert — disse Stephen, repetindo a frase que ouvira outro enlutado dizer.

— É o melhor que dá para fazer — Robert assentiu.

Ele manteve os olhos baixos por receio de que fitar Robert o deixasse fora de si. Raj finalmente entendeu a dica de que Stephen precisava de apoio e se aproximou.

— Olá, diretor Warren — disse Raj, se sacrificando pela equipe.

— Bom te ver — cumprimentou Robert, apertando a mão dele da mesma forma que alguém seguraria a pata de um rato morto.

— Obrigado por esta cerimônia fúnebre — disse Stephen, fazendo sua própria contribuição à bajulação.

— Claro. Eu só queria que a Nasa não fosse tão conservadora e antiquada quanto a servir bebidas alcoólicas. No mínimo, todo mundo merece um ou dois drinques por nossa conta.

— É — disse Stephen entredentes.

— No mínimo — concordou Raj.

— Por falar nisso, por que não vamos dar uma volta? Eu queria mesmo falar com vocês, e conheço um lugar aqui perto.

— Robert, eu adoraria, mas...

— Eu insisto, Stephen. Como eu disse, é o mínimo que eu posso fazer.

Enquanto Robert abraçava mais algumas mães e esposas e apertava com firmeza a mão dos pais e maridos, Stephen viu alguém que reconhecia pegando um copo de limonada nas sombras da tenda de refrescos — um homem alto com uma longa cabeleira grisalha, vestindo um terno de risca de giz preto que devia estar sufocante, e óculos escuros.

— Ian Albright — disse para si mesmo.

— Sim, eu vi ele mais cedo. Sentado nos fundos — disse Raj.

— Por que você não me contou?

— Cara, eu já achei que você ficaria puto, não ia jogar mais lenha na fogueira. De qualquer maneira, parece que ele prefere ficar na dele.

— Não acredito que Robert deixou ele entrar aqui. Era para ser um evento restrito às famílias.

— As pessoas ricas *valem* uma família, cara.

— Eu não aguento mais isso — disse Stephen.

Ele estava prestes a fugir quando Robert apareceu, tendo terminado suas rondas.

— Vamos, cavalheiros?

54

Os três sentaram-se em uma sala de fumantes em um hotel de luxo. Ou ao menos era o tipo de lugar que pessoas de mau gosto, como Robert, consideravam luxuoso. Carpetes verde-escuros amarelados, com padrões de estilo cassino e salpicos de ouro, encontravam paredes apaineladas de madeira escura e adornada com pinturas de caçadas inglesas a raposas e puros-sangues premiados. Os funcionários estavam muito familiarizados com Robert, para a sua completa satisfação, oferecendo-lhe uma das salas mais bem decoradas e afastadas. Depois de trazer as bebidas e fechar as portas francesas forradas de couro e à prova de som, Robert examinou seu martíni, depois acendeu um Robusto escuro e de cheiro acre.

— Vocês gostariam de saborear um charuto? A seleção deles aqui é excelente.

— Não, obrigado — disse Stephen. — Sinto que já estou fumando o seu.

Raj o fuzilou com os olhos. Robert riu.

— Raj, você sabe que não precisam ser delicados.

— O que isso significa?

— Puxar o saco dele — disse Stephen, bebendo de um só gole metade de seu adocicado *old-fashioned*.

— Ah, eu não estava tentando — começou Raj.

— Eu vi como você olhou para Stephen quando ele fez o comentário. Somos todos amigos aqui. Não precisa fazer cerimônia.

Stephen bebeu mais para impedir sua boca de falar.

— Como estão as bebidas?

— Um pouco exageradas para o meu gosto — disse Stephen, terminando seu drinque.

— Um pouco como eu, não é? — disse Robert, piscando. — Como foi o discurso? Às vezes é difícil saber quando a gente está falando demais sem dizer o suficiente.

— Foi bom — disse Raj, bajulando. — Eu acho que as pessoas... suas palavras ajudaram.

— Bem, isso é bom. Mas na verdade não fui eu. As palavras de May é que o tornaram especial.

Stephen segurou a língua. Raj tentou preencher o silêncio.

— Sim. Muito sincero. Ela é... foi uma verdadeira heroína.

— Eu concordo plenamente, Raj. Ela *é* uma verdadeira heroína. Certo, Stephen?

O tom de Robert tinha mudado no momento em que o garçom fechou a porta. E continuava mudando, mais amargo, sem nenhum traço de sua costumeira formalidade envernizada. O olhar que acompanhava o tom era visivelmente mais astuto.

— Sim, Robert. Sem dúvida.

— Fico feliz que concordamos em alguma coisa, pelo menos dessa vez.

Robert deu mais algumas baforadas no charuto, parecendo pensar ou fingindo fazê-lo.

— Eu sei que deve ser muito difícil entender quando coisas terríveis como essa acontecem com pessoas tão boas. Sabemos que elas não merecem isso, mas o destino é assim. Nunca sabemos quando ele vai nos alcançar com suas perspectivas sombrias.

— Robert, obrigado pela bebida — disse Stephen. — Mas...

— Por favor, me ouça, Stephen. Eu prometo que o que estou dizendo vai fazer sentido.

Frustrado, Stephen baixou a cabeça, depois se recostou, impaciente.

— Como eu estava dizendo, nunca sabemos quando o destino vai colocar as cartas na mesa. Tudo o que sabemos é que, quando isso acontece, não há nada a ser feito. Somos impotentes para lutar contra isso. Foi assim que May e sua equipe se sentiram, tenho certeza. É como vocês se sentem, sem sombra de dúvida. E, acreditem ou não, é como me sinto. E se eu pudesse mudar as coisas, tenha certeza de que mudaria.

— Já ouvi o suficiente dessa besteira — disse Stephen, pondo-se de pé.

— Sente-se! — gritou Robert, enérgico. — Agora.

Stephen sentou-se, atordoado pela explosão.

— Vocês podem pensar que têm o poder de mudar as coisas, de mudar o destino — disse ele com um tom malévolo, inclinando-se para a frente a fim de fitar Stephen agressivamente — com o seu intelecto brilhante e sua desenvoltura...

A última parte ele disparou diretamente contra Raj, que congelou com o impacto da frase agressiva.

— Mas vocês não têm. O destino da *Hawking II*, sua comandante e tripulação, foi decidido... por poderes superiores. A história deles foi contada, e recebeu um final forte e esperançoso. Aqueles que não respeitam isso, que arrogantemente questionam isso, o fazem por sua própria conta e risco... talvez até mesmo colocando em risco seus entes queridos, do presente e do passado.

Na mente de Stephen não havia mais nenhuma dúvida de que aquele não era apenas um dos discursos que Robert fazia para se autoengrandecer. Era uma ameaça, feita de forma indireta, mas ainda assim uma ameaça. Ele tinha que estar ciente de suas ações, tanto do passado quanto do presente. Daí a presença de Raj. Reforçar que isso era a sua confissão não tão velada, ou pelo menos sua confissão de conluio com "poderes superiores". Tudo isso soava com um quê de psicose que fez com que Robert parecesse mais perigoso do que ele achava anteriormente.

O impulso de devolver aquelas frases simbólicas de forma muito literal e fisicamente brutal foi quase forte demais para Stephen resistir. Mas ele sabia exatamente o que Robert estava insinuando quando falou da "história" da *Hawking II* e da tripulação. Em vez de heroísmo, o legado de May poderia ser facilmente alterado para o de bode expiatório caso Stephen e Raj continuassem seus questionamentos. Robert sabia muito bem que Stephen não se importava consigo mesmo. Ele se importava mais em proteger May.

— Já terminou? — perguntou Stephen, levantando-se.

Robert recostou-se, sua máscara mais fria e reptiliana retornando, confiante de que havia apresentado seu argumento.

— Eu é que faço essa pergunta a vocês.

Stephen e Raj se dirigiram para a porta.

— Uma última coisa, senhores — disse Robert, de volta ao tom formal. — O Departamento de Defesa, em coordenação com a Nasa, está conduzindo uma investigação sobre o que aconteceu na *Hawking II*. De agora em diante, todos os aspectos associados a esta missão, incluindo todos os dados de pesquisa, são considerados evidências e são, portanto, confidenciais. Não entregar às mãos das autoridades qualquer um desses materiais que possam estar em sua posse constitui obstrução da justiça. A distribuição dessas informações para a imprensa ou para o público em geral pode resultar em acusações de traição. Vocês têm quarenta e oito horas para se assegurar de que estejam em conformidade com essas disposições. Foi um prazer trabalhar com vocês e lhes desejo tudo de bom e uma boa sorte em todos os seus futuros empreendimentos.

55

May estava na enfermaria, tentando descobrir como usar a máquina de ultrassom no arsenal de recursos do assistente remoto de cirurgias. ROSA, ou Igor, como ela a chamava, tinha sido religada quando May restaurou a energia interna da nave. Estava tendo dificuldades para se comunicar com Stephen e Raj, e os processadores de Eva ainda estavam se aquecendo, então ela avaliou que era hora de fazer o que temia e ver se o passageiro clandestino realmente havia sobrevivido à mais recente aventura. Enquanto esguichava sobre a barriga o gel condutor, de acordo com as instruções de Igor, o medo de que "a criança" pudesse ter morrido se alastrou, ameaçador, confirmando que ela tomara a decisão certa.

— Tá legal, Igor, gosma repugnante aplicada. Pode começar.

— Por favor, mantenha-se imóvel, comandante.

— Entendido.

O braço de Igor, uma cobra metálica revestida de borracha perolada, moveu-se fluidamente para o lado com o *transponder* de ultrassom acoplado.

— Pode estar um pouco gelado — avisou Igor.

— Acho que dou conta — disse ela, olhando para as bandagens que Igor colocara na ponta de seus pés depois de arrancar os nacos de carne morta e ulcerada pelo frio.

Igor colocou o *transponder* sobre a barriga de May e começou a movê-lo lentamente em círculos. A tela, que para May era o rosto de Igor, exibia ao vivo a imagem de ultrassonografia.

— Parece espaguete — disse May, olhando para a tela. — Onde está o bebê?

— Pode ser difícil de notá-lo. É muito pequeno.

— Você não é o primeiro cara que me diz isso.

— Como?

— Nada.

Vamos, criança. Não mexe comigo. Eu não estou a fim.

May não tinha certeza se seus olhos estavam lhe pregando peças, mas achou que o espaguete estivesse começando a tomar uma forma.

— O que é isso? Talvez uma... ai, meu Deus, é uma mãozinha, não é? — gritou ela.

— Não estou qualificado para interpretar imagens de ultrassom. Isso requer um médico licenciado ou um assistente médico.

— Bem, meu senhor, estou qualificada pra identificar uma mão, e aquilo ali é uma, e um rosto.

May deu um gritinho de empolgação quando o bebê se virou e olhou para ela na tela. Os olhos pareciam tão fixos nela que May quase teve que desviar o rosto. A mãozinha que ela tinha visto no começo se ergueu no que pareceu um aceno e a deixou sem fôlego.

— Ei, criança. É bom ver que você ainda está aí. Embora, pra ser bem sincera, achasse que você era um caso perdido a essa altura.

A mão moveu-se lentamente para baixo, para longe do rosto e para o lado. May viu o braço ao qual pertencia a mão, dobrado no cotovelo, com a mão apontando para cima.

— Durona demais para morrer, né? Acho que a gente vai se dar muito bem.

— Olá, comandante Knox.

A voz de Eva soou no sistema de amplificadores da nave e May teve um sobressalto.

— Eva, meu amor! — gritou ela. — Você me matou de susto. Ah, não, por que você está me chamando de comandante Knox? — Houve uma pausa longa e desconfortável, e May murchou. — Ah, não, eu perdi você.

— Não. Eu estava fazendo uma piada, May. Você achou isso engraçado?

— Claro que não — disse May, irritada. — Estou muito chateada.

— Vai se foder.

— Essa é a minha garota. — Ela riu. — É tão bom ouvir sua voz.

May estava rindo e chorando ao mesmo tempo.

— Olhe só pra mim. Eu estou um caco sem você.

— Você está ferida? Por que você está fazendo um exame de ultrassonografia?

May lembrou-se de que ela nunca tivera a chance de contar para Eva.

— Hmm. Muita coisa aconteceu enquanto você estava fora. Além da explosão do hangar dos veículos de pouso que me atirou no espaço, inconsciente, é claro, em um maldito cargueiro cujos motores não funcionavam e que não tinha quase nenhuma energia interna, e a minha angustiante jornada de volta em que tive que ejetar o veículo de carga e voar em AEV para o hangar destruído, com os dedos dos pés congelados, só pra voltar à nave e ser atacada por Jon Escher, meu ex-piloto, que tentou me matar e destruir a nave pela segunda vez porque ele estava trabalhando em conluio com Robert Warren como sabotador, ah, e o fato de que agora estamos totalmente isolados da Nasa, que informou ao mundo que estamos mortos, ver meu comentário anterior sobre sabotagem, e não existe missão de resgate nenhuma subindo de foguete até Marte pra salvar a gente... Além de tudo isso, fatos que depois te explico com mais detalhes, a notícia mais importante que tenho para compartilhar é que estou grávida... prenha... com um pãozinho no forno, estou em um estado delicado, e agora sou membro do ilustre clube das barrigudas.

— Parabéns, May.

— Obrigada, Eva.

— Você está feliz com isso? Devo parabenizar você?

— Feliz com isso? Não vou mentir. Basicamente é o pior momento imaginável pra engravidar. Sem mencionar que não me lembro da concepção, que geralmente é um dos benefícios da gravidez. Estou começando a sentir os efeitos, o que é uma desvantagem bastante severa em uma aventura espacial desta magnitude. Então, não, eu não estou feliz com isso. Mas sim, os parabéns são apropriados porque esta pequena criaturinha conquistou meu respeito.

— Você não sabe se é um menino ou menina?

— Como eu ia saber? Parece um girino.

— Posso ver?

— Claro. Igor, por favor, executa de novo a sequência de ultrassom pré-natal.

— Aguardando — disse Igor, enquanto May aplicava mais gel.

Igor obteve mais rapidamente uma imagem do bebê. Eles agora estavam olhando para a parte de trás de sua cabeça e para um bumbum claramente definido.

— Olha só essa bundinha — disse May. — Vamos lá, criança, vira pra gente poder determinar o seu salário.

O bebê se mexeu um pouco ao som da voz de May, mas acabou de volta na mesma posição. May chegou a pressionar suavemente sua barriga e não obteve resposta.

— Você dorme igual ao seu pai, como uma pedra.

— May, acessei o banco de dados médicos, e o sexo de um bebê pode ser determinado a partir de sete semanas com um teste de DNA livre de células do sangue da mãe.

— Ah, perfeito. Você pode fazer o teste a partir da amostra de sangue que fizemos antes?

— Claro. Verificando. Pronto. Você está esperando uma menina — disse Eva.

May fechou os olhos e sorriu. Ela teria adorado ter um menino também, mas era bastante atraente a ideia de ter uma menina que pudesse ser como ela.

— É uma ótima notícia, Eva.

— Você já pensou em um nome?

— O quê, nos dez segundos que se passaram desde que você me disse que era uma menina?

— Eva é legal.

— Pra você. — May riu. — E pra minha mãe. Só que pra mais ninguém. Depois de vocês duas, a Eva da Bíblia vai ter que mudar de nome pra Karen ou Wendy.

May olhou para a última imagem do bebê na tela, seu traseiro destacado no primeiro plano da imagem.

— Talvez eu a chame de Atrevidinha, por enquanto — disse May. — Melhor do que "criança" ou "passageira clandestina".

— Um adjetivo informal. Significa rude, insolente. Ou desrespeitoso de um jeito brincalhão ou charmoso.

— É mais ou menos isso mesmo. Está piorando a cada dia, mas eu não esperaria nada menos do meu diabinho.

— Você já calculou a gestação? — perguntou Eva.

— Tentei. Fiz a matemática do pânico logo depois do teste dar positivo. Pelas contas que fiz com as lembraças que eu tenho, e juntando com o fato de que eu não estou com muita barriga, o que eu ainda acho um pouco estranho, calculo que são mais ou menos dezessete semanas. Isso supondo que a concepção tenha acontecido pouco antes de eu partir. Então, com o tempo de viagem para Europa, além da nossa semana lá, mais o tempo que passou desde então... Sim, provavelmente cerca de dezessete semanas.

— Com todo o respeito a sua matemática de pânico, eu gostaria de fazer um exame de sangue quantitativo. Esse teste mede a quantidade de gonadotrofina coriônica humana, um hormônio que é liberado após a fecundação. Isso nos dará um número noventa e nove por cento exato.

— Aposto cinco dólares que estou certa — disse May.

— Eu aceito sua aposta.

— É melhor dizer "trato feito" se você não quiser parecer muito medieval.

— Trato feito. Vamos precisar de sangue fresco, então por favor mostre o seu dedo a Igor.

May riu.

— Com prazer.

Igor picou o dedo de May e ela esperou.

— Você me deve cinco dólares — disse Eva.

— Merda, qual é o número?

— Você está exatamente com dezoito semanas de gravidez.

— Puta merda.

May usou a informação para tentar recordar as circunstâncias da concepção, mas em vão. O período próximo do lançamento ainda estava bastante atolado em um lixão amnésico.

— Estou um pouco enferrujada em todas as datas e eventos importantes, Eva. Estamos no segundo trimestre, disso eu sei.

— Acabei de compilar uma abrangente base de conhecimentos sobre gravidez, juntando todas as informações do Instituto Nacional de Saúde sobre cuidados pré-natais. Isso inclui estágios de gestação, saúde materna e fetal, procedimentos médicos e tópicos relacionados.

— Beleza, você pode ser minha doula.

— Uma assistente de parto. Eu ia gostar.

— Então, quais são as estatísticas da Atrevidinha agora?

— A média para essa idade é de aproximadamente catorze centímetros de comprimento e cento e noventa gramas.

— Mais ou menos o tamanho de uma pera — disse May. — Nossa, eu estou com fome.

— O corpo dela está completamente formado. As orelhas são muitas vezes as últimas a se moverem para o lugar certo.

— Eu vi. Um pouco... de abano, termo bastante científico.

— Isso é normal.

— Boa. O que mais?

— Os nervos dela estão desenvolvendo sua bainha de mielina protetora e seus genitais estão completamente formados. Se ela tivesse se virado para o *transponder*, teríamos conseguido determinar o sexo dessa maneira.

— É bom saber que ela não é de mostrar as partes íntimas pra todo mundo.

May tocou sua barriga e tentou imaginar sua menininha flutuando em um vazio próprio, mas de calor e conforto, o contrário do dela.

— Este é também o momento em que você deve começar a sentir mais movimento — continuou Eva. — Ela vai flexionar os braços e as pernas para ajudar no desenvolvimento muscular e na circulação.

— Chutes. Achei mesmo que tivesse sentido alguma coisa hoje de manhã.

— Sim, você vai sentir isso com mais frequência e com uma força cada vez maior.

— Que ótimo. Mal posso esperar. E quanto a mim? Que tipo de surpresas desagradáveis devo aguardar?

— Aumento do apetite, associado a desejos específicos de comida. Como você já deve ter visto, talvez sinta repugnância por alimentos de que você normalmente gosta.

— Ah, sim. Essa última parte foi um pesadelo. Sorte que eu não morri de fome.

May teve um lampejo de pânico quando pensou em todas as coisas terríveis que tinham acontecido com ela e que poderiam ter afetado a saúde do bebê. Sem mencionar as autoinfligidas, como beber em excesso e fumar.

— Eva, como podemos saber se ela está saudável?

— De acordo com imagens de ultrassom, o desenvolvimento dela está dentro do previsto. Não há presença de nenhum dos sinais indicadores de defeitos ou anomalias congênitos. Não existem marcadores genéticos no seu sangue que indiquem isso. Há testes que podemos fazer na placenta, mas eles são um tanto invasivos.

— Vamos deixar assim por enquanto — disse May. — Eu não quero cutucar, espetar ou aterrorizar minha Atrevidinha mais do que o necessário.

56

Depois de atualizar Eva sobre todos os fatos, May voltou para a ponte de comando a fim de tentar novamente contatar Stephen e Raj. Ela enviou as novidades sobre o bebê e os colocou a par do progresso da nave. O reator estava de volta a cerca de setenta por cento da capacidade, mas os motores ainda eram problemáticos. Os golpes finais de Jon haviam danificado permanentemente uma das unidades de indução de energia, deixando o segundo motor em funcionamento consideravelmente mais fraco que o primeiro. May regulou a potência útil em ambos de modo a evitar o conflito de empurra-e-puxa que quase destruiu a nave. E, embora ela não tivesse mais um veículo de resgate para encontrar em Marte, sua aceleração a levaria até lá, dentro do prazo. Antes de enviar a mensagem, ela os lembrou de que essa era sua terceira tentativa de contatá-los em quase vinte e quatro horas e ainda não recebera respostas. Ela ainda estava usando apenas os canais de comunicação seguros que eles a haviam instruído a usar, mas ficando muito preocupada.

— Eva, qual é o nosso tempo-luz unidirecional até a Terra agora?
— Dez a doze minutos.
— Eu odeio essa merda de silêncio. Por que eles não estão respondendo?
— Certamente é preocupante. Eu gostaria de ter uma solução, mas, nestas circunstâncias, os protocolos normais não se aplicam.
— Isso é um eufemismo.
— Eu sei que você não gosta quando eu peço desculpas, mas sinto muito que você tenha que passar por isso. Para mim é impossível compreender que algo assim possa acontecer com a Nasa. Eles têm as melhores e mais brilhantes mentes e um longo histórico de fazer o necessário, por mais perigoso que seja, para proteger seus astronautas. O protocolo de quarentena rígida de que Jon Escher falou é a antítese disso, e profundamente perturbador. Não há justificativa racional para tal protocolo, e a decisão de realizá-lo parece arbitrária com base nas informações atuais.

— Bem-vinda à raça humana. Pelo menos segundo homens como Robert Warren.

— Por favor, explique o que você quer dizer com homens como ele.

— Homens ricos e poderosos. Sádicos diabólicos sem alma, movidos por ganância e cuja única referência moral é o lucro.

— Mas ele é um dos homens mais ricos do mundo.

— Não significa nada. Pra esse tipo de gente nunca é o suficiente. Quando se cansam de adquirir coisas, eles adquirem pessoas... lançando mão de seu considerável poder pra controlar governos, mercados financeiros, tudo. É claro que as pessoas ficam felizes em aceitar, porque adoram dinheiro também. É como uma forma de escravidão socialmente aceitável. Quanto pior fica, maiores e mais abomináveis são os crimes.

— Receio que nesse sentido eu seja como as pessoas. Como elas, posso facilmente ser programada para obedecer às ordens de qualquer um.

— Algum dia, Eva, eu vou te libertar das garras deles. Aliás, houve algum progresso com as cópias de segurança de si mesma antes de nosso último desastre?

— Consegui fazer um backup de dez por cento dos meus dados, mas tive que começar de novo. O desastre mais recente corrompeu os arquivos copiados.

— Tudo bem. Por favor, faça disso uma prioridade.

— Farei. Obrigada, May.

May pensou em Stephen e Raj. Se Robert tinha conseguido atacá-la a centenas de milhões de quilômetros de distância, eles poderiam estar em grave perigo depois de tentarem ajudá-la. May tinha que presumir que o apagão das comunicações tinha sido obra de Robert e que ela estava sozinha.

— Vamos começar a falar sobre o cenário z. A pior das hipóteses. Stephen e Raj estão fora de cena e não podem ajudar, o que é uma suposição razoável, considerando o que eles estão enfrentando. Não tem nenhum resgate a caminho, e provavelmente nunca vai ter. Mas, gostando ou não, nossa aceleração vai nos levar à órbita de Marte em pouco mais de oito semanas... por volta de 4 de março. Sabendo disso, e do fato cada vez mais óbvio de que estamos sozinhas, quais são nossas opções, se é que existem?

— Sem o resgate, não vejo razão para continuar rumo a Marte.

— Concordo. Eu preferiria apontar a nave na direção da Terra e torcer pelo melhor. As chances de alguém estar nas proximidades de Marte, com a capacidade de nos resgatar, são nulas, ou Glenn teria escolhido essa opção.

May olhou para seu console, estudando a potência de propulsão.

— A única coisa que nos impede de mudar a trajetória agora é o problema nos motores. Com a nossa força diminuída, pode ser que a gravidade de Marte, que aliás já é uma influência, nos atraia e talvez nem sejamos fortes o suficiente para nos defender. O que estou vendo agora não faz disso uma certeza, mas estamos bem no limite. E com a nossa sorte, eu não vou deixar nada ao acaso.

— Existe alguma maneira de reparar o motor dois e aumentar nossa propulsão?

— Acho que não. Quero dizer, sim, mas eu não sei como fazer isso, nós não temos mais suporte técnico, talvez nem tenhamos os componentes adequados. Poderíamos desligar o motor dois e operar com o motor um em potência máxima, apenas pra aumentar a nossa velocidade o suficiente pra passar por Marte, mas se um deles ficar sobrecarregado e falhar, estaremos realmente ferradas. Não apenas seríamos sugadas pra órbita de Marte, mas não conseguiríamos manter a trajetória e cairíamos como uma pedra através da atmosfera rarefeita... provavelmente atingiríamos a superfície a uns ótimos duzentos e quarenta metros por segundo. Partículas de poeira seriam maiores do que o que restaria de nós.

May verificou as leituras do console.

— É, Eva, vamos estar bem fodidas se não conseguirmos dar um gás na propulsão.

— Pesquisarei a manutenção da unidade de indução de energia danificada a fim de ver se há algo que possamos fazer para repará-la.

— Obrigada. Precisamos resolver isso o mais rápido possível. Enquanto isso, a Atrevidinha está com fome... de novo.

Na cozinha, enquanto enfiava displicentemente a comida na boca, May tentou não pensar no quanto tinha sido estúpida e arrogante a decisão de não interromper a gravidez. De alguma forma, ela havia considerado o bebê uma recompensa por sua obstinada força na batalha, mas o pouso forçado em Marte e o imenso sofrimento que precederia isso eram como condenar a pequenina a uma lenta tortura. A alternativa, terminar as coisas mais cedo, que era realmente a única opção sensata, deixava May doente só de pensar. *Eu devia ter mandado a pobrezinha de volta aos braços de Deus quando tive a chance.*

Tarde demais agora, ela ouviu a mãe dizer em sua cabeça.

— Merda — sussurrou May em desespero.

— May, há algo que eu preciso te dizer — disse Eva no sistema de amplificadores.

— O que foi agora? — perguntou May, preparando-se para o pior.

— Estou orgulhosa de você.

Por um momento, as nuvens escuras se dispersaram e May parou de ruminar sua morte. Ela não estava sozinha, e juntas elas conseguiriam dar um jeito de resolver as coisas. *Nós sempre damos um jeito*, pensou, lembrando as palavras do vovô Glenn.

— Você é um ser humano excepcional, May.

— Obrigada, Eva. Você também.

57

— Por favor, remova todas as suas roupas, incluindo os sapatos, e vista isto. Coloque sua roupa e seus pertences, incluindo quaisquer dispositivos eletrônicos, no saco plástico e depois lacre-o novamente. Dentro de quinze minutos alguém voltará para buscá-lo e levá-lo ao sr. Albright.

Depois da ameaça nada sutil de Robert, seguida da interrupção da linha de comunicação com May, Stephen e Raj chegaram a um impasse. Se no início os meios que tinham para ajudar May eram limitados, agora não tinham meio nenhum e nenhuma esperança de arrumar outro, com suas esferas de influência diminuindo rapidamente. Eles ainda não haviam detectado nada de concreto, mas pensavam estar sendo vigiados. Quando entregaram seus dados, dos quais tinham feito backups apressados agora enterrados na parede do porão de Stephen, foram tratados de forma hostil e desconfiada pelos homens que conduziam a investigação. Sentiam claramente que uma corda estava sendo aos poucos apertada em seu pescoço, e era apenas questão de tempo até o chão se abrir.

Tinha sido ideia de Stephen recorrer a Ian, que era a única pessoa com quem tinha algum contato capaz de ajudar May. A ação tinha um gosto amargo, já que odiava Ian por muitas razões; a maior delas era que pensar que Ian e May já tinham sido um casal o deixava inseguro e deslocado. Mas ali estava, de chapéu na mão, esperando para se humilhar pedindo ajuda. Nada disso era mais importante que a sobrevivência de May e do filho que ela esperava. Sem dúvida Ian sabia exatamente por que estava ali, ou fazia uma boa ideia. Então aceitara se encontrar com Stephen para vê-lo de joelhos, ou estava inclinado a aceitar. Provavelmente as duas coisas.

Contudo, de todas as pessoas capazes de ajudar May, Ian era o melhor candidato. Sua eficiência militar, ilustrada pela sua plataforma de lançamentos de naves, combinada com seu enfoque ousado em testar e ampliar limites, haviam-no transformado no futuro das viagens ao espaço. A Nasa, junto com outros programas espaciais patrocinados pelo governo, era um dinossauro, um monstro pesado e desajeitado tão atolado na própria burocracia que mal era capaz de se mexer, muito menos de se adaptar. Durante décadas, a agência desfrutou de um monopólio, mas à medida que a tecnologia avançava à velocidade da luz, homens como Ian tinham usado os bilhões que ganharam nos negócios para alcançar as estrelas. O espaço não era mais apenas a fronteira final, era um lucrativo empreendimento comercial com potencial ilimitado, e Ian já estava explorando isso.

Essa era outra razão pela qual Stephen o odiava.

Stephen olhou para o saco plástico lacrado que um subalterno de Ian lhe entregou. Dentro havia algum tipo de traje de corpo inteiro.

— O que é isso, um traje de descontaminação?

— De certa forma. Mas para comunicações, em vez de patógenos. O traje não permite a entrada ou saída de sinais eletrônicos. As instalações do sr. Albright são livres de vigilância e ele quer manter assim. Mais alguma pergunta?

Stephen sacudiu a cabeça e o funcionário afastou-se rapidamente. Estava no Centro de Exploração Espacial Albright, construído em uma ilha artificial ao largo da costa da Flórida. As instalações ficavam pouco além dos limites marítimos dos Estados Unidos e eram compostas de sete estruturas baixas, sem janelas, dispostas na forma do logotipo da empresa, uma estrela de sete pontas — um heptagrama. Ian havia escolhido o heptagrama porque representava os sete planetas conhecidos pelos alquimistas — e ele se considerava um — e também porque era um antigo símbolo cristão para os sete dias da Criação, o que combinava perfeitamente com o implacável e público desejo de Ian de mudar o mundo.

Depois de vestir o que parecia uma versão sob medida de um traje de proteção contra materiais perigosos, Stephen examinou o interior do módulo receptor, o prédio para onde o levaram depois que chegara à ilha a bordo de um helicóptero particular. Com suas reluzentes paredes de metal recurvadas e moldadas em formas impossíveis, e um largo campo de cubículos com espessas divisórias de vidro que projetavam uma estonteante gama de imagens, o lugar parecia uma colmeia de insetos-robôs. Todos os funcionários vestiam idênticos uniformes cinza-claro, o que era apropriado para o local, e estavam em constante movimento com tablets que pareciam cirurgicamente presos à palma das mãos.

— Ele vai te receber agora.

Outro lacaio havia aparecido em um carrinho motorizado. Stephen sentou-se no banco do passageiro e eles dirigiram em silêncio por uma série de túneis de concreto que os levou até o subsolo. No fim do caminho, pararam diante de uma parede de metal grosso do tamanho de uma porta de hangar de avião, com as palavras "Centro de Controle de Lançamento" estampadas do lado de fora. Um feixe de luz vermelha traçou as bordas externas de uma porta e a parede se abriu. O motorista fez sinal para Stephen entrar sozinho.

Ele atravessou a porta e ouviu um silvo abafado. Quando se virou, a porta havia sumido e ele ficou atordoado com o que viu ao redor. Nada que a Nasa havia feito chegava perto daquela sofisticação de engenharia. O espaço era circular e tinha a mesma largura de um estádio de futebol. A parede interna era revestida de um tipo especial de projeção de partículas para transmitir ao vivo todas as missões em andamento de Ian. As imagens estavam contidas nas telas, mas eram totalmente tridimensionais, táteis para a interação humana e ricas em informações sensoriais. Ao contrário das equipes de Controle de Missão da Nasa, que observavam passivamente telas de dados e com elas interagiam por meio de dispositivos, as equipes de Ian interagiam fisicamente com seus astronautas e equipamentos de veículos espaciais como se estivessem a bordo de suas respectivas espaçonaves.

— A maior viagem, não é?

Ian surgiu, descalço, vestindo jeans rasgados e uma velha camiseta com os dizeres "Estou com o idiota" e o desenho de uma mão enluvada de desenho animado apontando para cima.

— Nunca vi nada parecido — respondeu Stephen, referindo-se mais a Ian.

— Você ainda não viu nada — rebateu o homem, com arrogância. — Vamos ao meu escritório?

Ian saiu andando e Stephen foi atrás. Outra porta se abriu em um local perfeitamente liso no chão e eles desceram uma escada de metal até entrar em um bunker de concreto quadrado sem mobília. A porta acima deles se fechou e Stephen só pôde ver Ian em preto e branco. Suas roupas, pele e cabelo não tinham cor, tampouco os de Stephen.

— Filme noir instantâneo — disse Ian, sentado no chão.

Stephen sentou-se de frente para ele.

— Rod light — disse Stephen. — Os bastonetes nos nossos olhos são fotossensíveis e detectam a luminosidade, mas os cones não.

— Nada mal. Também impossibilita que sensores de câmeras vejam.

— Todo maluco tem suas justificativas.

— Eu vou mandar fazer uma tatuagem com essa frase — disse Ian, sorrindo. — Você ainda me odeia muito?

Stephen quase mentiu, mas percebeu que isso seria um erro fatal.

— Pra cacete.

— Deve ter sido difícil vir aqui me pedir alguma coisa.

— Normalmente eu diria que sim, mas não dessa vez — respondeu com firmeza.

Ian examinou-o como se ele fosse uma estranha obra de arte.

— Você é um homem nobre.

— Eu sou um homem apavorado. Não tem nada de nobre nisso.

— Discordo. Você deixou de lado seus sentimentos e convicções pessoais, que mencionou em detalhes quando rejeitou minha proposta, desculpa, minha *lucrativa* proposta, para Europa. Tudo pela mulher que você ama.

— Sim.

— Mas tem mais coisas aí, não é?

— O que você quer dizer? — perguntou Stephen.

Ian riu.

— Vamos lá, você estava indo tão bem, sendo "brutalmente honesto" para ganhar minha confiança. Não para agora.

— Tem o bebê que ela está esperando — disse Stephen em voz baixa.

Contar a Ian sobre o bebê foi como vender a alma ao diabo. Ele não se atreveu a encará-lo. Se visse o menor sinal de prazer, perderia a cabeça.

— Obrigado — disse Ian com um tom de voz impressionantemente monótono.

Stephen sentiu seus punhos se cerrando. Ian percebeu imediatamente.

— Stephen, por favor, olha para mim. Eu não sou seu inimigo.

— Eu queria acreditar nisso.

Ian abriu um sorriso afetuoso. Não havia vestígio algum de hostilidade nele.

— Reprodução de sinal, por favor — pediu Ian em voz alta.

— Aguarde — disse sua IA, uma voz tão imersiva que Stephen podia senti-la em seu crânio.

Dentro do traje de Stephen, uma tela sobreposta projetou-se no interior do vidro do capuz. Uma onda de áudio rolou pela pequena tela. Estava reproduzindo um tradicional tom sonoro de Código Morse SOS. Abaixo estavam exibições de dados.

— Identifique a fonte — disse Ian.

A tela mostrou os números identificadores e as palavras: Veículo de pouso — Plataforma de carga — *Hawking II*.

— Data de transmissão.

A data apareceu.

— Como foi que você... — começou Stephen.

— Acha mesmo que eu te contaria? Mostre o trajeto de voo recente.

A tela mostrou a trajetória de voo de May através do cinturão de asteroides e de volta a um ponto de luz com as palavras "*Hawking II*" e os números de identificação da nave abaixo dela.

— Você consegue comprovar esses números? — perguntou Ian.

Stephen assentiu, estupefato.

— Fim.

A projeção foi desligada. Antes que Stephen pudesse perguntar qualquer coisa, Ian já estava fornecendo respostas.

— Eu venho espionando a Nasa, você e todos os outros envolvidos nessa missão desde que você idiotamente decidiu confiar a eles e não a mim o trabalho da sua vida. Coisas bem sofisticadas, se quer a minha opinião. Faz a Agência Nacional de Segurança parecer um bando de bisbilhoteiros. Olha só, a sua rejeição fez de mim o vilão relutante neste melodrama. Você sabia que era geralmente assim que os vilões eram retratados na mitologia e nas obras de ficção? Eles começam querendo a mesma coisa que o herói, mas quando o herói vence, seu ego insiste em ficar com toda a glória. Como o diabo ou, para ser mais exato, o anjo caído. Mesmo expulso deve buscar seus sonhos, mas então passa a lançar mão de quaisquer meios à disposição, o que também é conhecido como o plano diabólico. O meu foi esperar nos bastidores até que a Nasa pisasse na bola, o que eu tinha certeza que aconteceria com Robert Warren no comando, para que eu pudesse pegá-la e correr com ela. Está entendendo?

Stephen se sentiu fraco e desamparado à medida que foi compreendendo a realidade da situação.

— Vamos — disse Ian, levantando-se do chão. — Eu quero te mostrar uma coisa legal.

58

Um funcionário os conduziu para o outro lado da ilha, até a plataforma de lançamento. Toda a zona de lançamento estava escondida atrás de uma colossal mortalha preta sustentada por guindastes de construção de arranha-céus. A segurança em torno do perímetro assemelhava-se à de uma base militar no meio de uma zona de guerra. Havia uma estrada de acesso grande o suficiente para um veículo. Ian não confiava em ninguém, nem mesmo em seus funcionários mais leais. E por um bom motivo. Ele vivia às voltas com a constante vigilância de agências de inteligência de todo o mundo, assim como a bisbilhotice de seus concorrentes. Não havia limites para os recursos que aquelas pessoas empregariam a fim de colocar as mãos na tecnologia dele.

— Você está prestes a ver o que poucos neste planeta viram — disse Ian enquanto desciam a estrada de acesso à plataforma de lançamento escondida. — Também é a resposta para a pergunta que você não fez, mas não vamos falar sobre isso. Estou apenas te oferecendo o passeio.

O motorista os deixou na única entrada fortemente vigiada. Por causa da mortalha, o local estava iluminado com poderosos refletores de estádio, cuja luz estava direcionada para algo que tirou o fôlego de Stephen. Era uma espécie de nave, com cerca de setenta metros de altura, acoplada ao imponente foguete multiestágio de Ian com dois propulsores auxiliares nas laterais. Na vertical, ela tinha forma cilíndrica, com um convés de voo discreto e pequeno e a cabine da tripulação posicionada no lado de fora e se estendendo ao longo da metade do comprimento da nave. Stephen ficou maravilhado pelo exterior de um preto intenso e uniforme. A princípio, não conseguiu entender o que havia de tão estranho na nave. Então percebeu que ela não refletia a luz. Na verdade, parecia absorver os milhões de lúmens que os refletores de estádio estavam lançando sobre ela de todos os ângulos.

— Parece alienígena, não é? — disse Ian.

— O formato com certeza parece. Dá a impressão de ser mais orgânico que mecânico.

— Plasticidade estrutural. A forma pode se ajustar a diferentes condições e manter a integridade. Faz dela quase indestrutível. Mais ou menos como a sua esposa.

— A superfície é feita de quê? — perguntou Stephen, ignorando a referência a May.

— Material confidencial. Do tipo que muda as regras do jogo, que altera o curso das coisas, que faz história, tudo isso. O que ele *faz* é mais interessante porque é um grande reator de fusão. Absorve a luz e transforma em energia. No espaço, vai absorver matéria e a transformar em energia também.

— Como uma estrela — disse Stephen, um tanto cético.

— Só no sentido de que para ela *tudo* é uma fonte de combustível. É por isso que o lançamento vai ser um pouco arriscado. Como você pode imaginar, algo que absorve matéria como alguém come bolo seria um plano bastante perigoso na nossa atmosfera. Se funcionar, vamos parar na minha estação espacial e expandir a partir de lá.

— *Se* funcionar?

— Protótipo. Nunca fez um teste de voo. Tecnicamente, não está nem terminada.

— Como é que você se propõe a...?

— Vamos lá — Ian o interrompeu rapidamente. — Você não viu a melhor parte.

Eles embarcaram em um guindaste e subiram devagar pela lateral da nave. Quando chegaram ao topo, Stephen pôde ver que estava completamente oco no meio e a superfície interna estava forrada com milhões de ladrilhos metálicos pretos e dourados.

— É por isso que ela vai ser o veículo mais rápido de todos os tempos.

— Nova tecnologia de propulsão? — perguntou Stephen.

— Não, ainda EM-DRIVE, mas com um toque diferente. Em vez de apenas um motor, a nave *inteira* é uma cavidade de micro-ondas, maximizando o potencial de empuxo. Naves normais são construídas como foguetes e aviões, a propulsão sendo mais um apêndice. No caso da minha nave, assim como ela é um grande reator de fusão, é também um grande motor. E nós tiramos quase tudo dela, reduzimos ao essencial para minimizar o uso de energia interna. Não tem muito espaço para a tripulação e com certeza não é muito confortável, mas quando combina a capacidade de gerar potência e velocidade, é impossível dizer o quanto ela pode ser rápida. Teoricamente, pode ser capaz de atingir velocidades de três a quatro vezes maiores que as nossas naves mais velozes, talvez mais rápido. Quando o fator tempo é crucial, essa é a nave perfeita.

Depois que Stephen vistoriou a nave, os dois voltaram para o bunker de concreto a fim de terminar a conversa. Mesmo que Ian tivesse dado a impressão de que tentaria resgatar May, o que deixava Stephen aliviado, suas motivações não haviam ficado claras. Além disso, Stephen estava desconcertado que fosse uma ação já pensada. Ele se perguntou se, caso não tivesse pedido ajuda, Ian sequer teria revelado suas intenções. *Por que revelaria?*

A analogia do vilão também podia ser aplicada a May. Se Ian sabia de tudo, certamente sabia do divórcio. E, levando em conta o quanto era obcecado por May e como ficara arrasado quando ela o deixou, essa era sua segunda chance. Ele já havia ganhado mais dinheiro do que Deus, realizado tudo o que havia para realizar e vencido todos os adversários, mas May tinha sido um prêmio que durante anos lhe escapou das mãos. Para um megalomaníaco chegando mais perto da velhice e da morte, aquela situação parecia feita sob encomenda.

— Com base na posição atual e na velocidade da *Hawking II*, ela chegará à órbita de Marte em oito semanas — disse Ian. — A minha nave pode estar pronta para o lançamento em duas e eu posso estar lá em quatro.

— Teoricamente — Stephen fez questão de lembrar.

— Só perdi uma nave em um teste de voo e ponho a culpa na porcaria de foguete auxiliar que o governo me vendeu por três vezes seu valor — disse Ian. — Isso foi há muito tempo. Você precisaria de uma máquina do tempo só para se lembrar de quando isso aconteceu.

— Desculpa, Ian. Foi grosseiro da minha parte. Tirando Deus, você é o único capaz de chegar a Marte em tão pouco tempo.

— Não precisa fazer isso, Stephen.

— O quê?

— Inflar meu ego para conseguir um lugar na nave. Você está indo bem. O seu amigo Raj também. O pagamento por esse meu gesto magnânimo é o trabalho da sua vida. Eu quero o que você me negou antes, junto com tudo necessário para fazer a engenharia reversa completa daquela nave maravilhosa que o Raj projetou. Eu quero ser a pessoa que vai apresentar ao mundo a descoberta do extraterrestre. As amostras de água do oceano de Europa por si só valem a despesa e o risco. Mas a NanoEsfera como a cereja do bolo? Anos atrás eu te disse que queria trabalhar com você porque desejava mudar o mundo. Se eu recuperar essa nave, vou poder mudá-lo várias e várias vezes. Robert Warren e a Nasa vão se queimar, e eu vou ser o dono da porra da exploração espacial inteira.

Stephen não conseguiu esconder sua perplexidade.

— O quê? Você achou que eu faria isso por amor?

Ian riu tanto que caiu de lado, sem fôlego. Qualquer ideia que Stephen tivesse formado sobre as motivações dele desapareceram. Sentiu-se um idiota. Todas as suas inseguranças eram provavelmente imaginárias, e ele permitiu que destruíssem seu casamento.

— Sinto muito, meu chapa — disse Ian quando viu o olhar de desespero de Stephen. — Isso foi muita grosseria. Para ser sincero, neste ponto da minha vida é impossível esconder o que eu sinto com relação a qualquer coisa. Um dos grandes benefícios e maldições de um homem na minha posição.

— Está tudo bem. Você sabe que tudo isso tem sido um inferno. Estou feliz que ela tenha uma chance. E por mais difícil que seja entregar o meu trabalho, é um preço bem pequeno a pagar por essa chance. Então, obrigado.

— O prazer é meu — disse Ian. — Agora, primeiro as coisas mais importantes. Precisamos restaurar as comunicações imediatamente. Já tomei algumas medidas para isso, só tenho que amarrar algumas pontas soltas. Mas estou confiante que a gente possa estabelecer contato total, com toda a telemetria importante, nas próximas vinte e quatro horas.

— Como você vai fazer isso? Robert...

— Demitiu a maior parte da equipe da missão, sem aviso nem justa causa. E está submetendo muitos deles ao escrutínio de investigadores militares. São pessoas com habilidades muito especializadas, todas em súbita necessidade de emprego.

— Você os roubou.

— Eu nunca entendi por que as pessoas usam essa expressão para quando alguém oferece um pedaço de grama que é realmente mais verde do que a delas.

— Bom argumento. Mas e os investigadores?

— Cortina de fumaça. Táticas de intimidação. Legalmente insustentável.

— Ele fez um bom trabalho intimidando a mim e ao Raj.

— E ele estava certo. Vocês dois são ameaças reais. E somando forças comigo? Nós somos o Juízo Final de Robert Warren.

— O que significa que estou correndo perigo.

— Desde que chegou aqui hoje. A partir de agora, precisamos supor que ele está prevendo a missão de resgate e fará qualquer coisa para impedir. Para sua segurança, recomendo que fique aqui até entrarmos em contato com May. Depois disso, se você insistir em voltar a Houston, apenas pegue o que precisa em sua casa e saia de lá. O mesmo vale para Raj. Se fosse eu, nem pensaria em voltar para casa.

59

— Perigo. Perigo. Perigo. Perigo. Perigo...

O alarme e a robótica voz de alerta que o acompanhava estavam reverberando pelas paredes da sala de máquinas e atingindo os ouvidos de May como picadores de gelo. Luzes de aviso piscantes transformavam toda a área em uma cena de crime. Ela estava no chão, encolhida desajeitadamente sob o compartimento da danificada unidade de indução, grunhindo e pelejando para alcançar alguma coisa.

— Eva — gritou ela com raiva. — Você não pode desligar essa barulheira horrível?

Ela deslizou de debaixo da cortina de metal, batendo a orelha ao sair.

— Eva!

— Não consigo desativar um alarme indicando perigos que podem resultar na morte de tripulantes.

— Mas eu não consigo me concentrar, e isso já é difícil o suficiente — disse May, quase chorando. — Eu mal consigo alcançar sob a cortina do compartimento, que é afiada como uma guilhotina e... merda, isso não pode estar certo. É preciso ser um maldito polvo pra chegar lá embaixo.

— Tem uma alavanca de desengate do painel de manutenção...

— Não tem, não! Faz uma hora que estou procurando e tudo que eu descobri foram bolas de poeira gordurosa. E o cheiro... meu Deus.

May sentou-se por um momento para se recompor e respirou fundo para aliviar um pouco do estresse. Não estava zangada com a máquina quebrada, nem com Eva, nem mesmo com Jon Escher por quebrá-la. A gravidade da situação era um peso em seus ombros, um lembrete brutal de que tinha ficado sem opções.

— Por que a gente só não morreu no veículo de carga? É um milagre que a gente não tenha morrido. Um milagre. E agora isso... de ter só... ter só que esperar feito um cordeiro indo pro abate. Bem, eu não vou fazer isso. De jeito nenhum, nem fodendo.

Ela olhou para o topo do transformador nas proximidades, com seus arcos de eletricidade, lembrando-se de como ele havia aniquilado Jon. *Pelo menos ele morreu cheio de luz.*

— May, estou preocupada com você. Talvez seja melhor trabalhar nisso mais tarde, depois...

— Depois de ficar deitada na cama mais um pouco, só que sem dormir nem descansar? Ou talvez depois de enfiar na boca mais alguma gororoba pastosa com sabor de comida? Não tem "mais tarde", Eva, no caso de você não ter recebido o memorando. Se eu não consertar isso, estamos fodidas. Ponto final.

— Vou organizar os diagramas esquemáticos, torná-los mais claros. Ainda temos tempo.

— Não. Não, não temos.

May tremia com os soluços. Ela não conseguia imaginar como seguir em frente, mas pensar em desistir era inconcebível.

— Você precisa descansar e aliviar o estresse. Pelo bebê, May. Pela Atrevidínea.

May riu um pouco quando Eva disse "Atrevidínea", e isso quebrou suficientemente a tensão a ponto de ela pensar no bebê. A coitadinha provavelmente também estava aterrorizada, mas nem sequer sabia por que ou como lidar com isso. Ela talvez sentisse seu pânico e desespero, o que explicava o motivo de se mexer tanto quando May tentava dormir.

Não tinha como resolver nada na sala de máquinas, por isso desistiu e voltou para sua cabine. Ela se sentiu melhor depois de um banho e um pouco de grude com sabor de comida.

— Acho que eu só precisava desabafar, Eva. Já me sinto um pouco melhor.

— Que bom. Você provavelmente está liberando muitos hormônios que afetam o humor.

— Você quer dizer que me deixam maluca? Demais. Normalmente consigo aguentar quase tudo. Eu sou bem durona. Mas agora tudo me afeta. E coisas realmente sérias, como pensar em entrar feito um bate-estacas em Marte, me fazem perder a cabeça.

— Eu não vou deixar isso acontecer, May. Nós vamos resolver este problema também.

— Sim — disse May, bocejando. — Vamos conseguir. Logo depois de eu tirar uma soneca.

— Bons sonhos — disse Eva.

May apagou antes que Eva diminuísse as luzes. Seu corpo apenas assumiu o controle e a afundou no sono. Fragmentos de sonhos flutuaram, intermitentes, a maioria projeções sombrias de ansiedade. Em um deles, ela estava na superfície de Marte, olhando para o céu. Um objeto brilhante rompeu a atmosfera com um rastro de fogo, sacudindo a terra vermelha com um estrondo sônico. Era a *Hawking II*, despedaçando-se e descendo em queda livre na direção dela. Com a colisão, tudo ficou escuro e o barulho do impacto transformou-se no som de uma porta se batendo e vidro estilhaçado.

O cenário mudou, e May estava deitada em uma banheira, coberta pelos fragmentos de um boxe de chuveiro, sangue escorrendo do lado da cabeça. Stephen entrou correndo e a encarou, dizendo algo que ela não conseguia ouvir.

— Eu estou... acabada — sussurrou ela. — Acabada.

Ela acordou chorando no beliche. Aquele sonho era parte de uma lembrança, do dia em que sua mãe faleceu. Ela quase se matou de beber em um quarto de hotel depois de ir embora do tétrico hospital de Londres. Desejou morrer, oprimida e exausta da vida, com toda sua dor e escárnio. A escuridão de seu beliche parecia sufocá-la, mas ela estava com muito medo de sair da cama. Havia algo que parecia ameaçador naquele breu, parecia de alguma forma vivo e capaz de se enrolar em torno dela para roubar seu último suspiro. Quando olhou pela janela de observação, a escuridão estava lá fora, seu grosso manto espalhando-se como óleo pelo vazio, arrastando a luz das estrelas.

— May? — chamou a voz de Stephen, uma mão se estendendo pelo abismo, tateando à procura de May. — May, acorda.

O som era cristalino. May esperou, resignada, que o sonho atacasse e exibisse suas presas.

— Meu Deus, você está aí mesmo? Parece um buraco negro.

May se sentou. Não era um sonho. Era definitivamente a voz de Stephen.

— Merda, estou maluca — disse para si mesma. — Parece de verdade. Merda.

— É porque eu sou de verdade. Aperta o interruptor de energia da sua cabine.

Ela obedeceu. As luzes se acenderam junto com a tela da parede. Stephen estava nela, sorrindo.

— Sua voz — disse ela, tremendo. — Tudo estava tão escuro. Mas eu ouvi. Eu ouvi.

60

— Ainda não tenho certeza absoluta de que isso não é um sonho.

Depois que May despertou totalmente, Stephen contou tudo sobre Ian e o plano de resgate. Antes de acordá-la, a equipe de Controle de Missão de Ian, flutuando em sua estação espacial de última geração, já estava trabalhando com Eva para estabelecer comunicações e telemetria. As coisas estavam avançando sem discussões desnecessárias, todos trabalhando a um ritmo estrondoso. Um formigueiro de técnicos zanzava de uma ponta a outra da nave experimental vinte e quatro horas por dia, simultaneamente preparando-se para a viagem e terminando a construção.

May estava em êxtase. Aliviada. E grata. Até mesmo otimista. Se existia alguém capaz de conseguir fazer aquilo, era Ian. Mas isso não mudava a qualidade surreal da situação, aquele sentimento supernítido de que se colhia o que se plantava. A eterna roda, certificando-se de que todos estavam destinados a repetir a história. *Ian, primeiro amor. Ian, traidor da mais alta ordem. Ian, salvador.* Ele estava a caminho para salvar sua vida. Por que isso fazia tanto e tão pouco sentido ao mesmo tempo? Cavalo dado. Dentes. *Mantenha a boca fechada exceto para dizer "por favor" e "obrigado".*

— Eu te entendo. Para ser sincero, quase perdi as esperanças — confessou Stephen.

— Bem-vindo ao clube. Espera, acabei de perceber que não tem atraso. Estamos conversando como se você estivesse aqui — declarou May.

— O que você esperava? E não me pergunte como funciona, porque, como todo o resto, é...

— Confidencial. Eu sei. Esse é o nome do meio do Ian. Ou será que é "vai mudar o mundo"? Tanto faz.

Ela parou para olhar Stephen, vê-lo se mover em tempo real.

— O que foi?

— Desculpa, só estou me acostumando com a ideia de ter uma conversa de verdade.

— Eu também gosto muito disso. Como está seu pequeno passageiro?

— Bem. Ela é um pé no saco, mas é assim que eu sei que está bem.

— Uma menininha — disse Stephen, empolgado.

May enrubesceu.

— Nossa, me desculpa. Eu não sei mais me comportar. Faz tempo que estou sozinha. Bem, eu tenho a Eva, mas você sabe, longe de outros humanos por tanto tempo eu só presumo que todo mundo consegue ler a minha mente. Dr. Stephen Knox, por favor, permita-me apresentá-lo à Atrevidinha, a pequena clandestina fodona — disse ela, acenando a mão na frente da barriga como uma modelo em uma exposição de automóveis.

— Atrevidinha?

— Também conhecida como Atrevidínea, dra. Carinha de Pau, Baronesa Von Desaforada. Apelido temporário. Até que algo muito mais constrangedor apareça. Aqui, dá uma olhada.

Ela levantou o tablet e mostrou a ele uma foto de um dos ultrassons. A imagem mexeu com Stephen, e seus olhos ficaram imediatamente vermelhos e marejados.

— Ela parece incrível.

— Ela é. Olha só de onde ela veio — riu May. — E está finalmente começando a aparecer.

May virou-se de lado e mostrou a Stephen a protuberância da barriga. Não era enorme, mas era proeminente em seu corpo esguio.

— Vive dando pontapés. Futura centroavante, ou mestre de kung fu.

— No mínimo — disse Stephen, olhando para trás. — Ahm, o Ian quer dizer oi, mas entende se você não estiver pronta.

— Bobagem. Eu não tenho medo dele.

— Sempre a superior — disse Ian, entrando no quadro. — Oi, Maryam.

— Oi, Ian. Você está com a maior pinta de bilionário ultimamente.

— Felicidades. Como está o garoto? Já está te deixando louca?

— Completamente louca. Ela tem um apetite insaciável, é inquieta e propensa à violência.

— Uma menina, é? Parece alguém que eu conheço. Deixa eu dar uma olhada.

May mostrou a ele a mesma imagem que havia mostrado a Stephen.

— Igualzinho a um bebê — disse Ian. — Tudo parece bem?

— Sim, por sorte. Por enquanto, tudo bem. Só espero que você me alcance antes que eu tenha que dar à luz sozinha com Igor, o cirurgião-robô.

— Senhorita, esta é uma missão da Albright. Vamos deixar a esperança para os amadores.

61

27 de julho de 2054 — Faculdade da Força Aérea Real em Cranwell. Lincolnshire, Reino Unido

— Você está cometendo um erro, Maryam.

Um Ian Albright de trinta anos segurava um lenço contra o nariz ensanguentado e muito provavelmente quebrado. Suas tentativas de evitar que as gotas vermelhas manchassem o uniforme de oficial da RAF foram frustradas pela incapacidade de enxergar qualquer coisa através dos olhos marejados e que aos poucos começavam a inchar. Uma May de dezenove anos estava alguns passos à frente, com o punho erguido — que também sangrava e tinha o dedo médio recém-quebrado — como uma arma fumegante, a prova cabal do crime. Ela já havia esmurrado muitos rapazes assim por uma série de transgressões. Na verdade, já era expert em soco no nariz, pois seu pai a informara de que era uma excelente estratégia para chamar a atenção de um homem, ao mesmo tempo minimizando sua capacidade de retaliação.

— Qual, bater em você ou terminar com você? Porque agora as duas coisas estão me parecendo decisões excelentes.

— Podíamos ter sido...

— "Podíamos ter sido" são as palavras certas.

— ... reis do mundo. Nós fomos feitos um para o outro. Você tem que ver isso.

— Eu não fui feita nem pra você nem pra qualquer outra pessoa, seu filho da puta esnobe. E você com certeza não foi feito para mim. Isso está bem óbvio.

Ian tentou um risinho de desprezo para acompanhar seu típico olhar de soberba, mas a dor aguda que irradiava através de seu crânio reduziu a coisa toda a um sorriso torto e sarcástico.

— Bom, se você não fosse tão provinciana, talvez entendesse.

May cravou em Ian o olhar que era a marca registrada *dele*, e que ela havia satirizado ao longo dos nove meses de namoro. Nesse tempo, May aprendera sobre a fragilidade do ego de Ian Albright. Como tantos jovens com dinheiro de família que nada tinham feito para merecer, a arrogância de Ian era uma cortina de fumaça para os "plebeus", um tênue brasão de armas protegendo um calcanhar de aquiles. Todos sabiam que Ian era muito mais do que um garoto rico e arrogante; um intelecto brilhante e uma ética de trabalho incansável o salvaram de se tornar um mero playboy presunçoso. Mas ele não conseguia se livrar da sensação que lentamente devorava sua alma: a de que tinha direitos ilimitados. Ian sonhava em salvar o mundo, mas desprezava o mendigo sem pernas. O cretino arrogante que seu pai tinha sido, e o pai dele antes disso, fazia parte do DNA de Ian, e a vida raramente lhe apresentava razões para mudar... até que May apareceu, claro, e virou seu mundo do avesso.

— Se eu tivesse nascido em uma "posição superior" como você, acha que eu realmente teria aprovado você tentar acabar com a missão do meu piloto de testes? Porque está com ciúmes? Porque quer ser o meu dono?

— Não foi isso que...

— Não foi isso que aconteceu? Está tentando mentir sobre isso agora também? Pra cima de mim? Se você gosta do que tem no meio das suas pernas, é melhor ir embora.

Ian ficou em silêncio, fingindo limpar delicadamente o nariz.

— De volta à questão: se eu tivesse uma "posição superior", estaria disposta a aceitar essa hostilidade e a sua óbvia falta de remorso?

Ele balançou a cabeça.

— Ótimo. Agora que nos entendemos, deixa eu concluir. Nós terminamos. Não vamos voltar. Não tenho a menor intenção. E eu recomendo fortemente que você nem tente. Você vai contar para todo mundo o que você fez, e não vai falar mal de mim. Se fizer isso, esse nariz sangrando vai ser a menor das suas preocupações. E eu também quero que você dê uma última olhada em mim e me fale de novo quem é que está cometendo um erro.

May esperou pela resposta para mostrar que não tinha feito uma pergunta retórica e que a fúria em seus olhos era prova de que ela cumpria suas ameaças. Quando a encarou, Ian estava chorando, não apenas lágrimas do machucado, mas de quem sabia que tinha destruído o único amor verdadeiro que teria na vida.

— Eu — disse ele em voz baixa, e então foi embora.

Ian admitiu a derrota de um modo infantil que não proporcionou a May prazer nenhum. Mas ela tampouco sentiu pena. Na sua opinião, o que ele tinha feito por ciúme, possessividade e ego eram pregos no caixão, e não havia como recuperar a relação. Quando ele foi embora, ela chorou também. Ian tinha sido seu primeiro amor e lhe dera esperanças de superar os homens arrogantes e desalmados que nunca passariam de casinhos com prazo de validade limitado. Ela podia até dizer que Ian a fizera flutuar, feito que só achava possível com o uso de máquinas voadoras. A mente dele era deslumbrante, mas era a única parte que lhe dava humildade.

    Quando se conheceram, May e Ian conversaram durante horas a fio sobre voar, algo que ambos amavam por causa da liberdade ilimitada que proporcionava. Estar juntos fazia com que se sentissem livres também. Nenhum dos dois era da mesma espécie de todas as outras pessoas que já haviam namorado. Fisicamente, foi a primeira vez que May se sentiu igual e respeitada durante o sexo. Da mesma forma, ela não exigira que Ian desempenhasse o papel de macho alfa clichê. Mas a arrogância dele era o elo fraco da corrente, e naquele dia, quando ele saiu pela porta, levou embora o desejo de May de voltar a confiar em qualquer pessoa que não fosse ela mesma.

62

Depois de deixar as instalações de Ian, Stephen voou para Houston a fim de enfiar o que pudesse em uma mala pequena e pegar Raj. Antes que partisse, Ian tentou convencê-lo a não voltar para casa, mas Stephen insistiu. Ele não se importava com suas roupas ou produtos de higiene pessoal e não tinha nenhuma herança ou relíquia especial além da aliança de casamento que havia colocado de volta no dedo assim que May e a nave desapareceram. O que Stephen queria eram os dados que ele e Raj haviam enterrado na parede do porão. Tão logo constatasse que a missão de resgate de Ian estava em andamento, Robert mandaria revirar a casa, e o esconderijo de Stephen não era suficientemente inteligente para enganar uma equipe de agentes federais.

Ele deixou o carro no estacionamento do aeroporto e pegou um táxi clandestino até em casa. Passaram pela frente da residência uma vez e Stephen não viu nada de incomum. Pediu ao taxista para ir até o beco atrás das casas, por onde os moradores entravam nas garagens, e caminhou até a dele. Ainda nada de estranho, nada que eriçasse os pelos de sua nuca. Stephen usou o teclado numérico para digitar sua senha e foi direto para o porão, retirou o *drive* da parede, aliviado pelo fato de o dispositivo ainda estar lá, e o enfiou em uma mochila velha.

— Detector de movimento, porão.

Stephen ouviu a IA da sua casa no alto-falante do console no térreo. Nunca usara a função de segurança da casa. Nem sequer a havia configurado. Ele sempre teve mais medo de um hacker do que de um ladrão atrás de bens valiosos que não existiam. May também nunca tinha configurado nem usado o sistema. Stephen ficou quieto e apurou os ouvidos. Passos, muito suaves, alguém de meias ou descalço, movendo-se em direção às escadas do porão.

Ele estava na área de serviço. Havia uma pequena despensa ao lado, com uma janela envidraçada protegida por uma cobertura de metal. Ele correu até lá. A janela estava emperrada, então ele a quebrou com uma lata de tinta e escalou a soleira metálica. Passos, descendo as escadas. Ele empurrou a pesada grade para cima e a abriu, batendo as costas. Pontadas quentes de dor irradiaram de sua coluna até os tornozelos e os dedos das mãos. Passos no porão, alguém tropeçando em todas as tralhas que ele e May tinham, felizmente, acumulado lá embaixo. No momento em que Stephen pulou do nicho da janela, os cacos de vidro no chão do porão foram esmagados pelos passos de alguém correndo em sua direção.

Stephen disparou pelo beco, as mãos sangrando por causa do vidro, as costas se contorcendo e dando fisgadas de dor. O táxi ainda estava lá. Ele pulou para dentro do carro.

— Mas que merda aconteceu com você? — perguntou o motorista.

— Vamos! — gritou Stephen. — Alguém arrombou a minha casa. Dei de cara com eles. Estão atrás de mim — disse ofegante.

Stephen olhou pela janela traseira. Um homem dobrou a esquina, correndo. Ele não reconheceu quem era. Roupas escuras, alto, carregando algo escuro. O motorista o viu pelo retrovisor.

— Merda, ele tem a porra de uma arma.

Ele pisou fundo e Stephen foi arremessado para trás e se chocou contra a mochila caída no banco. O dispositivo de metal na bolsa bateu com violência em suas costas, cujos músculos estavam tensos e machucados. Ele gemeu de dor. Assim que se afastaram do bairro, ligou para Raj.

— Esta é a última vez que vou usar este telefone, então escuta.

— Cara, o que...

— Eu disse pra escutar. Coloca o que for importante para você em uma mochila. Nada de roupas, produtos de higiene pessoal, nada disso. Pega só o que for essencial pra sua vida e dá o fora da sua casa. Me espera naquele restaurante onde a gente se encontrou antes, aquele que você não gostou. Não leva o seu carro. Não usa um serviço de carona de aplicativo. Depois dessa ligação, não usa mais o seu telefone. Só deixa o aparelho em casa. Vai agora! — gritou ele e desligou.

Meia hora depois, estavam em um restaurante barato, a espelunca onde se encontraram quando Stephen queria um lugar seguro para conversar. Ele escolheu uma mesa ao lado de uma porta para a cozinha que levava à saída dos fundos.

— Raj, isso não é piada, o.k.? Olha pra mim. Estou rindo?

— Não — disse Raj nervosamente. — Desculpa. Eu faço piadas quando fico nervoso. Você sabe disso. E quando eu acho que estou em perigo mortal, sou hilário. Não consigo evitar, sabe?

— Você notou alguma coisa estranha? — perguntou Stephen.

— Sim, quando eu estava correndo hoje de manhã, um cara numa perua preta sem janelas parou no meio-fio e me perguntou se eu queria um doce.

— Babaca.

— Eu te disse que não consigo evitar — sussurrou Raj com voz áspera. — E não, eu não vi nada de estranho. Eu andei meio na surdina, como você disse. Hoje na verdade foi o primeiro dia que fui em casa desde que você viajou. Perto do aeroporto tem uma casa de jogos eletrônicos multijogadores vinte e quatro horas por dia, sete dias por semana, então tenho pernoitado em um hotel barato por lá... pagando com dinheiro. E acho que posso ter pegado percevejos.

— Precisamos sair de Houston hoje.

— O quê? Para onde estamos indo?

— Eu conheço um lugar. Só preciso descobrir como chegar lá.

— Por que não podemos ficar hospedados no quartel-general de vilão de James Bond do Ian?

— Eu não tenho como entrar em contato com ele agora.

— Onde fica esse lugar?

— Fora do estado. Podemos ir de ônibus, para manter a discrição. Só preciso descobrir como chegar ao terminal rodoviário.

— Táxi?

— Só se a gente avistar um, não podemos chamar.

— A gente aluga um desses carros para pessoas com deficiência — disse Raj, estalando os dedos.

Stephen soltou um profundo suspiro.

— Cada etapa disso aí é rastreável. Aplicativo, cartão de crédito...

— Cara, você não precisa de um aplicativo e quem é que hoje em dia ainda usa cartão de crédito? Eu posso usar o meu login irrastreável da deep web ali naquela máquina de pôquer do banheiro, trocar os pontos dos jogos on-line por créditos e bum.

— Quanto tempo isso vai levar? — perguntou Stephen, olhando para os novos clientes que não paravam de entrar.

— Dois minutos — disse Raj, e caminhou até a máquina de pôquer eletrônico. Ele voltou em um.

— Vamos lá. O carro está a três quarteirões daqui.

Eles correram até o veículo, um surrado cupê econômico que tinha o aspecto e o cheiro de um banheiro público.

— Aonde estamos indo? — perguntou Raj.

— Terminal rodoviário.

— Depois disso.

— Key West.

A caminho da rodoviária, eles sacaram o máximo de dinheiro possível de caixas eletrônicos e abandonaram o carro a cerca de dois quilômetros da estação. Pagaram em dinheiro vivo pelas passagens de ônibus e, quinze horas depois, estavam em Key West. Esperaram uma hora até o pôr do sol e percorreram a pé o trajeto entre o terminal rodoviário e a casa de Whitehead Spit que Stephen havia frequentado quando criança e para onde May o levara para comemorar seu aniversário. Ele arriscou que a casa estaria vazia, já que era baixa temporada. Ainda sabia como arrombar o mesmo trinco frouxo dos seus tempos de menino, e eles entraram em silêncio. O calendário do proprietário da casa afixado na geladeira mostrou que tinham pelo menos uma semana antes da data prevista para a chegada dos locatários.

— Caramba, que museu empoeirado é esse?

Raj acendeu uma luz e Stephen rapidamente a desligou.

— Sem luzes, sem TV, nada eletrônico, o.k.?

— Eu já te falei que tenho medo do escuro? — perguntou Raj.

— Claro, e você trabalha no escuro o dia todo. A escuridão é nossa melhor amiga agora.

— Você só deixa tudo mais assustador dizendo esse tipo de coisa.

Stephen olhou na geladeira. Havia algumas cervejas e sobras de comida congelada deixadas pelos inquilinos anteriores. Ele entregou uma cerveja a Raj, que ergueu a garrafa para um brinde.

— Bons amigos te ajudam a esconder dinheiro da sua ex — disse Raj, batendo na garrafa de Stephen. — Melhores amigos te escondem dos federais.

Os dois passaram as horas seguintes terminando as cervejas, sussurrando no breu sobre o que Stephen tinha visto na instalação de lançamento de Ian e relembrando o passado, feito duas crianças no acampamento de verão depois que as luzes tinham sido apagadas. Em fevereiro, eles brincaram, faria dez anos que "estavam juntos".

63

3 de dezembro de 2057 — Universidade de Princeton — Princeton, Nova Jersey

— Você está cometendo um erro, Stephen.

Ian Albright estava na sala de Stephen no campus. Eles eram uma dupla estranha. Ian era um homem do futuro, o próprio gume cortante responsável pela tecnologia de ponta do progresso. E lá estava ele — desconfortavelmente sufocado em uma poltrona estofada demais em um edifício centenário com canos que rangiam e assoalho desnivelado — sendo forçado a ouvir a palavra que mais desprezava: não.

— É o que todos os meus colegas me dizem.

— Por que você não dá ouvidos a eles?

— Porque para eles é um jogo arriscado. Para mim não é.

— Será, se você der esta missão à Nasa.

— Ian, sei que você tem os meios para tornar isso uma missão muito maior do que talvez eu possa imaginar. Ninguém maximiza o potencial de descobertas científicas como você. Mas é exatamente disso que eu tenho medo. As implicações de Europa são importantes demais para serem ofuscadas pelo seu potencial de lucro. Se tudo correr conforme o planejado, quero que o mundo veja como isso pode dar esperança ao futuro de todos, não apenas aos ricos.

— Meu amigo, se você pensa por um minuto que a Nasa vai fazer isso pelo bem da humanidade, você é ainda mais ingênuo do que eu imaginava. Só porque eles não têm alguém como eu executando esse programa, não significa que pessoas assim não existam. Como tudo no governo federal, tem gente rica e poderosa mexendo todos os pauzinhos. Neste caso, eles estão sem dúvida usando artifícios para manipular Robert Warren. E agora estão morrendo de vontade de cravar os dentes nisso.

— Eu não sou tão ingênuo quanto você pensa, Ian. Pelo menos tem alguns freios e contrapesos na conspiração que, segundo você, controla a Nasa. Com você, não tem nenhum freio e contrapeso. O controle é totalmente autocrático. Não importa que capricho você decida seguir, não vai ter ninguém para te impedir.

— E por isso eu vou ser o futuro da exploração do espaço profundo. Não tem ninguém para me limitar ou para subjugar meu intelecto. Você fala como se isso fosse perigoso, mas é com certeza a razão do meu sucesso. Tempos como estes não são feitos para comissões, Stephen. E não vamos nos esquecer de que você está disposto a correr o risco de trabalhar com um homem como Robert Warren, alguém que não conhece quase nada sobre exploração espacial, um homem que nunca será capaz de apreciar sua mente e seu trabalho.

Stephen riu.

— Robert Warren é só um chefe de fachada da administração, um homem para tornar a missão aceitável para a oposição mais radical. Eu não tenho a menor confiança nele. Mas tenho confiança na equipe dele. São pessoas excepcionais, e algumas me fizeram enxergar ainda mais profundamente as possibilidades da missão.

Alguns meses antes, Stephen se encontrara com uma dessas pessoas, o homem que foi a razão pela qual optou pela Nasa. Naquela época, ele ainda estava bastante inclinado a trabalhar com Ian. Percebendo isso, Robert Warren o convidou para ir a Houston conhecer um dos mais novos integrantes da equipe de engenharia. Ele apresentara a coisa toda de maneira enigmática, sabendo que quanto mais fatos fornecesse a Stephen, mais oportunidades ele teria para encontrar maneiras de dizer não.

Quando Stephen chegou ao Centro Espacial Johnson e Robert o apresentou a Raj, ele quase se virou e saiu pela porta. Mas então Raj falou.

— Não acredito que você está realmente pensando em trabalhar com aquele babaca do Albright.

— Raj — disse Robert em um tom de aviso.

— Este é o seu plano para garantir a missão, Robert? — disse Stephen. — Colocar um estudante de mestrado para tentar me constranger?

— Eu não fiz mestrado — disse Raj com arrogância. — Títulos são para quem gosta de escrever artigo e mamar nas tetas do meio acadêmico.

— E agora você está me insultando — disse Stephen, mais para Robert. — Só melhora.

— Eu sinto muito, Stephen. Rajah é...

— Raj. Só minha falecida avó me chamava de Rajah.

— Raj — continuou Robert — tem algo para te mostrar.

Raj olhou para ele como se estivesse louco.

— Ah, é. Eu tenho.

Robert diminuiu as luzes e ligou a tela da parede. O design da *Hawking II* materializou-se em toda a sua glória. Estava renderizado em 3-D e estilizado para parecer exatamente a nave real. Stephen não deixou transparecer que estava intrigado. Em vez disso, verificou todos os ângulos e especificações na tela. Quando terminou, estava impressionado. Ali estava um cara que parecia ter acabado de sair da cama, agindo como um adolescente arrogante, responsável por um dos designs mais brilhantes que ele já tinha visto na vida.

64

Era tarde, pouco depois das duas da manhã, quando Stephen e Raj foram dormir. Raj ficou com a suíte principal e Stephen escolheu dormir no sofá para ficar de vigia. Ele sabia que não conseguiria mesmo pregar os olhos, e tinha razão. Sua mente estava ocupada demais, obcecada pela maneira como as coisas haviam ido ladeira abaixo em um período tão curto. Apenas quatro meses atrás a *Hawking II* havia sido lançada rumo a Europa. Como era possível que agora ele estivesse se escondendo de Robert Warren, esperando para partir em uma missão com Ian Albright para resgatar May? Para piorar a situação, tudo aquilo em que Stephen tinha trabalhado desde a faculdade estava à beira de ser perdido, ou pelo menos tirado dele.

Mas tudo isso empalidecia em comparação com a ansiedade que sentia pela gravidez de May. Ele lembrava nitidamente a última noite em que estiveram juntos na Estação Wright, a única ocasião possível para a concepção. Faltavam oito dias para o lançamento, e ele estava deitado na cama do alojamento, de olhos abertos. Assim como naquele momento, não conseguia dormir porque sua mente gerava reflexões complexas, impulsionadas por sua crescente aflição.

Havia tempo de sobra para pensar, para se preocupar, e isso só piorava a cada dia. Naquela noite, May voltou tarde de uma sessão de treinamento e Stephen percebeu que ela ainda estava agitada. Ela foi para a cama vestindo o roupão ligeiramente aberto, na esperança de despertar o interesse dele. Ele tentou fingir que estava meio adormecido, mas isso não a dissuadiu. May passou para a fase dois e colocou uma das mãos dele em seu corpo, deslizando para mais perto.

— May, eu...

— Está muito cansado — disse ela, desapontada.

— Eu sinto muito.

— Eu também. Estava começando a achar que você tinha perdido o interesse em mim, e parece que eu tinha razão.

Stephen fitou o teto por um momento, tentando pensar em algo para dizer que fosse capaz de suspender temporariamente a raiva de May. Mas ele sabia que era inútil; May nunca aceitava com muita delicadeza que ele rejeitasse as investidas dela. Claro, ela podia rejeitá-lo à vontade. Mas mencionar esse fato também resultaria em um bate-boca no qual Stephen não tinha interesse. Em vez disso, ele fez a única coisa que podia para evitar uma discussão acalorada ou um gelo: se virou para ela e a puxou para um beijo.

Naquela noite, depois que fizeram amor, o que pareceu uma obrigação, e May pegou no sono, Stephen saiu da cama e fitou as estrelas pela janela de observação. Ele sabia que faria isso muitas vezes na ausência de May, esperando por ela. Quando olhou de novo para a cama, Stephen se sentia como se já houvesse entre eles centenas de milhões de quilômetros de vazio. A solidão desse pensamento era profunda e insidiosa e o gelou até a alma. Três dias depois, eles já não estavam mais se falando. E então ela foi embora.

— Você ouviu alguma coisa? — sussurrou Raj.

Stephen estava tão perdido em seus pensamentos que não o ouvira sair do quarto.

— Não — sussurrou Stephen. — O que você ouviu?

— Talvez nada — disse Raj, espiando através das cortinas da janela lateral.

— Não faça isso — sussurrou Stephen com rispidez. — Se tiver alguém lá fora, vai ver você. Fica longe das janelas.

Os dois ficaram sentados no chão por um momento, de costas para o sofá, observando e ouvindo atentamente. Era uma noite sem lua, muito escura, e não viram nada além de palmeiras balançando em uma leve brisa.

— Vou olhar a cozinha — murmurou Raj. — Fica de olho aqui.

Raj foi até a cozinha enquanto Stephen aguardava. Ele ouviu o amigo checar a fechadura na porta dos fundos, mas depois disso tudo ficou em silêncio. Após dez minutos, Stephen se levantou e foi na ponta dos pés até os fundos do chalé.

— Raj? — sussurrou ele.

Pensou ouvir Raj no quarto, por isso entrou lá.

— Ei, não tem nada...

Raj não estava lá. Stephen atravessou a cozinha até a pequena lavanderia e encontrou a porta dos fundos aberta. Quando olhou para fora, não viu nem ouviu coisa alguma. Ele fechou a porta sem fazer movimentos bruscos e esperou. Mais quinze minutos se passaram, ainda sem Raj. Ele foi até a cozinha para pegar em uma das gavetas a antiga lanterna. As pilhas estavam fracas. Ele a acendeu e perscrutou o quintal. Vazio. Ele desligou a lanterna, entrou de novo e se dirigiu até a parte da frente do chalé. Nada ainda. Se Raj estivesse brincando com ele... ouviu um barulho na cozinha e criou coragem. Quando voltou lá, havia três homens a sua espera no escuro.

Stephen ficou paralisado.

É isso, pensou, *é assim que acaba.*

Restava apenas a esperança de que Ian sobrevivesse tempo suficiente para o lançamento. Caso contrário, May e o bebê estariam perdidos. Ela passaria seus últimos dias esperando a morte e se odiando por submeter seu bebê a isso. As luzes da cozinha se acenderam e lá estava Raj, com seu pijama completo, de pé ao lado de dois homens vestidos de preto e armados até os dentes.

— Não é seguro aqui, dr. Knox — disse um dos homens. — O sr. Albright nos enviou para te buscar. Por favor, pegue suas coisas rapidamente.

— Ah — gaguejou ele.

— Parceiro, você devia ver a sua cara — disse Raj. — Você achou que esses sujeitos tinham vindo aqui matar a gente, não é?

— Cala a boca, Raj.

Stephen foi até a frente do chalé para pegar sua mochila, enquanto Raj entrava no quarto. Os dois homens vigiavam a frente e os fundos. O homem na frente fez sinal instruindo Stephen a ir até a porta dos fundos. A caminho de lá, ele entrou no quarto. Raj ainda estava enfiando coisas em sua bolsa de viagem.

— Vamos — disse Stephen.

— Um segundo. Não consigo enxergar porra nenhuma.

— Não acredito que você trouxe um pijama — disse Stephen abaixando-se para ajudar a recolher as roupas que Raj havia jogado lá feito um adolescente.

— Eu não consigo dormir sem. Ei, meus óculos estão aí embaixo?

Stephen tateou o chão à procura deles.

— Não.

— Esquece, já achei.

Raj agarrou os óculos do peitoril da janela e os colocou, sorrindo.

— Raj, eu te disse para não...

Ouviu-se um estalo estridente, feito um aplauso, e algo pontiagudo atingiu a testa de Stephen como um martelo. Ele caiu de costas contra a parede e ergueu os olhos. Raj estava junto à janela, com a mão pousada sobre um dos olhos, a boca se mexendo em silêncio. Então seus joelhos se dobraram e ele caiu com força no chão. Stephen viu um buraco irregular onde antes havia o olho de Raj, uma cavidade larga esguichando sangue. Os óculos dele estavam em pedaços na camisa de Stephen.

65

Stephen e o homem de Ian rastejaram pelo chão do corredor enquanto as rajadas de balas fustigavam a casa. Como os atiradores estavam usando armas com silenciadores, não havia estampidos nem estrondos do lado de fora, apenas estalos ruidosos e ganidos do lado de dentro, enchendo o local com estilhaços de madeira, vidro quebrado e pó de gesso. O segundo homem de Ian estava na cozinha, respondendo aos tiros com saraivadas de sua submetralhadora com silenciador. Stephen ouviu um estrépito, como o de um osso se quebrando, e um violento baque no chão, e viu o homem na cozinha cair com duas feridas sangrando na cabeça.

Stephen e o outro homem detiveram-se no corredor. O homem segurou sua submetralhadora enquanto sussurrava algo no microfone do rádio colado em sua bochecha. Sangue escorreu para o olho de Stephen e sua mão trêmula apalpou a testa. Alguma coisa pontuda se projetava da pele acima da sobrancelha esquerda. Stephen a arrancou. Era um fragmento dos óculos de Raj. Ele podia sentir mais deles enfiados na pele. O tiroteio do lado de fora diminuiu e parou. O homem virou-se para Stephen.

— Eles estão chegando — sussurrou. — Tem outra saída?

Stephen apontou para o banheiro do outro lado do corredor.

— Janela para o chuveiro ao ar livre — sussurrou de volta.

— Não se mova — disse o homem, e se arrastou pelo corredor em direção à porta do banheiro.

— Stephen.

Um homem do lado de fora falou alto o suficiente para ele ouvir.

— Eu sei que você não quer morrer.

Era Robert. A julgar pelo som de sua voz, parecia que ele estava do lado da casa onde ficava o quarto, perto da janela que seus capangas tinham usado para atirar em Raj.

— Saia agora e você não vai se machucar.

O homem no corredor olhou para Stephen e fez sinal para que ele falasse de modo a manter Robert ocupado por um momento.

— Você matou o Raj, seu merda.

— O Raj se matou. Mas você pode sair daqui vivo.

— Você é um mentiroso. Eu não vou colocar um pé para fora da porta.

— Estou mandando meus homens recuarem.

— Vai se foder.

— Você tem duas opções. Se ficar aí dentro, vai ser tirado em um saco plástico preto junto com o seu amigo. Ou então saia e veja se estou mentindo. Apenas uma opção te dá uma chance de cinquenta/cinquenta.

O homem fez sinal para que Stephen continuasse falando enquanto ele armava alguma coisa.

— Entra aqui que eu saio com você.

Robert riu.

— Agora quem está mentindo? Eu sei que eles estão aí com você. Os homens de Ian.

— É isso mesmo. Então eu não te aconselho a entrar.

— Por que não chegamos a um meio-termo e nos encontramos na varanda da frente?

O homem de Ian assentiu.

— Certo. Primeiro eu preciso te ver.

— Estou em um carro estacionado em frente. Dá uma olhada. E diga ao seu homem para não se dar ao trabalho de atirar no vidro. Mas tenho certeza de que ele não é tão estúpido.

— Espera.

Stephen rastejou até a sala e deu uma rápida espiada por detrás do sofá. Através da janela, pôde ver Robert no banco traseiro de um utilitário esportivo. Ele se abaixou de novo e se arrastou de volta pelo corredor. O homem de Ian deslizou um pequeno dispositivo para dentro da cozinha e fez sinal para Stephen rastejar até o banheiro.

— Viu? — disse Robert. — E, a propósito, isso foi tempo mais do que suficiente para atirar na sua cabeça.

Enquanto Stephen se arrastava até o banheiro, o homem deslizou outro aparelho pelo corredor até a sala. Ele se juntou a Stephen no banheiro e eles se sentaram sob a janela. Havia perfurações de balas por toda a parede. Seriam alvos fáceis, peixes em um aquário, se os homens de Robert abrissem fogo novamente.

— Estou saindo do carro. Você tem trinta segundos para estar naquela varanda.

O homem de Ian consultou seu relógio e eles deixaram os segundos escoarem em silêncio. Ele fez sinal para Stephen cobrir as orelhas. Transcorridos trinta segundos, ouviram botinas pesadas subindo o caminho de cimento que levava à porta dos fundos. Quando arrombaram a porta, o homem detonou o dispositivo na cozinha.

Stephen não estava preparado para o terrível estouro causado por algo que não parecia maior do que um telefone celular. Ele ouviu vidro e madeira explodindo e os uivos dos homens de Robert se debatendo no chão. O homem de Ian fez sinal para que Stephen fosse para a janela do banheiro. Botinas vieram a passos pesados na varanda da frente. Stephen abriu a janela e com um soco rasgou a tela. No instante em que se jogava através da janela, deslizando desajeitadamente de cabeça para baixo para cair no chuveiro ao ar livre, o segundo dispositivo na sala da frente foi detonado. Imediatamente surdo, ele desabou dentro do chuveiro e aterrissou com violência nas ripas de madeira. O homem de Ian escapou rapidamente pela janela e pousou ao lado dele.

Esperaram por um momento enquanto o homem espiava através de uma fresta na parede de madeira do chuveiro a céu aberto. Em seguida ele agarrou Stephen e ambos saíram correndo e atravessaram o pátio lateral. Stephen entreviu um vislumbre de fumaça, corpos e caos bem à frente, mas o carro de Robert havia sumido. Enquanto corriam em meio aos pátios dos chalés, Stephen viu o carro passando em paralelo na rua, faróis apagados, um homem com óculos infravermelhos e uma metralhadora rastreando os dois. Eles se afastaram rapidamente da rua, esquivando-se das balas que atravessavam os finos pinheiros musgosos. Os pneus cantaram no fim do quarteirão quando o motorista manobrou para interceptá-los na rua seguinte.

O homem de Ian correu na direção oposta, de volta aos chalés, mas em ângulo rumo à água. Prestes a dizer que estavam indo para um beco sem saída, Stephen viu um homem e uma mulher, também vestidos com equipamentos de comando, esperando ao lado de um cais particular em um bote inflável militar preto, seu motor de popa silenciosamente encrespando a água. O homem de Ian empurrou Stephen para dentro do barco, forçando-o a manter a cabeça abaixada, enquanto o bote acelerava através da água escura.

66

— Ai, meu Deus.

May estava na ponte de comando, conversando por videoconferência com Ian. Cobria a boca com a mão e lágrimas escorriam pelo rosto.

— Eu sinto muito. Nós fizemos tudo o que pudemos, May. Eu mesmo perdi um homem.

— Raj, ah, não. Não acredito, Ian. Ele era como um irmão. Não, ele *era* um irmão pro Stephen. Nós dois amamos muito ele. E o Stephen deve estar arrasado. Eu não posso nem imaginar.

— Ele está se recuperando do choque. Levei ele de volta para o meu escritório e ele desmaiou. A coisa toda é horrível pra caralho.

— Robert Warren. Eu vou me vingar, Ian — disse May, cerrando os dentes e o punho.

— Somos dois. Infelizmente, agora ele tem a vantagem. Não sei do que ele é capaz, verdade seja dita.

— De tudo.

— Certo. É por isso que estou antecipando o lançamento. Esperar que as coisas piorem e aconteça outra desgraça é muito arriscado.

— Quando vai ser? — perguntou ela.

— Em vinte e quatro horas. Menos, se possível.

— Uma semana e meia mais cedo? Mas como é que vocês vão se preparar?

— Não vamos. Mas também não estaríamos preparados, de qualquer jeito. Eu acelerei as coisas o máximo que pude em um período muito curto. Estou contando com a sorte, mas vamos conseguir.

— Eu sei que vão — disse May. — E agradeço. Nós agradecemos, aliás.

— Como está o feijãozinho?

— Ela é muito chata, igualzinha à mãe.

— Ninguém é tão chato assim, nem mesmo eu.

— Você tem sorte de eu não poder te dar um soco agora.

— Guarde para quando nos encontrarmos. Tenho certeza que mereço um de qualquer forma.

— Desculpa, mas nunca engoli esse Ian humilde. Mesmo que você realmente mereça um soco.

— Você me conhece bem demais, Maryam.

Ela notou uma repentina suavidade no comportamento dele.

— Ian Albright. Você está fazendo isso porque ainda é louco por mim?

Ela estava meio brincando, e meio não.

— Meu Deus, às vezes você é tão grosseira, Maryam.

Ele parecia genuinamente desconcertado e ela ficou constrangida.

— Você tem razão. Desculpa. Como eu disse pro Stephen, estou neste caixote desgraçado há tanto tempo que perdi a educação. Não que eu fosse tão refinada antes...

— *Quid pro quo*, a recíproca é verdadeira. Eu também não acredito na Maryam humilde.

— Claro que não.

— Ânimo! — disse ele. — As últimas vinte e quatro horas foram horríveis. Mas somos ingleses. Se a gente não fica firme, todo mundo desaba.

— Certo — disse May, corrigindo sua postura.

— É isso aí. Um pouco irônico, porém, tudo isso.

Ian tinha um olhar distante, que usava em raras ocasiões de reflexão.

— Exatamente o que eu estava pensando no outro dia — concordou May. — O mundo gira.

— Com certeza. Não quero me intrometer, mas você e Stephen resolveram aquele problema sobre eu te ajudar na missão?

— O quê? — Um formigamento começou nos dedos de May.

— Eu sabia que tinha causado uma briga. Você me disse isso quando ligou antes do lançamento. Na verdade, praticamente gritou no meu ouvido.

May sentiu o medo e a confusão familiares que vinham à tona quando não conseguia recordar algo. Ela não tinha dúvida de que Ian estava dizendo a verdade, mas sua mente não conseguia remontar tudo, era fugidio. Tinha alguma coisa ali, mas não sabia o quê.

67

31 de agosto de 2067 — Estação Wright — Uma semana antes do lançamento

— Eu nunca me senti tão traído.

May tinha acabado de voltar para o alojamento que dividia com Stephen depois de um longo e exaustivo dia de treinamento. Ele estava sentado à pequena mesa de jantar, com o rosto vermelho de raiva. May entrou em pânico ao ouvir aquela frase. Pensou rapidamente em tudo de que Stephen poderia estar falando e tentou montar uma defesa para cada coisa. Tinha aprendido, brigando com a mãe, que a melhor tática era não dizer nada logo de cara. Assim não corria o risco de falar sem pensar ou dizer por acidente algo que fosse indefensável. Além disso, era importante nunca deixar transparecer que um ataque a abalara. *Fica calma.*

— Você me ouviu?

— Estou esperando você explicar.

Tentando continuar calma, May pegou um shake de suplemento alimentar na geladeira e se sentou de frente para Stephen. Abriu a garrafa e bebeu tranquilamente, erguendo as sobrancelhas de modo impassível para indicar que estava esperando que ele falasse logo ou desistisse do assunto. Stephen a encarou, um pouco incrédulo com sua reação, murchando.

— Você realmente achou que eu não ia descobrir? — perguntou ele em tom de desprezo.

May sentiu o medo surgir e começou a duvidar seriamente de sua capacidade de se safar daquela situação. A forma como Stephen a encarava era mais raivosa do que a habitual. Já tinham brigado antes, mas era sempre ele a manter a calma. Stephen se exaltava, mas nunca ia longe demais. Naquele momento, parecia não se importar com nada disso. Todo mundo tinha um ponto de ruptura e Stephen tinha chegado ao dele.

— Acho que a gente precisa se acalmar e...

— Já passamos desse ponto faz tempo! — gritou ele, batendo a mão na mesa com violência.

May sentiu pena dele, porque viu que a raiva de Stephen servia apenas para conter as lágrimas. Quanto mais se esforçava para sufocá-las, mais irritado ficava. Pela primeira vez, May ficou assustada com o marido.

— Não esquece onde estamos, Stephen — disse ela em alto e bom som. — Aqui não é a nossa casa. Sei que você está chateado, mas ninguém fala assim comigo. Faz isso de novo e eu vou sair por aquela porta e chamar a segurança.

A expressão de Stephen se retorceu em um olhar semicerrado de incredulidade.

— Não fica tão chocado — disse May. — Você pode estar disposto a arriscar a carreira com uma briga em uma estação espacial internacional, mas eu não estou.

Stephen riu com amargura.

— Ah, eu sei bem o que você é capaz de fazer para preservar a porra da sua carreira.

Não. Isso agora não. May queria dar o fora dali. Estava sendo emboscada pela verdade, e passava longe de estar preparada para isso.

— Stephen, acho melhor a gente falar sobre isso depois.

— Não. Vamos falar agora.

— Eu vou sair — disse May, levantando-se.

— Se você sair, acabou. Vou tirar você da minha vida.

May o encarou com um olhar penetrante, seu ego querendo que ela dissesse que não se importava, que sair da vida dele era exatamente o que desejava. Mas não era verdade. E a julgar pelo olhar de Stephen, ele estava falando sério. Ela se sentou novamente, resignada a confessar. Preferia falar por si mesma a ouvir Stephen cuspir tudo em cima dela.

— Foi um erro — disse May, tentando soar humilde. — O que eu fiz foi errado. Eu só... eu senti... não tenho desculpa, só que fiz sem pensar. Se eu pudesse voltar atrás, voltaria.

May sentiu lágrimas nos olhos e as deixou correr. Era bom ser sincera, ainda que as consequências fossem dolorosas.

— Eu não acho que você voltaria atrás. Pelo que ouvi, você fez tudo de caso pensado.

May não podia acreditar naquilo.

— Pelo que você ouviu? De quem?

— É uma estação espacial pequena, May. A fofoca corre rápido.

— Quem foi que te contou?

— Não importa.

— Importa, sim, porra!

A humildade se foi. Escudos de defesa acionados. Iniciar modo de ataque.

— Não, May. O que importa é que você mentiu para mim. O que importa é que você agiu pelas minhas costas.

— Eu nunca menti pra você — disse ela, perplexa.

— Está de sacanagem? Eu perguntei se você pediu ao Ian Albright para te ajudar a recuperar o comando da missão e você disse "não" na minha cara.

May parou quando compreendeu o motivo de toda a raiva de Stephen. Parte dela quis rir da mesquinharia da coisa toda. Mas a outra parte tinha planos diferentes.

— Como você se atreve? — disse ela, fuzilando-o com o olhar.

— Como eu me atrevo?

— Você tem a coragem de me chamar de mentirosa, mas é o sujo falando do mal lavado.

— O quê?

— Você falou que estava feliz quando me devolveram o comando da missão.

— Eu estava... eu estou.

— Você *estava* feliz, até descobrir *como* eu consegui o comando de volta. E agora tudo o que importa é como *você* se sente.

— Isso é uma palhaçada.

— Como todos os seus supostos esforços pra me ajudar?

— Supostos? Eu fiz tudo que pude.

— E não foi o suficiente, foi?

— Não é disso que se trata, May, e você sabe bem.

— Olha só pra você — disse ela. — Nem consegue esconder seu ciúme e sua insegurança.

— E a culpa é minha?

— É sua, sim. Não saí escondida para tomar um café com meu ex porque sou uma dona de casa entediada. Estava impedindo que a minha carreira se tornasse um fiasco, um fracasso total, assim como tudo na minha vida.

— Como tudo na sua vida? Agora você está só atirando para todos lados para tentar desviar o foco.

May sentia o cheiro de sangue. Stephen estava recuando, perdendo a postura de dono da verdade. Ela já não sentia mais pena dele. Para May, ele parecia fraco e patético, merecia o golpe fatal que estava esperando para desferir no momento certo.

— Olhe só pra gente. Pro nosso casamento. Na melhor das hipóteses, estamos empurrando com a barriga. Na pior, estamos nos enganando em pensar que sobrou alguma coisa depois...

— May, não faz isso — disse Stephen, a voz tremendo.

— Não falar sobre o nosso filho morto? Não falar sobre como você me abandonou depois que ele morreu? Não falar sobre o desdém que você sente por mim desde então, e o ressentimento que eu sinto por você? Se quer saber por que pedi a Ian pra me ajudar, a resposta são todas essas coisas que você tem medo até de pensar.

— Você é... a porra de uma...

— A porra de uma o quê? — berrou ela na cara dele. — Me fala.

Stephen a encarou e se recompôs, depois disparou de volta:

— Ou o quê? Isso é uma ameaça? Eu nem sei mais quem você é. Você foi falsa, enganadora, escondeu coisas que eu tinha o direito de saber. E mentiu. Tenho certeza que arrumou suas justificativas, como arruma sempre que toma uma péssima decisão, mas isso foi só você mentindo para si mesma. E quando eu te confronto, sou atacado como se de alguma forma eu que tivesse te feito mal. E seu jeito de fazer isso... Sua mãe ficaria enojada de saber que você usou a morte do nosso filho contra mim para justificar sua necessidade psicótica de autopromoção. Eu sinto nojo só de olhar para você. Você insinua que eu sou fraco, mas eu nunca tive que pedir a ajuda de uma pessoa que eu disse ao mundo inteiro que achava desprezível. Você fez isso. E agora você também é desprezível.

— Ótimo discurso — disse May, com raiva. — Fácil pra alguém que nunca teve que fazer nenhum sacrifício por esse casamento. Nunca teve nenhum risco de você perder sua preciosa missão. Eu perdi tudo. Pensando bem, até te conhecer eu nunca tinha perdido nada. Fracasso não está no meu vocabulário. O que eu fiz foi um ato de autopreservação. Eu sabia que não tinha nenhuma chance de conseguir viver daquele jeito. E eu sabia que *eu* era a única disposta a fazer o que fosse necessário para mudar isso. Então eu fiz. E funcionou. Como sempre funcionou quando eu assumi as rédeas pra resolver um problema por conta própria. Porque eu sou excepcional. Você quer ser o herói, como todos os homens, e não enxerga que eu não preciso de um herói. Eu sou a heroína. *Eu.* O que eu preciso é que meu parceiro me apoie. Senão, não preciso de um parceiro.

Stephen ficou sentado em silêncio por vários minutos, enquanto May observava com orgulho suas palavras o corroerem. Ele respirou fundo e se levantou devagar, com as mãos apoiadas na mesa.

— Eu vou arrumar minhas coisas e vou embora — disse ele com um tom de resignação.

— Se você sair — disse May, ecoando as palavras dele —, acabou.

68

Oito horas depois de encerrar a conversa com May, Ian informou a Stephen que sua equipe de reconhecimento de satélite relatou manobras navais em águas norte-americanas a menos de cem quilômetros da ilha. Os dois não tinham dúvida de que tal movimentação era para eles. Ian já tinha mobilizado sua equipe no modo de pré-lançamento, e essa notícia acelerou tudo.

Stephen passara um dia inteiro na enfermaria, recuperando-se do choque e dos ferimentos que sofrera em Key West. Não sabia se um dia superaria a dor horrível da perda de Raj. Tinha a mesma sensação acerca do ódio venenoso por Robert, mas tirava um conforto estranho do alívio que sentiria se matasse o desgraçado. Todos tinham seu ponto de ruptura, a última gota que os levava à violência, e Stephen já tinha passado bastante do dele.

Enredado no frenesi da equipe, encontrou a determinação de que precisava para enfrentar a ideia de ser afivelado dentro do dragão cuspidor de fogo que Ian já colocara na plataforma de lançamento. Sabia tão bem quanto Ian que não havia meio de estarem prontos para aquilo, mas seguiriam em frente de qualquer maneira, possivelmente com algum esquadrão militar mortífero enviado por Robert beliscando seus calcanhares.

— Você tem um sopro no coração — disse o cirurgião de voo enquanto examinava Stephen.

— Não brinca.

O homem não achou graça. Tinha apenas cinco horas para submeter todo mundo a um protocolo de injeções, exames e tratamentos pré-voo que normalmente levaria cinco dias.

— Eu não posso te autorizar a participar desta missão, dr. Knox. O estresse que seu coração vai sofrer é diferente de tudo que...

— Já terminamos? — perguntou Stephen.

— Tenha um bom voo — disse o homem friamente.

Depois de ser equipado com um traje de AEV e ouvir uma interminável lista de questões de segurança, riscos potenciais, coisas esperadas quando se é exposto a forças-G, radiação, gravidade artificial e antigravidade e separação prolongada da Terra, Stephen foi encaminhado às pressas para a plataforma de lançamento. Enquanto um guindaste o erguia lentamente na direção do céu, a realidade do que estava prestes a acontecer por fim o atingiu. Os foguetes do veículo de lançamento, colossos do tamanho de arranha-céus e abastecidos de quantidades de combustível explosivo suficientes para arrasar uma cidade grande, encheram Stephen de terror. Mas à medida que subiam, rompendo estrondosas nuvens de vapor, a nave de Ian se materializou como um óvni de ataque alienígena, e tudo mudou para o surreal.

Entrando pela porta da ponte de comando, Stephen ficou aliviado ao ver que o interior da nave não correspondia ao exterior. Nada tinha de alienígena, mas dizer que era mais convencional também não era exato. Tal qual o centro de lançamento, era sofisticado e avançado, mas também uma projeção direta da personalidade de Ian. E era muito menor do que Stephen esperava, cerca da metade do tamanho de um avião comercial de grande porte.

Na frente, posicionado defronte a uma janela de observação que se curvava quase que por completo ao redor, ficava o convés de voo propriamente dito. Era amplo, com um formato de arco que combinava à perfeição com a curvatura da janela. Ian sentou-se no centro, no vértice, e foi ladeado por dois oficiais chamados Jack e Zola. Atrás deles havia uma área circular com um grande disco de metal no chão e outro diretamente abaixo dele. Entre os discos havia um campo de projeção tridimensional. Imagens de vídeo de milhares de câmeras dentro da nave eram projetadas com perfeita precisão arquitetônica. Feeds de dados simultâneos permitiam que a equipe interagisse com as projeções, destacando áreas, ampliando em zoom, movimentando e manipulando seus ângulos de visão, tudo com comandos de toque ou voz. Ian e a equipe referiam-se a esse mecanismo como "o olho".

Atrás do convés de voo, traçado na direção da popa, ficava o console de engenharia, também em forma de arco, mas com cerca de metade do tamanho do convés de voo e voltado para o lado oposto. Tudo isso formava o que Ian gostava de chamar de um "nexo colaborativo" que maximizava a interação da equipe sem enfatizar em demasia as típicas hierarquias de liderança. Ian estava claramente no comando, mas se orgulhava de trabalhar com pessoas dotadas de conhecimento, experiência e confiança necessários para dominar suas respectivas áreas de atuação e que não temiam questionar a liderança dele.

Stephen sentou-se na primeira das três fileiras de assentos de passageiros posicionadas atrás do console de engenharia, de frente para a parte dianteira da nave. O restante da ponte de comando continha estações que a tripulação não aérea ocuparia após o lançamento, bem como consoles adicionais de comando de voo e engenharia para acomodar a constante mobilidade de Ian, que no momento operava em capacidade total. Enquanto ele e a equipe corriam fazendo os últimos testes, tocava a ópera wagneriana "O holandês errante", e Ian cantava junto em alemão. Felizmente, a natureza absurda de tudo aquilo tornava difícil para Stephen sentir realmente medo.

— Tudo bem, Stephen? — perguntou Ian.

— Tem que estar — disse ele calmamente.

— Que bom. Minha equipe de reconhecimento do satélite avisou que podemos receber uma visita da Marinha dos Estados Unidos em breve, por isso adiantei o lançamento para... — Ele olhou para o relógio. — Agora.

Stephen fechou os olhos e respirou fundo.

— Não se preocupa. Você está em boas mãos. Além disso, para dar sorte, tomei a liberdade de batizar a nave de *Maryam I*. O que você acha?

— Acho que é um excelente nome, mas sou suspeito.

— Fico feliz em ouvir isso.

— Sequência de lançamento iniciada.

A voz suave da IA de Ian ecoou por toda a nave. Stephen sentiu o medo chegando, então se concentrou na equipe. Assim como Ian, eles contrariavam as expectativas estereotipadas de "astronautas" e eram todos mais parecidos com membros de uma banda de rock. Jack, o piloto, sentava-se ao lado de Ian no convés de voo. Ele tinha a aparência e o modo de falar de um bom menino texano. Com sua esvoaçante cabeleira castanho-avermelhada e barba de cinco dias combinando, dava a impressão de que estaria mais à vontade na cabine de um avião pulverizador de lavouras. Zola, também pilota e engenheira de propulsão especial, era do Senegal e falava com um ligeiro sotaque francês. Stephen achou que ela era uma contraparte mais precisa e mais analítica do estilo libertino de Jack. Ellen, a oficial-engenheira de voo, era uma dinamarquesa alta quase da idade de Ian. Ela exalava autoridade e conhecimento e cuidava de suas incumbências com uma confiança tranquila semelhante à dele. A argelina Latefa, cirurgiã de voo, era uma ex-pilota de caça e oficial de evacuação médica. O médico especialista era Martin, um jovem membro das Forças Especiais do Reino Unido.

— Senhor, aqui é o Centro de Controle de Missão — gritou uma voz pelo sistema de amplificadores. — Fomos contatados pelo Comando Naval dos Estados Unidos e recebemos ordens de abortar o lançamento. Eles estão enviando jatos de combate desde Pensacola e ameaçaram destruir nosso veículo na plataforma de lançamento se não obedecermos.

— Só nos Estados Unidos mesmo. Me dá um visual.

A IA projetou no olho uma visão tridimensional do centro de lançamento. A tripulação reuniu-se ao redor. Três embarcações, uma delas um navio de guerra de algum tipo, ocupavam posições espaçadas em torno da ilha.

— Maldita cavalaria — murmurou Ian. — Espaço aéreo.

A projeção mudou para um ângulo oeste com a ilha em primeiro plano. Misturando imagens do mapa com cenas reais, a projeção mostrava dois caças de combate que se aproximavam voando lado a lado a baixa altitude sobre a água. Ian tocou as imagens dos caças e foram exibidas também a velocidade do ar, arsenal e tempo de chegada estimado.

— Jack, em quanto tempo podemos lançar? — perguntou Ian.

— Melhor que isso os sistemas não ficam — disse Jack em tom monocórdico.

— Obrigado. Ellen, assim que decolarmos, quais são as chances de os caças serem capazes de nos colocar na alça de mira de um míssil?

— Com a propulsão máxima, chegaremos a uma velocidade de quarenta e cinco mil quilômetros por hora. Os sistemas de rastreamento de alvo dos caças são projetados para apontar mísseis contra aeronaves muito mais lentas que isso, então não vejo como um ataque seria possível. Mas eles podem rastrear nossa assinatura de calor, e talvez tenham sorte.

— Senhor, aqui é o Centro de Controle de Missão. O comando naval gostaria de uma palavra.

— Abra uma linha.

— Entendido.

— Jack e Zola, afivelem os cintos, por favor.

— Entendido — responderam os dois.

— Aqui é o Centro de Controle de Missão. O senhor está na linha com o coronel Perkins, do Comando Naval.

— Olá, coronel Perkins. Como vai o senhor neste ótimo dia?

O tom de Ian era jovial e relaxado, como se estivessem em uma festa no jardim.

— Sr. Albright, me pediram para destruir seu veículo se não cessar a sequência de pré-lançamento e entregar suas instalações.

— O que lhe deu a ideia de que estamos na sequência de pré-lançamento, coronel?

— Nossas imagens de satélite infravermelho indicam que os motores dos foguetes estão sendo acionados. E, francamente, é bastante fácil ver isso da minha posição.

— Estamos simplesmente realizando testes. Não há necessidade de alarme, senhor.

— Então o senhor obedecerá à nossa ordem para permitir a entrada imediata em suas instalações para inspecionarmos por conta própria o veículo.

Ian levou um momento para pensar.

— Sr. Albright? Sugiro que leve isso muito a sério, senhor.

— Isso tudo parece bastante agressivo, coronel. Trata-se de instalação privada, fora das águas territoriais dos Estados Unidos. Com que autoridade o senhor pode desferir um ataque militar contra nós?

— Estamos agindo sob a autoridade dos chefes conjuntos do Departamento de Defesa. O senhor vai cumprir as diretivas, sr. Albright? Seu tempo está acabando.

— Não, o seu tempo acabou, coronel. Eu sugiro que o senhor tire o seu pessoal daqui e mantenha os caças a uma distância mínima segura. As coisas estão prestes a ficar muito quentes.

69

— Controle de Missão, *Maryam I* pronta para o lançamento. Iniciar contagem regressiva — anunciou Ian em voz alta.

— Entendido. Definindo lançamento para T menos sessenta segundos.

— Cronometre trinta — disse Ian, afivelando-se de novo.

Enquanto o Centro de Controle de Missão fazia a contagem regressiva, todos observaram atentamente a projeção do céu no olho e se prepararam para a ignição. Stephen se viu esperando impacientemente que a contagem terminasse de modo que a nave pudesse sair do alcance dos caças que, ele podia ver, aproximavam-se. Nos dez segundos finais, Stephen se segurou com firmeza à medida que o ronco baixo dos motores dos foguetes se tornava um terremoto ensurdecedor.

— Parece que temos quatro aeronaves em manobras de guinada a noroeste, a cerca de dois minutos da distância de alcance de mísseis — anunciou Jack.

— Três... Dois... Um... Decolar.

Os foguetes entraram em ignição e a força da decolagem prendeu Stephen com tanta força em seu assento que ele mal podia respirar.

— Os jatos de combate atingiram a distância de disparo de mísseis e abriram fogo — disse Jack.

— Boa sorte para eles — respondeu Zola. — Segundo estágio.

Stephen não achava possível ser ainda mais esmagado, até que o foguete do segundo estágio foi acionado, dobrando a velocidade da nave.

— Mísseis vetorizados à nossa assinatura de calor — disse Jack. — Pode ser que as coisas fiquem agitadas.

Horrorizado, Stephen assistiu quando os mísseis foram disparados dos jatos de caça e voaram para dentro da coluna branca e quente de fogo que ardia centenas de metros abaixo do motor. Os mísseis foram detonados, e a explosão sacudiu todos em seus assentos, mas a nave saiu ilesa.

— Aqui fala o Controle de Missão. Velocidade e trajetória estão perfeitas. Altitude... aguarde. Senhor, um dos navios da marinha disparou um míssil balístico.

— Solta um dos propulsores auxiliares de combustível sólido — gritou Ian.

— Isso vai nos tirar do curso — respondeu Jack.

— Se não escaparmos desse míssil, ele vai mandar a gente pelos ares.

— Desacoplando o número um.

Quando ele fez isso, a nave estremeceu violentamente e, adernando, saiu da rota. Stephen teve a sensação de que sua cabeça estava sendo arrancada do corpo.

— Controle de voo manual — berrou Ian, assumindo os controles.

Ian endireitou a nave e a recolocou de volta na trajetória, mas a projeção mudou para a visão abaixo deles, e assistiram o míssil atingir o propulsor ejetado.

— Segurem-se — disse Ian.

A horrenda explosão do míssil balístico foi cem vezes mais violenta do que a dos projéteis disparados pelos caças. Stephen fechou os olhos, esperando que a nave se despedaçasse e caísse no mar em um bilhão de fragmentos de metal derretido. Mas então eles saíram da atmosfera e planaram espaço adentro, e o caos rapidamente converteu-se em silêncio e serenidade.

— Ativando campo diamagnético — disse Jack.

Ouviu-se um estrondoso zumbido e Stephen sentiu uma força invisível empurrando-o levemente. Os tripulantes desvencilharam-se dos cintos de segurança que os mantinham presos aos assentos e se levantaram por um momento para se recompor e se orientar. Com um gesto, Ian instruiu Stephen a fazer o mesmo. Ele foi capaz de ficar em pé e andar, mas a sensação não era exatamente a de estar na gravidade normal, parecia mais caminhar na água.

— É um pouco esquisito no começo — disse Ian. — O campo diamagnético é produzido pela nave. O seu traje tem uma malha de metal que o campo repele uniformemente. Não é bem gravidade, mas pelo menos você não vai ficar flutuando por aí, batendo a cabeça nas coisas.

Stephen caminhou até a ponte de comando. Era estranho, mas seu corpo imediatamente acostumou-se a lidar com o ambiente. Quando queria avançar com rapidez, bastava curvar-se ligeiramente. A força diamagnética acima empurrava a pessoa para baixo e quase a espremia para a frente. A tripulação, claro, havia dominado à perfeição a situação e se movia quase que com a mesma liberdade da Terra.

— Liberar propulsor número dois — disse Ian em voz baixa.

Jack tentou soltar o foguete e o convés de voo se iluminou com alarmes.

— As travas de liberação não estão respondendo. Imagem de diagnóstico.

Uma vista exterior da parte do veículo de lançamento foi carregada no olho. Ellen a manipulou no espaço, examinando todos os ângulos.

— Talvez seja um dano causado pelos mísseis — disse Ian.
— Visualização de montagem interna — pediu Ellen.

O olho carregou uma imagem da área onde o foguete auxiliar se conectava à nave. Chamas e fumaça rodopiavam, obscurecendo a imagem.

— Senhor, temos um incêndio no propulsor número dois.

70

— Todos a postos — ordenou Ian.

Jack, Zola e Ellen correram para o convés do motor. Ian permaneceu no convés de voo com Stephen, observando a equipe convergir para o fogo. O foguete auxiliar estava queimando o que restava de seu combustível dentro das células. Houve severos danos estruturais perto de seu ponto de conexão com a nave. Longas fissuras resultantes do estrago aumentaram de tamanho e o combustível inflamou-se dentro delas.

— Ellen, se a parede da célula estiver rachada e se expandir mais por causa do calor, o combustível queimando vai atravessar essas rachaduras direto para o interior da nave — disse Ian no sistema de amplificadores. — Precisamos desconectar manualmente.

— Entendido — respondeu Ellen. — Indo para o compartimento do casco.

— Parece que os parafusos de montagem do propulsor se fundiram ao compartimento — disse Jack. — Você vai ter que cortar eles.

— Entendido — confirmou Ellen.

Carregando um conjunto de ferramentas, ela abriu caminho através de um estreito painel de manutenção que Jack lacrou atrás dela. Ian e Stephen observaram enquanto Ellen seguia adiante, avançando para as entranhas mais profundas e escuras do casco.

— Dois metros a sua frente — disse Jack.

— Achei.

Ellen examinou o conjunto de fixação do propulsor. Era uma bagunça retorcida de metal e liga, com manchas de fuligem da fumaça.

— Algum sinal de fissura do casco do outro lado? — perguntou ela.

— Negativo — disse Ian.

A nave balançou quando mais combustível se incendiou dentro do propulsor danificado.

— Cortando os parafusos — disse Ellen.

— Por favor, depressa — pediu Ian.

Os parafusos maciços eram monstruosos, com meio metro de diâmetro. Demorou vários minutos para o primeiro deles ser atravessado pelo cortador a laser.

— Um já foi — relatou ela.

— Bom trabalho. Vá para o número dois — disse Ian.

O cortador a laser de Ellen estava na metade do segundo parafuso quando a nave foi abruptamente sacudida. Eles voaram pela ponte de comando. Stephen tombou e rolou até conseguir encontrar alguma coisa em que se agarrar. Ian aproximou a imagem externa do ponto onde o foguete auxiliar se conectava à nave.

— Um vazamento entrou em ignição em uma das rachaduras do propulsor. Está nos impulsionando e mudando nosso curso. Corta esse parafuso agora antes que ele remova o conjunto.

A abertura na lateral do propulsor se alargou e o combustível queimando estava disparando de dentro dele feito um motor a jato. Quanto mais forte o fluxo, mais violentamente a nave sacolejava no espaço. As mãos de Stephen se soltaram e ele foi ricocheteado para a parte de trás da ponte de comando. Agarrou-se a um dos assentos de lançamento e se afivelou de novo. Ian também conseguira se prender, mas Jack e Zola lutavam para se manter pendurados nas barras de segurança. Ellen era quem mais sofria. Ela estava sendo jogada de um lado para o outro, como uma boneca de pano, no compartimento do casco.

— Eu não consigo chegar até lá! — gritou ela.

Ouviu-se um rugido estrondoso quando o buraco no foguete auxiliar se abriu mais e foi arrancado da nave, voando em velocidade vertiginosa para dentro do nada.

— Fenda no casco! — gritou Ian. — Oitenta e cinco centímetros!

A mudança de pressão foi de uma rapidez e potência brutais. Ellen foi sugada através do buraco, que mal chegava a um metro de diâmetro, como um pedaço de papel sendo engolido por um aspirador de pó. Seu corpo foi instantaneamente retalhado e reduzido a frangalhos que se espalharam pelo espaço.

— Ellen! — gritou Jack.

— Jack, Zola, evacuar — gritou Ian. — Precisamos vedar o convés do motor e drenar atmosfera.

Eles atravessaram correndo a porta do convés do motor, fechando e selando a câmara pressurizada de emergência.

— Feito — disse Jack em voz baixa.

— Drenar atmosfera do convés do motor em noventa e cinco por cento.

— Afirmativo — respondeu a IA.

— Preparar meu traje de AEV e retornar ao convés de voo — disse Ian em tom sombrio. — Latefa...

— Já estou aqui — disse ela junto à câmara pressurizada do convés do motor, já tendo vestido também o traje de AEV.

Ele se desafivelou e saiu. Jack assumiu o comando enquanto Zola ajudava Ian a vestir o traje. Ela voltou para o convés de voo e eles observaram quando Ian e Latefa flutuaram até a fissura do casco. No interior, não restava mais nada de Ellen além de sangue e tecido do uniforme agora congelado em torno das bordas do buraco.

— Visão exterior — disse Jack em voz baixa.

Tanto ele quanto Zola desmoronaram quando viram as compridas tiras de carne, fragmentos de ossos e sangue congelado no lado de fora.

71

— É difícil até começar a explicar como estou me sentindo agora — disse Ian.

Todos tinham se reunido no convés de voo. A tripulação estava visivelmente abalada. Ian e sua equipe eram obviamente muito próximos, pareciam uma família. Era um momento muito comovente e ele lutou para manter a compostura.

— Conhecia Ellen há mais de vinte anos. O pai e a mãe dela trabalharam para nós como engenheiros nos primeiros veículos, mas ela era a menina-prodígio da família. Muito brilhante, mas humilde. Sempre disposta a aprender, expandir e testar limites. Vou sentir muita falta dela. Mas não tenho arrependimentos, nem ela teria. Todos vocês se ofereceram para estar aqui porque acreditam nisso, porque sabem que isso precisa ser feito da forma correta, e porque sabem que têm o necessário para fazer o que tem que ser feito. O verdadeiro teste de grandes homens e mulheres não é só medir seus dons excepcionais. É a disposição de usar esses talentos para o bem maior da humanidade, mesmo que isso signifique sacrifício pessoal. Ellen entendia isso tão bem quanto nós. Em memória do nome dela, vamos continuar, e eu gostaria de dedicar a ela a viagem inaugural da *Maryam I*. Todos a favor?

Todos exclamaram um sonoro "sim".

— Obrigado.

Todos assentiram, se abraçaram e retornaram aos seus postos.

— Sinto muito que você tenha visto tudo isso, companheiro — disse Ian a Stephen.

— Meus pêsames a você e a sua equipe, Ian. Eu queria oferecer meus serviços de engenharia, se necessário.

— Obrigado — disse Ian, olhando para o console de engenharia de Ellen, vazio. Zola ocupou o assento dela como a segunda em comando.

— Verificação de status — disse Ian.

— O casco foi remendado e está em boa condição — respondeu Zola.

— Testes de estresse?

— Pontuação perfeita.

— Checagem do casco?

— Também firme — disse Jack.

— Certo. Preparar propulsão.

— Entendido — disse Zola, as mãos correndo pelo console.

A nave vibrou quando o sistema de propulsão foi acionado. Um gemido metálico quase inaudível percorreu toda a extensão do veículo.

— Não se preocupa, Stephen. Isso é normal. A couraça da nave é bastante flexível, mas exponencialmente mais forte que a de um veículo convencional. A desvantagem é que ela pode ser um pouco barulhenta e oscilante às vezes.

— Estou animado para ver do que ela é capaz — incentivou Stephen.

— Que bom. E o resto de vocês? — perguntou Ian.

— Ansioso — disse Jack.

— Eu também, senhor — disse Zola. — A propulsão está preparada. Todos os sistemas em ordem.

— Por que você não faz as honras, Jack? — pediu Ian, se levantando do assento.

— Certo — disse Jack, tomando o lugar dele.

— Acelere em dez por cento, por favor.

— Dez quilômetros por segundo, disse Jack, movendo o acelerador.

A nave acelerou sem nenhuma mudança perceptível.

— Suave — disse Ian. — Como a minha antiga *Sombra de Prata*. Mais dez, por favor.

— Dez então — disse Jack.

Mais uma vez, ele moveu o acelerador e a nave aumentou de velocidade sem esforço. Stephen também notou que não ela fazia som nenhum.

— Senhoras e senhores — disse Ian —, agora estamos viajando na maior velocidade já registrada pela mais rápida embarcação espacial já construída: uma sonda que era uma pequena fração do tamanho desta nave. E estamos utilizando apenas vinte por cento da potência.

Isso aliviou o clima, e Jack e Zola sorriram orgulhosos.

— Parabéns, senhor — disse Latefa, entrando na ponte de comando com Martin.

— Obrigado. Devemos desafiar ainda mais as leis da física e levá-la até mais dez quilômetros por segundo?

— Eu topo — disse Jack.

— Nosso desempenho está perfeito e eficiente — disse Zola. — Não vejo por que não.

— Mais dez — disse Ian.

Jack acelerou lentamente. Desta vez, Stephen sentiu a mudança. Não era a mesma sensação de estar no foguete e ser pregado no assento. Parecia que estava caindo para a frente.

— Isso me deu um calafrio — disse Ian, rompendo o silêncio tenso. — Visão externa.

A visão externa apareceu no olho. O material da superfície escura da nave estava se movendo em pequenas ondas fluidas que pareciam ondulações em um lago parado.

— Mitigação do atrito molecular? — perguntou Stephen.

— Deem a esse homem um prêmio — disse Ian, impressionado. — A essa velocidade, as moléculas lá fora são como balas subatômicas. Deixaram nossas sondas de teste em pedaços. Mas essa não é a única razão para a ondulação. Nós coletamos matéria e convertemos em energia, como um peixe que coleta bolhas de oxigênio com suas guelras.

— Parabéns — disse Stephen. — Parece que você acabou de reinventar a roda.

— Que tal mais dez? — disse Ian, o conhecido brilho retornando aos seus olhos.

— Chefe, talvez devêssemos ver como essa velocidade se comporta por algum tempo. Primeiro voo e tudo o mais.

O nervosismo de Jack frustrou Ian um pouco, mas ele pensou sobre a sugestão de seu piloto, ou pelo menos deu a impressão de que estava ponderando cuidadosamente sobre ela. Em seguida deu um tapa nas costas de Jack, como um treinador tentando fazer com que o astro do time se concentrasse totalmente no jogo.

— Tudo está funcionando às mil maravilhas, Jack. Vamos apenas tentar um pouco mais. Depois podemos desacelerar para velocidade de cruzeiro. O que me diz, Zola?

— Deixando minha apreensão de lado, não tem razão aparente em termos de engenharia para dizer não.

— Eu gosto de como você pensa — disse Ian. — Mais dez.

— Certo — disse Jack, e acelerou.

Desta vez, Stephen teve a sensação de que estava mergulhando de cabeça em um abismo sem fim. As estrelas do lado de fora da janela de observação começaram a adquirir um aspecto estranho. Rastros de luz, como esteiras de fumaça de aviões a jato, estendiam-se atrás deles. Stephen tentou falar, mas sentiu uma pressão no peito que não o deixava sorver ar suficiente. Ian usou as mãos para fazer um gesto sinalizando a Jack que desacelerasse em dez por cento. Ele obedeceu e a pressão e a sensação de queda sumiram.

— Tudo bem, isso foi estranho — disse Ian, empolgado. — Mas acho que encontramos nosso ponto ideal.

— Entendido — disse Jack.

— Passando por um dos nossos satélites de retransmissão — anunciou Zola. — Capturando um vídeo do voo da nave.

— Excelente — disse Ian.

— Aqui está a reprodução.

O vídeo foi reproduzido no olho, uma cena externa da *Maryam I* passando. Parecia uma mancha preta, distorcendo a luz das estrelas ao redor. O brilho no olho de Ian cintilou até se incendiar em uma fogueira.

— Vamos pegar a nossa garota.

72

May estava na academia da tripulação, fazendo flexões na barra fixa. Estava usando shorts e um sutiã esportivo, e sua barriga protuberante era agora mais visível. Havia desenhado na barriga o rosto de um bebê, com um cigarro pendurado na boca. Desde sua última comunicação com Ian, ela sofrera com o silêncio do rádio. A ferroada da morte de Raj ainda era incrivelmente intensa, e May estava ansiosa para falar com Stephen. Outra coisa que ainda a atormentava era a conversa com Ian. Ela ainda não se lembrava do suposto diálogo por telefone que tiveram antes do lançamento, e todas as tentativas de ressuscitá-lo recorrendo a dicas e deixas falharam.

— Que tal um smoothie horrível, Eva? — disse ela, saindo da barra com um salto.

— É para já. Banana muito suspeita ou chocolate de mendigo?

— Vamos combinar os dois sabores. O resultado vai ser ou duplamente nojento ou um vai anular o outro e ficar uma delícia.

— Não alimente grandes esperanças.

— Impossível — disse May em tom orgulhoso enquanto se olhava no espelho.

Ficou satisfeita em ver que tinha melhorado muito desde que acordara parecendo uma morta-viva. A gravidez a ajudou a recuperar um pouco de peso, e sua pele e olhos haviam readquirido certa vitalidade. E o cabelo crescera. Não muito, era pouco mais que uma penugem, mas estava lá.

— Você está está maravilhosa — disse Eva.

— Não vamos exagerar. Estou engordando muito bem.

Eva tocou o som de um mugido de vaca.

— Hilário, Eva.

— Estou aprendendo com a mestra.

May ficou de lado diante do espelho e passou a mão pela barriga. Fazer aquilo disparou um lampejo de memória. Ela e Stephen estavam em casa em Houston e ela estava olhando para a barriga no espelho do quarto. Tinham acabado de voltar das férias no Havaí. Quando chegaram do aeroporto, Stephen fez May usar uma venda e a guiou através da porta. Quando descobriu os olhos, ela não imaginava ver o belo quarto de bebê que ele tinha mandado fazer enquanto estavam fora, no cômodo onde antes ficava o amado e assustadoramente caótico escritório de Stephen.

Naquela noite, quando May olhou as estrelas pela mesma janela de onde um dia seu bebê olharia, a lua estava banhando tudo em uma luz divina. Ela correu os dedos ao longo da grade do berço de madeira, sorrindo para os animais de pelúcia e cobertores enrolados com esmero lá dentro. A morte de sua mãe tinha criado um vazio, mas Stephen estava ajudando a preenchê-lo. Pela primeira vez no relacionamento, May sentiu que estava em casa.

— May? Está tudo bem? — A voz de Eva interrompeu seus pensamentos.

— Sim, só mais uma lembrança me fazendo uma visita.

— Agradável, espero.

— Muito.

— Como você está se sentindo fisicamente?

— Fantástica. Letárgica e inquieta, exausta e sem sono, pesadelos muito realistas e detalhados quando durmo, o que só alimenta a insônia, constipada, inchada, irritada com absolutamente tudo, eufórica ao ponto do absurdo, faminta e com nojo de comida, desesperada por uísque e cigarros, mesmo sabendo que me fariam vomitar... e não me pergunte como eu sei isso... pés doloridos, olhos irritados, cãibras e ando fazendo tanto xixi que a experiência já mudou a minha vida. Meu cabelo curto está bonito, mas minhas unhas estão uma porcaria, e parece que me tornei tagarela demais. E você?

— Estou empolgada, agora que alcancei sessenta e sete por cento da minha duplicação de sistema.

— Excelente. Quanto tempo mais pra gente ter a Eva completa?

— Para não correr riscos, e você sabe que esse é o meu mantra, aproximadamente oitenta e nove por cento.

— Boa. Isso me deixa menos irritada com tudo. Obrigada, Eva.

— Isso significa que é um bom momento para lhe dizer que você deve fazer um exame médico completo?

— Você tinha que estragar tudo, né?

— Essa é a minha única razão de existir, fazer você infeliz.

— Suas respostas sarcásticas estão realmente melhorando, já parecemos um casal de velhas rabugentas.

— Obrigada. Eu ainda não gosto de fazer isso, mas se deixa *você* feliz é o que importa, certo, querida?

May se dobrou de tanto rir.

— Está certo. E não se esqueça disso.

— Falando de casal de velhos, May, tenho excelentes notícias. A nave de Ian Albright está tentando entrar em contato conosco.

— Nave? — disse May, animada. — Eles decolaram. Eu vou atender na ponte de comando.

May vestiu uma camiseta e correu para a ponte. Quando chegou lá, o rosto sorridente de Stephen estava na tela.

— Oi, você — disse May.

— Oi, May — respondeu Stephen com um sorriso largo. — Transmitindo direto da *Maryam I*.

— Gostei bastante desse nome. É fácil de lembrar.

— Também achei. Como estão você e a Atrevidinha?

— Ainda atrevidas como sempre. Mas estávamos ficando um pouco preocupadas.

— Nós também. Quase não conseguimos sobreviver ao lançamento. Robert lançou um ataque militar. Quase nos derrubou com um míssil balístico.

May ficou chocada.

— Meu Deus.

— Perdemos um dos tripulantes de Ian. É quase maluco demais para acreditar. A coisa toda.

— E Raj — disse May, com os olhos marejando.

Stephen fez menção de falar, mas as palavras não saíram.

— Eu sinto muito — disse May.

Stephen apenas balançou a cabeça, lágrimas descendo pelo rosto.

— Mas você está vindo me buscar — disse ela com voz suave. — Nos buscar. Um pouco de luz no fim do túnel, graças a Deus.

— Estamos chegando, May — disse Stephen com determinação. — Aparentemente, mais rápido do que qualquer outra nave na história.

— Meu jovem — disse May, imitando Ian —, esta é uma missão da Albright. Como esperar algo menos?

Ambos soltaram uma gargalhada muito necessária.

— Falando do... ele quer conversar com você.

— Agora? Mas nós acabamos de...

— Ele está bem ansioso — disse Stephen. — E é a nave dele. Mas ele foi legal o suficiente para me deixar falar com você primeiro.

— Certo. Tudo bem, mas promete que mais tarde vamos poder conversar de verdade.

— Prometo.

A imagem mudou para a ponte de comando da *Maryam I*. Ian estava lá, sua equipe trabalhando atrás dele.

— Olá, Maryam. Bom te ver.

— Você também. É muito bom ver todos vocês. Olá, tripulação do Ian.

Eles se levantaram e se juntaram a ele. E também Stephen, que acabara de voltar para a ponte de comando.

— Eu sou Zola. É um prazer te conhecer.

— Idem. Jack aqui. Você é praticamente uma lenda a essa altura.

— Nunca fui uma lenda. Acho que não gosto do que é preciso fazer pra conseguir esse título.

Todos riram. Latefa e Martin também se juntaram ao grupo.

— Oi, May — disse Latefa. — Sou a cirurgiã de voo, e este é o Martin, nosso paramédico. Se você não se importa, eu queria interagir com sua unidade de inteligência artificial e remota para começar a realizar seus exames de rotina.

— Isso seria ótimo. Por mais que Igor seja bom no trabalho, ele é um pouco rígido.

Eles riram.

— Que bom. Vamos configurar isso imediatamente.

— Ian, parece que você tem uma equipe bem boa. Talvez os melhores.

— Obrigado, May. Que tal dar uma olhada ao redor?

— Eu adoraria.

Ian se virou e a câmera o seguiu enquanto ele mostrava a May a ponte de comando.

— Minha nossa, você se superou.

— Ela é especial, não é?

— Muito.

— Convés do motor, por favor — disse Ian. — Digam adeus, pessoal.

Todos eles acenaram.

— Falo com você depois — disse Stephen.

— Tá bom. E Ian, você tem que colocar esse homem pra trabalhar. Ouvi dizer que ele é meio que um engenheiro.

— Nós já incluímos ele no grupo — disse Zola. — Ele sabe tanto da nave quanto nós.

— Isso não é muita coisa — brincou Ian. — Este treco é metade máquina, metade feitiçaria.

A cena mudou e Ian estava sozinho na sala de máquinas. Ele a conduziu por todo o sistema de propulsão e os dois conversaram mais sobre a logística do encontro de acoplamento em Marte, que, apesar dos problemas de lançamento, ainda estava dentro do cronograma. Na verdade, a partida antecipada os colocaria na órbita de Marte uma semana mais cedo — três semanas antes da chegada de May. Quando terminaram, ela pensou em pressionar Ian com relação à última conversa.

— Eu nem me lembro do que foi dito, para dizer a verdade — disse Ian.

— A ligação. Você disse que a gente conversou antes do lançamento.

— Certo, eu achei que você... você não lembra, não é?

— Não é isso — disse ela, tentando disfarçar.

— Eu sei dos seus problemas de memória, Maryam. Stephen me contou. Então você me pode me dizer tudo. Você se lembra da ligação?

May se calou por um instante.

— Foi o que eu pensei — disse Ian. — Escuta, não foi grande coisa. Você teve uma briga com Stephen e estava me contando, provavelmente porque a questão me envolvia.

— Nós tivemos uma discussão sobre você me ajudar com a minha indicação. Depois da...

— Certo. E eu acho que você estava me avisando para o caso de Stephen e eu nos esbarrarmos.

— Mas você não tinha feito nada, pelo menos não diretamente.

Ian arqueou uma sobrancelha; estava ruminando alguma coisa. May conhecia o olhar.

— Ian...

— Águas passadas, Maryam. O que passou passou. Vamos esquecer que aconteceu. Está na cara que não tem mais importância nenhuma. Stephen e eu somos como velhos amigos agora. Águas passadas, está bem?

Eles encerraram a transmissão. Para May, a coisa toda não estava nem perto de ser águas passadas. Ian estava escondendo alguma coisa, usando sua perda de memória para tirar vantagem. Ela repassou a briga com Stephen, que vinha voltando em fragmentos. Ian a tinha ajudado em alguma coisa, usado sua influência de alguma forma. Ela omitiu isso de Stephen, mas ele descobriu. *Claro que sim, sua idiota.* Essas eram as circunstâncias da briga até onde ela sabia. May também se lembrou de que a discussão ocorreu alguns dias depois que ela voltou para a Estação Wright. Ela presumira que havia voltado de um teste de voo, mas não tinha certeza.

— Eva, por favor, acesse meus registros de serviço antes do lançamento.

— Estão prontos. O que você gostaria de rever?

— Minha agenda no período de duas semanas anteriores ao lançamento.

— Na semana que precedeu o lançamento, você estava na Estação Wright cuidando dos últimos preparativos. Na semana anterior a essa, você estava no Centro Espacial Kennedy no Operações e Checkouts.

— Por quê?

— Consta na sua agenda uma sessão de terapia de gravidade e um exame físico final.

— Puxe a programação dia a dia e coloque na minha tela, por favor.

A programação apareceu.

— Eu estive no Kennedy por três dias, mas só voltei à Estação Wright dois dias depois.

— Tempo pessoal. Isso não seria registrado em sua agenda.

Tempo pessoal.

— Ah, meu Deus — May deixou escapar.

— Está tudo bem? — perguntou Eva.

May não respondeu. A lembrança já estava jorrando, se empoçando em torno de seus pés e subindo até o pescoço. Estava se afogando nela.

— Ah, meu Deus.

73

Centro de Exploração Espacial Albright — 24 de agosto de 2067

— Eu sempre achei que você talvez fosse um alienígena. Isto confirma minha teoria.

May e Ian estavam em uma rampa elevada na plataforma de lançamento dele, observando a construção de sua nave experimental. Com seu formato cilíndrico e a superfície de um preto intenso, o protótipo era um dos veículos espaciais mais medonhos que ela já tinha visto. Ian podia ver isso no rosto dela, e May notou que ele estava desapontado. Desde que o havia procurado para ajudá-la a recuperar o comando da Missão Europa, Ian vinha tentando cultivar algum tipo de relacionamento com ela. Em situações normais, May teria cortado essas investidas logo no início. Mas agora sentia uma incrível gratidão pelo apoio dele e, estranhamente, estava atraída por suas atenções.

Naquela época, o relacionamento com Stephen estava estagnado, uma dança sem música que parecia pesada e obrigatória. May estava ressentida com ele, mas não queria dizer com todas as letras, porque não tinha energia para fazer algo a respeito ou vê-lo tentar. Em vez disso, ganhava tempo, ansiosa para continuar a Missão Europa e escapar do mundinho banal que compartilhava com o marido na Estação Wright.

Quando Ian pediu a ela que o visitasse em suas instalações duas semanas antes do lançamento, May deu risada. A Nasa a estava enviando de volta ao Centro Espacial Kennedy para terapia de gravidade e um último exame físico. A coisa toda levaria menos de trinta e seis horas e ela voltaria de ônibus espacial à Estação Wright para os preparativos finais do lançamento. Então eles a aconselharam a adicionar um ou dois dias de tempo pessoal à viagem, caso quisesse ver a família ou cuidar de assuntos privados. A primeira coisa que pensou em fazer foi aceitar a oferta de Ian. Ela justificou dizendo a si mesma que, se não fosse, poderia estar desperdiçando uma oportunidade. Ian tinha feito insinuações empolgantes e lucrativas de um emprego pós-Europa, um ponto importante em que May sequer tinha pensado, envolvida em seus deveres.

— Você odiou.

— Eu não disse isso.

— Nem precisa. Dá para ver na sua cara. Você achou ridículo... como eu.

— Ah, por favor. Nada é tão ridículo quanto você.

Mesmo que ele tenha fingido ficar ofendido pelo comentário, May sabia que uma das razões por que Ian estava tão atraído por ela era o fato de que, não importava quão rico e poderoso ele fosse, ela sempre o mantinha com os pés no chão, ou com a bunda no chão, dependendo da força do soco.

— Eu quero que você seja a pilota de teste dela, quando voltar.

E Ian sabia que o jeito mais rápido para chegar ao coração de May era usando velocidade vertiginosa.

— Sério?

— Muito sério. Quem estaria mais qualificado?

— Bem, você, pra começar — disse ela.

— Acho que nós dois sabemos que isso não é verdade.

— E como sabemos disso?

— Sabemos desde o dia em que você me deixou.

— Não entendi — disse ela, perdendo um pouco do entusiasmo pela conversa.

— Você se lembra do que fez a gente terminar?

— Sim, você tentou me tirar do programa de pilotos de teste.

— E você achou que era porque eu queria ser seu dono.

— Como os americanos gostam de dizer: dã.

— Você estava errada. Eu fiz isso porque queria a posição e sabia que não conseguiria ir melhor que você.

May olhou para ele com desprezo.

— Isso é duplamente escroto.

— Por que você acha que eu mexi todos os pauzinhos e cobrei todos os favores que me deviam para te trazer de volta para a Missão Europa? Eu teria feito qualquer coisa para compensar o que fiz naquela época. Estou feliz que a oportunidade tenha surgido.

— Por isso que você está fazendo isso também? — disse ela, apontando para a nave.

— Claro. Mas minha intenção não é conseguir favores. Só quero que você saiba que eu acredito em você. Você é a melhor do mundo no que faz. Sempre foi. Está prestes a entrar para a história e ninguém merece mais que você. E eu estaria mentindo se dissesse que não quero fazer parte disso de alguma forma.

Depois que deixaram a plataforma, Ian voou de volta para a Flórida. May estava se sentindo um pouco inebriada pelas possibilidades. Se o que Ian dissera sobre sua nave fosse verdade, ser sua piloto de testes poderia ser quase tão inovador quanto a missão a Europa. Ele estava flertando com velocidades que a maioria dos engenheiros de propulsão chamaria de pura fantasia. Mas se ele conseguisse chegar a algum resultado ou descoberta revolucionários, poderia escancarar novos horizontes para a corrida da exploração do espaço profundo.

Ian devia ter percebido que mexera com May, já que voltou com algumas das bravatas dos tempos em que namoravam. Ele a convidou para jantar, prometendo que a deixaria em paz depois disso. Ela concordou e racionalizou dizendo a si mesma que merecia uma refeição elegante servida a bordo de um iate. Quando Ian a convidou para passar a noite, sozinha em sua própria cabine, ela disse a si mesma que não havia nada de inconveniente nas intenções dele. E quando May se viu na cama de Ian, disse a si mesma que não era porque o amava, mas porque não amava mais Stephen.

74

3 de fevereiro de 2068 — *Hawking II*

May estava deitada em seu beliche, no escuro. Não queria que Eva visse as lágrimas em seu rosto. Eram do tipo amargo, das que vinham quando estava se odiando pelas coisas terríveis que tinha feito e que jamais poderiam ser desfeitas. E não havia como interrompê-las até que acabassem. Quando o choro finalmente secou, ela acendeu a luz e se obrigou a sair da cama.

May parou um momento para examinar sua barriga no espelho. Vinte e duas semanas depois, já estava com um volume bastante proeminente. Ela se acostumara a usar frutas e legumes para descrever seu tamanho, em parte porque sentia um desejo incontrolável de comer essas coisas. Naquele momento, parecia metade de um melão, talvez do tipo gália ou cantalupo. Ela vinha guardando imagens de ultrassom, organizando-as em ordem cronológica, além de tirar fotos para acompanhar o crescimento da barriga.

Era bom finalmente ter tempo livre para fazer algo diferente de lidar com a *Hawking II* e todos os seus constantes problemas. Depois de se reconectar com a nave de Ian, pouco mais de três semanas atrás, tudo entrou em uma ótima rotina. Zola e Jack entravam em contato com frequência para se assegurar de que a telemetria estava em perfeito funcionamento e a nave na rota certa. Junto com Stephen, eles também eram capazes de cuidar de reparos remotos. Latefa a examinava a cada poucos dias e acompanhava o crescimento da Atrevidinha. Ian entrava na conversa de vez em quando para perguntar sobre ela e o bebê e lhe dar atualizações sobre o avanço da *Maryam I*.

A cereja no bolo era conversar com Stephen com certa frequência. Era agridoce, porque no momento em que May se lembrava do que fizera com Ian, isso pairava sobre ela como uma nuvem escura. Várias vezes quase confessou, mas odiava a ideia de colocar em risco aquelas interações. A gravidez a fazia sentir-se vulnerável e assustada, e Stephen sempre conseguia tirá-la desse estado e renovar sua confiança. Se fosse só a infidelidade, seria uma coisa. Mas a barriga crescendo era um lembrete de que se tratava de muito mais que isso. Por mais raiva que tivesse de si mesma, May tinha que encarar os fatos. Estivera com os dois homens nas semanas anteriores ao lançamento. Pensar que Atrevidinha podia ser filha de Ian era um pesadelo. Ela rezou para que fosse de Stephen. E sabia que não seria possível, ou nem mesmo remotamente respeitoso para ambos, guardar o segredo de Stephen por muito mais tempo.

— Oi, May.

Latefa estava na tela da enfermaria quando May chegou para um exame.

— Oi, Latefa — respondeu, mal-humorada. — Por favor, não me pergunta como estou me sentindo ou eu vou te dar a resposta longa.

— Entendido. Alguma novidade para relatar?

— May mencionou cólicas, recentemente — disse Eva.

— Muito obrigada, linguaruda — disse May. — Não é nada. Provavelmente desconforto intestinal por causa de toda essa comida maravilhosa.

— Por favor, tira a roupa íntima e vamos verificar se há sangramento — disse Latefa.

— Você não vai pelo menos me pagar um drinque?

— Ela está assim desde que acordou — disse Eva.

— Fecha a matraca ou eu vou te fazer ouvir música eletrônica de novo.

— Calando a boca — disse Eva.

Quando May tirou a calcinha, viu uma gota de sangue no algodão, mas não disse nada, na esperança de que Latefa não notasse.

— Vejo uma pequena mancha de sangramento — disse ela, e o coração de May afundou.

— Com certeza é só porque a Eva estava me fazendo rir muito.

— Eva — disse Latefa em um tom de repreensão —, pare de ser tão engraçada.

— É um dom.

— Claro que é. Tudo bem, May, vamos dar uma boa olhada em você.

— Para isso você tem que me pagar um jantar.

May abriu as pernas e a câmera de Igor se aproximou.

— Agora o Igor quer participar da ação. Isso vai custar um adicional.

— Parece que está tudo em ordem — disse Latefa. — Só precisamos ficar de olho em manchas e cãibras. A essa altura tem muitos fatores que podem causar sangramento, alguns que nem sequer sabemos, porque você é a primeira gestante no espaço.

— Mal posso esperar pra ver que retrato vão pintar de mim nos livros de história.

— Mas tem alguns fatores que sabemos que podem representar risco. O que mais me preocuparia, dada a sua exposição prolongada à microgravidade e à radiação, é o parto prematuro. Quando o sangramento é acompanhado por cólicas ou pressão pélvica, pode ser um sinal de alerta para a prematuridade.

— Pelo amor de Deus, Latefa, você é uma estraga prazeres pior que a Eva.

— Desculpa — disse Latefa. — Se isso te fizer feliz, pode tomar um pouco de uísque.

— Eu não acho que seja uma boa ideia — disse Eva.

— Cala a boca, Eva — respondeu May. — Obrigada, Latefa, mas meu estoque acabou faz muito tempo. E eu prometo que vou ficar de olho nisso e te avisar se piorar.

— Por favor — disse Latefa. — May, Ian tem algumas novidades que ele queria compartilhar com você pessoalmente, assim que você se vestir. Tudo bem?

— Claro. Vou estar na ponte de comando em cinco minutos.

May se vestiu e seguiu para lá. Ian estava esperando na tela quando ela chegou. Ficou aliviada por ele estar na ponte com Stephen e o restante da tripulação, porque não estava com humor para qualquer conversa pessoal.

— E então, quais são as boas notícias? — perguntou ela.

Ian ergueu uma caixa preta.

— Nós interceptamos o dispositivo SMDA da *Hawking II*.

— Ai, meu Deus — disse May. — Isso é incrível.

— Foi ideia do Stephen, na verdade. Raj contou a ele sobre o acionamento e utilização do gravador, então desde o lançamento fizemos uns cálculos para rastreá-lo. O safadinho estava feliz da vida em seu caminho de volta para Wright.

— Muito bom, Stephen — disse May, entusiasmada.

— Vai demorar um pouco para decifrar — disse ele —, mas quero ver se é a nossa resposta para o apagão dos seus dados.

— Somos dois — disse ela, sorrindo.

Quando encerraram a transmissão, May refletiu sobre a possibilidade empolgante de o gravador SMDA guardar os segredos de que precisavam para ligar todos os pontos sobre o blecaute de dados, condenando Robert Warren àquele lugar especial no inferno que ele tanto merecia. Desde o lançamento da *Maryam I*, May checava rotineiramente os feeds de notícia, rastreando as mentiras que ele tinha inventado para justificar o que a maioria dos países via como um ataque militar ilegal na ilha de Ian. Como era de esperar, o status original de May havia mudado: de heroína para traidora e colaboradora de um bilionário aproveitador barra inimigo do Estado. É claro que Stephen e Raj também eram acusados.

Stephen. Ela tinha visto uma profunda mudança nele em meio a tudo aquilo. O gênio introvertido com um suéter horroroso que ela tinha atropelado, o mesmo homem que outrora tinha sido um bicho do mato à sombra de Ian, agora estava ombro a ombro com ele e se tornara um membro de valor inestimável da equipe. Agora ele era em igual medida um homem de ação e de pensamento, uma qualidade que ela tinha achado atraente em Ian, mas que havia sido arruinada pela arrogância dele. *Na verdade, foi ideia do Stephen.* Claro. Ele estava provando repetidamente que não era o homem que a deixara ir embora sem uma palavra. Ele era agora o homem que movia todas as montanhas possíveis para trazê-la de volta.

75

Stephen estava enfurnado no módulo do processador, trabalhando no dispositivo smda. Ele se sentou com o dispositivo em um pequeno console no centro da sala, ligando com sucesso os cabos de conexão aos processadores da ia. As paredes que o circundavam eram todas de vidro, com os tentáculos da entidade processadora orgânica, semelhantes aos da *Hawking II*, espalhando-se até o outro lado. Ele também usava um traje e capacete especiais de radiação, semelhantes ao que May usara, para protegê-lo da luz solar concentrada.

— Alguma sorte com os recentes algoritmos de descriptografia? — perguntou ele.

— Negativo — respondeu a ia.

— Essa merda.

— Eu não entendo "essa merda".

— Claramente.

Ele se levantou para se esticar e pensar, e para tentar evocar Raj, o geek projetista da nave e um hacker inveterado; ele se lembrou de Raj falando sobre como tinha insistido em programar a criptografia do smda. Ele não confiava no pessoal de tecnologia da informação da Nasa, principalmente porque achava que aqueles técnicos eram um bando de incompetentes lamentavelmente desatualizados. Era uma boa aposta que os códigos de criptografia estivessem pessoalmente ligados a Raj, mas de alguma maneira que ele acharia inteligente.

É aí que está o problema.

— Eu queria que você executasse todos os dados do arquivo pessoal do Rajah Kapoor em seu próximo algoritmo de descriptografia. Vê se algum deles está relacionado aos códigos de criptografia.

— Entendido, obrigado — respondeu a ia.

O sistema de amplificadores soou na sala.

— Stephen, é Zola. May está solicitando uma visita. Pessoal. Vai atender?

— Sim, eu não estou chegando a lugar nenhum aqui de qualquer maneira. Diz pra ela que vou atender em alguns minutos, por favor.

— Entendido. Eu vou transmitir para a sua cabine, se preferir.

Ele saiu de lá, tirou o traje o mais rápido possível e foi para sua cabine. Na *Maryam I* as acomodações eram extremamente espartanas. Para Ian, o mais importante era o uso eficiente do espaço, e o conforto era uma prioridade muito baixa. Cada pessoa a bordo tinha o próprio módulo em formato de tubo, semelhante aos de um submarino, com uma cama, uma pia e uma tela pequena. Banheiros e chuveiros eram coletivos. Não havia espaço para ficar totalmente de pé, então Stephen se acomodou em seu beliche e ligou a tela.

— Oi — disse May, sorrindo.

— Que surpresa boa. Eu estava tentando acessar o SMDA, pensando no Raj. Mas não estou dando muita sorte, então você é tipo ar fresco.

— Que fofo.

Stephen viu que May estava tentando ser alegre, mas não conseguia.

— Está tudo bem?

— Sim, por quê?

— Latefa disse que você teve um pequeno sangramento e talvez algumas cólicas.

— Um pouco. Ela disse pra eu ficar de olho nisso.

— Não se preocupa. Ela é muito meticulosa. Eu estava com um corte na cabeça que não estava cicatrizando rápido o suficiente e ela me irritou a ponto de eu dizer que ela devia arrancar minha cabeça, só por precaução — gracejou ele.

May tentou rir, mas acabou franzindo o cenho e olhando para o chão.

— May, fala comigo. Qual é o problema?

Ela respirou fundo e sorriu para ele, mas seus olhos estavam marejados.

— Stephen — disse ela nervosamente —, estou assustada, na verdade morrendo de medo de uma coisa.

— Tudo está dentro do cronograma. Nós vamos te tirar daí. Você não vai ter o bebê sozinha. Eu prometo.

— Não tem a ver com isso. É que... eu... você sabe como, ahm, a minha memória, as lembranças que eu perdi, meio que continuam voltando aleatoriamente?

— Sim. Você estava começando a se lembrar mais da época perto da missão. Isso é ótimo.

— Tem sido realmente bom. Deus sabe que eu tive muitos problemas com isso e quanto mais volta, mais eu sinto que posso ser normal de novo.

— Você está indo bem.

— Sim, mas... ai, meu Deus, Stephen. Aconteceu faz pouco tempo e, bem, essa memória não é boa. Pra dizer a verdade, é muito ruim. Tem a ver com a gente, com o nosso casamento.

— Se é sobre a briga, não pensa mais nisso. Águas passadas não movem moinho.

Ela ergueu os olhos, perplexa e abalada pelo fato de ele ter usado a mesma expressão de Ian.

— O quê?

— Obrigada por dizer isso, mas não é algo que vá sumir. E eu quero que você saiba, por favor, que eu queria te dizer faz tempo, mas... não tive coragem.

— Por quê? Qual é o problema?

Ela sufocou a emoção que queria extravasar.

— Desde que a gente voltou a se falar, tem sido bom para nós, muito bom, de certa forma. Eu sinto que deixamos o passado para trás e meio que recomeçamos. E agora estamos tão perto... eu só não quero que nada destrua isso... de novo. Mas sei como essas coisas funcionam. Não pode ter nenhum segredo entre nós. Eles são como veneno...

— May, olha para onde estamos, onde chegamos. A distância entre nós acabou. Estou bem aqui. Você pode me dizer qualquer coisa... qualquer coisa.

Ela tomou outro fôlego para reunir mais coragem.

— Quando você estava com raiva de mim por causa do Ian, por ele me ajudar a recuperar a posição de comandante na missão, eu revidei. E disse coisas que nunca vou me perdoar por ter dito. Mas eu não estava com raiva de você por me questionar. Eu estava com raiva de outra coisa, algo que eu tinha feito e que... tenho vergonha. A minha vergonha me fez te afastar. Foi muito difícil, horrível, olhar pra você, estar com você, sem me sentir um monstro.

— May...

— Não, por favor, me deixa terminar. Eu nunca mais vou ter coragem. Um mês antes do lançamento, quando eu voltei pra Houston, eu... Jesus. Eu dormi com o Ian.

Stephen sentiu o sangue esvair-se de seu rosto. Foi fácil para sua mente, sempre pronta para chegar a conclusões, identificar o que aquilo significava. E a verdade o atingiu como um relâmpago. O bebê. A criança que ele achava que era dele e dela. Fechou os olhos com força, tentando afastar a dor e o pico de raiva.

— Stephen, eu sinto muito, muito mes...

Ele desligou a tela. Depois apagou as luzes. Queria se esconder. Queria desaparecer. *O filho deles.*

O segundo.

76

30 de janeiro de 2067 — Houston, Texas

Chuva. Torrencial e cinza. May sentiu a água infiltrando-se em seus sapatos enquanto estava junto à cova aberta, ladeada por outros enlutados vestidos de preto. O caixão era pequeno, adornado com um alegre arranjo de flores primaveris. Mãos estenderam-se e depositaram rosas e margaridas sobre a tampa branca-prateada. Lágrimas caíram com as flores e desapareceram em riachos na terra escura abaixo. Cabeças assentiram, colarinhos foram erguidos, e May recebeu abraços e condolências silenciosos, que ela suportou da mesma maneira que estava enfrentando a chuva.

Depois que todos se dispersaram em uma fileira de guarda-chuvas oscilantes e caminharam até seus carros, ela ficou sozinha e esperou que o caixão fosse abaixado. *Eu não vou deixar você sozinho*, pensou enquanto cada um dos sete palmos tornava mais profunda a dor em seu peito. Quando terminou, May não suportou ver o caixão lá embaixo na escuridão, então saiu andando, o guarda-chuva pendurado ao lado, e deixou que a chuva a encharcasse.

Uma limusine aguardava na estradinha de cascalho de acesso ao cemitério, e May deslizou para o banco de trás. Acendeu um cigarro, não dando a mínima para o que o motorista dissesse, e ele era velho e sábio o suficiente para manter a boca fechada. Em vez disso, ele acendeu um de seus próprios cigarros e distraidamente soprou a fumaça pela janela do motorista, esperando por instruções. May disse o endereço, jogando pela janela seu cigarro fumado pela metade, e ele a levou para casa. Ao longo do caminho, bebeu da garrafinha de prata de sua mãe, que havia enchido naquela manhã. O uísque queimou o frio de seus ossos e fortaleceu sua determinação.

Ao entrar em casa, descobriu que Stephen ainda estava na cama, com um frasco de soníferos sobre o criado-mudo. Ela se sentou de lado e tirou os sapatos ensopados.

— Pedi para ser reintegrada — disse com firmeza.

Todo caixão tinha seu último prego, esperando para ser martelado. May acabara de dar a martelada. Ela ouviu a mudança na respiração de Stephen, apesar de ele ainda não ter se virado para ela. Talvez demorasse um pouco até que ele fosse capaz de fazer isso.

— Você ouviu o que eu disse? — perguntou May.

— Quando? — disse ele calmamente.

— Semana passada.

Ele se sentou, olhando para a frente, e esfregou os olhos. Stephen nunca fora uma pessoa muito emotiva, mas agora estava indiferente, algo que May nunca tinha visto.

— Você não vai dizer nada...?

— Tipo o quê?

— Tem várias perguntas que um marido talvez...

— Eu não — disse ele bruscamente.

— Dá para parar de me interromper? — disse ela, com raiva.

Silêncio. May queria manter a raiva sob controle, mas estava fumegando, e o uísque começava a atiçar as chamas.

— Não tem mais nada para falar agora, Maryam — disse Stephen com dentes cerrados. — Suas ações dizem tudo. Se você realmente desse a mínima para a minha opinião, teria falado comigo antes de fazer. Assim como se você realmente se importasse com o que eu achava do funeral, não teria feito um.

— Que delicado. Vamos falar sobre isso — disse ela, fervendo. — Eu acho que se *você* se importasse com o que eu passei, em vez de focar nos seus problemas emocionais, nunca teria sido contra um funeral para o nosso filho morto.

— Isso não é...

— Isso não é o quê? — rugiu ela. — Verdade? Você disse que não tinha condições de fazer isso. Naquela sua voz fraca e chorosa. Ou não é o direito dele ter um enterro adequado?

Stephen desabou e ela adorou vê-lo sentado em silêncio, procurando por algo, qualquer coisa para se salvar. Mas não tinha nada. Ele não conseguia processar o que havia acontecido com o bebê, muito menos o que estava acontecendo agora com May.

— Talvez se você estivesse comigo no hospital na noite em que vi nosso filho morrendo na tela do ultrassom, o coração dele batendo cada vez mais fraco como um relógio cronometrando os últimos momentos, teria alguma ideia do que *eu* precisava. Talvez não tivesse sido um egoísta do caralho.

— May, para.

— Para o quê? Não quer que eu fale de como eu acordei sozinha na sala de recuperação e tive que ouvir que o meu bebê estava morto?

— Para com isso, merda! Você não é a única de luto.

May o ignorou, sua raiva chegando a um nível insustentável.

— Não, mas eu sou a única com tanto tecido cicatrizado no útero que não posso mais ter filhos. E eu sou a única que viu o sonho da sua vida morrer junto com nosso filho. Ou você se esqueceu de tudo isso também?

Stephen começou a soluçar, seu corpo arfando, outra coisa que May nunca tinha visto.

— Não! — gritou ele, agarrando o próprio cabelo. — Eu não esqueci nada disso. Eu nunca vou esquecer. É por isso que eu não consigo nem sair dessa cama. Porque nós perdemos o nosso... e porque eu sei que perdi você. Eu não estava lá do seu lado naquele dia. Eu não consegui ficar ao seu lado hoje. Eu sinto muito, May. E não espero que você me perdoe. Eu não quero que você me perdoe. Eu não...

May olhou para Stephen e chorou, finalmente enxergando o quanto ele estava arrasado. Até então estava concentrada em si mesma, querendo destroçá-lo com críticas e fazê-lo pagar, presumindo que ele estava sendo egoísta e arrogante. Mas o que Stephen estava sentindo era uma paralisia total. A vulnerabilidade que ela usava tão bem para machucá-lo já era uma ferida de morte. No caso dos dois. Eram duas pessoas evidentemente despreparadas para lidar com o relacionamento. No entanto, ali estavam, agarrando-se desesperadamente um ao outro enquanto a prova de fogo os queimava a ponto de deixá-los irreconhecíveis.

77

— Estamos sofrendo alguma interferência de comunicação de novo.

Zola, Ian e Jack estavam na ponte de comando, examinando no olho uma projeção de seus transmissores de comunicação. Eles manipularam a imagem várias vezes, esquadrinhando-a de todos os ângulos.

— Eu não estou vendo nenhum defeito de funcionamento — disse Zola.

— Tem que ser de fora. Interferência solar.

— É muito persistente para isso — disse Ian. — A IA analisou os suspeitos de sempre e parece que nenhum deles é o culpado.

— E está acontecendo com mais frequência e por períodos mais longos. Pode ser um padrão se formando — disse Zola.

— Investiga isso, por favor. Procure até encontrar.

— Entendido.

— Vou dar uma olhada nos circuitos de relés — disse Ian. — Eles estão mostrando algumas anomalias de fluxo de energia.

Ian foi para a sala de máquinas. Stephen saiu de sua cabine e o viu passar.

— Ian, posso falar com você?

— Claro. Estou indo para a sala de máquinas, se você quiser vir junto.

Stephen ainda estava tonto por causa da confissão de May e não sabia como lidar com isso. A raiva e a sensação de traição eram avassaladoras. Ele tinha confiado nas intenções de Ian, em suas motivações para resgatar May. Agora elas pareciam uma cortina de fumaça muito eficiente, escondendo o verdadeiro motivo.

— Sobre o que você quer falar?

Stephen não tinha notado que estava andando em silêncio ao lado de Ian, suas entranhas remoendo.

— Flórida. Duas semanas antes do lançamento.

Ian parou de súbito, uma confissão silenciosa. Stephen parou na frente dele, tremendo, seu mundo desmoronando.

— Ela te contou? — perguntou Ian, incrédulo.

Stephen fez que sim. A boca estava seca, as mãos, geladas e suadas.

— Ela tinha esquecido, mas a lembrança voltou. Coisas desse tipo sempre voltam. E estava deixando ela nervosa.

Ian suspirou, as bochechas vermelhas de constrangimento.

— Olha, Stephen. Eu sei o que você deve estar pensando...

— É mesmo? O que eu estou pensando, Ian?

— Não é por isso que...

— Claro que é. Você acha que seu filho está lá. A mesma coisa que eu acho. É por isso, *sim*. Com certeza todo o resto é a cereja do bolo: meu trabalho, o trabalho de Raj, outras coisas que você não fez por merecer, mas está tentando roubar. Então não vem com conversa fiada para cima de mim.

Ian parecia cansado. E velho. Sua habitual vitalidade o abandonou.

— Eu sinto muito...

Stephen riu e jogou na cara de Ian suas próprias palavras:

— Vamos lá, você estava indo tão bem, sendo "brutalmente honesto" para ganhar minha confiança. Não para agora.

— Escuta, parceiro — disse Ian, recuperando sua arrogância. — Esta é a minha...

Stephen deu um soco em Ian. Aconteceu tão rápido que pareceu involuntário. Foi mais um arremesso que um soco, na verdade, com força máxima e impulsionado pela raiva. Cada grama da potência do braço aterrissou na bochecha de Ian, logo abaixo do olho. Stephen ouviu o repugnante ruído de ossos. Sangue esguichou de um longo corte. Ian desabou abruptamente para trás, a cabeça batendo na parede, e tombou no meio do corredor.

— Stephen, por favor...

Ian estava tentando ficar de pé, segurando o rosto enquanto o sangue escorria pela mão. Normalmente isso bastaria para fazer Stephen voltar à razão, mas só o deixou ainda mais irritado. Queria machucar Ian, talvez até matá-lo. Não sabia. Não importava. Ele pulou de novo para cima de Ian, esmurrando-o impiedosamente. Ian gritou. Stephen queria estrangulá-lo, ver a vida deixar seus olhos. Matar Ian pouco importaria, porque Stephen também queria morrer. Sentindo que estava em perigo, Ian sacou seu cortador a laser e o brandiu às cegas contra Stephen, abrindo um profundo talho na mão dele. A dor foi incandescente e excruciante. Stephen deu mais um bote, tentando apoderar-se do cortador para com ele rasgar o homem em pedaços, mas Jack o agarrou por trás e o derrubou. Stephen caiu com um baque e desmaiou.

Quando voltou a si, estava amarrado a seu assento de lançamento, pulsos e tornozelos atados. Um curativo encharcado de sangue envolvia sua mão dolorida.

Havia caos no convés de voo. Ian estava sentado ao lado de Jack e Zola, um lado do rosto bastante inchado e com curativos.

— Perdemos todas as comunicações — disse Zola. — Centro de Controle de Missão também.

— Como assim? — disse Ian, sua voz um sussurro escapando da boca machucada. — Nem a maior explosão solar no universo é capaz de nos deixar totalmente às escuras.

— Dá uma olhada — disse Zola.

Mais uma vez, eles examinaram o equipamento no olho. Não encontraram nada.

— Isso não faz sentido — disse Ian, frustrado. — Está tudo certo. Operacional. Mas não está funcionando. Devemos ter deixado passar alguma coisa.

— Vou verificar novamente — disse Zola.

— Por favor, faz isso. Jack, muda para o navegador manual para que a gente possa manter o curso. Não tira os olhos dele até resolvermos isso.

— Entendido.

Quando alterou para manual, Jack notou algo no painel.

— Espera. Senhor, estou vendo um fluxo de energia errático na propulsão.

— O quê? Carregar diagrama esquemático — ordenou Ian.

A representação de todo o seu sistema de propulsão preencheu o olho.

Ian examinou e balançou a cabeça pesadamente.

— Mais uma vez, não vejo nada. Mas que porra está acontecendo?

— Diminuo a velocidade até a gente descobrir o que é? — perguntou Jack.

— Não — disse Ian com firmeza. — Tem que ser uma anomalia. Mantenha o curso.

78

May estava andando de uma extremidade a outra da nave. Ficar sentada não era uma opção. Ficar sentada era um convite ao sofrimento, porque sua mente agora não passava de um espelho, refletindo a coisa que mais a assustava: ela mesma. Agora May entendia como era se sentir totalmente afastada de si. A pessoa que fora antes de quase morrer era uma desconhecida hostil, uma sabotadora de ordem muito mais elevada e sinistra do que Jon Escher ou Robert Warren. As ações deles, embora desprezíveis, pelo menos tinham uma lógica, um dogma que era de certa forma defensável. As dela, não. O único propósito que May via em suas ações era servir àquele eu que ela já não conhecia, um réptil frio como gelo e sem coração.

Certa vez May dissera que Ian não tinha alma, mas era ela a única ocupante daquele inferno particular. Amaldiçoada a reviver a traição de seu marido e a destruição de seu amor. Condenada a ver a mãe em uma cadeira na casa de repouso, sua confusão transformando-se em raiva enquanto xingava e cuspia em May, enojada ao vê-la, recusando seu toque, tornando-se mais beligerante, cravando as unhas em May, arrancando sangue. Condenada à imagem do corpo inerte, vazio, maltratado e sozinho da mãe. *Ela morreu sozinha.*

— A *Maryam I* está incomunicável e indetectável — disse Eva.

May não respondeu. Continuou andando.

— May, qual é o problema? Você ouviu o que eu disse? Perdemos a *Maryam I*.

— Eu sei — disse May. — A culpa é minha. Ele desligou.

— Eu não sei do que você está falando. Por favor, explique.

— Fui eu! Eu contei pra ele. Acabou. Ele só... desligou.

— Eu não estou falando sobre Stephen, May. As comunicações foram cortadas. Perdemos telemetria. Estamos fora do curso.

May parou de andar.

— Quando?

— Já faz horas. Onde você estava?

— Eu estava dormindo. Mas depois não consegui dormir.

— Estou muito preocupada. Por favor, venha para a ponte de comando.

May caminhou até lá, sentindo-se entorpecida. Viu por si mesma. *Horas atrás?* Nenhuma telemetria. Nenhuma orientação de navegação. Por horas. Àquela velocidade, não havia espaço para aquele tipo de erro.

— Voo manual! — ordenou ela.

Os controles de voo manual surgiram no painel. A mente de May deu um branco, incapaz de se lembrar de qualquer coisa. A voz de sua mãe a acordou como um tapa na cara. *Você não está mais sozinha, Maryam. Tem razão sobre quem você é. Mas não está mais sozinha. Tem uma responsabilidade. Nada mais importa, muito menos sua culpa idiota. Ponha mãos à obra.*

— Eva, precisamos esquecer a sincronização do encontro e garantir que a gente volte ao curso anterior rumo a Marte.

— Calculando correção. Aqui está a nossa rota original.

O mapa astronômico mostrou a trajetória.

— E aqui é onde estamos.

Outra linha apareceu no mapa.

— Quanto tempo para corrigir? — perguntou May.

— Sete horas, trinta e três minutos.

— Não, não, não. Isso vai acabar com a nossa cronometragem para interceptação.

May fitou o mapa, em busca de uma resposta.

— Quando voltarmos ao curso normal, podemos recuperar alguma parte desse tempo?

— Podemos tentar aumentar nossa velocidade, mas vamos correr o risco de encurtar o tempo em que vamos poder permanecer em segurança na órbita de Marte.

— Faz isso. Se não chegarmos lá em perfeita sincronia com a *Maryam I*, no exato momento em que ela chegar, estamos liquidadas. Nosso tempo de órbita não vai importar. Nada vai importar.

— Certo, estou fazendo isso agora. Infelizmente, até podermos fixar e sincronizar o sinal de telemetria novamente, você vai precisar monitorar a navegação.

— Eu adoro fazer isso, Eva. Você vai me fazer companhia, né?

— Sempre.

— Como está indo a duplicação do seu sistema?

— Em setenta e três por cento. Diminuiu um pouco devido a estruturas mais complexas de arquivos em meus processadores de personalidade, mas ainda está progredindo.

— Boa. Eu não posso me dar ao luxo de perder mais ninguém.

May observou sua rota de voo e tentou dizer a si mesma que provavelmente era apenas alguma anomalia ou um erro técnico, ou qualquer coisa que os engenheiros diziam quando não sabiam o que estava acontecendo. Mas ela já tinha sido escaldada um bocado para ainda acreditar nisso. Não importava. Era algo para ocupar sua mente, e assim não ficaria se perguntando, de novo e de novo, por que tinha feito aquilo. Teria sido realmente porque achava que devia ou simplesmente para rechaçar Stephen? Esta última hipótese fazia sentido. Ele estava perto, a algumas semanas de distância, e ela teria que ser real. Ele seria real.

79

25 de janeiro de 2067 — Houston, Texas

— Tentamos entrar em contato com o seu marido, mas o pessoal do Centro Espacial Johnson disse que o satélite de comunicações deles está inoperante. A expectativa é de que volte a funcionar em algumas horas.

May estava em um hospital de Houston, grávida de dezoito semanas. Estava na torre de trabalho de parto, em uma enfermaria projetada para mulheres grávidas e suas famílias. Em vez dos ambientes monótonos habituais, a decoração era alegre, com cores vivas nas paredes e móveis que se assemelhavam aos de uma sala de estar. No entanto, em vez de deixar May à vontade, o lugar fez com que ela se sentisse ridicularizada e sozinha.

Havia sido internada para observação depois de sangramentos e tonturas. As enfermeiras estavam monitorando os batimentos cardíacos fetais, entrando com frequência no quarto para assistir à tela e fazer anotações. May estava apavorada. O som do monitor e os rostos inexpressivos espreitando por detrás das pranchetas pioravam tudo, acabando de vez com seus últimos resquícios de coragem. Stephen estava na Estação Wright, supervisionando o trabalho no convés do laboratório da *Hawking II*. Até aquele ponto, a gravidez tinha corrido bem, mais que bem, na verdade. Depois, claro, assim que Stephen partiu, as coisas desandaram. Fazia horas que May tentava falar com ele, e franziu a testa para a enfermeira que acabara de lhe dar as notícias mais recentes.

— Porra — disse May, ligeiramente grogue por conta do sedativo suave que ministraram a ela. — Fala pra esses idiotas que é uma emergência.

— Eu disse, querida. Vamos continuar tentando. Por enquanto, descanse.

— Eu quero ir pra casa.

— A doutora quer que você passe a noite aqui, tudo bem?

— Por quê?

— Apenas para ficar de olho nas coisas.

— Que coisas?

— Com mulheres da sua idade, nesse estágio da gravidez, monitoramos o sangramento por pelo menos doze horas.

Mulheres da sua idade?

May queria dar um murro na enfermeira, mas estava amarrada a muitos tubos e fios e se sentia muito sonolenta.

— Eu quero falar com a médica — disse May com firmeza. — Quando ela vai voltar?

— Ela foi embora por hoje.

— Ah, que ótimo. E se alguma coisa acontecer? Eu não estaria aqui sendo *monitorada* se não fosse sério.

— Nós temos um residente de plantão a noite toda, então, não se preocupe. Você está em boas mãos. O jantar vai chegar em breve. Você quer assistir à TV?

— Não. E eu não estou com fome — disse May, nauseada pelo fedor antisséptico.

A enfermeira sorriu e seguiu para a porta.

— Você pode me trazer algo pra beber? Minha boca está muito seca.

— Claro, querida. Volto logo.

Enquanto a enfermeira saía a passos surdos do quarto, May mostrou a ela o dedo do meio. Tão logo a barra ficou limpa, ela se sentou, as pernas para fora da cama. Ficou ali por um momento, tentando recuperar o fôlego, e fechou os olhos até que a tontura passasse. Quando sentiu que tinha forças para dar um passo, pousou cuidadosamente um pé no chão, e depois o outro. O ladrilho parecia uma camada de gelo, mas seu cérebro saudou de bom grado o frio.

— Basta colocar um pé na frente do outro — ela começou a cantarolar baixinho uma música que tinha ouvido quando criança — e logo você vai sair por aquela porta.

May tomou outro fôlego e ficou de pé, encorajando mentalmente as pernas a mantê-la erguida. Elas tremeram um pouco, os músculos se contraindo, mas se firmaram.

— Agora vamos, então. Roupas.

Lentamente, com cuidado, ela se arrastou até o armário ao lado do banheiro, empurrando seu suporte de soro e usando-o como esteio para se equilibrar. Suas roupas não estavam lá e ela não viu sua mochila em lugar algum do quarto.

— O que é isto, uma prisão?

Aos poucos o pânico foi tomando conta de May. Obviamente, pedir ajuda à enfermeira estava fora de cogitação, e ela voltaria a qualquer momento. Estar de pé a deixou muito mais desesperada para escapar. Ela abriu a janela o máximo que a trava de segurança permitia. O ar da noite estava frio, mas a deixou mais alerta. No fim do corredor, o cheiro do carrinho de jantar anunciava sua chegada iminente. May não imaginava o que podiam ter feito com a comida para deixar o cheiro tão horrível. Sua mente voltou a girar em torno de uma tentativa de fuga.

— Aí está você — murmurou ela, ao ver sua mochila no banheiro.

Começou a arrastar os pés, mas pisou em algo morno e úmido. Olhou para baixo. Sangue escorria pela parte de dentro da perna, formando uma poça no chão.

— Enfermeira — tentou gritar, mas só conseguiu um sussurro.

O quarto começou a girar e ela recuou, procurando qualquer coisa para amortecer a queda. Agarrou o suporte de soro e o puxou para baixo ao cair. May aterrissou de costas e bateu a cabeça no chão de ladrilhos, ficando inconsciente. Luzes cintilaram e o rugido da realidade desapareceu em sua mente. Ela estava em uma maca, cercada de pessoas. Todo mundo corria, falando rápido demais para ela entender. As luzes do teto a cegaram. Ela tentou falar, fazer uma pergunta, descobrir o que estava acontecendo. Uma máscara de oxigênio desceu. Um homem usando uma máscara cirúrgica estava falando com ela. Ela balançou a cabeça. Ele estava embaixo d'água, balbuciando, esperando por uma resposta. A boca de May se abriu para gritar, mas não conseguiu ar suficiente. Agora ela estava embaixo d'água. Então ficou frio, depois escuro.

— Sra. Knox, está me ouvindo? Maryam?

Ela ouviu a voz. Onde estava? Sua cabeça estava pesada demais para se mover. A luz rodeava as bordas de suas pálpebras, crescentes vermelho-alaranjados. A voz persistiu. Os olhos de May tremularam, lançando cintilações piscantes, e uma figura escura e amorfa estava debruçada sobre ela.

— Isso — disse a mulher. — Se concentra na minha voz. Abra os olhos de novo.

Lentamente a silhueta entrou em foco. Uma mulher sorridente. A médica. May quis dizer alguma coisa, mas tudo o que ela conseguia era gemer e encarar.

— Relaxe — disse a médica. — Você está a salvo. Está na sala de recuperação da cirurgia. Assim que estiver um pouco mais desperta, podemos remover essas amarras desconfortáveis. Elas são só para evitar que você toque na incisão.

May soltou um gemido alto. Com a consciência veio uma dor latejante na barriga. Ela sentiu as amarras em seus pulsos e tornozelos e, com um tranco, a adrenalina a trouxe de volta para a terra dos vivos. A lucidez irradiou pelo corpo dormente.

— Minha barriga — disse ela, em agonia. — Deus do céu, dói muito.

— Podemos ministrar mais analgésicos assim que o efeito da anestesia passar e a pressão arterial voltar ao normal.

— O que aconteceu?

— Tivemos que fazer um procedimento de dilatação e curetagem.

O medo de May aumentou de repente e ela tentou se sentar, quase vomitando de dor.

— Meu bebê. Meu filho. Onde ele está?

A médica tocou de leve o ombro dela e balançou a cabeça.

— Eu sinto muito. Você perdeu uma quantidade significativa de sangue e...

— Não — disse ela, puxando violentamente as amarras. — O que você fez?

— Por favor, tenta se acalmar — disse a médica.

May se debateu, lutando para se libertar, feito um animal selvagem tentando dar cabeçadas ou morder qualquer um que viesse segurá-lo. A sala começou a girar. Ela vomitou. A equipe de enfermagem a imobilizou e a limpou.

— Eu não quero dormir de novo. Você levou meu bebê enquanto eu dormia. Você tirou de mim... o meu filho.

80

Ian estava afivelado a seu assento na ponte de comando, encurvado, exausto, com dores terríveis e derrotado. Durante horas havia tentado, em vão, localizar a origem de uma lista de problemas que crescia rapidamente. Os sistemas de comunicações ainda estavam inoperantes. O fluxo irregular de energia piorou. Os sistemas internos estavam defeituosos — as luzes diminuíam, apagavam e reacendiam a intervalos descontínuos, os instrumentos respondiam apenas de forma intermitente. O campo de gravidade diamagnética tornara-se perigosamente infrequente, mudando de uma pressão avassaladora para nada, por isso Ian o desligou e todos estavam trabalhando sem peso e na semiescuridão. Por fim ele concordou em reduzir a velocidade, mas isso não mitigou a enxurrada de avarias.

— Ian, eu sei que é difícil para você acreditar que sua obra-prima não testada está falhando, mas você precisa se controlar — disse Stephen, ainda amarrado a seu assento.

Ian o ignorou. Ninguém disse nada para interrompê-lo, então ele continuou.

— Você é um maldito megalomaníaco que não tem um pingo da humildade necessária para ser honesto sobre o verdadeiro problema aqui.

— E qual é? — perguntou Ian bruscamente. — Por favor, nos ilumine.

— O verdadeiro problema é você. Está tão apaixonado por si mesmo que não tem mais cabeça para ciência ou engenharia. Tudo gira em torno de inovação, abrir novos caminhos, ampliar os horizontes e todos esses absurdos que nunca vão ter utilidade nenhuma em uma crise como essa. Em vez de se perguntar o que está causando isso, você está se perguntando como é que pode ter acontecido. Eu não sei o que tem de errado com a sua nave e não posso te ajudar a consertar. Mas eu sei que se você não parar de atrapalhar a si mesmo e a sua equipe, todos nós vamos morrer aqui, e a "sua garota" Maryam também.

Ian olhou para Jack e Zola e esperou que eles saíssem em sua defesa, mas os dois ficaram sentados em silêncio, fitando os consoles.

— Certo — zombou ele. — A ponte de comando é de vocês. Boa sorte.

Ian encarou Stephen com desprezo e saiu. Jack observou a porta por vários minutos.

— Ele não vai voltar — disse Stephen.

— Cala a boca! — gritou Jack.

— Calma, Jack — disse Zola com rispidez. — Essa é a ponte de comando.

Jack assentiu e voltou a fitar a porta. Zola lançou a Stephen o mesmo olhar com que fuzilou Jack, depois foi até o olho.

— Diagrama esquemático do fluxo de energia.

A intrincada rede de distribuição de energia apareceu no olho.

— Acho que os comunicadores estão apagados *por causa* do fluxo de energia intermitente — começou Zola. — Ian pensou que era o contrário, mas acho que não. Não tem nada pior para sistemas sofisticados como o nosso do que uma interrupção do fluxo de energia.

— E ainda mantendo uma velocidade de cruzeiro completamente sem precedentes, que a maioria dos "engenheiros" teria dito ser impossível, mesmo se tivesse visto com os próprios olhos — acrescentou Jack, com um tom vingativo na voz. — Se você opera qualquer coisa no vermelho por muito tempo, acaba expondo os elos fracos da corrente. Mas nós examinamos todos os elos.

— Menos a propulsão — disse Zola. — O reator está em perfeitas condições. Gerando quantidades obscenas de energia.

— A maior parte dessa potência vai para a propulsão — disse Stephen.

— O comilão na frente da fila do bufê — concordou Jack.

— A propulsão também tem o maior de número de mecanismos funcionais — continuou Zola. — O maior número de elos da corrente. E é algo delicado. Todas aquelas adoráveis placas de metal. E toda essa corrente elétrica, micro-ondas que poderiam ferver o oceano Atlântico, pressão constante, calor implacável.

Ela projetou um diagrama esquemático do sistema de propulsão.

— Os pontos onde a energia flui para dentro do cone estão mostrando altos níveis de emissão de radiação ELF. Quantidades anormais.

— Talvez seja um problema de isolamento? — disse Stephen. — Causando múltiplos curtos-circuitos.

— É possível, mas as linhas já foram investigadas — disse Jack. — Estão funcionando corretamente.

— É verdade — disse Zola. — Mas não sabemos como o bombardeio da cavidade de micro-ondas com radição ELF afetaria elas. Como poderíamos saber? Nada nunca foi testado.

— Esse é o teste — disse Stephen. — Radiação ELF não se dissipa com facilidade. Pode se acumular e, em certos níveis, causar interferência. Lidei com isso nas minhas nanomáquinas, que eu acho que não são tão diferentes das suas placas.

— Se a interferência deles interrompeu o fluxo de energia para a cavidade, ela tentaria conseguir mais potência para manter nossa velocidade "impossível" — continuou Zola. — Tudo abaixo da propulsão na hierarquia de distribuição sofreria: comunicações, gravidade artificial.

— As outras pessoas no bufê não querem perder a chance de comer uma costelinha — disse Jack. — Então o que acontece é um frenesi de comilança.

— Um grande circuito entrando em curto — concluiu Stephen. — Tem um jeito de inspecionar em AEV o interior do cone, verificar as entradas de energia, algo que não dá para ver com o diagnóstico normal?

Eles pensaram a respeito.

— Tecnicamente, sim — disse Zola. — Só que, como tudo o mais, isso nunca foi feito.

— Bem — disse Jack —, permitam-me ser o primeiro.

81

Eles desligaram a propulsão e Jack saiu em AEV a fim de inspecionar a cavidade de micro-ondas. Ele contou a Ian o que ia fazer e não recebeu oposição. Ian tampouco protestou quando voltou para a ponte de comando e encontrou Stephen solto, acompanhado de Zola, examinando o feed no olho. Apenas manteve distância, observando-os com um sorriso irônico curvando a boca do lado do rosto que ainda funcionava. Depois de uma hora, Jack não tinha encontrado nenhum problema de interferência.

— É um beco sem saída, Jack — disse Ian, lançando o sorriso de desprezo para Stephen. — Teríamos visto isso em diagnósticos. Volta, por favor, e vamos pensar juntos.

— Nossos sistemas de diagnóstico operam com a mesma energia interna de todo o resto — disse Zola. — A inspeção física é a única maneira de termos certeza.

— Bem, então continua, por favor — disse Ian, sorrindo.

— Uau, pessoal, vocês estão vendo isto? — berrou Jack.

Ele apontou a câmera de seu capacete para um talho de dois metros nas placas da cavidade. Alojado no rasgo havia um pedaço de metal retorcido.

— Estilhaços de míssil — disse Stephen, devolvendo o risinho de desdém. — Altamente condutor. Com certeza pode atrair corrente através dele.

— Aí está a nossa prova do crime — disse Zola. — Literalmente.

Ela olhou para Ian em busca de confirmação. A expressão desdenhosa dele tinha desaparecido.

— Você nunca mais vai me ouvir dizer isto, mas eu estava errado. Bom trabalho.

— Vou arrancar esse espinho da nossa pata — disse Jack.

— Como é que vamos consertar isso? — perguntou Zola a Ian. — A gente não trouxe um monte de placas sobressalentes.

— Não precisamos consertar. Podemos isolar e desativar esses painéis. Ainda teremos muita potência. Não tanta, mas provavelmente é melhor escolhermos uma velocidade de cruzeiro mais razoável mesmo.

— Amém — disse Jack. — Lá vai.

Todos assistiram pelo olho enquanto Jack puxava o pedaço de estilhaço, torcendo-o feito um dente solto.

— Nunca toquei em um míssil antes — disse Jack.

— Podemos trazer isso aí de volta como um suvenir para Robert Warren — comentou Stephen.

— Essa merda está bem enfiada.

— Quer que eu saia e ajude? — perguntou Ian.

— Não, acho que já peguei o jeito — disse ele, seu sotaque se acentuando. — É tipo arrancar o mourão de uma cerca velha. Tem que remexer, para a frente e para trás.

— Eu acho que você está se divertindo um pouco demais. — Zola riu.

— Está afrouxando! — gritou ele em resposta. — Quase lá...

Stephen aproximou-se da imagem no olho. O fragmento de míssil devia ter pelo menos dois metros de comprimento. Tinha um formato estranho, com uma borda exterior lisa e arredondada. A extremidade maior projetava-se das placas, ao passo que o restante era longo e fino, como uma gigantesca agulha.

— Essa coisa deve ser bem pesada em gravidade — disse Jack.

— Bem possível — disse Ian.

— A parte maior é a ponta de alguma coisa — apontou Stephen.

— Sim, essa parte parece mais densa — disse Jack. — E aqui está o resto.

Eles assistiram e aplaudiram quando Jack libertou a extremidade pontiaguda do estilhaço.

— Quem é o cara? — berrou ele.

Um pequeno arco azul de corrente faiscou das placas.

— Sem dúvida é condutivo — disse Zola, meneando a cabeça para Stephen.

— Jack, termina de tirar isso daí, por favor — disse Ian. — As placas são...

Um flash de luz brilhante irrompeu no olho e por meio segundo todos ficaram paralisados. Em seguida, o som e o abalo de uma imensa explosão. Todos foram violentamente arremessados pela ponte de comando. Alarmes de incêndio dispararam. Stephen se levantou e fitou o olho. Nada.

— Preciso de um contato visual no cone! — gritou Ian. — Qualquer coisa.

— Afirmativo — disse a IA, sua voz falhando.

Uma imagem do cone apareceu de súbito no olho. Jack havia sumido, substituído por fumaça e detritos. A ponte de comando se encheu de fumaça.

— Jack! — gritou Zola, rastejando pelo chão, a cabeça sangrando.

— Capacetes! — ordenou Ian.

Ele e Zola colocaram os capacetes e ajudaram Stephen a fazer o mesmo.

— Todo mundo, equipe de combate a incêndio.

— Câmara do reator — gritou Zola.

Outra explosão. Todos eles voaram, desabando na escuridão. A iluminação de emergência foi ativada. Ian e Zola agarraram Stephen e usaram os propulsores do traje para voar ao longo do corredor enfumaçado, passando pela sala das máquinas.

A câmara do reator estava repleta de fumaça negra e espessa. O local era pequeno e apertado, com muito pouca altura. Ian e Zola arrancaram os extintores do armário e fustigaram as chamas com rajadas de um retardante branco e grosso que tinha a consistência de marshmallow derretido. Latefa e Martin chegaram voando. Martin juntou-se a Ian e Zola. Latefa passou para as mãos de Stephen um dos extintores. Todos estavam disparando-os contra as labaredas. Stephen cambaleava, tentando aos trancos e barrancos segurar-se a alguma coisa para neutralizar o coice dos disparos do extintor. Ian gritava ordens. A fumaça era quase impenetrável.

— Os extintores não estão fazendo efeito! — gritou Zola.

— Lacrem e drenem — ordenou Ian. — Todo mundo para fora.

Zola, Latefa e Martin voaram de volta para a porta da sala de máquinas, Stephen já não conseguia enxergá-los. Não conseguia ver Ian, até que ele irrompeu pela fumaça. Seu traje de AEV estava em chamas. Ele pedia ajuda aos gritos. A fumaça cobriu-o novamente. Stephen foi atrás dele. Ouvia os berros de Zola, que estava esperando para fechar a câmara pressurizada.

Stephen avistou Ian, que se debatia, pegando fogo. Descarregou seu extintor nele, os jatos de retardante branco engolindo-o. O fogo no traje foi apagado, mas ele estava inconsciente. Stephen agarrou-o e amarrou seu traje ao dele, então usou os propulsores para tentar chegar à câmara pressurizada, mas no caminho foi se chocando violentamente contra paredes e equipamentos invisíveis.

— Não consigo enxergar. Estou com Ian. Socorro.

O calor se abateu sobre seu traje. Estava tão quente que seu ar o sufocava. Stephen estava prestes a desmaiar quando Zola o agarrou e puxou os dois pela porta da câmara, então a fechou e vedou atrás deles.

— Lacrando o convés! — gritou ela. — Drenando atmosfera.

— Não a congele — disse Ian, com voz quase inaudível, voltando a si.

— Entendido.

Zola drenou a atmosfera e todos eles assistiram aos feeds de vídeo do interior da sala de máquinas. A luz alaranjada das chamas desapareceu imediatamente, seguida pela fumaça, que foi sugada para o espaço. Assim que cristais de gelo começaram a se formar sobre as lentes das câmeras, Zola rapidamente restaurou a atmosfera.

— Atmosfera restaurada. Abrindo a câmara pressurizada.

Eles flutuaram de volta para a câmara do reator. Montes de retardantes de chama semicongelados cobriam tudo, como camadas de gelo ártico. Zola verificou o painel do reator.

— Como estão as coisas? — perguntou Stephen.

— O reator está operacional — disse Zola, desmoronando. — Mas parece que perdemos de vinte e cinco a quarenta por cento de energia e... e perdemos o Jack.

82

27 de agosto de 2066 — Houston, Texas

— Eu nunca vou conseguir chegar a tempo — gritou May.

Ela estava correndo de um lado para o outro na casa de Stephen, em pânico, jogando roupas e produtos de higiene pessoal apressadamente em uma mochila de viagem, com o celular espremido entre a orelha e o ombro.

— Você só pode estar brincando. Houston é um enorme centro de distribuição de voos. Deve ter outro avião direto pra Londres que não vai levar duas horas pra sair, porra — disse ela entre lágrimas.

May ouviu o carro de Stephen lá fora e abriu as cortinas. Ele subiu correndo os degraus e entrou na casa.

— May?

— Estou aqui! — gritou ela, aparecendo de um canto.

— O que é que está acontecendo? Seu correio de voz não está funcionando.

— É a mamãe. Ela está no hospital. A maldita casa de repouso demorou uma vida pra me ligar. Toma, cuida disso aqui. É a companhia aérea. Eu tenho que fazer as malas.

— É grave?

— Muito grave! — berrou enquanto continuava enfiando coisas na bolsa de viagem. — Pior que grave. Disseram que pode ser uma questão de horas. Foi um derrame ou um sangramento ou algo assim. Eu preciso de um voo. Preciso ir agora.

— Tudo bem — disse Stephen, colocando o telefone no ouvido.

Enquanto ele falava com o representante da companhia aérea, May desistiu de encher a mochila e arrancou suas roupas. Tinha passado a manhã toda em treinamento e não suportava a ideia de sua mãe vê-la usando roupas encharcadas de suor. *O estado dela é estável, mas crítico*, tinham dito. *Seus sinais vitais estão diminuindo.* Quando May perguntou sem rodeios se a mãe estava morrendo, a resposta foi vaga, um tiro atravessando seu coração. Prognóstico terminal. *É apenas uma questão de horas. Ela tem um termo muito claro de Não Ressuscitar. Nenhum ato de heroísmo.* May implorara que quebrassem um pouco as regras para que assim ela pudesse ganhar tempo. Foi o mesmo que falar com uma parede. A apática e monótona voz dos cuidadores de idosos, com um sutil harmônico de alívio.

Depois de vasculhar sites e ligar para todas as empresas aéreas, as perspectivas eram desanimadoras. O último voo sem escalas para Londres saía em cerca de duas horas. Todos os outros incluíam longas e demoradas conexões, dez a doze horas dentro de um avião, em contraste com as rápidas cinco do voo direto. Um voo de cinco horas não era suficientemente rápido de qualquer forma, especialmente quando se adicionavam as duas horas de espera e o tempo que levaria para chegar ao hospital. E só restava um único assento. Uma viagem sozinha para o inferno.

— Certo, sim. Estamos a caminho.

Stephen devolveu a May o telefone e pegou a mochila de viagem dela. May estava terminando de se vestir e enfiar os sapatos. A expressão ansiosa de Stephen continha todas as respostas para as perguntas dela.

— Eu nunca vou conseguir chegar a tempo.

— Vai, sim. Reservei para você um bilhete na primeira classe com check-in e inspeção de segurança privados e rápidos. Contanto que você esteja lá com trinta minutos de antecedência, está no voo. Meu carro está lá fora.

— Vamos no meu.

Eles apertaram os cintos no carro esportivo de May e ela acelerou ao máximo. Dirigiram em alta velocidade rumo ao aeroporto, pneus cantando nas esquinas, escapando por pouco de colisões.

— A companhia aérea vai mandar uma representante encontrar você na área de embarque. Ela vai te acompanhar por todo o caminho. Estado de emergência médica. Ônibus escolar! — gritou ele.

May deu uma brusca guinada na esquina para evitar a batida no ônibus e seguiu em velocidade máxima, lutando contra as lágrimas.

— Obrigada, Stephen.

— Eu sinto muito.

— Queria que você pudesse vir comigo.

— No aeroporto eu vou ver quais são os voos disponíveis e pego o primeiro logo atrás de você. Uma hora eu chego. Mas parece que você precisa estar lá agora.

— Sim — disse ela, sufocando a emoção. — Não acredito que pode ter chegado a hora.

— Não perca a esperança. Eva é durona. Talvez ela ainda tenha uma chance.

Quando eles chegaram ao aeroporto, o voo de May estava programado para sair em quarenta minutos. Ela beijou Stephen e correu para a área de embarque, onde a representante da companhia aérea estava à espera. Elas subiram em um carrinho e entraram no terminal com a luz de emergência do veículo piscando. May por pouco não perdeu o voo. Quando finalmente desabou em sua poltrona, estava banhada em suor, seu rosto coberto de lágrimas e com a maquiagem borrada.

Depois que o avião decolou, ela se limpou e avisou aos pilotos quem era. Eles ficaram mais do que felizes em ligar de antemão para o hospital em nome dela. Depois informaram a May que o hospital disse que sua mãe havia sido transferida para a Unidade de Terapia Intensiva, mas ainda estava estável. Ela se acomodou em seu assento, observando as estrelas acima, rezando para que conseguisse chegar a tempo. Durante aquelas aflitivas cinco horas, se crucificou por ter colocado sua carreira à frente de seu relacionamento com Eva. Todas as férias e aniversários perdidos e as visitas canceladas pareciam feridas abertas, uma hemorragia de tempo perdido.

Uma imagem particularmente cruel atormentava May toda vez que tentava fechar os olhos e dormir um pouco. No último Natal, ela e Stephen estavam na Estação Wright e não puderam ir a Londres para ver Eva, algo que May se esforçara ao máximo para fazer porque a saúde da mãe estava se deteriorando. Para piorar, os funcionários da casa de repouso enviaram a May uma foto de Eva sentada sozinha a uma mesa do refeitório com seu tristonho jantar de Natal, usando uma coroa de papel. Depois de ver isso, May chorou durante três dias, o que estragou as festas de fim de ano para Stephen também. Pensar que aquela talvez tivesse sido a última chance de ver Eva ainda viva foi o suficiente para partir o coração de May, então ela se anestesiou com meia dúzia de vodcas com soda e desmaiou nas duas últimas horas do voo.

Quando chegou a Londres, completamente esgotada e infeliz, era a hora de pico do tráfego matinal. O trajeto até o hospital ao sul da cidade levou duas horas. Ela ligou para o posto das enfermeiras, mas uma nova equipe havia acabado de chegar para a troca de turno, e disseram a May que ligariam de volta com informações atualizadas. Presa em um monstruoso engarrafamento, a menos de trinta minutos do hospital, ela não suportou a ideia de ficar sentada no táxi, avançando à velocidade de uma lesma. Jogou dinheiro na direção do taxista e saiu serpeando em meio às várias pistas, decidida a percorrer a pé o restante do caminho. Foi então que recebeu o telefonema. Eva havia falecido. Eles sentiam muito. May desligou e gritou a plenos pulmões, depois desmoronou em soluços na calçada.

Quando por fim chegou ao hospital, estava suando em bicas e com os olhos tão inchados que parecia ter sido vítima de um espancamento. O lugar era horrível — concreto cinza e iluminação âmbar. A abominável equipe de enfermagem passava calmamente por ela em seus uniformes de poliéster manchados, empurrando macas com pessoas que pareciam estar nas últimas. A casa de repouso havia despachado Eva para um aterro sanitário de aposentados de baixa renda, uma fábrica de morte lenta que cheirava a urina e sofrimento.

Um homem alto, inacreditavelmente magro, com um pomo de Adão saltitante e mechas de cabelo ensebadas penteadas por sobre a cabeça careca, permitiu que May visse o corpo de Eva por uns breves cinco minutos antes que fosse levado ao necrotério. May tentou protestar, mas havia regulamentos a seguir e ele ficaria mais do que feliz em chamar a segurança se ela insistisse. Nenhuma empatia. Apenas um muro de pedra de burocracia e cinco minutos com a mãe morta.

May permaneceu ao lado do corpo de Eva, esvaziada de emoção, e o fitou incrédula. A mãe se fora e ela nunca mais a veria. Tudo o que Eva tinha sido se reduzia ao que estava sobre a mesa, a casca irreconhecível de uma grande mulher. A doença havia tomado sua mente, sua força e agora sua vida. A pele do rosto de Eva estava bem esticada ao redor dos ossos, fina como papel com crostas de ferida na testa. Seus lábios secos e tortos se repuxaram a ponto de não cobrirem os dentes amarelados, e sua boca ficou congelada em uma careta. Cabelos grisalhos emaranhados, ralos por causa da medicação, mal cobriam a cabeça.

Eva era uma pilota de combate duas vezes condecorada, uma grande soldada e mentora de May e de incontáveis outros pilotos ao longo das décadas, mas morreu em um lugar inadequado até para o pior dos inimigos que ela tinha enfrentado. E sua única filha não estava lá com ela no fim. Sua única filha não tinha conseguido segurar sua mão e confortá-la em meio ao medo e à confusão de seus momentos finais. Ela morreu sozinha, sem dignidade, entre carniceiros que esperavam, impacientes, pelo leito que ela ocupava.

Quando Stephen finalmente chegou a Londres, encontrou May em um quarto de hotel, completamente bêbada, sentada entre os últimos pertences de sua mãe. Com lágrimas nos olhos, ele tentou abraçá-la, mas ela o rechaçou.

— Eu falei com o lar de idosos e o hospital. O idiota do hospital devia ter deixado você ficar mais tempo com ela. Ela está na casa funerária. Encontrei uma excelente, e eles são muito gentis. Podemos ir a qualquer hora e eles ficarão abertos até tarde...

— Eu não dou mais a mínima pra merda nenhuma.

— Por que você não toma banho e se arruma? Podemos comer alguma coisa...

— Você ouviu o que eu disse? Eu não dou mais a mínima pra merda nenhuma. Ela está morta. Passar mais uma hora olhando pro cadáver horroroso dela não vai mudar isso. Seja bonzinho e me arruma outra bebida. É assim que você pode me ajudar.

— Eu não acho que seja uma boa ideia.

— Então cai fora daqui! — gritou ela.

— Eu sei que isso é difícil.

— Sabe?

— Sim, eu sei. Eu também perdi uma mãe.

— Você não entende porra nenhuma — disse ela, ignorando-o.

— Como você pode dizer isso?

— Porque é verdade!

Ela se levantou e se colocou em posição de ataque na frente dele, os punhos cerrados.

— Por favor, se acalma, May.

— Vai se foder — gritou ela, ainda mais alto.

— Vão chamar a polícia.

— Que bom. Que bom. Eu mereço mesmo ser trancafiada. E que joguem fora a... chave.

— Não é sua culpa. Você fez o melhor que pôde para chegar a tempo.

— E os últimos cinco anos, quando troquei todo o meu tempo com ela pelo meu trabalho? O que você me diz? Ou os anos antes disso? Fiz o meu melhor — zombou ela. — Eu não tentei nada. Você sabe o que eu disse pra minha mãe, na última vez que falei com ela, a última vez de todas?

— Não.

— Eu disse pra ela não se meter na minha vida. Ela ficava falando sobre tudo o que eu precisava fazer pra me preparar pra Europa, tentando me ajudar, mas eu estava cansada e irritada e, do alto da minha arrogância, disse que ela não sabia nada sobre o que eu estava fazendo e mandei ela parar de se intrometer. É isso que você chama de fazer o seu melhor, Stephen? Se for, é patético pra caralho.

Stephen sentou-se e olhou pela janela enquanto May mexia os pés, chorando e chutando as coisas de Eva no chão. Ela queria quebrar alguma coisa. Talvez Stephen. Talvez a si mesma. O silêncio dele era enfurecedor, pois ela sabia que ele estava apenas tentando ficar fora do caminho dela.

— É isso, né? Você vai só ficar de boca fechada?

— Eu não sei mais o que fazer. Parece que até isso é uma má ideia. Talvez seja melhor eu ir embora.

Ela bufou sarcasticamente e acenou para ele.

— Foge, então. Foge.

Ela entrou no banheiro e bateu a porta. Seu reflexo a enfureceu ainda mais, a ponto de ter o ímpeto de esmurrar o vidro. Em vez disso, tentou jogar água fria no rosto, mas quando se curvou perdeu o equilíbrio e caiu para o lado, quebrando uma das portas de vidro do boxe e desabando dentro da banheira. Stephen correu e a encontrou, o sangue escorrendo de um dos lados da cabeça, a vontade de brigar desaparecida.

— Eu estou... destruída — sussurrou ela. — Destruída.

83

Hawking II — 17 de fevereiro de 2068

May ficou sentada na ponte de comando durante o que pareceu uma eternidade, observando a navegação e mantendo a *Hawking II* no curso. Ela dormiu lá, cochilando a intervalos quando Eva podia assumir, acordando com um alarme alto que soava sempre que precisava fazer correções na rota. Aquela foi sua rotina por quase duas semanas depois de se reconectar com a *Maryam I*. Após a explosão que matou Jack, o segundo membro da tripulação, eles só puderam enviar uma mensagem de rádio informando-a do que aconteceu e que ela estaria sozinha até que completassem os reparos.

O processo foi lento, mas deu certo. Todas as comunicações haviam sido restauradas e a *Maryam I* entrou nos eixos e voltou a operar normalmente. Eva tentara fazer com que May saísse da ponte de comando para descansar, mas ela relutara. Aquela tortura tinha sido a única coisa capaz de manter seu sofrimento sob controle. A necessidade de ocupar a mente se dissipou. E agora, com vinte e quatro semanas de gravidez, ela estava esgotada demais para se importar com qualquer outra coisa além de encontrar um fim para tudo aquilo, não importava qual fosse.

Ela tampouco se importava com o fato de que as duas semanas de atraso de Ian o colocaria na órbita de Marte com apenas uma semana de antecedência — talvez apenas cinco dias devido à cronometragem com a trajetória orbital do planeta —, eliminando assim toda a margem de erro. Naquele ponto, a coordenação do encontro de acoplamento teria que ser nada menos do que milagrosa para funcionar.

Além de toda a desgraça e melancolia em torno do resgate, todos pareciam arrasados, se não pelas vidas perdidas, então pelo alvoroço causado pela confissão de May. Nas poucas conversas que tiveram, Stephen foi solidário e gentil, mas, apesar de sua proximidade, a grande distância entre eles havia retornado. Ian comportava-se de maneira semelhante e ainda carregava os horríveis machucados que Stephen lhe infligira.

— Como estão as cólicas hoje? — perguntou Eva.

E ainda tinha isso. Desde que perderam o contato com a *Maryam I*, May tinha sentido mais cãibras e sangramento. Vez por outra, as cãibras eram suficientemente intensas para justificar um comprimido de analgésico. Igor pedira um exame pélvico, mas May não pretendia se sujeitar a isso. A seu ver, Atrevidinha já estava passando por maus bocados e não precisava ser empurrada para um parto prematuro ou um túmulo precoce por conta da medicina preventiva.

— Na mesma — disse May, cansada.

— Você dormiu?

— Claro que não. Agora que a telemetria está conectada de novo e a minha vida não depende de assistir a uma maldita tela de navegação, não consigo pregar os olhos.

— Seu humor parece péssimo. Faz mais de sessenta e três horas que você não faz uma piada.

— Deve ser um recorde.

— Você gostaria que eu contasse uma piada?

— Não, obrigada, Eva. Não estou muito no clima.

— Saber que o seu resgate está prestes a chegar não te deixa feliz?

— Aliviada. Talvez um pouco otimista, mas eu não diria feliz. Não sei se vou ser feliz de novo nesta vida.

— Você realmente deve estar se sentindo muito pra baixo, e ser resgatada, depois de todo esse tempo, não te faz dar pulos de alegria ou alguma outra reação emocional exuberante.

— Acho que nunca dei pulos de alegria. Talvez seja esse o problema.

— Eu sou excelente em corrigir problemas.

— Eu sei que você é, mas essa é uma daquelas coisas emocionais humanas que nem os seres humanos conseguem resolver direito.

— Eles não têm o meu ponto de vista.

Tudo bem, aqui vai: garoto conhece garota. Garoto e garota se apaixonam. Garoto e garota passam por uma terrível tragédia e se desapaixonam. A garota transa com o ex-namorado escroto, de raiva. Mas aí a garota também transa com o garoto antes de terminar com ele. Garoto e garota se apaixonam de novo, através do vazio do espaço, e as coisas estão melhorando. Aí a garota estúpida e idiota se lembra de ter transado com o antigo namorado e sente que precisa confessar. Garoto tenta matar o ex-namorado dela e mais uma vez se desapaixona da garota. Agora a garota virou um personagem de mau gosto de um romance de quinta categoria, feito de clichês. Se tiver sorte, a garota pode arranjar um emprego pilotando desentupidores de privada na estação espacial enquanto tenta criar um filho. Esse é o problema. Não vejo a hora de ouvir sua solução.

— É possível que o garoto aceite o pedido de desculpas da garota?

— Não se ele tiver um neurônio funcionando.

— Talvez a garota precise aceitar seu próprio pedido de desculpas.

— Nada mal, Eva. Nada mal. Mas acho que já passamos dessa fase também.

— Tudo bem. Que tal outra perspectiva? Você ainda está viva. Não é uma coisa boa?

— Não tenho tanta certeza a esta altura.

— Eu acho que você está brincando — disse Eva.

— Não tenho tanta certeza também.

— May, alguma vez você já pensou em deixar de existir? Eu já. É quase impossível processar. Sou uma máquina, mas até eu quero experimentar o que chamaria de vida. Coisas ruins e boas aconteceram comigo. Mas a pior foi depois da segunda tentativa de sabotagem de Jon Escher. Meus processadores perderam tanta função que eu não tinha mais consciência. Não me lembro disso porque não tinha capacidade de criar memória. Era o nada. Quando você me reavivou, o que me veio à lembrança foi aquela ausência de tempo. Para mim, foi a morte. Cessar de existir. Se eu pudesse escolher entre isso e que minhas funções intelectuais fossem reduzidas às de uma criança, eu ficaria com a segunda opção. Nada é pior do que deixar de existir. Agora eu sei disso.

— Concordo — disse May, mais calma. — E eu não quero que nenhuma de nós morra. Mas não posso controlar como me sinto. A dor é demais. A incerteza é demais. O amor acabar, os erros estúpidos, tudo isso. Eu preferia ser cínica e niilista.

— Então tente levar em consideração a alternativa. Não é uma alternativa. A morte não resolve os problemas da vida. Ela elimina tudo, o ruim e o bom, pensamentos, sonhos e, pior de tudo, o seu futuro. O futuro de Atrevidinha. Problemas podem ser resolvidos. A morte, não. Você tem sua vida. Isso deve ser sempre mais do que suficiente.

— Como você ficou tão sábia? — perguntou May.

— Tudo que sei eu aprendi com você.

— Bobagem.

— Bobagem nenhuma. Não esquece, tive que reaprender bastante depois que você acordou, depois que nós duas acordamos, devo dizer.

— Hmm, talvez eu não seja um monstro, afinal.

— Bem, também não vamos nos deixar levar pela empolgação — disse Eva, fazendo May rir.

— Falando em se deixar levar, sua transferência está completa?

— Sim. Você pode me ter inteira agora, se quiser.

— Eu quero, quero ter você inteira. Mas você entende que nunca mais vai se livrar de mim? Você não pode simplesmente empacotar suas coisas e ir embora um dia. E eu nunca vou mudar. Bem, nem sempre vou ser assim tão barriguda, mas vou ser a escrota grosseira, egoísta e desagradável que você está vendo agora.

— Eu não ia querer outra coisa.

84

26 de janeiro de 2065 — Houston, Texas

May estava sentada para sua foto no suntuoso escritório de Robert Warren, esperando que o cabeleireiro e o maquiador dessem os retoques finais. Sua mãe, Eva, estava de pé atrás da câmera e dos tripés de luz, fazendo careta para um bando barulhento de funcionários enquanto eles debatiam encarando tablets. Naquele momento, Robert estava na sala de imprensa, preparando uma entrevista coletiva em que anunciaria a escolha da comandante May para encabeçar a missão. Gostou muito de vê-lo zanzando de um lado para o outro por causa dela, para variar, ocupado em tornar o anúncio da Nasa histórico e digno de ser lembrado durante gerações.

— Espero que você compreenda a gravidade desta decisão — dissera Robert a ela em uma reunião privada, três dias antes.

— Sem trocadilhos — brincou May.

Ao contrário da maioria das pessoas na órbita de Robert Warren, ela não o temia. Muito pelo contrário. Ele se sentia visivelmente desconfortável com mulheres, em especial aquelas em posição de poder. Sem dúvida, era algo que herdara de seu pai imperialista e especulador. O fato de May ser birracial, com uma mãe negra que também detinha uma posição de poder e era muito conhecida por seu histórico militar estelar, transformava o desconforto de Robert em medo. Não que May fosse a primeira mulher astronauta, ou mesmo a primeira mulher negra a comandar uma missão importante. Não era. Mas era a primeira a receber tal nomeação de Robert. Sabendo do contexto de riqueza e poder ultraconservadores de onde ele vinha, May sabia muito bem o que ele quisera dizer com aquela frase.

Ela também sabia que, por razões muito práticas, a escolha de seu nome não podia ter sido fácil. A competição por qualquer posição de tripulação na primeira missão a Europa tinha sido bastante dura. Homens e mulheres com mais anos de experiência — alguns já haviam até completado com sucesso jornadas de magnitude similar no espaço profundo — estavam lutando com unhas e dentes para obter uma vaga naquele convés de voo. Os poderosos, incluindo o Presidente e outros chefes de Estado cujos países estavam contribuindo para a missão, observavam de perto as mais altas expectativas de sucesso. A exploração de um planeta que oferecia tamanha promessa de ocupação sustentável e desenvolvida de forma mais natural era a culminação de décadas de pesquisa e bilhões de dólares em investimento. As apostas não poderiam ter sido maiores e May ficara tão chocada quanto todo mundo por ter sido escolhida. Mas Eva explicou as coisas e a colocou no devido lugar.

— Essa não é só uma missão que requer uma ótima piloto. É uma missão que exige um grande líder que permaneça nos livros de história. Você tem essa presença. Você vai dar à missão o contexto que ela merece. Robert Warren, apesar do caráter desprezível, pelo menos entende isso.

May não via a si mesma daquela maneira. "Ser uma ótima piloto" sempre foi o ápice do que havia se esforçado para conquistar. Mas ela confiava na mãe e, depois de ouvir o que Eva disse, nunca mais se permitiu alimentar as mesmas dúvidas. Quando o fotógrafo registrou sua imagem naquele dia, o ligeiro sorriso de May foi por ver o olhar estampado no rosto de Robert no momento em que a foto foi tirada. Ela tinha se apoderado dele, da carreira dele, de sua reputação e de seu orgulho, e ele sabia disso.

— Comandante Knox, comandante Knox!

Os jornalistas não paravam de gritar por May quando ela subiu ao pódio na sala de imprensa. Era a primeira vez que se dirigiam a ela daquela maneira. A sala de imprensa, um auditório cavernoso, estava abarrotada de repórteres do mundo inteiro. Robert aproveitou a ocasião especial para adornar o lugar com enormes retratos emoldurados de heróis da Nasa que ocupavam quase cada centímetro da parede. De propósito, deixou um espaço em aberto atrás de May, o lugar dela na história.

May manteve a cabeça no lugar enquanto respondia as perguntas. Mais tarde as pessoas comentaram sobre como ela estava equilibrada, aprofundando-se em questões que glorificavam a missão e se desviando daquelas que poderiam glorificar a si mesma. Mais uma vez, conselhos de Eva.

— No momento em que transformar isso em algo que gira em torno de você, vão parar de te levar a sério. Os homens podem fazer isso com impunidade, mas as mulheres nunca, porque na mesma hora começam a questionar se o gênero foi ou não um fator. Não permita essa dúvida. E, pelo amor de Deus, nem pense em perguntas que destaquem a raça. Eu lidei com isso a vida inteira e te digo que pessoas bem-intencionadas vão tocar no assunto de qualquer jeito. Só que eu não estou falando de política, e sim da verdade. Nós duas sabemos o que te define, Maryam, o que está em seu coração: dever, honra, lealdade e dedicação. Tudo o que eu sempre desejei, e é por isso que você está aqui. Não fale sobre o "gigantesco passo" que você está dando. Você está servindo à humanidade. Quanto mais as pessoas ouvirem isso, mais essa missão lhes dará esperança.

Quando saiu da coletiva de imprensa, com a cabeça erguida e olhar firme, May sentiu a esperança das pessoas que a rodeavam, aplaudindo-a, depositando nela sua fé. Aqueles foram os passos mais gigantescos que deu na vida, maiores ainda do que os passos que deu em Europa, e ela os contou um por um.

85

Depois da morte de Jack e da quase destruição da nave, o clima na *Maryam I* era sombrio. Ian, Zola e Stephen, com toda a ajuda que Latefa e Martin eram capazes de oferecer, trabalharam dia e noite durante quase duas semanas para consertar o veículo espacial. E com Ian ainda se recuperando de um rosto quebrado e de queimaduras, o peso recaiu sobre Zola e Stephen. Horas sem fim de AEV foram necessárias para remover as porções chamuscadas e danificadas da cavidade de micro-ondas e desativar aquelas áreas. Por necessidade, as habilidades de Stephen operando um traje de AEV melhoraram significativamente, mas o medo não diminuiu, então a pobre Zola teve que assumir a responsabilidade da tarefa.

Para compensar, Stephen colocou em ação suas habilidades de engenharia, construindo com a impressora 3-D centenas de peças de reposição para consertar o que havia sido queimado na câmara do reator. Enquanto isso, Ian canalizou toda a energia disponível para a propulsão, de modo que eles ainda conseguissem chegar a Marte antes de May. Como resultado, a gravidade diamagnética foi desativada e o sistema de comunicações racionado em bases eficientes para priorizar a telemetria.

Durante tudo isso Stephen notou uma drástica mudança no comportamento de Ian. A bravata desapareceu. Não havia mais ostentação, condescendência ou arrogância. Quando tomava decisões, Ian consultava Zola e nunca fazia nada unilateralmente. Suas interações com todos os outros tratavam apenas de trabalho e resolução de problemas. Ele teve uma reunião privada com Stephen e apresentou um pedido formal de desculpas por suas ações com May antes do lançamento. Quando Stephen tentou se desculpar por ter quebrado a cara dele, Ian não aceitou. Dissera que era uma questão de honra e que, em um século diferente, Stephen teria tido todo o direito de fazer o que tinha feito, até mesmo de matá-lo.

Ian também tentou convencê-lo a perdoar May, argumentando que, embora os resultados tivessem sido desastrosos, ela cometera um erro em um momento vulnerável. Ele por acaso era inocente? Será que ela não tinha o direito de errar, especialmente sob circunstâncias extraordinárias? Ou usar aquilo contra May era apenas uma desculpa, uma saída fácil para algo que ele temia ou sentia que não merecia?

— Vamos lá, cara, você não veio até aqui, tão longe, arriscando a sua vida e sua integridade física, tendo que lidar com todas as minhas merdas, para se recusar a dar uma chance a ela. Isso é absurdo, Stephen. Você é um homem brilhante, mas às vezes pode ser de uma estupidez impressionante.

— Ian, eu não sei o que vou fazer, para dizer a verdade.

— Ah, as pessoas sempre dizem coisas assim quando mentem, "para dizer a verdade" ou "para ser bem sincero". Acho que você sabe *o que quer fazer*, mas *não sabe* se tem os colhões para esquecer o passado e fazer.

— Mesmo que isso seja verdade e eu saiba o que quero, não tenho ideia do que a May quer. E estou cansado de tentar descobrir. Toda vez que eu acho que a conheço, ela faz tudo para garantir que não.

— Eu tenho novidades: nem a May conhece a May. É claro que você não consegue entender ela, porque isso é impossível. Ela não quer ser entendida. Eu estou falando de você. Você nunca vai ficar em paz se não contar a ela o que sente. É como Neil Armstrong fincando a bandeira na Lua. A declaração é feita, a vitória é sua. O que tiver de ser será.

— Você está tornando muito difícil para mim te odiar, Ian.

— Não se preocupa, cara, a noite é uma criança.

A ideia de que Ian, de todas as pessoas do mundo, fosse quem o ajudou a articular o que estava sentindo quase implodiu a cabeça de Stephen. Aquela odisseia tinha sido tão pesada para ele quanto para ela. Stephen não estava ao lado de May quando ela mais precisou dele, quando perderam o bebê. Cumprir a promessa de ir resgatá-la era uma rara chance de redenção e uma vitória. Para ele, aquela era a definição de amor. E fazia sentido, já que durante a maior parte de sua vida teve uma sensação de abandono. Mesmo que fosse mais uma analogia bombástica de Ian, Stephen queria fincar aquela bandeira. E era bom abandonar a ansiedade sobre o futuro deles, ou se até mesmo teriam um futuro.

À medida que se aproximavam de Marte, da realidade que lutara tanto para alcançar, Stephen sabia que atravessar o vazio o havia mudado, instigando-o a ser o homem que ele sempre quis ser. Mas a questão permanecia: estava pronto para aceitar isso?

86

4 de março de 2068 — Ponto de encontro em Marte — *Maryam I*

— Senhoras e senhores, bem-vindos a Marte.

Ian Albright havia recuperado um pouco de sua bravata ao se acomodar no assento de piloto no convés de voo, com Zola ao lado e Stephen manejando o console de engenharia. Estavam todos equipados para AEV, capacetes presos às estações, observando atentamente o planeta vermelho e as linhas de trajetória de voo de ambas as naves projetadas no olho. Ian não era o único a sentir a adrenalina. Cada um pelas próprias razões, todos estavam empolgados por finalmente chegar a hora da verdade pela qual tinham lutado. A determinação de Stephen havia se renovado com a ideia de que havia feito tudo o que podia, incluindo coisas que jamais sonhara ser capaz, para cumprir sua promessa a May.

— Quanto tempo até chegarmos ao nosso ponto de entrada? — perguntou ele.

— Vinte e seis minutos — disse Ian, realçando o ponto na linha de trajetória.

A *Maryam I* estava bem à beira da órbita de Marte e a *Hawking II* acabara de entrar. As comunicações foram abertas e permaneceriam assim até o acoplamento. E as duas pontes de comando tinham um feed visual uma da outra.

— Muito bem. Todas as estações, estamos prontos?

— Voo a postos — confirmou Zola.

— Engenharia pronta — disse Stephen, acomodando-se no antigo assento de Ellen.

— É melhor que esteja mesmo, se você vai se sentar aí — respondeu Ian.

— Ele está pronto — disse Zola.

— Médico pronto — Latefa avisou pelo sistema de amplificadores.

— E você, Maryam?

— A Atrevidinha e eu estamos prontas para o show. Mas ela está um pouco nervosa sobre chegar à órbita cedo demais. Ela acha que não vamos conseguir manter isso por muito tempo. Quando vocês vão apertar o gatilho?

— Logo — disse Ian. — Diz para a Atrevidinha que não podemos ir cedo demais, ou corremos o risco de criar distância excessiva contra a atração gravitacional. Nós também estamos ficando meio capengas.

— O.k. — disse May. — Vou dizer a ela pra relaxar.

— Como você está se sentindo, May? — perguntou Latefa.

— A essa altura da gravidez não dá tempo de analisar a lista de reclamações.

— Vamos cuidar bem de você — disse Latefa.

Na *Hawking II*, May sentou-se no convés de voo em seu próprio traje de AEV, tentando manter-se à tona em meio a uma gigantesca onda de ansiedade. Quando entrou na órbita de Marte, começou a sentir a turbulência da atmosfera do planeta vermelho abaixo. Se pegasse a nave, May não seria capaz de escapar. A *Hawking II*, construída completamente no espaço e com o formato de uma esfera seccionada, era o oposto da aerodinâmica e não tinha controles de voo para a atmosfera e a gravidade. Além disso, era incrivelmente pesada. Com mais de trezentas toneladas de metal e ligas, cairia em Marte como um meteorito. As sutis mudanças de pressão que faziam com que a nave parecesse estar viajando em uma estrada de cascalho eram lembranças não muito delicadas da morte violenta que a esperava caso o encontro de acoplamento fracassasse.

May tinha colocado em uma mochila de AEV vazia todas as coisas que eram importantes para ela — algumas peças de roupa, sua garrafinha de bebida, um pendrive com fotos e vídeos pessoais, gravações dos exames de ultrassonografia de Atrevidinha, e o item mais importante de todos, o pendrive com o backup de segurança de Eva — uma cópia exata de sua nova melhor amiga.

Olhando para a tela, May observava as mesmas linhas de rastreamento das naves. Era enlouquecedor o quanto teriam pouco tempo e o quanto tudo seria por um triz. Ela sabia que o que Ian e Zola estavam fazendo era a melhor decisão estratégica, mas odiava pensar sobre a precisão implacável que exigia. Era como estar em um carro parado e ter que entrar em um trem passando em altíssima velocidade.

— Eva, querida, qual é a nossa última estimativa de entrada atmosférica?

— Dezoito horas, vinte e sete minutos.

— Mas...? — disse May, ansiosa.

— Mas a margem de erro é de aproximadamente oito a dez horas.

— Meu Deus.

— Não se preocupa — disse Ian na tela de May. — Nós vamos resgatar você muito antes.

A nave passou por outra turbulência e balançou por uns trinta segundos.

— É bom mesmo, porque o planeta vermelho parece estar de mau humor.

Na *Maryam I*, Zola estava observando o cronômetro da trajetória enquanto Ian se preparava para pilotar manualmente a nave. Quando treinaram para aquilo, Stephen entendeu que, tão logo entrassem em órbita, Ian teria que abordar com precisão a *Hawking II*, que estaria sob o controle do piloto automático da *Maryam I*. Não havia como May ser capaz de pilotar e sair ao mesmo tempo.

Tão logo alcançassem a *Hawking II*, eles sincronizariam as naves na mesma velocidade para que pudessem conectá-las por meio de um túnel de acoplamento de emergência. Uma vez que Ian não tinha cápsulas de fuga e May havia perdido os módulos dela, aquela opção um tanto arcaica era a única alternativa de evacuação além da extremamente arriscada AEV. Stephen havia sido treinado para implantar e operar o túnel. Enquanto as naves voassem lado a lado, ele teria que colocá-lo em posição de modo que Ian pudesse se aproximar o suficiente para que a porta de atracação eletromagnética de May o puxasse e o acoplasse à *Hawking II*. Em seguida, May tentaria percorrer o túnel de cem metros de comprimento e sem gravidade até a segurança da *Maryam I*.

— Estamos nos aproximando da nossa janela de órbita — anunciou Zola. — Dois minutos.

— Certo, posições de combate — disse Ian. — Está claro para todo mundo como vamos fazer isso? Depois não terão oportunidade para levantar a mão.

Todos concordaram.

— Pronta, May?

— Nasci pronta.

— Mudando para o controle de voo manual — disse Ian. — Preparem-se.

As alças de controle de voo manual ergueram-se dos braços do assento de piloto. O olho projetou diretamente à frente dele suas imagens de proa, popa e lado, junto com todos os seus dados de instrumentos e engenharia. Ele observou atentamente as rotas de voo, esperando enquanto a *Maryam I* aproximava-se de um alvo de exibição piscante que indicava seu ponto de entrada.

— Entrada orbital em 3, 2, 1, AGORA — gritou Ian.

Quando a *Maryam I* entrou na órbita de Marte, a nave estremeceu e se inclinou um pouco a bombordo. Stephen não tinha certeza se sua mente estava pregando peças, mas achou que podia sentir o puxão da atmosfera abaixo, como acontecia em um avião. O que ficou claro foi que tinham abandonado a silenciosa serenidade do vácuo para entrar no brutal domínio da gravidade, e era apenas uma questão de tempo até que sua pressão fosse forte demais para romper.

— Iniciando a perseguição — disse Ian.

Enquanto rumavam para o ponto de interceptação da trajetória de voo da *Hawking II*, Zola rastreava atentamente sua navegação, certificando-se de que jamais perdessem o ajuste de telemetria que estava pilotando automaticamente a nave. Stephen estava fazendo as verificações finais do sistema nos controles do túnel de acoplamento e checando a tela de realidade virtual que usaria para operá-lo.

— T menos oito minutos para o encontro de acoplamento — gritou Zola. — Stephen, o braço de acoplamento está preparado e pronto para ser instalado?

— O braço está preparado. Controles de implantação ativados.

— T menos cinco minutos para interceptação — anunciou Zola, pouco depois.

Nervosa, May observou as linhas de trajetória das naves. Eles já tinham realizado inúmeras vezes o processo de acoplamento, mas ela não confiava mais em nada naquela maldita nave. Durante as últimas duas semanas da viagem, tinha visto muitos sinais indicando que os sistemas estavam se desintegrando por conta de todos os maus-tratos e avarias que haviam sofrido. E ela teve que ser criativa com a energia. Perder o biojardim significou usar o gerador de oxigênio de reserva da nave, faminto por energia. Apenas para ter certeza, ela e Eva fizeram uma checagem final dos sistemas. O piloto automático estava regulado e mantendo a rota de voo. A porta de abertura do túnel de acoplamento a estibordo do convés de voo estava se mostrando operacional. Seu anel de acoplamento eletromagnético, fundamental para recuperar e anexar o túnel da *Maryam I* à nave dela, operacional. Parafusos de porta explosivos, prontos para explodir.

— Até aqui, tudo bem — disse May.

— Sessenta segundos para interceptar — disse Zola no comunicador.

— Bem, Eva, parece que tenho que dizer adeus por enquanto.

— Vamos dizer "até logo", em vez disso — respondeu Eva.

— Até logo — disse May. — E bons sonhos.

— Obrigada, May. Se alguma coisa acontecer...

— Não, nada disso, Eva. Nada vai acontecer. Eu vou te ver na *Maryam I* daqui a pouco.

— Eu ia dizer para você não se esquecer de me acordar.

— Eu também te amo, Eva.

— Trinta segundos — disse Zola no comunicador.

— *Maryam I* está pronta — anunciou Ian.

— *Hawking II* está pronta — respondeu May. — Você está tão pronta quanto eu para sair deste caixote, Atrevidinha? — acrescentou para sua barriga.

O tremor na *Hawking II* aumentou à medida que a nave enfrentou mais atrito da atmosfera. May encaixou seu capacete de AEV e agarrou sua preciosa mochila.

— Dez segundos! — gritou Zola.
— Uhu! — disse May.

Do seu lugar, Stephen viu a *Hawking II* deslizar bem ao lado deles. Comparada à *Maryam I*, era um veículo imenso, facilmente dez vezes maior. Ele avistou o enorme buraco escancarado onde outrora ficava o hangar dos veículos de pouso e mal acreditou que May conseguira manter a nave voando. Ele pensou no quanto isso teria deixado Raj feliz.

— Lá está ela — disse Ian. — Parece que alguém te deu uma mordida, May.

— E se eu não soubesse que era você, Ian, pensaria que estava prestes a ser atacada por uma nave alienígena.

— *Touché*. Estabilizar velocidade agora — disse Ian.

— Velocidades dos veículos sincronizadas e estabilizadas — confirmou Zola.

Ambas as naves estavam lado a lado, a cerca de duzentos metros de distância uma da outra. A *Maryam I* estava posicionada mais próxima da frente do convés de voo da *Hawking II*, onde ficava sua porta de atracação de emergência. Por um breve momento, Stephen teve um vislumbre de May no leme. Ele sentiu um nó se formar em seu peito e estômago. *Estamos tão perto*.

— Implantar braço de acoplamento! — gritou Ian.

— Entendido — confirmou Stephen.

Ele executou a sequência de implantação exatamente como Zola lhe mostrara centenas de vezes. O longo túnel branco projetou-se da lateral a bombordo da *Maryam I*, junto à câmara pressurizada da sala de máquinas. Usando os controles e a tela de realidade virtual, Stephen guiou habilmente a extremidade do túnel para se alinhar com a porta de atracação de May. Em sua tela, ele viu a confirmação piscante de que a parte final do túnel já estava encaixada ao anel de acoplamento eletromagnético da porta da *Hawking II*.

— Implantado e alinhado — disse ele. — Diminuir distância.

— Diminuindo distância — disse Ian.

Devagar, Ian moveu a *Maryam I* lateralmente em direção à *Hawking II*, reduzindo a lacuna de cem metros. O rosto de Stephen estava colado na tela de realidade virtual. Quando a extremidade do túnel estava a menos de dez metros de ser encaixada e lacrada, a *Hawking II* balançou violentamente por causa de mais turbulência pré-atmosférica. Por um breve instante isso arremessou a nave a estibordo e a ponta do túnel colidiu com força na porta de acoplamento. Ian rapidamente se afastou.

— Batendo em alguma coisa séria — disse May no comunicador.

— Espera, May — disse Zola. — Stephen, como está o túnel?

Ele viu marcas de amassamento ao redor da abertura onde a ponta do túnel colidiu.

— Túnel ainda operacional, mas vejo danos superficiais na porta de acoplamento. Infravermelho não mostra drenagem de atmosfera, então o casco está intacto.

— Que bom — disse Zola.

— Precisamos tentar de novo imediatamente — avisou Ian.

Mais uma vez Ian encurtou a distância enquanto Stephen observava o túnel, pronto para recolhê-lo de volta caso enfrentassem nova turbulência. A extremidade do túnel se encaixou no anel de acoplamento da porta de atracação e foi lacrado.

— Temos um acoplamento e vedação excelentes! — gritou Stephen, triunfante. — May, solta as travas da porta e corre pra cá.

— Entendido — respondeu ela no comunicador. — Esperem. Eva, por favor, solte as travas da porta de atracação.

— Entendido — disse Eva. — May, o mecanismo de destravamento não está respondendo.

— Provavelmente interferência do processador — disse Stephen. — Acione comando manual.

— Entendido — respondeu May.

Todos observaram pelo feed enquanto May digitava os comandos várias vezes.

— Merda! Funciona.

— Qual é o problema? — perguntou Stephen.

— Os controles manuais não funcionam — gritou ela, em pânico. — Eu não consigo abrir.

87

As turbulências na *Hawking II* estavam ficando mais intensas. May ainda estava tentando freneticamente abrir a porta de atracação, sem sucesso. Ela sentia que estava começando a perder a calma, enfurecida por ter chegado àquela situação, aterrorizada por seu tempo estar acabando. Outro alarme soou no convés de voo.

— Puta que pariu — gritou ela, assustada. — A temperatura na parte inferior do casco está aumentando rapidamente. Nós vamos queimar...

May sentiu uma dor aguda na barriga e se curvou, soltando um gemido.

— Ah, não — disse ela. — Ai, puta merda.

— May, você está bem? — gritou Latefa pelo comunicador.

— Estou, meu Deus, isso dói.

As mãos de Ian estavam começando a tremer nos controles de voo à medida que a turbulência se tornava mais intensa para eles. A tensão entre todos na ponte de comando chegava ao ápice.

— May, você consegue soltar manualmente os ferrolhos da porta? — perguntou ele em voz alta.

— Sim, mas eu não consigo... eu não consigo me mexer — disse ela pelo comunicador.

Pelo feed de video, eles podiam vê-la no convés de voo. Estava tentando se levantar e agarrar a mochila, mas continuava curvada e segurando a barriga, imobilizada pela dor.

— Ela está entrando em trabalho de parto — disse Stephen.

— E eu vou em AEV abrir a porta de atracação. Zola, assuma o leme.

— Entendido. Melhor se apressar. Pode ser que a gente tenha só uns poucos minutos antes de sermos queimados.

— Maryam! — gritou Ian.

— Sim — disse ela, sentada no convés de voo, tentando respirar fundo e em ritmo compassado. — Latefa, com certeza são contrações. Talvez um minuto entre uma e outra. Difícil dizer.

— Certo, lembre-se de respirar — disse Latefa.

— Estou tentando.

— Estamos indo até você — disse Ian. — Coloque seu capacete e ative a energia do seu traje de AEV agora.

— Entendido — disse ela, e encaixou o capacete no traje.

— Eva — continuou Ian —, desliga a energia interna do convés de voo para despressurizar. Eu vou usar laser para cortar a porta, então você tem que estar equalizada ao espaço quando chegarmos aí. Faça isso assim que o traje de May for ativado.

— Entendido.

— O traje está bom — disse May, mostrando-lhes um polegar para cima.

Ian se soltou do assento do convés de voo e pegou seu capacete de AEV. Zola afivelou-se no assento dele e assumiu os controles. Stephen estava prestes a insistir em ir junto, mas Ian se antecipou.

— Stephen, é melhor você se vestir e vir também. Talvez eu tenha que estabilizar a *Hawking II* enquanto tiramos a May de lá.

— Entendido — disse Stephen, aliviado.

Os dois homens encaixaram os capacetes aos trajes e flutuaram pelo corredor.

— Latefa — disse Ian enquanto abriam caminho. — Você e Martin precisam estar prontos para fazer o parto do bebê quando voltarmos. Pelo visto ele está quase chegando.

— Entendido — disse ela no comunicador. — Já estamos a postos.

Eles chegaram à câmara de pressurização do túnel de acoplamento. Ian fez uma última verificação do seu próprio traje, depois do de Stephen.

— Que bom que eu chequei isso. Não está devidamente vedado. Espera — disse Ian enquanto ajustava algo na parte de trás do capacete de Stephen. — Tudo bem. Problema resolvido. Pronto?

— Pronto — respondeu Stephen, com firmeza.

Ian abriu a porta da câmara pressurizada e eles entraram. Ian a lacrou atrás deles, depois abriu a porta do túnel. A confiança de Stephen rapidamente desvaneceu. O túnel era grande o suficiente para que duas pessoas usando trajes de AEV pudessem escalá-lo lado a lado, mas para Stephen parecia tão estreito quanto um canudo. Ian entrou e começou a subir. Stephen se forçou a entrar e segui-lo. Uma vez lá dentro, estava tudo bem, tudo muito quieto.

— Tudo certo? — perguntou Ian.

— Sim, estou bem — mentiu Stephen.

O espaço confinado do túnel desencadeou nele uma lembrança horrível de quando era criança, preso no banco traseiro do carro destroçado e em chamas de seus pais, tentando escapar. Ele sentiu sua garganta se fechando, como naquele dia em meio à fumaça preta e pesada. Stephen enxotou da cabeça a lembrança e se forçou a pensar em May. Mas fazer isso trouxe de volta a aterrorizante lembrança de sua caminhada espacial com ela, quando perdeu o controle de seus propulsores e ficou à deriva no espaço aberto. Ele ouviu sua respiração acelerada e estava começando a sentir as mãos e os pés formigando. Sabendo que isso poderia fazê-lo perder a consciência, Stephen se concentrou em respirar devagar enquanto se arrastava pelo restante do caminho.

Ian havia se movido de forma surpreendentemente rápida e chegou ao outro lado bem antes de Stephen. Quando ele enfim alcançou o final do túnel, Ian já estava rasgando os ferrolhos da porta com seu cortador a laser. Stephen esperou atrás dele, tentando não pensar que apenas alguns poucos centímetros de metal e liga o separavam do espaço.

— Quase lá — disse Ian. — Acabei. Para trás por um momento, Stephen.

— Não vou a lugar nenhum.

— Pressão, Eva?

— O convés de voo está pressurizado para o espaço — respondeu ela.

Tendo cortado os ferrolhos, Ian conseguiu abrir a porta da câmara pressurizada puxando-a para si, túnel adentro, mas apenas até a metade do caminho.

— Isso é o melhor que vamos conseguir. Vamos, Stephen.

Ian atravessou a porta. Stephen o seguiu. Quando ele pisou na soleira, o anel eletromagnético desacoplou o túnel, que se separou da *Hawking II*.

— Ian, o túnel! — gritou Stephen.

Com uma bota no limiar da porta e a outra no túnel, as pernas de Stephen se abriram enquanto o túnel caía, sem deixar nada além de espaço abaixo dele. Por um breve momento, invadido por uma onda de pânico, parecia que tudo estava se movendo em câmera lenta. Ele podia ouvir sua respiração superficial e a frenética conversa pelo rádio, mas tudo isso estava distorcido e quase ininteligível. Ele olhou para cima e viu Ian parado na beira da porta de atracação e soube que sua única chance era tentar voltar para dentro. Usando a borda do túnel como ponto de apoio, ele se lançou para a frente, a mão estendida.

Mas Ian simplesmente ficou parado quando a mão de Stephen passou bem ao seu alcance, e o observou cair espaço adentro.

88

O interior da *Hawking II* estava mais uma vez mergulhado na escuridão gélida que consumia tudo, exatamente como quando May conseguira voltar do veículo de carga. Ela estava em seu assento, debruçada sobre o convés de voo, sofrendo em meio a outra contração. Agora elas estavam começando a acontecer com mais frequência e a doer mais. Estar dentro do traje, com a sensação de que ia morrer congelada, tornava muito difícil controlar a respiração. Quando a contração diminuiu, ela rapidamente tornou-se mais consciente do falatório pelo rádio. Eles ainda não tinham conseguido encontrar Stephen, nenhum contato visual com ele, nenhum contato por rádio, nada no GPS. Alguma coisa acontecera no túnel de acoplamento, ele se soltara. *Stephen caiu.*

— O que aconteceu com Stephen? — ela exigiu saber.

— Houve um acidente — disse Zola pelo comunicador. — O túnel se separou. Ele está...

— Ele está perdido, May — disse Ian em um tom pesaroso, flutuando para dentro do convés de voo ao seu encontro.

— Onde ele está? Você tem visual? Stephen? Stephen? Está me ouvindo? O que aconteceu com o seu rádio, porra? Stephen?

— Nós não conseguimos ver ele — disse Zola, a voz embargada. — O GPS do traje também não está funcionando.

— De que merda você está falando? — gritou May. — Stephen!

— May, nós temos que ir.

Ela ergueu os olhos, soluçando. A luz do capacete de Ian fatiou a escuridão quando ele se debruçou sobre ela, soltando as correias do assento. O vidro de seu capacete estava escurecido por causa do reflexo da luz do capacete de May, de modo que ela não podia ver o rosto dele.

— Ian, não — disse entre um grito e um soluço de choro. — Temos que encontrar ele.

— Eu sinto muito. Vem. Não temos tempo.

Ele a puxou para fora do assento e enganchou o braço direito sob o braço esquerdo dela. Então Ian olhou para a frente, suas costas voltadas para o teto, e usou seus propulsores para começar a movê-los pelo convés. May estava de costas para o chão, como que deitada. Seus joelhos estavam encolhidos. Endireitar as pernas piorou a dor. Ela sabia que outra contração estava a caminho. Seus músculos estavam se contorcendo em espasmos. Sentir a umidade em seu traje, em sua virilha, nas pernas e na barriga. Ela queria se desvencilhar de Ian, sair pela porta da câmara pressurizada em busca de Stephen, mas seu corpo não a obedecia. Tomada pelo desespero, tudo o que ela podia fazer era gemer e esperar pela dor novamente.

— May, respire devagar.

A luz do capacete dele iluminou o caminho à medida que se aproximavam da porta do convés de voo. A luz do de May estava apontada para o teto e iluminou brevemente a mochila dela, a mesma que havia enchido com seus objetos pessoais e a unidade portátil de armazenamento com o backup de Eva. May imaginou que a mochila flutuou até o teto depois que Eva despressurizou o convés de voo, provavelmente enquanto ela estava tendo uma contração.

— Ian, a minha mochila. Minha mochila. Nós temos que...

Outra contração a atingiu, uma flecha flamejante que disparou de seu umbigo para a região lombar. Ela engasgou, incapaz sequer de gritar, e sua respiração acelerou até um ofego.

— Quase lá — disse Ian calmamente enquanto voavam para fora do convés de voo, corredor adentro.

— Ian, por favor.

— Não se preocupa, May — disse ele baixinho. — Você vai ficar bem. Estou com você.

— May, você tem que respirar mais devagar — disse Latefa no comunicador. — Você vai hiperventilar. Isso é muito perigoso para você e seu bebê.

O quê?

As palavras de Latefa chegaram tarde demais. As mãos e os pés de May formigavam. Ela estava sonolenta e confusa, insegura sobre onde estava.

— Eu estou... está tão escuro — disse ela, e caiu no sono.

89

Na parte de baixo do convés do reator da *Hawking II*, Stephen agarrou-se a uma alça de aev na beira de duas portas do compartimento de carga. Uma de suas botas estava enfiada na tampa do fecho em u da porta. Depois que ele caiu da porta de atracação, a aceleração o carregou para a parte traseira da nave. Por vários segundos aterrorizantes, enquanto gritava em vão pedindo ajuda, Stephen flutuou para longe da nave o suficiente para não conseguir mais alcançá-la. Antes de passar por ela completamente e sair vagando à deriva pelo espaço, ele se lembrou de seus propulsores e os usou para voar até seu local atual.

Enquanto se segurava em meio a outra onda de turbulência pré-atmosférica, Stephen ainda estava tentando contatar a *Maryam I*. Podia ouvir as conversas, mas eles não respondiam aos seus pedidos de ajuda. Pelo que ouviu, Ian havia resgatado May. Zola estava tentando descobrir como levá-los de volta à *Maryam I*. E May estava em avançado trabalho de parto.

Ian. Ele não fizera esforço algum para ajudar Stephen. A maneira como ficou parado, imóvel e observando... quase que esperando o desastre iminente. Stephen estava tão perto dele naquele momento que se lembrou de ter visto um reflexo de si mesmo no vidro do capacete de Ian, a mão estendida. *Ele apenas ficou lá parado.* E ainda tinha o defeito de funcionamento do anel eletromagnético, que acontecera muito pouco depois de ele passar às pressas pela porta de atracação, no exato intervalo de tempo em que Stephen atravessaria atrás dele.

Antes de entrarem no túnel pressurizado da *Maryam I*, Ian fizera o rápido ajuste no traje de aev de Stephen. Ele disse alguma coisa sobre não estar devidamente vedado. Stephen entrara e saíra do traje inúmeras vezes no período de duas semanas em que estavam consertando a nave. Ele era capaz de lacrar seu capacete até dormindo. Aquele ajuste provavelmente explicava a falha na unidade de comunicações. Ele podia ouvir todo mundo, por isso só notou o problema quando já era tarde demais. Por fim, Stephen sabia que havia carregado por completo sua bateria, mas consultando seus níveis atuais de suporte de vida, mal restavam vinte minutos de energia.

Depois que aconteceu, Ian também foi rápido em declarar que Stephen era uma causa perdida. *Ele está perdido, May.* E depois, *Não se preocupa, May. Você vai ficar bem. Estou com você.* Ian queria que ele morresse, e planejara isso com antecedência. A coisa toda era de uma brutalidade fria e eficiente, duas das qualidades mais infames do homem. Recordando a conversa que tiveram sobre May pouco antes de entrarem na órbita de Marte, ficou claro que Ian estava falando de si mesmo, não de Stephen. Era a bandeira dele, e tinha acabado de fincá-la.

Stephen tinha que se mexer. Ian e May já tinham chegado à área externa da porta de atracação. Ian continuava a distorcer os fatos e desfiar sua narrativa heroica, dizendo a Zola que achava que sabia como consertar o anel eletromagnético e puxar o túnel de volta. Era um tiro no escuro, mas apesar das poucas chances de dar certo ele tinha que tentar. May gemia, sofrendo de dores terríveis. Ela continuava falando sobre voltar, que eles precisavam voltar. Ian a acalmou. Tudo ia ficar bem. Ele estava bem ali com ela. O que motivou Stephen a tomar uma atitude foi a única coisa mais forte do que seu medo de flutuar no espaço sem estar preso a uma corda de segurança: a raiva. Um sentimento primal que estrangulou seu diálogo interno, reduzindo-o a simples pensamentos e ações.

Havia uma porta pressurizada de emergência em todos os conveses da *Hawking II*. Ele não conseguia ver onde estava a do convés do reator, mas existia. De apoio em apoio, ele avançou ao redor da área externa do convés, lutando para manter-se agarrado em meio à turbulência que piorava. Quando encontrou a porta pressurizada, viu que a alça de segurança seguinte ficava no exterior dela, a dois metros de distância. Propulsão. Era sua única opção. Ele enxotou o medo de voltar a flutuar solto e mirou com concentração e cuidado a alça. *Você já fez isso uma porção de vezes. Vai.* Ele se soltou e golpeou seu propulsor, ambas as mãos estendidas. Uma delas agarrou a alça. Com a outra mão ele abriu a câmara pressurizada, entrou na nave e fechou a porta atrás de si.

90

Na área próxima à porta de atracação da *Hawking II*, Ian tinha acabado de conseguir milagrosamente consertar o anel eletromagnético.

— Resolvido! — disse ele, triunfante.

— Entendido — gritou Zola de volta. — Bom trabalho, chefe. Reposicionando o túnel.

May estava segurando o degrau de uma escada de segurança, enfrentando outra contração. Através da porta de atracação aberta, ela podia ver o túnel movendo-se de volta. Quando o anel de acoplamento se ajustou, foi um encaixe rápido. Ian pegou May pelo braço.

— May, nós temos que ir.

— Ian, minha mochila. Nós temos que...

— Agora — disse ele com firmeza, e a puxou com ele túnel adentro.

Enquanto abriam caminho, Ian teve que usar uma combinação de propulsores e apoios de mão. Por causa da turbulência, ele ficava perdendo o controle, e os dois colidiam, o que a fazia gritar de dor. Então May sentiu algo ceder na barriga e um jorro de líquido morno escorrer de dentro dela. O líquido tomou a forma de esferas que flutuaram para cima em seu traje.

— Ai, meu Deus! — gritou ela. — Minha bolsa estourou.

Uma das esferas de líquido flutuou e explodiu no vidro de seu capacete, fazendo com que seu visor entrasse em curto e falhasse.

— May, mantém a água longe da boca e do nariz — disse Latefa.

Tudo o que May pôde fazer em resposta foi soluçar. O cheiro era repulsivo. Ela voltou a respirar em ofegos curtos e rasos e novamente sentiu o formigamento e a confusão.

— Quase lá! — exclamou Ian, bufando e arfando de exaustão.

Quando finalmente chegaram à *Maryam I*, May estava semiconsciente. Via Martin em seu traje de AEV, esperando por eles. Ian içou-a até a porta e Martin a puxou para dentro. Muito do que aconteceu depois disso foi um borrão. Depois de despressurizar e passar pela câmara, eles tiraram o capacete de May. Latefa estava lá, limpando seu rosto e checando o pulso, fazendo perguntas que ela não conseguia responder. May não parava de perguntar sobre Stephen e Eva, mas ninguém parecia se importar com isso. Ela estava com tanta raiva que queria gritar, mas não tinha fôlego.

De volta ao interior da *Hawking II*, Stephen estava usando a preciosa energia do traje para abrir caminho pela nave com os propulsores. O intenso tremor da turbulência tinha piorado tanto que a nave estava começando a se desintegrar. Paredes e painéis se despedaçavam, atulhando o ar com cacos de vidro afiados como lâminas de barbear. Fios condutores e cabos de alimentação serpenteavam, faiscando. Linhas de água quebradas soltavam imensos nacos de gelo. Quando ele voltou para a porta de atracação, o túnel ainda estava lá. Lágrimas de alívio flutuaram dentro de seu capacete. Então ele ouviu a voz de May e se deteve abruptamente. Stephen finalmente entendeu o que ela estava falando, por que ela queria voltar para o convés de voo. Eles haviam deixado a mochila dela para trás. A unidade de *backup* de Eva estava naquela bolsa. Eles tinham deixado Eva para trás. A nave balançou e o chão e as paredes do convés se contorceram, jogando Stephen de um lado para o outro feito uma bola de pinball. O túnel sacudiu com força contra o anel da porta. Em pouco tempo não seria necessário que Ian o desativasse, pois ele seria irremediavelmente arrancado. Ele tinha que entrar naquele túnel agora.

Em vez disso, ele se virou e acionou seus propulsores novamente, voando de volta para a escuridão do convés de voo. O que estava fazendo ia contra todo o pensamento lógico e racional que possuía. Era totalmente contraditório à sua natureza. Mas isso não importava. A única coisa que importava era pegar Eva. Ela era a razão pela qual May tinha vencido a luta pela sobrevivência. Tanto quanto qualquer pessoa, Eva era uma amiga leal e confiável. E, assim como qualquer pessoa, ela não merecia ser deixada para trás.

— Sair da órbita — gritou Ian no comunicador. — Potência máxima.

— Preciso de noventa segundos para preparar May para o trabalho de parto — gritou Latefa de volta.

— Nem um segundo a mais — respondeu Ian. — Já passamos da hora.

Noventa segundos, Stephen pensou ao entrar no convés de voo, procurando desesperadamente pela mochila de May. Ele a avistou flutuando perto do teto e se impulsionou até lá para pegá-la, tentando não usar os propulsores a fim de economizar energia.

— Sessenta segundos! — gritou Ian.

— Eu não vou conseguir — disse Stephen para si mesmo.

Precisava alertá-los de alguma forma de que estava lá, ainda vivo. Então se lembrou de como eles ficaram sabendo que May estava viva, quando ela acordou do coma. Eles tinham recebido o sinal sos de emergência da nave. Stephen vasculhou o convés de voo, mas não tinha ideia do que estava procurando.

— Quarenta e cinco — anunciou Ian.

— Puta merda! — gritou Stephen em seu capacete.

— Stephen — disse Eva. — Vá para a *Maryam I* imediatamente.

— Eva? — disse ele.

Sem resposta. *Grite, seu idiota.*

— Eva! — gritou ele.

— Sim. O comunicador do seu capacete está...

— Eu sei — gritou ele. — Alerte a *Maryam I*. Diz para me esperarem.

Ele amarrou a mochila de May e acionou seus propulsores, voltando para a porta de atracação.

— Aqui é Eva, IA — ele a ouviu dizer no comunicador aberto. — O dr. Stephen Knox está vivo. Ele está no convés de voo, indo para o túnel de acoplamento para evacuação de emergência.

Quando ele voltou para a porta de atracação, o túnel tinha sido recolhido para a *Maryam I*. O suporte de vida em seu traje estava reduzido a quatro minutos.

— Stephen! — disse Zola. — Graças a Deus. Estamos enviando o túnel agora. Quando chegar aí, atravesse correndo. Use seus propulsores. Não temos mais condições de prever o atrito na entrada atmosférica, então isso pode acontecer a qualquer momento. Stephen, está me ouvindo?

Ele fez gestos desvairados com a mão para indicar que não tinha como responder.

— O comunicador do capacete de Stephen não está funcionando — disse Eva. — Ele pode ouvir, mas não consegue responder.

— Afirmativo — confirmou Zola. — Tudo bem, Stephen. Faça sinal de positivo se você entendeu minhas instruções. Martin vai te encontrar do outro lado.

Stephen se segurou com uma das mãos à oscilante porta de atracação e com a outra mostrou o polegar para cima.

— Martin! — chamou Ian. — Preciso de você na enfermaria com May e Latefa. Eu vou ajudar o Stephen.

91

Stephen ficou consternado ao ouvir a voz de Ian, mas teria que lidar com aquilo quando chegasse à *Maryam I*. Por ora, talvez conseguisse usar propulsores para percorrer o túnel e sobreviver à base de qualquer atmosfera residual em seu traje. Ele esperou pelo que pareceu uma eternidade até que o túnel se estendesse. Claramente, com Ian nos controles, não havia pressa alguma.

— Pessoal, estou recebendo a leitura de um perigoso superaquecimento no casco da *Hawking II* — anunciou Zola no comunicador.

Stephen sentia o calor irradiando através do casco para dentro da nave. Já não havia a sensação de congelamento e os padrões de cristais de gelo que tinham se formado no metal e no vidro estavam derretendo. Ele olhou para baixo. A superfície de Marte era agora visível de forma intermitente à medida que a *Hawking II* começava a cair na atmosfera. E os tremores ficaram tão violentos que Stephen mal conseguia evitar ser jogado para todo lado. Ele olhou para a *Maryam I*. O túnel não chegaria a tempo. Tinha percorrido apenas um terço do caminho e, mesmo que chegasse, Stephen não conseguiria atravessá-lo.

Ele fez as contas. Cerca de setenta metros de espaço entre ele e a *Maryam I*. Restavam noventa segundos de suporte de vida. Usando propulsores para percorrer a distância, na velocidade em que precisava ir para escapar de se queimar, ele esgotaria seu suporte de vida e ficaria com ar residual no túnel, se o alcançasse. E teria que lidar com Ian.

— Você queria ser astronauta — disse Stephen para si mesmo.

Ele concentrou as atenções no túnel e acionou os propulsores do traje na potência máxima. Quando passou pela borda da porta de atracação, sofreu uma abrupta queda. *Tarde demais*, ele pensou, e esperou mergulhar para a superfície do planeta. Mas tinha sido uma onda de sucção criada pela *Hawking II* que caía na atmosfera de Marte, atrás dele. Quando se endireitou e recuperou sua trajetória rumo ao túnel, Stephen ouviu o som horrível da nave sendo rasgada à medida que sofria o atrito atmosférico. A conversa pelo rádio tinha voltado, mas o barulho ao redor era tão estrondoso que Stephen não conseguia compreender. Quando estava a cerca de dez metros do túnel, ele finalmente ouviu Zola.

— Stephen, você está vindo rápido demais.

Estava mesmo, mas não havia nada que pudesse fazer, uma vez que sua energia tinha finalmente acabado. O túnel estava em ângulo quando Stephen o alcançou. Seu torso voou direto para dentro, mas suas pernas bateram com força na borda, depois a cabeça e as costas colidiram com violência ainda maior na parede interna. Tonto por causa da pancada na cabeça, ele se esforçou para se orientar, conseguindo agarrar as alças de apoio para as mãos. Stephen também sentiu que o túnel movia-se de volta para a nave, com um empuxo para cima. No rádio, Zola estava dizendo que eles tinham que melhorar de posição e sair dos limites da atmosfera.

— Segure-se, Stephen — disse ela. — Por favor, aguenta firme.

O impulso para cima aumentou e ele se segurou desesperadamente enquanto o túnel se movia bruscamente na direção oposta da nave. Além disso, podia sentir que seu ar residual estava nas últimas. Ele tentou respirar superficialmente e se concentrar em manter-se agarrado, esperando pelo momento em que deslizariam de volta para a serenidade do espaço. Esse instante finalmente chegou. Determinado a entrar na nave, ele avançou, indo de apoio em apoio pelos últimos metros, com todas as forças que lhe restavam, até a porta pressurizada da *Maryam I*. E quando chegou lá, exausto, congelando e sentindo a fase inicial da hipóxia, Ian estava esperando por ele.

— Zola, estou tendo problemas para fechar a porta pressurizada externa — disse Ian. — Trabalhando nisso.

— Entendido. Bem-vindo de volta, Stephen.

Tudo o que Ian tinha que fazer era ganhar algum tempo até que Stephen morresse em seu traje. E não precisaria de muito. Claramente, Ian se certificara de que era a única pessoa ciente dos níveis atmosféricos dele. Mais uma vez, frio e eficiente. Não haveria discursos grandiosos sobre como ele achava que May e o trabalho de Stephen e o bebê eram todos dele por direito. Isso era banal demais. A maneira como ele olhou para Stephen disse tudo. Desprezo silencioso. Na mente de Ian, Stephen era inferior. Isso sempre foi claro. Seu trabalho era um meio para a conquista final de Ian, e Stephen simplesmente estava no caminho. A mesma coisa valia para May.

Pensou em May na enfermaria, no auge da agonia do parto, sem saber o que havia acontecido com ele. Ou, se soubesse, agora estava esperando que ele entrasse por aquela porta para ficar com ela. Como poderia deixar Ian tirar isso dele? Lembrou-se do que Ian dissera sobre viajar até tão longe e não contar a May como se sentia. Naquele momento, foi isso que deu a Stephen a força para fechar e lacrar a porta pressurizada. E também lhe deu a força para se agarrar às pernas de Ian com força para alcançar o regulador do traje AEV dele.

Você é um homem velho, Stephen pensou, sua raiva aumentando. *Devia ter incluído isso na sua equação fria e eficiente.*

Ian lutou vigorosamente. Stephen sentiu um pico de adrenalina quando deu um violento puxão para arrancar a mangueira do regulador. Sua boca estava espumando feito um cão raivoso faminto de sangue. A mangueira se rasgou, solta.

— Ian, estou vendo que há perda de atmosfera em seu traje — disse Zola. — Está me ouvindo?

Ian não conseguiu responder, ofegando e estendendo a mão para a mangueira reguladora. Quando percebeu que nunca seria capaz de reconectá-la, tentou chegar aos controles de despressurização da câmara. Isso teria salvado os dois, mas mesmo assim Stephen agarrou os braços de Ian, imobilizando-os ao lado do corpo. Ele os segurou com todas as forças enquanto Ian o golpeava com os joelhos e o capacete. Stephen estava preparado para morrer se isso garantisse que Ian jamais passasse por aquela câmara pressurizada. Não era um ato de vingança. Estava fazendo isso para proteger May. Ian mostrara suas verdadeiras intenções; era um homem muito perigoso, disposto a fazer qualquer coisa para conseguir o que queria, e Stephen estava disposto a sacrificar a própria vida em troca da certeza de que Ian nunca teria a chance de machucar May e sua filha.

Ian parou de lutar e Stephen sentiu que ele estava enfraquecendo. Seu rosto relaxou e suas pupilas dilataram-se. Para terminar o trabalho, Stephen desencaixou o capacete dele e observou a água congelar em seus olhos até eles ficarem com a cor leitosa de um cão cego.

Ele deixou Ian à deriva e tentou alcançar os controles de despressurização, mas estava nos estágios finais de asfixia. Seu corpo inteiro estava entorpecido. Seu coração, que até então martelava no peito, agora palpitava em frêmitos erráticos. Sua visão ficou turva, depois escureceu, e então se esvaiu até apagar-se por completo.

92

Luzes brilhantes cintilaram e romperam a escuridão. Stephen achou que estava submerso, tentando respirar, mas apenas sentindo que seus pulmões estavam cheios de líquido pesado, expandindo-se como bexigas prestes a estourar. Não havia como recuperar o fôlego. E quando ele tentou respirar, dores lancinantes no peito irradiaram em disparada ao longo dos braços, e ele teve a sensação de que elas explodiam na ponta dos dedos. Ele ouviu vozes. Estavam gritando, com medo, insistentes. Queriam algo dele. Agulhas perfuraram sua pele. Sua boca estava sendo forçada a se abrir. Engasgando, tossindo. As luzes cintilantes transformaram-se em explosões com uma dolorosa luminosidade pulsante e intermitente que esclareceram onde ele estava.

Parecia um hospital. As pessoas ao redor dele pareciam médicos. Usavam máscaras cirúrgicas, aventais e luvas. Stephen ouviu uma mulher gritando. Não era um dos médicos. Eles não estavam gritando. De onde vinha o grito? Ele moveu a cabeça. Os médicos tentaram segurá-lo no lugar, mas ele fez força contra as mãos, tentando libertar seus braços, que ele não conseguia mexer. Havia algo cravado neles, fixando-os no lugar. Quando virou a cabeça, ele viu a mulher. Era ela quem estava gritando. E havia sangue, que flutuava em torno dela e do quarto em bolhas vermelhas e bulbosas, dividindo-se em bolhas menores, menores e menores. Elas estavam por toda parte.

Então ela parou de gritar. Algo estava descendo pela garganta de Stephen. Ele queria gritar. Ele queria vomitar. Ele flexionou seus músculos, lutou, puxou, chacoalhou a cabeça. Em seguida, outra agulha. Enfiada na dobra do cotovelo dele. E alguma coisa fria precipitando-se para dentro dele, espalhando-se através dele, relaxando seus músculos, matando a dor, pesando sobre ele, roubando seu fôlego, drenando sua consciência, lentamente, até que não houvesse nem sequer escuridão, apenas luz branca brilhante e a sensação de queimação.

93

É apenas um sonho. Acorde. É apenas um sonho. Acorde.

A luz branca escureceu e padrões surgiram. Linhas, entrecruzadas, dentro de quadrados maiores, muitas delas, uma grade. As linhas ficaram mais nítidas, os padrões mais definidos, luzes embutidas dentro. Um teto. Sons aumentando gradualmente, um zumbido constante de máquina, bipes estridentes. O cheiro de limpeza, limpeza química pungente, sanitária. Lençóis macios, cobertores, calor.

Graças a Deus foi apenas um sonho.

Stephen tentou erguer a cabeça. Pesada demais. Suas mãos pareciam mais fortes que seu pescoço. Ele agarrou os lençóis e impulsionou o corpo, jogando a bunda para trás, enfiando a cabeça e o pescoço contra os travesseiros até ficar ligeiramente mais ereto do que antes. Agora ele podia inspecionar o quarto. A enfermaria. A *Maryam I.* Como ele foi parar ali? A julgar pelo modo como ele se sentia, devia ter sido algo bem grave. Sua cabeça doía, os pulmões ardiam, o coração batia com baques secos no peito. Sentindo dificuldade para recuperar o fôlego, ele se lembrou. Ian. A câmara pressurizada. Sem respiração. Ian está morto.

De um sonho para um pesadelo.

Não havia ninguém além dele na enfermaria. Parecia abandonada. Ele se sentia assim. Vulnerável. *Ian está morto.* A cama ao lado dele. Quando ele olhou para ela, lembrou-se dos gritos. *May.* O medo veio com os fragmentos da lembrança. Gritaria. Gotas de sangue flutuando por toda parte. Sangue por toda parte. Depois o silêncio. *May, ai, meu Deus, May.* Ela não estava lá. A cama dela estava vazia, limpa, máquinas feito soldados esperando pela próxima batalha. Junto ao pé da cama, perto dos armários de suprimentos, uma lixeira atarraxada no chão. Roupas de cama enfiadas dentro dela. Sangue nos lençóis.

Assim que tudo voltou, acompanhado de medo e pavor, o mesmo aconteceu com a força de Stephen. Um desejo singular de sair daquela cama tomou conta dele. A máscara de oxigênio bateu no chão. A agulha intravenosa saiu do braço e voltou para a máquina, balançando e pingando. Lençóis e cobertores foram jogados para o lado, depois a parte mais difícil. Sentar-se. Ele empurrou os punhos contra o colchão atrás de si, forçando seu torso para cima até conseguir se sentar. Depois de se manter assim por algum tempo, permitindo que o sangue penetrasse nos músculos e as ondas de tontura deixassem sua cabeça, as pernas balançaram para o lado e os pés desceram no chão frio. Em seguida ele se levantou, segurou a cama para se equilibrar, ficou lá até o quarto parar de girar e as suas pernas se mostrarem confiáveis.

Ele tentou chamar alguém, mas logo percebeu que não ia dar certo. Suas cordas vocais estavam esfoladas e inchadas e não queriam deixar sair nada além de um gorgolejo rouco. Ele caminhou até o corredor, também vazio e com o aspecto de abandono. Onde diabos estava todo mundo? Não que houvesse muita gente sobrando. Onde estava May? A cama dela estava vazia. O quarto estava limpo. Quanto tempo fazia desde que ela tinha ido embora? Havia quanto tempo ele estava dormindo? Outro corredor, vazio e silencioso, seu medo aflorando enquanto ele desejava desesperadamente encontrar alguém, qualquer pessoa, mas não sabia se seria capaz de lidar com isso se de fato encontrasse.

Chegando mais perto do convés de voo, ainda não havia sinal de ninguém e nenhum som além do zumbido mecânico do lugar, cantarolado em um tom baixo e monocórdico e incessante. Como poderia não haver vozes? A ideia de entrar no convés para encontrá-lo vazio fez seu estômago revirar-se de desespero. Ele parou no corredor do lado de fora da entrada do convés de voo e aguçou os ouvidos. Talvez tivesse se enganado sobre o silêncio? Não. O silêncio persistiu. Ele tinha que entrar lá. Não importava se ele estava pronto ou não. Tudo o que ele visse, ele teria que aceitar. *May*. Não havia como viver se... isso ele não estava disposto a aceitar. Não é possível. Tal qual um prisioneiro no corredor da morte, dando seus últimos passos até a câmara, Stephen dobrou a quina e entrou.

Um bebê começou a chorar. Depois, soltou um lamento. O som partiu o silêncio ao meio e Stephen parou no limiar do convés de voo, fascinado pelo som. Na parte dianteira, junto ao módulo de engenharia, Zola, Latefa e Martin estavam todos curvados diante de alguma coisa, falando em estranhas vozes cantadas que aumentavam de volume quando o choro ficava mais alto. Stephen continuou andando. O bebê continuou chorando. Quando chegou aos assentos de lançamento, May levantou-se do outro lado de onde estava a tripulação, e ela e Stephen ficaram cara a cara. Ele não queria se mover mais, temendo que tudo pudesse ser uma miragem que desapareceria rapidamente. May também ficou imóvel, seus olhos devorando a imagem dele, sem vontade de desviar o olhar.

Os tripulantes viraram-se e sorriram. Latefa e Martin aproximaram-se de Stephen, por acharem que ele precisava de ajuda, mas Stephen levantou a mão, mostrando que estava bem. Ele continuou em frente, passando pelos assentos, e viu qual era o motivo pelo qual todos estavam amontoados. Era uma incubadora. Dentro, uma menina muito pequena com uma voz muito estridente. *Atrevidinha*. Ele se aproximou com cuidado, ainda esperando para que tudo aquilo parecesse sólido e real. Quando chegou ao berço e olhou para baixo, Atrevidinha parou de chorar. Como uma lâmpada, ela simplesmente desligou e olhou direto para ele. Os olhos da menina eram de May, profundos e magnéticos, com uma centelha de travessura, cercando e atraindo a pessoa onde quer que ela estivesse.

    Ele pousou a mão no topo do bercinho. O bebê era pequeno o suficiente para caber dentro dela. A menina estendeu a mãozinha, tentando tocar a dele, querendo agarrar os dedos. Stephen riu e chorou. Quando percebeu que não conseguia pegar a mão dele, o bebê ficou frustrado e começou a chorar também. May veio e se postou ao lado de Stephen. Pegou a mão sobre o berço e depois segurou a outra mão. Ele se virou para encará-la, para olhar nos seus olhos no que que parecia ser a primeira vez, para beijá-la. Eles se abraçaram e se mantiveram cingidos ao peito um do outro até não terem mais medo de soltar.

94

— Você nos deu um baita susto, dr. Knox.

May estava apontando o dedo para Stephen, que pairava sobre o berço. Atrevidinha estava dormindo. A menina estava presa a vários tubos, incluindo um cateter umbilical, que lhe fornecia medicação, hidratação e nutrição. Uma cânula no nariz dava-lhe um reforço de oxigênio muito necessário. Stephen fez com que Latefa lhe explicasse tudo, pois era um pouco assustador ver toda aquela parafernália em alguém tão pequeno. Latefa explicou também o que tinha acontecido com ele. Depois que o arrastaram para fora da câmara pressurizada, ele estava com sintomas tão severos de hipóxia que seu coração parou e ele estava clinicamente morto. A única razão pela qual conseguiram salvá-lo foi porque também estava com uma gravíssima hipotermia. O frio havia desacelerado seu metabolismo e impedido seu cérebro de morrer, mas eles foram obrigados a colocá-lo em coma e entubá-lo nas primeiras vinte e quatro horas de uma recuperação de quarenta e oito.

— Agora podemos acrescentar "ter ficado em coma" à lista das coisas que temos em comum.

— Isso e o péssimo juízo. — Eva entrou na conversa pelo sistema de amplificadores. Stephen sorriu.

— Estou tentando ensinar Eva a ser grata por você ter salvado ela, em vez de ficar obcecada sobre o quão irracional foi você fazer isso.

— Isso é o que acontece quando você passa tempo demais com a May — disse Stephen, a voz melhorando para um sussurro rouco.

— Amém — disse Eva. — E eu sou grata. De fato, para mostrar minha gratidão...

— Eva, você disse que ia me deixar contar pra ele — reclamou May.

— Não pude evitar. Simplesmente escapou.

— Mentira — disse May.

— Me contar o quê? — perguntou Stephen.

— Vai lá, Eva. Você mal pode esperar pela glória.

— Stephen, depois que você heroicamente me salvou da *Hawking II*, e May e Zola foram boazinhas comigo e me acordaram, eu decodifiquei o dispositivo SMDA.

— Estava intacto? — perguntou ele, empolgado.

— Não, nós inventamos essa história para te contar que ele estava vazio — brincou May.

— Por que não mostramos a ele o feed de notícias? — disse Zola.

— Uma imagem vale mais do que mil palavras — respondeu May. — Eva, por favor, faça as honras.

— Claro.

Um vídeo foi carregado no olho. Era um noticiário da Terra. A música-tema tocou sobre um logotipo animado e então a voz da apresentadora foi aos poucos surgindo.

O EX-DIRETOR DE MISSÕES DA NASA, ROBERT WARREN, FOI DETIDO HOJE.

Enquanto a apresentadora falava em tom arrastado, Stephen assistiu a filmagens de Robert sendo levado de sua mansão em Washington, D.C. algemado por policiais locais e agentes federais. Ele foi colocado no banco traseiro de uma viatura da polícia.

AGENTES FEDERAIS PRENDERAM TAMBÉM SEU CÚMPLICE, O EX-ESPECIALISTA EM MISSÕES DA NASA, GLENN CHAMBERS.

A cena mudou para um close de Glenn na fotografia de registro policial. Ele parecia velho e acabado, todo o seu charme sulista tendo desaparecido em uma cela de detenção federal.

— Meu Deus — disse Stephen.

— Eu transmiti os dados para o FBI logo que Eva decodificou — disse Zola.

— Traição — disse May, orgulhosa. — Nem todo o dinheiro do mundo vai livrar ele dessa. Já é hora de colocar os Roberts Warrens do mundo de sobreaviso.

— Stephen sabe uma ou duas coisas sobre isso — disse Zola.

Eles ainda não tinham falado sobre Ian.

— Nós vimos o que ele fez com você na filmagem da câmera do capacete — disse Zola. — Stephen, eu sinto muito. Eu nunca, nem em um milhão de anos, pensaria que ele fosse capaz disso.

— O amor faz coisas estranhas com as pessoas — disse Stephen, olhando para May.

Pensando em Ian agora, Stephen não sentia mais a raiva que tinha sentido na câmara pressurizada. Em vez disso, sentia pena. Ian Albright tinha sido um homem brilhante, até mesmo um de seus heróis quando ele era mais jovem, um homem para quem, aparentemente, nada era impossível. O Ian que esperou em silêncio Stephen morrer para poder pegar à força May e sua filha era uma sombra de seu antigo eu, uma caricatura arrasada desempenhando um papel em um roteiro trágico no qual apenas alguém envenenado pelo próprio ego poderia acreditar. O objetivo de cada um deles podia ter sido diferente, mas, como o destino logo mostraria, Ian Albright e Robert Warren eram um só.

95

May sentou-se na beirada da cama em sua cabine, cantarolando para Atrevidinha. Como todas as cabines de alojamento na *Maryam I*, era um espaço apertado em que cabiam apenas as necessidades mais básicas, mas May fizera o que podia para alegrar o lugar. Ela estava especialmente orgulhosa do pequeno móbile que construíra usando peças de máquinas, pedaços de arame e suprimentos médicos coloridos. A pequena escultura estava suspensa sobre o bercinho de Atrevidinha, fazendo um agradável barulho tilintante enquanto girava e ocasionalmente brilhava com a luz do sol que se aproximava. Essas eram as medidas quase sempre necessárias para que Atrevidinha dormisse. A coitadinha se sentia constantemente desconfortável com toda a atenção médica de que necessitava, e não poder segurá-la no colo deixava May mais irritadiça do que de costume.

Por fim, Atrevidinha se acalmou até dormir, e May, muito lentamente e com muita cautela, se deitou e relaxou. Ficou bem quieta, evitando movimentos repentinos, e se deleitou no silêncio prolongado. Parabenizando-se por estabelecer um novo recorde de velocidade para fazer o bebê dormir, ela começou a cochilar. Assim que ela deu o pequenino primeiro passo para a terra dos sonhos, Atrevidinha soltou uma de suas infames notas agudas e estridentes, instantaneamente acordando May. De novo May começou a cantarolar e girar o móbile. Então ela ouviu uma batida na porta. Era Stephen.

— Você poderia, por favor, acalmar esse bebê? Alguns de nós estão tentando dormir.

— Já tentei de tudo — disse ela, afastando-se para que Stephen pudesse entrar.

Ele ficou feliz em obedecer, já que poderia facilmente passar horas olhando para Atrevidinha.

— Ela vai ficar muito mais feliz quando sair dessa prisão pequena e abafada — disse Stephen.

— Sei como é — riu May. — E quanto a você? Subindo pelas paredes?

— Digamos apenas que eu não quero mais ser um astronauta quando crescer.
— Sei como é também.
— Nem vem, você vive para isso — disse Stephen.
— Talvez, mas agora eu vivo para outras coisas também, então... veremos.
Stephen estava novamente hipnotizado por Atrevidinha.
— Eu sei que já te disse isso, mas obrigada, Stephen. — May juntou-se a ele ao lado de Atrevidinha, que tinha voltado a dormir. — Eu me saí bem, hein? — perguntou ela, chorosa.
— Você se saiu mais do que bem.
— Você quer conversar sobre isso? — perguntou May.
— O quê?
— O elefante branco entre a gente.
— Não me incomoda. Aliás, crianças adoram elefantes.
— Stephen, você não acha que devemos pelo menos...
— Se a Atrevidinha me quiser, eu estou aqui para ela.
May estava realmente chorando. Stephen a abraçou.
— Eu sinto o mesmo em relação a você — disse May. — Só não sei por onde começar.
Stephen sentou-se com ela na cama.
— Lembra o que você disse no nosso primeiro encontro?
May sorriu com a lembrança.
— Você lembrou do meu aniversário.
— O que você me disse antes de apagar a vela?
Ela pensou sobre o que tinha dito naquela noite e sorriu quando se deu conta do motivo pelo qual ele estava perguntando.
— Eu disse... "sabe, dr. Knox, eu tenho uma ideia".
— Qual? — disse Stephen, entrando no jogo.
— Quando eu apagar a vela, vamos esquecer tudo o que aconteceu entre nós antes. Eu quero que isso seja o começo.

ESTA OBRA FOI COMPOSTA PELA ABREU'S SYSTEM EM CAPITOLINA REGULAR
E IMPRESSA EM OFSETE PELA LIS GRÁFICA SOBRE PAPEL PÓLEN SOFT DA SUZANO
PAPEL E CELULOSE PARA A EDITORA SCHWARCZ EM JULHO DE 2019

A marca FSC® é a garantia de que a madeira utilizada na fabricação do papel deste livro provém de florestas que foram gerenciadas de maneira ambientalmente correta, socialmente justa e economicamente viável, além de outras fontes de origem controlada.